АМОС ОЗ

עמוס עוז
הבשורה על פי יהודה

АМОС ОЗ
ИУДА

Перевод с иврита Виктора Радуцкого

phantom press

МОСКВА

УДК 821.4
ББК 84.(5Изр.)
О-46

JUDAS © 2014, Amos Oz. All rights reserved

Published with the support of The Institute
for the Translation of Hebrew Literature,
Israel and the Embassy of Israel, Moscow
Издано при поддержке Института Перевода
израильской литературы (Израиль)
и Посольства Израиля (Москва)

И каждому народу – на языке его.
Книга Эсфирь, 1:22

Book of Esther 1:22

Художественное оформление и макет Андрея Бондаренко

Амос Оз
О-46 Иуда. Роман. — Пер. с иврита В. Радуцкого. — М.: Фантом Пресс, 2019. — 448 с.

Зима 1959-го, Иерусалим. Вечный студент Шмуэль Аш, добродушный и романтичный увалень, не знает, чего хочет от жизни. Однажды на доске объявлений он видит загадочное объявление о непыльной работе для студента-гуманитария. Заинтригованный Шмуэль отправляется в старый иерусалимский район. В ветхом и древнем, как сам город, доме живет интеллектуал Гершом Валд, ему требуется человек, с которым он бы мог вести беседы и споры. Взамен Шмуэлю предлагается кров, стол и скромное пособие. В доме также обитает Аталия, загадочная красавица, поражающая своей ледяной отрешенностью. Старика Валда и Аталию связывает прошлое, в котором достаточно секретов. Шмуэль часами беседует со стариком, робеет перед таинственной Аталией и все больше увлекается темой предательства Иуды, на которую то и дело сворачивают философские споры. Ему не дают покоя загадки, связанные с этой женщиной, и, все глубже погружаясь в почти детективное расследование, он узнает невероятную и страшную историю Аталии и Валда. Новый роман израильского классика Амоса Оза — о предательстве и его сути, о темной стороне еврейско-христианских отношений, наложивших печать и на современную арабо-еврейскую историю. Нежная, мягко-ироничная проза Амоса Оза полна внутреннего напряжения, она погружает в таинственную атмосферу давно исчезнувшего старого Иерусалима и в загадочную историю Иуды.

ISBN 978-5-86471-767-7

©   Виктор Радуцкий, перевод, 2017
©   А. Бондаренко, художественное оформление, макет, 2017
©   "Фантом Пресс", издание, 2017, 2019

Посвящается Деборе Оуэн

*Вот мчит краем поля предатель-беглец.
Бросит камень в него не живой, а мертвец.*

Натан Альтерман. "Предатель".
Из поэмы "Радость бедных"

1

Вот рассказ из дней зимы конца тысяча девятьсот пятьдесят девятого года — начала года шестидесятого. Есть в этом рассказе заблуждение и желание, есть безответная любовь и есть некий религиозный вопрос, оставшийся здесь без ответа. На некоторых домах до сих пор заметны следы войны, разделившей город десять лет тому назад. Откуда-то из-за опущенных жалюзи доносится приглушенная мелодия аккордеона или рвущий душу сумеречный напев губной гармошки.

Во многих иерусалимских квартирах можно найти на стене гостиной водовороты звезд Ван Гога или кипение его кипарисов, а в спальнях пол все еще укрывают соломенные циновки; "Дни Циклага"[1] или "Доктор

---

[1] Монументальный роман Самеха Изхара (Изхар Смилянский, 1916–2006), главные герои которого — солдаты, а действие происходит в течение одной из недель Войны за независимость. Циклаг — древний город в пустыне Негев, неоднократно упоминаемый в Библии. — *Здесь и далее примеч. перев.*

Живаго" лежат распахнутые, вверх обложкой, на тахте с поролоновым матрасом, прикрытой тканью в восточном вкусе, рядом с горкой вышитых подушек. Весь вечер горит голубое пламя керосинового обогревателя. Из снарядной гильзы в углу комнаты торчит стилизованный букетик из колючек.

В начале декабря Шмуэль Аш забросил занятия в университете и засобирался покинуть Иерусалим — из-за любви, которая не удалась, из-за исследования, которое застопорилось, а главным образом из-за того, что материальное положение его отца катастрофически ухудшилось и Шмуэлю предстояло найти себе какую-нибудь работу.

Он был парнем крупного телосложения, бородатым, лет двадцати пяти, застенчивым, сентиментальным, социалистом, астматиком, легко увлекающимся и столь же быстро разочаровывающимся. Плечи у него были тяжелыми, шея — короткой и толстой, такими же были и пальцы — толстыми и короткими, как будто на каждом из них недоставало одной фаланги. Изо всех пор лица и шеи Шмуэля Аша неудержимо рвалась курчавая борода, напоминавшая металлическую мочалку. Борода эта переходила в волосы, буйно курчавившиеся на голове, и в густые заросли на груди. И летом и зимой издалека казалось, что весь он распален и обливается потом. Но вблизи, вот приятный сюрприз, выяснялось, что кожа Шмуэля источает не кислый запах пота, а, напротив, нежный аромат талька для младенцев. Он пьянел в одну секунду от новых идей — при условии, что эти идеи являются в остроумном одеянии и таят некую интригу.

Уставал он тоже быстро — отчасти, возможно, из-за увеличенного сердца, отчасти из-за донимавшей его астмы.

С необычайной легкостью глаза его наполнялись слезами, и это погружало его в замешательство, а то и в стыд. Зимней ночью под забором истошно пищит котенок, потерявший, наверное, маму, он так доверчиво трется о ногу и взгляд его столь выразителен, что глаза Шмуэля тотчас туманятся. Или в финале какого-нибудь посредственного фильма об одиночестве и отчаянии в кинотеатре "Эдисон" вдруг выясняется, что именно самый суровый из всех героев оказался способен на величие духа, и мгновенно у Шмуэля от подступивших слез сжимается горло. Если он видит, как из больницы Шаарей Цедек выходят изможденная женщина с ребенком, совершенно ему не знакомые, как стоят они, обнявшись и горько плача, в ту же секунду плач сотрясает и его.

В те дни слезы считались уделом женщин. Мужчина в слезах вызывал изумление и даже легкое отвращение — примерно в той же мере, что и бородатая женщина. Шмуэль очень стыдился этой своей слабости и прилагал огромные усилия, чтобы сдерживаться, но безуспешно. В глубине души он и сам присоединялся к насмешкам над своей сентиментальностью и даже примирился с мыслью, что мужественность его несколько ущербна и поэтому, вероятнее всего, жизнь его, не достигнув цели, пронесется впустую.

"Но что ты делаешь? — вопрошал он иногда в приступе отвращения к себе. — Что же ты, в сущности, делаешь, кроме того, что жалеешь? К примеру, тот же котенок, ты мог укутать его своим пальто и отнести к себе в комнату.

Кто тебе мешал? А к той плачущей женщине с ребенком ты ведь мог просто подойти и спросить, чем можно им помочь. Устроить мальчика с книжкой и бисквитами на балконе, пока вы с женщиной, усевшись рядышком на кровати в твоей комнате, шепотом беседуете о том, что с ней случилось и что ты можешь для нее сделать".

За несколько дней до того, как оставить его, Ярдена сказала: "Ты либо восторженный щенок — шумишь, суетишься, ластишься, вертишься, даже сидя на стуле, вечно пытаешься поймать собственный хвост, — либо бирюк, который целыми днями валяется на кровати, как душное зимнее одеяло".

Ярдена имела в виду, с одной стороны, постоянную усталость Шмуэля, а с другой — намек на его одержимость, проявлявшийся в походке: он всегда словно вот-вот был готов сорваться на бег; лестницы одолевал штурмом, через две ступеньки; оживленные улицы пересекал по диагонали, торопливо, не глядя ни вправо ни влево, самоотверженно, словно бросаясь в гущу потасовки. Его курчавая, заросшая бородой голова упрямо выдвинута вперед, словно он рвется в бой, тело — в стремительном наклоне. Казалось, будто ноги его изо всех сил пытаются догнать туловище, преследующее голову, боятся отстать, тревожатся, как бы Шмуэль не бросил их, исчезнув за поворотом. Он бегал целый день, тяжело дыша, вечно торопясь, не потому что боялся опоздать на лекцию или на политическую дискуссию, а потому что каждую секунду, утром и вечером, постоянно стремился завершить все, что на него возложено, вычеркнуть все, что у него записано на листке с перечнем сегодняшних дел.

И вернуться наконец в тишину своей комнаты. Каждый из дней его жизни виделся ему изнуряющей полосой препятствий на кольцевой дороге — от сна, из которого он был вырван поутру, и обратно под теплое одеяло.

Он очень любил произносить речи перед всеми, кто готов был его слушать, и особенно — перед своими товарищами из кружка социалистического обновления; любил разъяснять, обосновывать, противоречить, опровергать, предлагать что-то новое. Говорил пространно, с удовольствием, остроумно, со свойственным ему полетом фантазии. Но когда ему отвечали, когда наступал его черед выслушивать идеи других, Шмуэля тотчас охватывали нетерпение, рассеянность, усталость, доходившая до того, что глаза его сами собой слипались, голова падала на грудь.

И перед Ярденой любил он витийствовать, произносить бурные речи, рушить предвзятые мнения и расшатывать устои, делать выводы из предположений, а предположения — из выводов. Но стоило заговорить Ярдене, и веки его смыкались через две-три секунды. Она обвиняла его в том, что он никогда ее не слушает. Он с жаром отрицал, она просила его повторить ее слова, и Шмуэль тут же принимался разглагольствовать об ошибке Бен-Гуриона[1].

---

1 Давид Бен-Гурион (Давид Иосеф Грин, 1886–1973) — лидер еврейского Рабочего движения. 14 мая 1948 года провозгласил государственную независимость Израиля. Первый глава правительства и первый министр обороны Государства Израиль. Деятельность Бен-Гуриона наложила глубокий отпечаток на формирование израильского общества и израильской государственности.

Был он добрым, щедрым, преисполненным благих намерений и мягким, как шерстяная перчатка, вечно старавшимся всегда и всем быть полезным, но также был и несобранным, и нетерпеливым: забывал, куда подевал второй носок; чего хочет от него хозяин квартиры; кому он одолжил свой конспект лекций. Вместе с тем он никогда ничего не путал, цитируя с невероятной точностью, что сказал Кропоткин о Нечаеве после их первой встречи и что говорил о нем спустя два года. Или кто из апостолов Иисуса был молчаливее прочих апостолов.

Несмотря на то что Ярдене нравились и его нетерпеливость, и его беспомощность, и его характер большой дружелюбной и экспансивной собаки, норовящей подлезть к тебе, потереться, обслюнявить в ласке твои колени, она решила расстаться с ним и принять предложение руки и сердца своего прежнего приятеля, усердного и молчаливого гидролога Нешера Шершевского, специалиста по дождевой воде, умевшего угадывать ее желания. Нешер Шершевский подарил ей красивый шейный платок на день ее рождения по европейскому календарю, а на день рождения по еврейскому календарю, через два дня, — бледно-зеленую восточную циновку. Он помнил даже дни рождения ее родителей.

2

Примерно за три недели до свадьбы Ярдены Шмуэль окончательно разуверился в своей работе на соискание академической степени магистра "Иисус глазами евреев" — в работе, к которой он приступил с огромным воодушевлением, весь наэлектризованный дерзким озарением, сверкнувшим в его мозгу при выборе темы. Но когда он начал вникать в детали и рыться в первоисточниках, то очень скоро обнаружил, что в его блестящей мысли нет, по сути, ничего нового, она появилась в печати еще до его рождения, в начале тридцатых годов, в качестве примечания к небольшой статье его выдающегося учителя профессора Густава Йом-Това Айзеншлоса.

И в кружке социалистического обновления разразился кризис. Кружок собирался по средам, в восемь вечера, в задымленном кафе с низким потолком в одном из захудалых переулков квартала Егиа Капаим[1]. Ремесленни-

---

[1] Квартал в районе иерусалимского рынка. "Егиа Капаим" — труды рук (*иврит*). Выражение из Книги пророка Аггея, 1:11. Такое же название носят улицы во многих городах Израиля.

ки, слесари, электрики, маляры, печатники заглядывали сюда, чтобы сыграть в нарды, потому кафе и показалось кружковцам местом более-менее пролетарским. Правда, маляры и мастера по ремонту радиоаппаратуры к столу социалистов не подсаживались, но случалось, что кто-нибудь, сидевший через два стола, задавал вопрос или отпускал замечание. А то и наоборот — кто-то из членов кружка вставал и бесстрашно подходил к столу игроков в нарды, чтобы разжиться у рабочего класса огоньком.

После долгих мучительных колебаний почти все члены кружка смирились с разоблачениями ужасов сталинского режима, прозвучавшими на двадцатом съезде компартии Советского Союза. Но были среди них и особо напористые, требовавшие пересмотреть не только приверженность Сталину, но и свое отношение к ленинской формулировке диктатуры пролетариата. Двое из товарищей зашли слишком уж далеко — идеи молодого Маркса они противопоставляли окованному бронзой учению зрелого Маркса. В то время как Шмуэль Аш пытался замедлить эрозию, четверо из шести его товарищей объявили, что выходят из кружка и создают отдельную ячейку. Среди четверки отщепенцев были и обе входившие в кружок девушки, без которых все остальное теряло смысл.

В том же месяце отец Шмуэля проиграл апелляцию, после того как несколько лет в нескольких судебных инстанциях сражался со своим давним партнером по небольшой хайфской фирме ("Шахаф баам"[1], черте-

---

1 "Шахаф" — чайка. "Баам" — аббревиатура, соответствующая английскому Ltd и русскому ООО (с ограниченной ответственностью).

жи, картографирование, аэрофотосъемка). Родителям Шмуэля пришлось прекратить ежемесячное денежное вспомоществование, которое поддерживало его с самого начала учебы. Посему он спустился во двор, нашел за мусорными баками три-четыре использованные картонные коробки, принес их в свою съемную комнату в квартале Тель Арза и изо дня в день беспорядочно заталкивал в эти коробки книги, одежду и прочий скарб. Но представления о том, куда ему отсюда податься, он не имел.

Несколько вечеров Шмуэль — мечущийся, разозленный пробуждением от зимней спячки медведь — кружил дождливыми улицами. Шагами, граничащими с тяжелым бегом, утюжил он центр Иерусалима, почти обезлюдевший из-за холода и ветра. Несколько раз в наступивших сумерках застывал он под дождем в одном из переулков квартала Нахалат Шива и смотрел, не видя, на железные ворота дома, в котором больше не жила Ярдена. Временами ноги сами несли его, и он, тяжело шлепая по лужам, обходя перевернутые ветром мусорные баки, блуждал по отдаленным, незнакомым иерусалимским кварталам: по Нахлаот, по Бейт Исраэль, по Ахузе или по Мусраре.

Два-три раза его лохматая, с вызовом выставленная вперед голова почти упиралась в бетонную стену, отделявшую Иерусалим израильский от Иерусалима иорданского.

Остановившись, он рассеянно изучал покореженные таблички, предупреждавшие его из дебрей ржавой колючей проволоки: "Стой! Перед тобой граница!", "Осторожно, мины!", "Опасно — ничейная земля!". А также: "Внимание! Ты собираешься пересечь участок, простреливаемый вражескими снайперами!"

Глядя на эти таблички, Шмуэль испытывал некие сомнения, словно перед ним лежало разнообразное меню, из которого ему следовало выбрать что-нибудь по своему вкусу.

Почти каждый вечер бродил он так, промокший до костей, дрожащий от холода и отчаяния, вода стекала со всклокоченной бороды, пока наконец, уставший и изнуренный, не доползал до своей кровати. Он легко уставал — возможно, из-за увеличенного сердца. И опять тяжело поднимался с наступлением сумерек, натягивал одежду, не успевавшую толком просохнуть после вчерашних странствий, и опять ноги несли его к дальним окраинам города — к Талпиоту, к Арноне. И лишь когда он упирался в шлагбаум на въезде в кибуц Рамат Рахель и бдительный караульный освещал его карманным фонариком, Шмуэль приходил в себя, разворачивался и нервными частыми шагами, походившими на паническое бегство, устремлялся в обратный путь. По возвращении он торопливо съедал два кусочка хлеба с простоквашей, снимал промокшую одежду и, снова зарывшись в одеяло, долго и безуспешно пытался согреться. После чего засыпал и спал до наступления вечера.

Однажды ему приснилась встреча со Сталиным. Дело происходило в низкой задней комнате закопченного кафе, где собирался кружок социалистического обновления. Сталин поручил профессору Густаву Айзеншлосу избавить отца Шмуэля от всех неприятностей и убытков, а Шмуэль зачем-то повел Сталина на обзорную площадку, что на крыше монастыря Дормицион[1], венчающего Сионскую гору, откуда и показал угол Стены Плача, оставшейся в плену, по другую сторону границы, на территории Иерусалима иорданского. Шмуэлю никак не удавалось объяснить усмехающемуся из-под усов Сталину, почему евреи отвергли Иисуса и почему они до сих пор сопротивляются и упорно поворачиваются к Нему спиной. Сталин назвал Шмуэля Иудой. В конце этого сна на секунду промелькнула и тощая фигура Нешера Шершевского, вручившего Сталину жестянку, внутри которой скулил щенок. Из-за этого скулежа Шмуэль и проснулся — с мрачным ощущением, что его путаные объяснения только ухудшили дело, ибо вызвали у Сталина и насмешку, и подозрения.

За окном бесновались дождь и ветер. Оцинкованная лохань для стирки, висевшая снаружи на железной решетке балкона, глухо грохотала. Две собаки где-то далеко от его дома — а возможно, и друг от друга — всю

---

[1] Храм Успения Богородицы, принадлежащий немецкому католическому аббатству ордена бенедиктинцев, стоит на вершине горы Сион, около Сионских ворот, за пределами Старого города. Возведен в 1910 г. архитектором Ф. М. Гислером по проекту Генриха Ренарда на участке земли, который продал турецкий султан Абдул-Хамид Второй германскому кайзеру Вильгельму II во время его визита в Иерусалим в 1898 году. В крипте храма находится камень, найденный примерно в конце VII века и считающийся смертным одром Матери Христа, как полагают католики-бенедиктинцы. Правда, с этим не согласна православная церковь, утверждающая, что успение произошло в городе Эфес.

ночь надрывались в лае, порой переходившем в подвывающий скулеж.

Итак, Шмуэль утвердился в мысли уехать подальше от Иерусалима и попытаться найти себе не особо трудную работу в каком-нибудь богом забытом месте, например ночным сторожем в Рамонских горах[1], где, как он слышал, возводят новый город — прямо в пустыне. Но пока что ему пришло приглашение на свадьбу Ярдены. Похоже, что и она, и Нешер Шершевский, послушный ей гидролог, специалист по сбору дождевой воды, очень торопились встать под хупу[2], даже до конца зимы не смогли продержаться. Шмуэль твердо решил преподнести им сюрприз, застать врасплох всю эту компанию и действительно принять это приглашение. А именно, вопреки всяческим условностям, он просто объявится там внезапно — ликующий, шумный, широко улыбающийся и похлопывающий всех по плечу нежданный гость, ворвется прямо в центр брачной церемонии, предназначенной лишь для узкого круга ближайших родственников и друзей, а потом искренне присоединится к последующей за церемонией вечеринке, и даже с радостью, и внесет свою лепту в культурную программу — свою знаменитую пародию на акцент и манеры профессора Айзеншлоса.

---

1 Под "Рамонскими горами" (в израильской топонимике такое понятие вообще-то отсутствует) Амос Оз подразумевает гористую местность в пустыне Негев с высшей точкой — горой Рамон и кратером Рамон.
2 "Встать под хупу" — выражение, эквивалентное русскому "пойти под венец" ("хупа" — свадебный балдахин).

Однако в утро дня свадьбы Ярдены Шмуэль задохнулся в остром приступе астмы и потащился в поликлинику, где безуспешно пытались помочь ему посредством ингалятора и различных лекарств от аллергии. Когда ему стало хуже, из поликлиники его перевезли в больницу Бикур Холим.

Часы свадебного веселья Ярдены Шмуэль коротал в приемном покое. Потом, на всем протяжении брачной ночи, он ни на секунду не прекращал дышать с помощью кислородной маски. На следующий день он решил не откладывая покинуть Иерусалим.

3

В начале декабря, в день, когда в Иерусалиме пошел легкий снег пополам с дождем, Шмуэль Аш сообщил профессору Густаву Йом-Тов Айзеншлосу и другим преподавателям (на кафедрах истории и философии религии) о прекращении своих занятий. Снаружи, по долине, перекатывались клочья тумана, напоминавшие Шмуэлю грязную вату.

Профессор Айзеншлос был человеком невысоким и плотным, в очках, чьи толстые линзы походили на донышки пивных стаканов, с прямыми четкими движениями, заставлявшими вспомнить энергичную кукушку, внезапно выскакивающую из дверцы стенных часов. Услышав о намерениях Шмуэля Аша, он был потрясен.

— Но как же это? Каким образом? Какая муха нас укусила? Иисус в глазах евреев! Ведь нашим глазам здесь, несомненно, откроется плодородное поле, какому нет равных! В Гемаре! В Тосефте![1] В толкованиях наших мудрецов, благословенна их память! В народных традициях! В Средневековье! Мы, несомненно, собираемся открыть здесь нечто существенно новое! Ну? Что? Может быть, мы все-таки потихоньку продолжим наши исследования? Вне всякого сомнения, мы немедленно откажемся от этой непродуктивной идеи — дезертировать в самом разгаре!

Сказал, подышал на стекла очков и энергично протер их скомканным носовым платком. Внезапно, протягивая руку чуть ли не для насильственного рукопожатия, произнес другим, слегка смущенным голосом:

— Но если у нас, не приведи Господь, возникли кое-какие материальные затруднения, возможно, отыщется кое-какой деликатный способ постепенной мобилизации на наши нужды некоторой скромной помощи?

И снова беспощадно, до легкого хруста костей сжал руку Шмуэля и гневно вынес приговор:

— Мы так быстро не отступимся! Ни от Иисуса, ни от евреев, ни от тебя тоже! Мы вернем тебя к твоему внутреннему долгу!

Выйдя из кабинета профессора Айзеншлоса, Шмуэль невольно улыбнулся, вспомнив студенческие вечеринки, где он сам всегда блистал в роли Густава Йом-Тов Айзеншлоса, внезапно выскакивающего, подобно кукушке на пружинке, из дверцы старинных стенных

---

[1] Гемара — свод дискуссий и анализов текста Мишны, составленный в III–V веках. Гемара и Мишна составляют Талмуд. Тосефта ("дополнение", *арамейск.*) — сборник учений, составлен как пояснения и дополнения к Мишне.

часов и обращающегося, по своему обыкновению, с назиданием в голосе и в первом лице множественного числа даже к собственной жене в спальне.

В тот же вечер Шмуэль Аш напечатал объявление, в котором по случаю внезапного отъезда предлагал купить дешево небольшой радиоприемник (в бакелитовом корпусе) производства фирмы "Филипс", портативную пишущую машинку "Гермес", бывший в употреблении проигрыватель с набором пластинок (около двадцати): классическая музыка, джаз и шансон. Это объявление он повесил на пробковой доске у лестницы, ведущей в кафетерий в подвальном помещении здания "Каплан"[1] в университетском кампусе. Однако из-за нагромождения записок, объявлений и рекламы Шмуэль вынужден был повесить свой листок так, что он полностью закрыл предыдущее объявление, меньшее по размеру. Это была голубоватая бумажка, на которой Шмуэль, прикрепляя поверху свой листок, сумел заметить пять-шесть строк, написанных четким и деликатным женским почерком.

Затем повернулся, чуть ли не подпрыгнув, и, резко выставив вперед свою курчавую баранью голову, словно пытающуюся оторваться от шеи, устремился к автобусной остановке у ворот кампуса. Но, пройдя сорок-пятьдесят шагов, миновав скульптуру Генри Мура — крупную, неуклюжую, слегка зеленоватую железную женщину, она сидела на камне, опираясь на левую руку,

---

1   Элиезер Каплан (1891–1952) — первый министр финансов Израиля, уроженец Минска. Его именем среди прочего названа Школа социально-политических наук в Еврейском университете в Иерусалиме.

закутанная, словно в саван, в грубую ткань, — Шмуэль вдруг резко развернулся и помчался обратно к зданию "Каплан", к доске объявлений рядом с лестницей, ведущей в кафетерий. Короткие толстые пальцы Шмуэля поспешно приподняли его собственное объявление о распродаже, чтобы дать возможность прочитать, а затем еще раз прочитать то, что он сам скрыл от собственных глаз всего лишь парой минут ранее.

ПРЕДЛОЖЕНИЕ ЛИЧНЫХ ОТНОШЕНИЙ

Холостой студент гуманитарного факультета, чуткий собеседник, имеющий склонность к истории, может получить бесплатное жилье и скромную месячную оплату, если согласится каждый вечер в течение пяти часов составлять компанию инвалиду семидесяти лет, человеку просвещенному, обладающему широким образованием. Инвалид вполне способен обслужить себя самого и нуждается главным образом в беседе, а не в помощи. Для личного собеседования следует явиться в воскресенье — пятницу, между 4-мя и 6-ю часами пополудни, в переулок Раввина Эльбаза, 17, в квартале Шаарей Хесед (просьба обращаться к Аталии). В силу особых обстоятельств претендента попросят заранее представить письменное обязательство о сохранении тайны.

4

Переулок Раввина Эльбаза в квартале Шаарей Хесед открывался на Долину Креста. Дом номер семнадцать стоял последним в конце переулка, там, где заканчивались в те дни квартал и город и начинались каменистые поля, простиравшиеся до развалин арабской деревни Шейх Бадер. Ухабистая дорога сразу же за последним домом превращалась в каменистую тропинку, неуверенно сбегавшую к долине, петлявшую из стороны в сторону, будто сожалея о том, что ее притягивает эта пустынная местность, и желая развернуться и возвратиться в обитаемые места. А тем временем дождь прекратился. Вершины западных холмов уже окутал свет сумерек, мягкий и соблазнительный, как благовонный аромат. Среди скал на противоположном склоне виднелось маленькое стадо овец с пастухом — закутанный в темную накидку, он сидел под скалой, укрывшись от порывов ветра. В вечернем свете, пробивавшемся сквозь облака, пастух, застыв, глядел с этого пустынного склона на окраинные дома на самом западном конце Иерусалима.

Сам дом, стоявший ниже уровня улицы, показался Шмуэлю Ашу будто вросшим в землю, провалившимся почти по окна в каменистую почву. Прохожему, глядевшему из переулка, дом казался широкоплечим коротышкой в темной шляпе с полями, на коленях что-то ищущим в грязи. Две створки проржавевших железных ворот, уже давно покосившихся от собственной тяжести, ушли в землю, будто пустили корни. Так и стояли эти ворота не открытыми и не закрытыми. Расстояние между вросшими в почву створками позволяло кое-как протиснуться внутрь. Над воротами висела проржавевшая железная арка с высеченной сверху шестиконечной звездой и квадратными буквами, вытянувшимися в шесть слов:

И придет в Сион Избавитель. Иерусалим ТОББ"А ТРА"Д[1]

От ворот Шмуэль спустился по шести растрескавшимся каменным ступенькам разной длины и очутился в маленьком дворике, очаровавшем его с первого взгляда и пробудившем в нем странную тоску по месту, которое он никак не мог вспомнить. В сознании маячила, выводя из равновесия, смутная тень воспоминания, затуманенное отражение иных внутренних двориков из дней давно минувших — двориков, о которых не ведал он

---

[1] Аббревиатура ТОББ"А означает "отстроится и возведется в скором времени в наши дни. Аминь". ТРА"Д — дата по еврейскому календарю — 5674 год от сотворения мира (1914 год).

ни где находятся они, ни когда он их видел, но смутно знал, что были омыты не зимним, подобным нынешнему, а вовсе и летним светом. От этих неясных воспоминаний пробудилось и сердце, наполнилось и печалью, и негой, словно в ночи, в самой сердцевине тьмы зазвучала виолончельная струна.

Дворик был обнесен каменной стеной высотой в человеческий рост и вымощен каменными плитами, которые за долгие годы отполировались, истончились, обрели красноватый блеск, покрылись сетью серых нитей. Там и сям на этих плитах, словно рассыпанные монеты, сверкали кружочки света. Старая смоковница и виноградная беседка с разросшимися лозами затеняли весь двор. Настолько густыми и так тесно переплетенными были эти ветви, что даже сейчас, в пору листопада, лишь пригоршне мерцающих золотых монет света удалось пробиться сквозь листву, посверкивая на плитах, устилавших дворик. Казалось, то был не каменный дворик, а скрытый от глаз людских пруд, поверхность которого волновала легчайшая зыбь.

Вдоль ограды, у стен дома, на подоконниках пылали маленькие костры кроваво-красной герани, герани розовой, фиолетовой, пурпурной. Герань выплескивалась из многочисленных ржавых кастрюль, из старых, отслуживших свое чайников, пробивалась сквозь глазницы керогазных конфорок, ветвилась из ведер, мисок, жестяных канистр и треснувшего унитаза. Все это было заполнено землей и возведено в ранг вазонов. Окна дома были забраны железными решетками и закрыты зелеными железными жалюзи. Стены были из иерусалимского светлого камня, обращенного своей грубой, нетесаной стороной к стоящему перед ними. А за домом, за каменным забором, тянулся плотный занавес из кипарисов, чьи кроны в закатном свете казались не зелеными, а почти черными.

Надо всем этим нависала тишина холодного зимнего вечера. Это была не та прозрачная тишина, что призывает и тебя присоединиться к ней, но равнодушное, из древних времен, безмолвие, разлегшееся спиной к тебе.

Дом венчала скатная черепичная крыша. Со стороны фасада посреди ската возвышалась небольшая мансарда, и ее треугольная конструкция напомнила Шмуэлю палатку, распиленную надвое. Мансарда тоже была крыта выцветшей черепицей. Шмуэлю вдруг очень захотелось подняться в эту мансарду, поселиться в ней, закрыться там со стопкой книг, с бутылкой красного вина, с печкой и теплым одеялом, с патефоном и несколькими пластинками и не выходить оттуда. Ни на лекции, ни на дискуссии, ни для любви. Укрыться в мансарде и никогда ее не покидать. По крайней мере, пока снаружи зима.

Весь фасад дома был опутан ветвящимся страстоцветом, вцепившимся своими полированными коготками в шероховатые поверхности нетесаного камня. Шмуэль пересек двор, замешкался, разглядывая круглые монетки света, подрагивавшие на плитах, сеть серых прожилок, испещрявшую красноватый камень. Остановился перед выкрашенной в зеленый цвет двустворчатой железной дверью с выделявшейся на ней резной головой слепого льва, служившей дверным молотком. Челюсти льва плотно сжимали большое железное кольцо. В центре правой створки двери рельефные буквы сообщали:

> Дом Иехояхина Абрабанеля ХИ"В[1] дабы возвестить, что праведен Господь

Под рельефной надписью двумя тонкими полосками клейкой бумаги была прикреплена небольшая записка, выполненная почерком, уже знакомым Шмуэлю из объявления в здании "Каплан", — объявления, предлагавшего ему "личные отношения". Четким и деликатным женским почерком, без союза "и" между двумя именами, разделенными большим пробелом, было написано:

> Аталия Абрабанель Гершом Валд
> *Осторожно — разбитая ступенька сразу за дверью.*

---

[1] Господь да сохранит его и воскресит. Псалтирь, 92:16.

— Идите прямо, будьте любезны. Потом поверните направо. Продвигайтесь, пожалуйста, навстречу источнику света — и так вы попадете ко мне, — донесся из недр дома немолодой мужской голос.

Голос глубокий, слегка шутливый, словно человек загодя ожидал прихода этого гостя, этого и никакого другого, в это время и ни в какое иное, и сейчас он праздновал свою правоту и наслаждался воплощением своих ожиданий. Входная дверь не была заперта.

Шмуэль Аш споткнулся прямо у входа, поскольку предполагал ступеньку вверх, а не ступеньку вниз. По сути, там и вовсе была не ступенька, а хлипкая деревянная скамеечка. И как только нога гостя ступила на ее край, скамеечка вознеслась вверх подобно рычагу, едва не опрокинув того, кто посмел возложить на нее всю тяжесть своего веса. Проворство — вот что спасло Шмуэля от падения: как только скамеечка под ним одним своим краем взметнулась вверх, он широким прыжком приземлился на каменном полу. Курчавые космы метнулись вперед, увлекая Шмуэля за собой, в глубину коридора, погруженного во тьму, ибо выходящие в него двери были закрыты.

Чем дальше Шмуэль пробирался в недра дома, тем решительней прокладывал ему дорогу его собственный лоб, устремленный вперед подобно голове плода, прокладывающего себе путь по родовому каналу, и Шмуэль все сильнее ощущал, что пол коридора не горизонтален, а идет под уклон, словно здесь русло пересыхающего ручья, а не темный коридор. Ноздри Шмуэля уловили дуновение приятного запаха, запаха свежевыстиранного белья, крахмала, деликатной уборки и глажки паровым утюгом.

В конце от коридора ответвлялся еще один, покороче, коридорчик, и из тупика, в который он упирался, проистекал свет, тот самый свет, что посулил Шмуэлю шутливый голос. Свет привел Шмуэля Аша в уютную комнату-библиотеку с высокими потолками, металлические жалюзи были плотно закрыты, а уютное сиреневое пламя керосинового обогревателя делилось своим теплом. Сиротливый электрический свет исходил от горбатой настольной лампы, нависавшей над грудой книг и бумаг и направленной прямо на них, будто ради освещения этих книг пренебрегли остальным пространством библиотеки.

За этим теплым кругом света, между двумя железными тележками, доверху загруженными книгами, папками, скоросшивателями и толстыми тетрадями, сидел и разговаривал по телефону старый человек.

На его плечи было наброшено шерстяное одеяло, словно был он завернут в талит[1]. Человеком он был уродливым, длинным, ширококостным, искривленным, сгорбленным, острый нос его походил на клюв птицы, изнывающей от жажды, а изгиб подбородка напоминал косу. Седые волосы, тонкие, почти женственные, обильно, широким водопадом серебряных струй ниспадали на плечи. Глаза прятались за горными хребтами седых бровей, казавшихся сделанными из шерстяного инея. И его густые эйнштейновские усы тоже выглядели бугорком снега. Не отрываясь от телефонного разговора, старик уколол вошедшего гостя острым взглядом. Он сидел, наклонив заостренный подбородок в сторону левого плеча, левый глаз закрыт, в то время как правый широко открыт — голубой, круглый и как-то неестественно огромный. По лицу его разлилось выражение, подобное лукавому подмигиванию или язвительному порицанию, словно в один миг старик уже раскусил характер стоявшего перед ним парня и разгадал все его намерения. Спустя мгновение взгляд инвалида погас, как выключенный прожектор, он удостоверил факт появления гостя легким наклоном головы и отвел глаза в сторону. И все это время он ни на минуту не переставал говорить по телефону, явно споря с собеседником:

— Ведь тот, кто вечно подозревает, кто постоянно предполагает, что все кругом его обманывают и вся его жизнь — бесконечное шествие в обход расставленных ему ловушек… Прости меня на секунду, тут у меня ка-

---

[1] Талит — молитвенное покрывало.

кой-то посыльный… Или это, возможно, какой-то мастер, которого я вообще не приглашал?

С этими словами он прикрыл телефонную трубку ладонью, бледные пальцы в свете настольной лампы выглядели почти прозрачными, пальцами привидения. Неожиданно лицо, изборожденное морщинами подобно стволу оливкового дерева, озарилось, под густыми седыми усами мелькнула озорная улыбка, словно старику уже удалось заманить в ловушку нежданного гостя, еще не осознавшего, что западня захлопнулась.

— Садитесь. Здесь. Ждите.

И, убрав ладонь с телефонной трубки, продолжил, по-прежнему склонив к левому плечу седую гриву:

— Человек преследуемый — либо потому, что собственными руками превратил всех в преследователей, либо потому, что несчастное его воображение кишит легионами врагов, замышляющих козни, — так или иначе, но такой человек, в дополнение к собственным несчастьям, обладает и неким моральным изъяном: ведь существует изначальная нечестность в упоении чувством гонимости как таковым. К слову, отсюда вытекает, что страдание, одиночество, несчастные случаи, болезни подстерегают подобного человека в большей степени, чем других людей, а именно всех нас. По своей природе человек недоверчивый, всех подозревающий — он мечен и предназначен для несчастий. Подозрительность подобна кислоте, разъедающей сосуд, ее содержащий, и пожирает самого такого человека. Днем и ночью остерегаться всего рода человеческого, беспрерывно строить комбинации, чтобы увильнуть от злых козней и отразить заговоры, изыскивать хитроумные способы загодя учуять сеть, раскинутую для его ног, — все это и есть главнейшие слагаемые ущербности. Именно они исторгают человека из мира. Прости меня, будь добр, только на минутку...

Он снова прикрыл телефонную трубку своими трупными пальцами и обратился к Шмуэлю Ашу голосом ироническим, голосом низким, обветшавшим, слегка обожженным:

— Подождите, будьте любезны, несколько минут. А пока вы вправе слушать мой разговор. Хотя юноша, подобный вам, конечно, проживает свою жизнь на совершенно иной планете?

Не дожидаясь ответа, старик продолжил свою проповедь:

— Тем более что, в сущности, подозрительность, эта радость преследуемых, и даже ненависть ко всему роду человеческому, вместе взятые, куда менее убийственны, чем любовь ко всему роду человеческому: любовь ко всему человечеству источает известный с древнейших времен запах полноводных рек крови. Бесплодная ненависть, как по мне, менее ужасна, чем бесплодная любовь: любящие все человечество, рыцари-исправители мира, те, кто в каждом поколении восстают против нас, дабы спасти нас[1], и нет никого, кто бы спас нас из их рук. Ведь, в сущности, они —

---

[1] Перефразированная цитата из "Пасхальной агады", сборника молитв, благословений, комментариев к Торе и песен, прямо или косвенно связанных с темой Исхода из Египта и праздником Песах: *"В каждом поколении восстают против нас, дабы погубить нас"*.

сама доброта. Ладно. Ты прав. Не будем сейчас в это углубляться. Пока мы с тобой разбираемся со всяческими спасениями и утешениями, у меня тут воплотился в явь лохматый парень с бородой пещерного человека, здоровяк в армейской куртке и армейских ботинках. Возможно, он явился, чтобы мобилизовать и меня? Итак, давай поставим здесь запятую. Мы ведь с тобой вернемся к этой теме и обсудим все это и завтра, и послезавтра. Поговорим, поговорим, друг мой, несомненно поговорим. И ведь с очевидной необходимостью поговорим. Что еще будут делать подобные нам, если не разговоры разговаривать? Займутся охотой на китов? Соблазнят царицу Савскую? И кстати, по поводу соблазнения царицы Савской: у меня есть собственное толкование, толкование антиромантическое, в сущности, довольно криминальное, относящееся к стиху "Любовь покрывает все грехи"[1]. А вот стих "Большие воды не могут потушить любви, и реки не зальют ее"[2] напоминает мне всегда звуки возвещающих беду пожарных сирен. Передай, будь добр, привет дорогой Женечке, обними и поцелуй ее от моего имени, обними и поцелуй свою Женю, как я это делаю, а не своим чиновничьим способом. Скажи ей, что мне очень-очень недостает сияния лица ее. Нет, не сияния твоего лица, дорогой, ведь твое лицо — как лицо поколения. Да. До встречи как-нибудь. Нет, не знаю точно, когда вернется Аталия. Она — сама по себе, и я тоже

---

1 Притчи Соломоновы, 10:12.
2 Песнь Песней, 8:7.

по ее. Да. До свидания. Спасибо. Аминь, по слову Твоему воистину, да будет воля Твоя.

И с этими словами повернулся к Шмуэлю, осторожно и не без колебаний усевшемуся тем временем на плетеный стул, казавшийся ему довольно шатким, едва ли способным вынести бремя его неуклюжего тела. Внезапно хозяин прокричал во весь голос:

— Валд!

— Простите?

— Валд! Валд! Меня зовут Валд! А вы кто? Халуц?[1] Халуц, чей дом кибуц? Прямо с высот Галилейских соизволили спуститься к нам? Или, наоборот, поднялись из степей Негева?

— Я здешний, из Иерусалима, точнее — из Хайфы, но учусь здесь. Точнее, не учусь, а учился. До сих пор.

— Будь добр, мой юный друг: учишься или учился? Из Хайфы или из Иерусалима? С гумна или с давильни?[2]

— Прошу прощения. Сейчас все объясню.

— И вдобавок ко всему этому ты, несомненно, личность положительная? Нет? Личность просвещенная? Прогрессивная? Стоишь за исправление мира и водворение ценностей морали и справедливости? Идеофил-

---

[1] Первопроходец *(иврит)*. "Те-халуц" — молодежное движение, зародившееся на рубеже XIX–XX веков, целью которого было поселение еврейской молодежи в Израиль. Молодые люди жили и работали в кибуцах — сельскохозяйственных коммунах, основанных на принципах коллективного владения имуществом, равенства в работе, потреблении и социальных услугах, на отказе от наемного труда.

[2] Гумно и винодельня (давильня) неоднократно упоминаются в Танахе, Священном Писании.

идеалист, как все вы? Не так? Отверзни уста свои и разъясни речи твои словом, сказанным прилично[1].

Сказал и кротко дожидался ответа, склонив голову к левому плечу, один глаз прищурен, а второй широко открыт. Как человек, терпеливо дожидающийся поднятия занавеса и начала представления, на которое он, впрочем, не возлагает никаких надежд, и ему ничего не остается, как, набравшись терпения, наблюдать за тем, что персонажи творят друг с другом: как низвергают друг друга на самое дно безысходности, если есть у нее дно, и как именно каждый из персонажей обрушивает на себя несчастье, уготованное специально для него.

Итак, Шмуэль начал заново, на этот раз — с особой осторожностью. Он назвал свое имя и фамилию; нет, нет, насколько ему известно, у него нет никаких родственных связей с Шоломом Ашем, известным писателем, его семья — это служащие и землемеры из Хайфы, а он учится, вернее — учился, здесь, в Иерусалиме, история и религиоведение, хотя сам он человек нерелигиозный, категорически — нет, можно сказать, что даже немного наоборот. Но каким-то образом именно личность Иисуса из Назарета… и Иуды Искариота… и духовный мир священников и фарисеев, оттолкнувших Иисуса… и то, как в глазах евреев Назарянин очень быстро обратился из преследуемого в символ преследования и угнетения… И все это, по его мнению, как-то связано с судьбами великих исправителей общества в последних по-

---

[1] Здесь Валд соединяет две цитаты: из раздела "Брахот" ("Благословения") Вавилонского Талмуда и из Притчей Соломоновых, 25:11.

колениях… Ладно, это довольно длинная история, он надеется, что никому здесь не помешает, он пришел по объявлению, по объявлению касательно *предложения об установлении личных отношений,* которое он обнаружил случайно на доске в здании "Каплан". У входа в студенческий кафетерий.

Услышав эти слова, инвалид внезапно выпрямился, уронил на пол шотландский шерстяной плед, полностью явив свое длинное, искривленное тело, несколькими сложными движениями вильнув его верхней половиной, обеими руками с силой сжал поручни кресла и действительно поднялся и стоял, странно накренившись, хотя и заметно было, что не ноги, а крепкие руки, обхватившие спинку кресла, силой своих мышц удерживали вес его тела. Костыли, прислоненные к столу, он предпочел не трогать. Был он крепким, согнутым, горбатым, высоченным, голова его почти касалась низкой люстры, и, стоя, он был подобен стволу древнего оливкового дерева. Ширококостный, жилистый, с большими ушами — и вместе с тем почти царственный со своей седой гривой, со снежными холмами бровей, с густыми усами, сверкавшими белизной. Глаза Шмуэля на миг встретились с глазами старика, и он подивился тому, что, в отличие от шутливого голоса и иронического тона, голубые, подернутые пеленой глаза хозяина, казалось, полны скорби и отчаяния.

Затем старик обеими ладонями оперся о столешницу, снова доверив мышцам рук всю тяжесть своего тела, и начал медленно-медленно продвигаться вдоль кромки письменного стола, прилагая невероятные усилия, словно огромный осьминог, которого выбросило на сушу, и теперь он изо всех сил борется, чтобы сползти по уклону берега и добраться до воды. Так, посредством рук, передвигался он от кресла вдоль стола, пока не добрался до располагавшейся под окном плетеной кушетки с матрасом, этакого своеобразного седалища, в котором можно преудобно развалиться. Здесь, вне круга света, отбрасываемого лампой на письменный стол, старик затеял серию сложных движений — всевозможные наклоны, извивания, перемещения рук, — пока ему не удалось уложить свое большое тело в эту колыбель. И тут же решительно заявил шутливым голосом:

— А! Объявление! Ведь действительно есть объявление! И я со своей поспешностью сказал: "Пожалуйста!" Но, по сути, все это только между тобой и ею. А мне нет дела до ее тайн. А покамест, если тебе это подходит, ты вполне можешь сидеть здесь и дожидаться ее до отчаяния. А какой клад ты скрываешь там? Под своей бородой? Ну-ну, я ведь пошутил. Пожалуйста, не суди меня строго, если я сейчас, с твоего позволения, немного вздремну. Как ты убедился воочию, речь идет о мышечной атрофии — я приближаюсь к полной атрофии. То есть я приближаюсь, но уже не двигаюсь. А ты, прошу тебя, садись, садись, парень, не бойся, ничего плохого с тобой тут не случится. Садись, можешь и книгу выбрать себе, а то и две, почитать, пока она не вернется, если и ты не предпочтешь немного подремать. Ну, посиди пока. Садись, садись уже!

И тут он замолчал. А возможно, и вправду закрыл глаза, вытянувшись на лежанке, завернувшись, словно огромный кокон шелковичного червя, в дожидавшееся его на новом месте клетчатое шерстяное одеяло, во всем походившее на прежнее, сползшее на пол, когда хозяин дома привстал в своем кресле.

Шмуэль был немного удивлен пространными уговорами господина Валда, настойчиво предлагавшего ему сесть, хотя хозяину было бы достаточно и одного взгляда в сторону гостя, чтобы убедиться, что Шмуэль все это время сидит, не поднявшись ни разу со своего места. На стене напротив письменного стола, между рядами книжных полок, чуть кривовато висел календарь с рисунком Реувена[1]: долина, холмы, масличные деревья, руины и петляющая горная тропинка. Шмуэль внезапно испытал непреодолимое побуждение встать и выровнять покосившуюся картинку. После этого он вернулся на место. Гершом Валд молчал — возможно, дремал и не видел. А возможно, глаза под кустистыми седыми бровями все еще были открыты и старик все видел, но действия Шмуэля одобрил. Поэтому и промолчал.

---

1 Рубин Реувен (1893–1974) — израильский художник-модернист.

6

Она появилась из другой двери, существования которой Шмуэль просто не заметил. По сути, это была не дверь, а спрятавшийся за восточным занавесом из вертикальных рядов бусин проход в перегородке из книжных шкафов. Войдя, она сразу же зажгла верхний свет, и в один миг все пространство библиотеки наполнилось ярким электрическим сиянием. Тени отступили за книжные ряды.

Стройная женщина, лет сорока пяти, она двигалась по комнате так, словно хорошо знала силу очарования своей женственности. Одета она была в светлое узкое платье до щиколоток и в красный узкий свитер. Длинные темные волосы, мягко соскользнув с плеча, покоились на возвышенности ее левой груди. Под струей волос раскачивались две большие деревянные серьги. Ее тело чудесно вписывалось в платье. Туфли на каблуках подчеркивали легкость шагов, когда она скользила от двери к плетеной колыбели господина Валда. Там она остановилась, положив одну руку на бедро, как строгая крестьянка, поджидающая замешкавшуюся козу. Подняв чуточку раскосые карие глаза на глядевшего на нее Шмуэля, она не улыбнулась, но на лице ее появилось выражение некоторой симпатии и заинтересованности с легким оттенком вызова. Как будто спрашивала: "Ну и чего же ты хочешь? Что за сюрприз приготовил сегодня?" Как будто хотела сказать, что хотя пока еще она не улыбается, но улыбка вполне возможна и, безусловно, вполне вероятна.

Она принесла с собой легкий аромат фиалок, но также и смутное эхо уютных запахов стирки, крахмала, разогретого парового утюга, уловленных ноздрями Шмуэля, когда он двигался по коридору меж закрытыми дверьми.

Шмуэль забормотал:

— По-видимому, я явился в не совсем удобное для вас время? — И быстро добавил: — Я по объявлению.

Она опять обратила на него уверенные в своей силе карие глаза и принялась рассматривать с интересом и даже с удовольствием, заставив его потупиться. Исследовала взглядом его буйную бороду, подобно тому, как неспешно разглядывают разлегшегося зверя, и затем кивнула, но не ему, а господину Валду, словно полностью соглашаясь с первым впечатлением. Шмуэль Аш бросил на нее быстрый взгляд, потом еще и снова опустил глаза, однако успел заметить резкую складку, прочерченную от ее носа к середине верхней губы. Складка показалась ему необычно глубокой и вместе с тем трогательной и соблазнительной. Женщина освободила один из стульев от груды книг и уселась, скрестив ноги и поправив подол платья.

На вопрос, явился ли он сюда в неподходящее время, отвечать она не торопилась, как будто решила изучить этот вопрос со всех сторон, пока не сможет с полной ответственностью предложить приемлемый и обоснованный ответ. Наконец сказала:

— Ждать вам пришлось долго. Наверняка вы уже побеседовали.

Шмуэля поразил ее голос, влажный и звучавший как бы с неохотой и вместе с тем деловито. Уверенно. Она не спрашивала, а будто подводила итоги проведенным наедине с собой вычислениям.

Шмуэль сказал:

— Ваш муж предложил мне дождаться вас. Из объявления я понял, что…

Господин Валд открыл глаза и вмешался в разговор, обратившись к женщине:

— Он говорит, что его зовут Аш. На букву "алеф", как нам следует надеяться[1]. — И затем сказал уже Шмуэлю, словно поправляя его, как терпеливый учитель поправляет ученика: — Я не муж этой госпожи. Не имею такой чести и удовольствия. Аталия моя покупательница.

И, выдержав паузу, дабы Шмуэль погрузился в полное изумление, господин Валд соизволил пояснить:

— Покупательница не в смысле клиент или потребитель, а в смысле владычица[2]. Подобно тому, как ска-

---

1 Слово "Аш", начинающееся с буквы "айн", означает "моль".
2 В современном иврите слово "конэ" означает просто "покупатель", в то время как в библейском часто употребляется в смысле "владелец", "хозяин", "владыка".

зано в Библии: "Владыка неба и земли"[1]. Или, скажем: "Вол знает владетеля своего"[2].

Аталия сказала:

— Ладно продолжайте сколько хотите, мне кажется, вы оба наслаждаетесь.

Эту фразу она произнесла без улыбки и даже без запятой между "ладно" и "продолжайте". Но ее теплый голос и на этот раз словно обещал Шмуэлю, что все еще открыто, если только он не перестарается и не нарвется на насмешку.

Она задала несколько коротких вопросов, один из которых настойчиво повторила, переформулировав, поскольку ответ ее не удовлетворил. Затем немного помолчала и после паузы сказала, что у нее остались вопросы, требующие прояснения.

Господин Валд весело сказал:

— Наш гость, наверное, голоден и томим жаждой! Ведь он явился к нам прямо с вершин Кармеля! Два-три апельсина, кусок пирога, стакан чая способны совершить здесь чудеса!

— Вот вы вдвоем и продолжайте совершать чудеса, а я пойду и поставлю чайник.

Улыбка, не спешившая коснуться ее губ, пробралась в голос.

Сказала, повернулась и исчезла в проеме, через который вошла и которого Шмуэль Аш не замечал до ее появления. Когда она выходила, бедра ее колыхнули

---

1 Бытие, 14:18.
2 Исаия, 1:3.

восточную занавеску из бусин, скрывавшую проход. И после ее исчезновения занавеска не сразу успокоилась, а какое-то время продолжала волнообразные колыхания и даже издавала то ли журчание, то ли шелест, и Шмуэль надеялся, что звуки эти не затихнут слишком скоро.

7

Случается иногда, что жизнь в своем течении замедляется, запинается, подобно тонкой струе воды, текущей из водостока и прокладывающей себе узкое русло в земле. Струя сталкивается с неровностями почвы, задерживается, растекается ненадолго небольшой лужицей, колеблется, нащупывает возможность прогрызть кочку, перекрывающую дорогу, или стремится просочиться под ней. Из-за препятствия вода разветвляется и продолжает свой путь тремя или четырьмя тонкими усиками. Или отступает, и земля поглощает ее. Шмуэль Аш, чьи родители разом потеряли накопленные за всю жизнь сбережения, чья научная деятельность провалилась, чья учеба в университете прервалась, а возлюбленная взяла и вышла замуж за своего прежнего приятеля, решил в итоге принять работу, предложенную ему в доме по переулку Раввина Эльбаза. В том числе "условия пансиона", как и очень скромную месячную плату. Несколько часов в день он будет составлять компанию инвалиду, а остальное время свободен. И там была Аталия, почти вдвое старше его, и тем не менее он испытывал легкое разочарование каждый раз, когда она выходила из комнаты. Шмуэль пытался уловить нечто вроде дистанции или различия между ее словами и голосом. Слова были уничижительными и порой язвительными, но голос был теплым.

Спустя два дня он освободил свою комнату в квартале Тель Арза и перебрался в дом, окруженный мощеным двором, в тени смоковницы и виноградных лоз, — в дом, который очаровал его с первого взгляда. В пяти картонных коробках и в старом вещевом мешке он перенес свои пожитки, книги, пишущую машинку и свернутые в трубку плакаты с героями кубинской революции и распятым Иисусом, умирающим в объятиях Своей Матери. Под мышкой он принес проигрыватель, в другой руке держа сверток с пластинками. Во второй раз он не споткнулся о вознесшуюся под его ногой скамеечку за дверью, а мягко и осторожно перешагнул через нее.

Аталия Абрабанель описала его обязанности и привычки обитателей дома. Она показала ему железную винтовую лестницу, поднимавшуюся из кухни в его мансарду. Стоя у подножия этой лестницы, она рассказывала Шмуэлю о порядке его работы, о рутине кухни и стирки; одна ее рука с расставленными пальцами покоилась на бедре, в то время как другая вспархивала к его свитеру, выпалывала из рукава то соломинку, то сухой листок, запутавшийся в шерсти. Коротко, деловито и вместе с тем голосом, вызвавшим в воображении Шмуэля теплую темную комнату, она говорила:

— Смотри. Вот как обстоит дело. Валд — зверь ночной: спит всегда до полудня, поскольку бодрствует по ночам вплоть до раннего утра. Каждый вечер, с пяти до десяти или до одиннадцати, ты будешь беседовать с ним в библиотеке. И это более-менее все твои обязанности. Ежедневно, в половине пятого, идешь в библиотеку, заправляешь керосином обогреватель, зажигаешь. Затем кормишь рыбок в аквариуме. Нет нужды напрягаться в поисках тем для беседы — он сам позаботится о том, чтобы постоянно снабжать вас темами для ваших разговоров, хотя ты наверняка очень скоро убедишься, что он из тех, кто говорит потому, главным образом, что не может вынести ни минуты молчания. Не бойся спорить с ним, возражать ему, наоборот, он пробуждается к жизни, именно когда с ним не соглашаются. Как старый пес, у которого все еще есть нужда в чужаке, чтобы обозлиться и разразиться лаем, а изредка и куснуть. Правда, игриво. Вы оба можете пить чай сколько угодно: вот тут стоит чайник, а здесь — заварка и сахар, а там — коробка с бисквитами. Каждый вечер в семь часов ты разогреваешь кашу, которая всегда будет ждать тебя под фольгой на электрической плитке, и ставишь перед ним. Обычно он проглатывает еду быстро и с аппетитом, но если вдруг удовлетворится несколькими ложками или вообще откажется есть, ты на него не дави. Просто спроси, можно ли уже убрать поднос, и поставь все как есть на кухонный стол. В туалет он в состоянии добираться самостоятельно, на костылях. В десять часов обязательно напомни ему про лекарства. В одиннадцать или даже чуть раньше одиннадцати поставь на его письменный стол термос с горячим чаем на ночь, а потом можешь быть свободен. Разве что заскочи на минутку в кухню, вымой тарелку, чашку и поставь все в сушилку над раковиной. По ночам он обычно читает и пишет, но утром почти всегда рвет написанное на мелкие куски. Если он в комнате один, то любит иногда разговаривать с самим собой. Громко диктовать себе или даже спорить с собой. Или часами говорить по телефону с кем-нибудь из своих старинных оппонентов. Ты, если услышишь невзначай, как он повышает голос не в твои рабочие часы, — не обращай внимания. Изредка случается, что ночью он громко рыдает. Ты к нему не подходи. Предоставь его самому себе. А что касается меня… — На мгновение в ее голосе приоткрылась крохотная щель неуверенности, но так же мгновенно и затянулась. — Неважно. Иди сюда. Смотри. Здесь газ. Здесь мусорное ведро. Электрическая плитка. Здесь сахар и кофе. Бисквиты. Печенье. Сухофрукты. В холодильнике есть молоко, сыр и немного фруктов и овощей. Здесь наверху — консервы: мясо, сардины, горошек и кукуруза. Некоторые еще с осады Иерусалима сохранились. Тут шкаф с инструментами. Вот электрические пробки. Здесь хлеб. Напротив нас живет соседка, пожилая женщина Сара де Толедо; каждый день, в полдень, она приносит господину Валду вегетарианский обед, а под вечер ставит на электрическую плитку приготовленную дома кашу. Мы ей за это платим. Каши вполне может хватить и тебе. В обед позаботься о себе сам, неподалеку есть маленький вегетарианский ресторан, на улице Усышкина[1]. Так, а вот здесь — корзина для белья. По вторникам к нам приходит домработница Белла. Если тебя это устроит, Белла может и тебе постирать и немного прибраться в твоей комнате без дополнительной оплаты. Почему-то один из твоих предшественников до смерти боялся Беллы. Понятия не имею почему. Твои предшественники явно занимались поисками самих себя. Не знаю, что им удалось найти, но ни один из них не задержался здесь дольше нескольких месяцев. Все свободные часы наверху в мансарде поначалу их радовали, но потом тяготили. Наверное, и ты пришел сюда уединиться для поисков самого себя. Или чтобы творить новую поэзию. Можно подумать, что убийства и пытки уже прекратились, можно подумать, что мир обрел здравый смысл, освободился от страданий и только и ждет, что явится наконец-то какая-то новая поэзия. Вот здесь всегда есть чистые полотенца. А это моя дверь. И чтобы у тебя даже в мыслях не было искать меня. Никогда. Если тебе что-нибудь понадобится, если возник-

---

[1] Менахем Усышкин (1863–1941) — сионистский деятель, способствовал укреплению халуцианского движения, выкупу земель Эрец-Исраэль. Сыграл важнейшую роль в создании Еврейского университета в Иерусалиме на горе Скопус, где он и похоронен.

нет проблема, ты просто оставь мне записку здесь на столе, и я со временем восполню все недостающее. И не смей бегать ко мне от одиночества или чего еще, как твои предшественники. Этот дом, похоже, вдохновляет одиночество. Но я решительно вне игры. Мне нечего предложить. И еще кое-что: когда Валд один, он не только разговаривает сам с собой, но иногда и кричит — зовет меня по ночам, зовет людей, которых уже нет, упрашивает, умоляет их о чем-то. Возможно, он станет звать и тебя. Это случается с ним обычно по ночам. Постарайся не обращать на это внимания, просто повернись на другой бок и спи дальше. Твои обязанности в этом доме четко определены: с пяти до одиннадцати, и ночные крики Валда в них не входят. Как и другие вещи, которые, возможно, иногда здесь случаются. Держись подальше от всего, что тебя не касается. Вот, чуть не забыла: возьми ключи. Не потеряй. Этот ключ от дома, а вот этот — от твоей комнаты в мансарде. Разумеется, ты волен приходить и уходить вне своих рабочих часов, но ни при каких условиях тебе нельзя приводить к нам никаких гостей. Или гостью. Этого — нельзя. Здесь у нас не дом открытых дверей. А сам ты, Аш? Кричишь иногда по ночам? Слоняешься по дому во сне? Нет? Неважно. Вопрос снимается. И еще кое-что: вот здесь ты подпишешься, что обязуешься не говорить о нас. Ни при каких обстоятельствах. Не передавать никаких подробностей. Даже своим близким. Ты просто никому не рассказываешь о том, чем ты у нас занимаешься. И если у тебя не будет другого выбора, то можешь сказать, что сторожишь дом и потому живешь бесплатно. Я ничего не забыла? Или, возможно, ты? Хочешь попросить? Или спросить? Возможно, я немного тебя напугала.

Пару раз во время ее монолога Шмуэль пытался заглянуть ей в глаза. Но, наткнувшись на ледяную предупреждающую искру, быстро отводил взгляд. На этот раз он решил не уступать. Он умел улыбаться женщинам с очаровательной юношеской непосредственностью и придавать своему голосу своеобразный оттенок застенчивости и нерешительности, столь трогательно несоответствовавший его крупному телу и неандертальской бородище. Нередко его воодушевлению в сочетании с беззащитной застенчивостью, подернутой дымкой вековой печали, и в самом деле удавалось проложить дорогу к женским сердцам.

— Только один вопрос. Личный? Можно? Какие отношения или родственные узы связывают вас с Валдом?

— Да ведь он уже на это ответил: я за него отвечаю.

— И еще один вопрос. Но вы, по правде, не обязаны отвечать мне.

— Спрашивай. Но это будет последний вопрос на сегодня.

— Абрабанель? Такая царственная фамилия?[1] Не имею права любопытствовать, но нет ли случай-

---

[1] Абрабанель (Абраванель, Абарбанель) — еврейский знатный род, в котором было немало философов, врачей, исторических деятелей. Род Абрабанелей хранит предание о своем происхождении от потомков царя Давида, переселившихся в Испанию после разрушения римлянами Иерусалима (70 год; 132–135 годы).

но какой-то связи с человеком по имени Шалтиэль Абрабанель? Помнится мне, что в Иерусалиме в сороковые годы был некий Шалтиэль Абрабанель. Член правления Сохнута? Или Национального комитета? Мне кажется, что он единственный из них выступал против создания государства? Или выступал только против линии Бен-Гуриона? Я что-то помню, но смутно: юрист? востоковед? Иерусалимец в девятом поколении? Или в седьмом? Он был, как мне кажется, чем-то вроде оппозиции в количестве одного человека, и после этого Бен-Гурион выбросил его из руководства, чтобы не мешал ему? Возможно, я спутал разных людей?

Аталия не торопилась с ответом. Она знаком предложила ему подняться по винтовой лестнице и сама поднялась следом, встала в дверях мансарды, привалившись спиной к косяку. Левое бедро, чуть выставленное вперед, круглилось небольшим холмом, вытянутая рука упиралась в противоположный косяк, преграждая Шмуэлю путь к отступлению от мансарды к извилинам лестницы. И, словно пробившись сквозь низкое облако, в уголках ее глаз появилась, а затем охватила и губы обращенная внутрь страдальческая улыбка, но, как показалось Шмуэлю, в этой улыбке присутствовали, возможно, и удивление, и чуть ли не признательность. Но улыбка тотчас погасла, и лицо стало непроницаемым, будто со стуком захлопнулась дверь.

Она казалась ему красивой и притягательной, и все же было в ее лице нечто странное, ущербное, нечто, напоминавшее ему бледную театральную маску или выбеленное лицо мима. Почему-то в этот момент глаза Шмуэля наполнились слезами, и он поспешно отвернулся, устыдившись своих слез. Уже начав спускаться по винтовой лестнице, спиной к нему, она сказала:

— Это мой отец.

И прошло еще несколько дней, пока он снова увидел ее.

8

Так отныне открывалась новая страница в жизни Шмуэля Аша. Временами его охватывало острое желание разыскать Ярдену, на час-другой умыкнуть ее у мужа, собирателя дождевой воды Нешера Шершевского, с воодушевлением прочитать ей лекцию о своем нынешнем отшельническом существовании, настолько отличающемся от его прошлой жизни, будто он и в самом деле переродился; он страстно желал доказать Ярдене, что теперь-то ему удалось обуздать все свои недостатки, свою лихорадочность, свою болтливость, свою немужскую склонность лить слезы, свою вечную нетерпеливость, что вот наконец-то и он превращается в человека спокойного и организованного, не хуже подысканного ею мужа.

Или не рассказывать ничего, а схватить Ярдену за руку и привести сюда, показать ей зимний двор с отполированными каменными плитами и этот дом под сенью кипарисов, смоковницы и виноградных лоз, маленькую мансарду, где он теперь живет в уединении и размышлениях, в тени бородатых портретов вождей кубинской революции, показать библиотеку господина Валда, где они беседуют несколько часов в день и где он постепенно учится терпеливости и внимательности. Хорошо бы представить Ярдене и своего наставника-инвалида, долговязого, искривленного, обладателя эйнштейновской седой гривы и густых белоснежных усов, и женщину, красивую и недостижимую, чьи поразительные глаза таят насмешку, но теплый голос, словно идущий из самой глубины, — голос этот отрицает насмешку.

Разве сможет Ярдена не полюбить нас?

И кто знает, вдруг в ней даже пробудится желание оставить свои бочки с дождевой водой и присоединиться к нам?

Но ведь Аталия взяла с него обязательство не приводить гостей, более того — не рассказывать никому о том, что он делает в этом доме.

Глаза его привычно набухли слезами. Разозлившись и на свои слезы, и на свои грезы, Шмуэль сбросил башмаки и прямо в одежде забрался в постель. Свободного времени у него здесь было в избытке. А снаружи только ветер и дождь. Ты хотел полного одиночества, жаждал вдохновения, пустых пространств свободного времени и полного молчания — все это здесь тебе дано. Все в твоих руках. На беленом растрескавшемся потолке мансарды прямо над кроватью раскинулись моря и континенты. Час за часом ты можешь лежать на спине, уставившись на архипелаг облезшей штукатурки, на острова, рифы, заливы, вулканы, фьорды, и время от времени какое-нибудь мелкое насекомое, петляя, пробежит между ними. Возможно, именно здесь тебе удастся вернуться к Иисусу глазами евреев? К Иуде Искариоту? Или к общей внутренней причине катастроф, постигших все революции? Сочинишь здесь глубокое исследование? Или, наоборот, начнешь сочинять роман? И каждую ночь, после твоих рабочих часов, ты сможешь сидеть за стаканом чая с Гершомом Валдом и с изумленной Аталией и читать на их глазах главу за главой из своей книги?

Ежедневно, после четырех пополудни, Шмуэль поднимался со своего лежбища, умывался, слегка присыпал душистым тальком густую бороду, спускался по железной винтовой лестнице, разжигал керосиновый обогреватель в библиотеке и усаживался перед черным столом Гершома Валда в плетеное кресло, украшенное вышитыми подушечками в восточном стиле. Иногда он пристально рассматривал золотых рыбок, отвечавших ему невидящим скорбным взглядом, почти неподвижных за освещенным сферическим стеклом аквариума, и внимательно слушал проповеди, которые с наслаждением изливал господин Валд. Время от времени Шмуэль вставал со своего места и наливал чай обоим. Или поправлял фитиль в обогревателе, чтобы не угасало излучающее спокойствие синее пламя. Иногда Шмуэль приоткрывал окно, на самую маленькую щелочку за опущенными жалюзи, чтобы впустить в комнату тонкую струю воздуха, напоенного запахом мокрых от дождя сосен.

В пять, а затем в семь и в девять вечера старик слушал выпуски новостей по маленькому радиоприемнику, стоявшему на письменном столе. Иногда он погружался в чтение газеты "Давар"[1] и разъяснял Шмуэлю, что же на самом деле стоит за новостями. Бен-Гурион опять создает коалицию. Позовет он или не позовет в нее МАПАМ и Ахдут ха-авода?[2]

— Нет равного Бен-Гуриону, — говорил Валд. — Никогда не было у еврейского народа столь дальновидного лидера. Очень немногие, подобно ему, понимают, что "народ живет отдельно и между народами не числится"[3] — это проклятие, а не благословение.

В промежутках между новостями Гершом Валд беседовал с ним, например, о глупости Дарвина и его последователей:

— Как можно даже предполагать, что глаз или сам зрительный нерв постепенно возникли и сформировались как ответ на необходимость видеть — посредством того, что они называют "естественным отбором"? Да ведь пока во всей вселенной нет ни глаза, ни зрительного нерва, ни у кого не возникает ни малейшей необходимости видеть, и нет ничего, и нет никого, кто

---

1 Газета "Давар" ("Слово", *иврит*) издавалась с 1925 по 1995 год. Это первая ежедневная газета израильского Рабочего движения, с ней сотрудничали известные публицисты, писатели, поэты, общественные деятели.
2 МАПАМ (Объединенная рабочая партия) — политическая партия социалистического толка в период мандата, предшественница современной партии Мерец-Яхад. Ахдут ха-авода — рабочая партия во времена мандата, ныне партия "Авода".
3 Числа, 23:9.

мог бы предположить саму необходимость зрения! Никоим образом немыслимо даже представить, что при полнейшем отсутствии зрения, среди бесконечной вечной тьмы, понятия не имеющей, что она тьма, вдруг неожиданно возникнет и тускло замерцает какая-то клетка или группа клеток, которые начнут из ничего развиваться, совершенствоваться, видеть, различать очертания, краски, размеры! Так сказать, узник, который сам себя освобождает из узилища? Нет уж, увольте. Более того, теория эволюции никоим образом не объясняет сам факт появления первой живой клетки или первого зернышка роста среди окаменевшего вечного молчания неодушевленного мира. И кто бы мог внезапно появиться из ниоткуда и начать обучать какую-то захолустную одинокую молекулу безжизненной материи, как именно ей следует вдруг пробудиться из ее вселенского безмолвного покоя и приступить к осуществлению фотосинтеза, иными словами — встрепенуться и начать трансформировать солнечный свет в углеводы, да еще использовать эти углеводы для нужд развития и роста?

И еще. Ведь нет и не может быть никакого дарвинистского объяснения такому удивительному факту: почти с самого дня своего рождения кошка знает, что для отправления своих естественных надобностей она должна выкопать маленькую ямку, а потом присыпать эту ямку землей. И можно ли вообще предположить, что здесь мы имеем дело с явлением естественного отбора? Все кошки, которые не были подготовлены к исполнению этой сложной гигиенической процедуры, поголовно вымерли, не оставив после себя потомства, и только отпрыски кошек, погребающих свои экскременты, удостоились возможности плодиться и размножаться? И почему это именно кошке удалось проскочить сквозь зубчатые колеса механизма естественного отбора, наделившего ее наследием образцовой опрятности и чистоты, а не собаке, не корове, не лошади? Почему же естественный отбор Дарвина не постарался выбрать и оставить на белом свете не только кошку, но также, к примеру, и свинью, способную вылизать самое себя до блеска? Ну-ка? И кто же, по сути, вдруг научил прапрапредка всех кошек, поборниц гигиены и санитарии, первого могильщика кошачьего дерьма, каким именно образом тот должен подготовить выгребную яму, которую потом же и засыплет землей? Разве нас не учили наши мудрецы древности: "Клещи клещами сотворены"?[1]

Шмуэль всматривался в губы старика, двигающиеся под густыми седыми усами, снова и снова отмечая контраст между остроумной веселостью его речи и той глубокой печалью, что омрачала голубые, подернутые сизой пеленой глаза — трагические глаза на лице сатира.

Иногда старик, по своему обыкновению пространно, с удовольствием и страстно, говорил о мрачных страхах, которые издревле пробуждал в воображении христиан образ Вечного Жида, обреченного на вечные скитания по земле еврея:

---

[1] Из Талмуда: трактат "Поучения отцов", 5:8.

— Ведь не каждый может просто так встать себе спокойно поутру, почистить зубы, выпить чашку кофе и убить Бога! Чтобы убить божество, убийца должен быть сильнее Бога. Да еще обладать беспредельной злонамеренностью и порочностью. Иисус Назорей — божество теплое, излучающее любовь, Его убийца, лукавый и омерзительный, неизбежно был сильнее Его. Эти проклятые богоубийцы способны убить Бога только при том условии, что они воистину наделены чудовищными ресурсами мощи и зла. Именно таковы евреи в темных подвалах воображения ненавистника евреев. Все мы — Иуды Искариоты. Вот только правду, мой юный друг, подлинную правду мы видим здесь, в Эрец-Исраэль[1], прямо пред нашими глазами. Точь-в-точь как еврей прошлых времен, так и якобы “новый” еврей взрастает здесь совершенно бессильным и незлонамеренным, но зато алчным, умничающим, неугомонным, напуганным, изъеденным подозрениями и страхами. Прошу любить и жаловать. Хаим Вейцман[2] как-то в отчаянии заметил, что еврейское государство никогда не сможет существовать, поскольку есть в нем противоречие: если будет государством — не будет еврейским, а если будет

---

1 Принятое в еврейской традиции, литературе и в быту название Эрец-Исраэль (Земля Израиля) приводится впервые в Библии, в книге Первой Самуила, 13:19 (в русской традиции Первая Царств). В тексте Библии этому названию предшествуют названия: Эрец ха-иврим (Земля Евреев), Эрец бней Исраэль (Земля сынов Израиля, под которыми уже подразумевается Земля Обетованная.
2 Хаим Азриэль Вейцман (1874–1952) — первый президент Государства Израиль (1949–1952).

еврейским — то уж точно не будет государством. Как у нас написано: "Вот народ, подобный ослу"[1].

Иногда он начинал говорить о перелетных птицах, о странствиях косяков морских рыб; и птицы, и рыбы пользуются таинственными приборами навигации, по сравнению с которыми научная мысль по-младенчески беспомощна и не способна подобраться к выяснению их глубинной сущности. Руки инвалида удобно покоились на письменном столе, покрытом стеклом, и почти не двигались, пока говорил Шмуэль; ореол света от настольной лампы наделял седую гриву старика еще большей выразительностью. Порой Валд подчеркивал свои сентенции, то возвышая голос, то утихая почти до шепота. Случалось, пальцы его сжимали ручку или линейку и сильная рука, рассекая воздух, рисовала затейливые фигуры. Через каждый час или полтора он тяжело поднимался с места и силой своих мускулов перемещал искривленное тело вдоль письменного стола, добирался до костылей и, ковыляя, пересекал комнату, направляясь в туалет или к одной из книжных полок. Иногда он отказывался от костылей и только с помощью рук перебирался от стола к своей плетеной колыбели, категорически отвергая помощь Шмуэля. В эти моменты своего извилистого ковыляния господин Валд походил на раненое насекомое или на гигант-

---

[1] Выражение "народ, подобный ослу" возникло в связи с проблемой разночтения слов Авраама "...а вы оставайтесь здесь с ослом" (Бытие, 22:5) некоторыми мудрецами Талмуда (например, раби Абаху), прочитанных как "оставайтесь здесь народом-ослом" из-за того, что предлог "им" ("с") пишется так же, как слово "ам" ("народ").

ского ночного мотылька, опалившего себе крылья — и весь он бьется и извивается, тщетно пытаясь взлететь.

Шмуэль заваривал чай на двоих. Время от времени он бросал взгляд на часы, опасаясь опоздать с подачей вечерней каши, дожидавшейся в тепле на электрической плитке. Несколько раз Шмуэль пытался заинтересовать хозяина дома дискуссией, развернувшейся вокруг спектакля "Визит старой дамы"[1], или "Размышлениями о поэзии Натана Альтермана"[2] — нашумевшей недавней статьей поэта Натана Заха[3], где тот безжалостно клеймил позором вычурную искусственность, господствующую, по его мнению, в альтермановской образности. Но господин Валд нашел в словах Заха изрядную дозу не острой критики, а девять мер[4] злобы, путаницы и незрелости и уклонился от темы, перефразировав древнее изречение "От Натана до Натана не было подобного Натану"[5].

---

1 Пьеса, "трагическая комедия" Фридриха Дюрренматта (1921–1990), швейцарского писателя и драматурга.

2 Натан Альтерман (1910–1970) — израильский поэт, драматург, эссеист, один из лидеров литературного авангарда своего времени, автор популярных злободневных стихов, тонкий лирик, один из наиболее читаемых израильских поэтов.

3 Зах Натан (р. 1930) — израильский поэт и литературовед, оказал значительное влияние на формирование нового направления в израильской поэзии 1950–1960-х годов, получившего название "поколение государства".

4 Господин Валд переиначивает образное выражение из Вавилонского Талмуда, где (полностью) сказано: "Десять мер красоты спустились в мир: девять досталось Иерусалиму, а одна — остальному миру".

5 "От Моше до Моше не было подобного Моше" — популярная в Средние века еврейская поговорка, высеченная на надгробии РАМБАМа (Моисея [Моше] Бен Маймона [Маймонида]).

Но старик не сказал ни слова, когда Шмуэль прочитал несколько стихотворений Далии Равикович[1], опубликованных не так давно. Низко склонив белоснежную голову, слушал он с глубоким вниманием и молчал.

Из-за того что шея его изогнулась едва ли не под прямым углом, лицо господина Валда, слушавшего стихи, обращено было к полу. На какое-то мгновение Шмуэлю даже показалось, что перед ним труп повешенного с перебитыми шейными позвонками.

---

[1] Далия Равикович (1936–2005) — израильский поэт и переводчик, классик израильской литературы. Первый же сборник стихов (1959) принес ей огромную популярность, которая в дальнейшем только росла.

9

Иосиф Флавий, он же Иосеф бен Матитьяху, автор первого из всех имеющихся у нас на руках еврейских источников, где упоминается сам факт существования Иисуса, рассказывает нам историю Назарянина в двух разных версиях. В своей книге "Иудейские древности" Иосеф бен Матитьяху посвящает Иисусу всего несколько, явно христианских, строк: "Около этого времени жил Иисус, человек мудрый, если его вообще можно назвать человеком. Он совершил изумительные деяния… Он привлек к себе многих иудеев и эллинов. То был Христос. По настоянию влиятельных лиц Пилат приговорил его к кресту… На третий день он вновь явился им живой". Эту краткую запись Флавий, по своей добросовестности, завершает тем, что считает нужным отметить следующее: "…и поныне еще не исчез род христиан, именующих себя, таким образом, по его имени". Однако некоторые из современных исследователей, а среди них и профессор Густав Йом-Тов Айзеншлос, утверждают, что никоим образом невозможно даже представить, чтобы еврей, подобный Иосефу бен Матитьяху, написал так об Иисусе, и, скорее всего, по мнению Айзеншлоса, весь этот отрывок — дело рук фальсификаторов, он переписан заново христианскими авторами и является поздней вставкой в "Иудейские древности".

Действительно, версия, совершенно отличная от приведенных слов Иосефа бен Матитьяху об Иисусе, излагается в писаниях Агапия, арабско-христианского писателя десятого века[1]. По Агапию, Иосеф бен Матитьяху не видит в Иисусе Мессию, а о Его воскресении спустя три дня после распятия Иосеф бен Матитьяху не повествует как о событии, реально происходившем, а только объективно описывает то, во что верят приверженцы Иисуса.

Бен Матитьяху родился спустя несколько лет после распятия, и, может быть, самое захватывающее в его писаниях об Иисусе — и по версии "Иудейских древностей", и по версии, которую приводит Агапий, — это удивительный факт: насколько же в глазах историка, едва ли не современника Иисуса, появление Его выглядит событием незначительным, почти третьестепен-

---

[1] Агапий, известный под именем Агапий Манбиджский (Махбуб ибн Кунстанатин ал-Манбиджи, "Агапий сын Константина", или Агапий Иерапольский, ум. 941/942) — арабский христианский историк X века. Около 941 года составил всемирную хронику "Книга титулов" ("Китаб аль-Унван"), одно из первых исторических произведений на арабском языке. Для ранней истории христианства Агапий некритически использовал апокрифы и легенды. Сочинения Агапия имели широкое хождение в христианской среде.

ным; в обеих версиях — и в версии "Иудейских древностей", и в версии Агапия — менее чем дюжиной строк удостаивает Иосеф бен Матитьяху всю историю жизни Иисуса, Его проповеди, чудеса и знамения, распятие Его, воскресение и новую религию верующих в Него.

И в глазах евреев из поколений, следовавших за Иосефом бен Матитьяху, образ Иисуса занимает весьма скромное место, является чуть ли не курьезом. Среди поколений мудрецов Талмуда только лишь отдельные из них потрудились рассеять кое-где, в "дальних углах", как говорится, несколько туманных намеков, высказанных, возможно, в осуждение Иисуса Христа, и, быть может, эти намеки как раз и не имеют к Нему никакого отношения, а призваны высмеять совершенно другого человека или даже нескольких людей, очень разных, ведь обычно мудрецы Талмуда избегают упоминания самого имени Иисуса. В более поздних поколениях к Нему приклеили пренебрежительное прозвище "Тот человек".

В двух или трех отрывках среди писаний мудрецов Талмуда пробивается некое легкое презрение, которое можно толковать по-разному; к примеру, танна[1] Шимон бен Аззай[2] цитирует найденный в Иерусалиме

---

1 Танна — законоучитель (от арамейского "тни" или "тна" — "повторять", "учить"); это слово было в ходу в Эрец-Исраэль в I–II веках н.э., до завершения Мишны (начало III века н.э.).
2 Бен Аззай Шимон — один из законоучителей, живший в Эрец-Исраэль во II веке н.э. Умер молодым, не женился, ибо сказал: "Моя душа возлюбила Закон, мир будет продолжен другими". О нем же сказано: "Для того, кто увидел его во сне, есть надежда обрести благочестие".

"Родословный свиток", в котором сказано: *"Некто незаконнорожденный, сын женщины, чей муж не был отцом ребенка"*. Может быть, слова эти — некая замаскированная трусливая колкость в адрес соперничающей религии, а возможно, эти слова — не более чем обрывки иерусалимских сплетен и слухов, герой которых вполне мог быть просто неизвестным или безымянным, — из тех анонимных сплетен, которые и в наше время витают в воздухе Иерусалима, и запах их ощущается даже в коридорах университета.

В Тосефте, в трактате Сандхедрин, рассказывается в одном месте об осуждении некоего человека по имени бен Стада, который был наказан в городе Лод за то, что подстрекал к служению чужим богам, и есть толкователи, упорно настаивающие на том, что и здесь есть некий намек на Иисуса Христа. В другом месте Тосефты, в трактате Хулин, упоминается один лекарь, взывавший к имени "Иисус бен Пантра" и с помощью этого имени врачевавший укушенных змеями. Но кем был этот Иисус, а кем — Пантра? Вопрос этот открыт для предположений, которые не более чем просто догадки. Только в позднейшие времена, в книге "Ялкут Шимони", включающей и комментарии к библейской Книге Чисел, появляется конкретное предупреждение по поводу человека смертного, "представляющего себя богом, вводя в заблуждение все человечество".

Вместе с тем в трех различных местах Вавилонского Талмуда время от времени появляются четкие слова в осуждение Иисуса, обрисованного сбившимся с пути знатоком Торы, либо колдуном, подстрекавшим к служению идолам, либо человеком беспутным, решившим раскаяться, вернуться к религии, но ему этого не позволили. Однако время шло, поколения сменяли друг друга, и эти три отрывка, не оставив по себе памяти, исчезли почти из всех печатных изданий Вавилонского Талмуда, потому что пуще смерти евреи боялись того, что учинят им соседи-христиане, прочитав в Талмуде слова об Иисусе.

Пайтан[1] Янай, живший в Эрец-Исраэль в пятом-шестом веках, сочинил в форме акростиха пиют, и весь он — насмешка и издевка над теми, которые "называют бедняка богачом / избирают мерзость гнусную /… обращаются повешенному под вечер"… И тому подобное.

Когда Шмуэль принес в библиотеку страницы своей работы, которую он пока отложил, и начал читать Гершому Валду этот витиеватый пиют, старик усмехнулся, прикрыл оба глаза своей широкой уродливой кистью, подобно человеку, не желающему видеть нечто совершенно непристойное, и произнес с негодованием:

— Довольно, довольно! Кто вообще в состоянии слушать эти пустые, пресные умничанья, ведь я просил тебя рассказать мне об Иисусе глазами евреев, а не о том, каким Он предстал перед глазами всевозможных глупцов и балбесов. Чай этот слишком слабый, да и сладкий чересчур, а вдобавок ко всему он

---

[1] Пайтан — поэт, автор пиютов (обобщающее название ряда жанров еврейской литургической поэзии).

еще и едва теплый. Ну, все недостатки, существующие в мире, ты способен втиснуть в один маленький стакан, да еще перемешать все вместе. Нет, нет, в этом нет никакой нужды, не мчись готовить мне новый чай. Только принеси мне, по доброте твоей, стакан воды из-под крана, а затем мы посидим и немного помолчим. Бен Стада или бен Патра, что им до нас? Да покоятся они с миром на ложах своих. А что же до нас, то у нас есть только то, что глаза наши видят. Да и это — только в весьма редких случаях. А теперь послушаем новости.

10

Мансарда была низкой и ему приятной. Этакая зимняя берлога. Вытянутое помещение под потолочными скатами, подобными сводам шатра. Единственное окно глядело на каменную садовую ограду и кипарисовый занавес по ту ее сторону, на двор, мощенный каменными плитами, в тени виноградных лоз и старой смоковницы. Один угольно-черный кот, несомненный самец, иногда прохаживался там взад-вперед, царственно-медленно, поднимая хвост, бархатно-мягкими шагами, словно каждая из его нежных лап не попирала, а нежно ласкала поблескивающие на солнце плиты, отполированные дождем.

Подоконник был широченным из-за толщины стен. Шмуэль застелил его своим зимним одеялом, устроив себе тем самым некое гнездо, в котором временами устраивался и полчаса-час взирал на пустынный двор. Со своего наблюдательного пункта он углядел в углу двора колодец с проржавевшей металлической крышкой. Во дворах Старого Иерусалима подобные колодцы, высеченные в скальном грунте, служили для сбора дождевой воды до того, как пришли англичане, протянули трубы от Соломоновых прудов и источников Рошха-Аина и создали в Иерусалиме водопроводную сеть.

Эти старые колодцы, собиравшие дождевую воду, спасли евреев Иерусалима от изнуряющей жажды в 1948 году, когда Арабский легион[1] королевства Трансиордания взял в осаду Иерусалим, взорвал в Латруне и Рош-ха-Аине все насосные установки, подававшие воду в город, намереваясь вынудить горожан капитулировать, уморив их жаждой. Был ли Шалтиэль Абрабанель, отец Аталии, в числе лидеров еврейского населения во время вторжения в Эрец-Исраэль армии арабских стран или к тому времени Бен-Гурион уже изгнал его со всех руководящих постов? И за что он был изгнан? Чем занимался после изгнания? В каком году умер Шалтиэль Абрабанель?

"Однажды, — решил про себя Шмуэль, — я засяду на несколько часов в Национальной библиотеке, углублюсь в поиски, постараюсь выяснить, что стоит за всей этой историей с Шалтиэлем Абрабанелем. Впрочем, что с того, если узнаешь? Разве это знание приблизит тебя к Аталии? Или как раз наоборот — заставит ее замкнуться и отгородиться от тебя в еще большей степени, чем сейчас, когда она замкнута в раковине секретности?"

---

1 С 1920 до 1956 года регулярная армия эмирата Трансиордания (с 1946 года — Королевство Иордания) финансировалась Великобританией, руководили ею британские офицеры.

Между столиком с кофейником и нишей с унитазом и душем, отделенными занавеской, стояла кровать Шмуэля. Рядом с кроватью — стол, стул и лампа, а напротив — обогреватель и этажерка, на которой покоились словари "Иврит — английский" и "Арамейский — иврит", ТАНАХ в черном матерчатом переплете с позолоченным тиснением, переплетенный вместе с Новым Заветом, какой-то иностранный атлас, книга "История Хаганы" и несколько томов "Огненных свитков". Рядом располагалось около десятка книг по высшей математике или математической логике на английском. Шмуэль выдернул одну из книг, заглянул в нее, но не понял даже первых строк предисловия. На полке под книгами, принадлежавшими этому дому, Шмуэль разместил немногие свои, а также проигрыватель и пластинки. На внутренней стороне двери росло несколько железных крючков, на них Шмуэль пристроил одежду. А на стене с помощью полосок клейкой бумаги укрепил портреты героев кубинской революции — братьев Фиделя и Рауля Кастро вместе с их другом, аргентинским врачом Эрнесто Че Геварой, окруженных плотным кольцом мужчин, таких же густобородых, почти как сам Шмуэль, в своей небрежной военной форме походивших на компанию поэтов-мечтателей, вырядившихся в боевое обмундирование и опоясавших чресла ремнем с кобурой и пистолетом. Лохматый и неуклюжий Шмуэль с легкостью мог вписаться в эту компанию. У некоторых запыленный автомат свисал с плеча так, словно был привязан грубой веревкой, а не кожаным ремнем.

В углу мансарды Шмуэль нашел металлическую тележку, очень похожую на ту, которую он видел у господина Валда в библиотеке на нижнем этаже. Только на его тележке аккуратно, ровными рядами, словно солдаты на плацу, располагались ручки, карандаши, тетради, скоросшиватели, пустые картонные папки, кучка скрепок и горстка резинок, два ластика и даже сверкающая точилка для карандашей. Неужели от него ожидают, что он погрузится здесь в переписывание священных текстов, подобно средневековому монаху в его келье? Или что окунется с головой в исследовательскую работу? Об Иисусе? Об Иуде Искариоте? О них обоих? И, возможно, о покрытой туманом подоплеке разрыва Бен-Гуриона с Шалтиэлем Абрабанелем?

Он нередко лежал в постели на спине, напряженно пытаясь выделить и соединить замысловатые фигуры, образованные трещинами и щелями на штукатурке потолка, пока глаза его сами не закрывались. Но и закрывшись, сквозь сомкнутые веки глаза его продолжали видеть скошенный потолок отведенной ему мансарды — то ли камеры заключенного, то ли особой палаты, в какие помещают больного, пораженного заразной болезнью.

Имелся и еще один неожиданный предмет, которому Шмуэль Аш не нашел никакого применения. Предмет этот открылся ему не сразу, а лишь спустя четыре-пять дней и ночей, когда Шмуэль сунулся под кровать в погоне за носком, попытавшимся ускользнуть от своей службы и укрыться в подкроватной темноте. Но вместо носка-беглеца из потемок на Шмуэля ощерилась злобная лиса, вырезанная на набалдашнике роскошной черной трости.

11

Каждый день Гершом Валд, устроившись поудобнее в кресле у письменного стола или на плетеной лежанке, пускал в своих телефонных собеседников язвительные стрелы проповедей и комментариев. Приправлял свои сентенции библейскими стихами и цитатами, остротами и отточенной игрой слов, острия которой были направлены в него самого не в меньшей степени, чем в оппонента. Временами Шмуэлю казалось, что господин Валд пронзает собеседников тончайшей иглой, оскорблениями, что способны задеть лишь хорошо образованных и начитанных людей. Например, говоря: "Но чего ради тебе пророчествовать, дорогой мой? Ведь со дня разрушения Иерусалимского Храма пророческий дар передан был подобным мне и подобным тебе"[1]. Или: "Даже если станешь толочь меня в сту-

---

1 Сказано в Талмуде: "С тех пор как разрушен Храм, дар провидения был отнят у пророков и перешел к мудрецам". Некоторые добавляют: "…а также к безумцам и младенцам".

пе, я не отступлю от своего мнения"[1]. А как-то сказал: "Вот и мы с тобой, дорогой мой, вне всякого сомнения, не похожи ни на одного из четырех сыновей[2], о которых повествует Тора в Пасхальной Агаде[3], но иногда мне кажется, что особенно не похожи мы на первого сына". В такие минуты на некрасивом лице Гершома Валда появлялось выражение некоей склочности и злонамеренности, а голос переливался ребяческой радостью победителя. Но серо-голубые глаза под дремучими седыми бровями отрицали иронию, полные печали и одинокости, словно не участвовали в беседе, а фокусировались на чем-то до невыносимости ужасном. Шмуэль ничего не знал о его телефонных собеседниках, кроме того непреложного факта, что, по всей видимости, все они были готовы терпеливо сносить колкости господина Валда и прощать ему то, что Шмуэль считал балансирующим на грани шутки и злобного сарказма.

По трезвому размышлению, не исключено, впрочем, что все эти собеседники, к которым Валд всегда обращался по кличке "дорогой мой" или "мой дорогой друг", были не "всеми", а одним-единственным человеком, вероятно, не без схожести с Гершомом Валдом, возможно даже — пожилым инвалидом, заточенным

---

[1] "Толки глупого в ступе пестом вместе с зерном, не отделится от него глупость его" (Притчи, 27:22).
[2] "О четырех сыновьях повествует Тора: о мудром, нечестивом, простодушном и неспособном задавать вопросы" (Пасхальная Агада).
[3] Агада Пасхальная — сборник молитв, бенедикций, толкований Библии и литургических произведений, прямо или косвенно связанных с ритуалом праздника Песах и с темой Исхода евреев из Египта.

в своем рабочем кабинете, и возможно даже, что с ним пребывает какой-нибудь бедный студент, заботящийся о нем и пытающийся — совсем как Шмуэль — догадаться, кто же тот предполагаемый двойник на другом конце провода.

Случалось иногда, что господин Валд возлежал в молчании и печали на своем лежаке, укутанный шерстяным одеялом в шотландскую клетку, размышлял, дремал, просыпался, просил Шмуэля приготовить по милости своей стакан чая и опять отключался, издавая продолжительный неясный звук — то ли сдавленное пение, то ли сдерживаемое покашливание.

Каждый вечер, в четверть восьмого, после выпуска новостей, Шмуэль разогревал старику его вечернюю кашу, которую готовила соседка Сара де Толедо, добавлял в кашу немного коричневого сахара и корицы. Этой каши хватало им двоим. В четверть десятого, после второго выпуска новостей, Шмуэль ставил перед стариком поднос с лекарствами, с шестью или семью различными таблетками и капсулами, и с полным стаканом воды из-под крана.

Как-то раз старик поднял глаза и окинул пристальным взглядом фигуру Шмуэля, сверху вниз и снизу вверх, без всякого стеснения, как рассматривают сомнительный предмет или как слепой ощупывает своими шершавыми пальцами собеседника; разглядывал долго и с жадностью, пока, по-видимому, не нашел то, что искал. И спросил не церемонясь:

— Однако здравый смысл подсказывает, что у тебя где-то есть какая-то девушка? Или что-нибудь похожее на девушку? Или, по крайней мере, была? Нет? Да? Не было никакой женщины? Ни разу? — И при этом хихикнул, как будто услышал непристойный анекдот.

Шмуэль промямлил:

— Да. Нет. Была у меня. Было уже несколько. Но…

— Итак, почему же дама бросила тебя? Неважно. Я не спрашивал. Бросила. И пусть ей будет хорошо. Ведь наша Аталия уже увлекла тебя. И пальцем не пошевелив, она способна привлекать к себе незнакомцев. Но только уж очень любит свою уединенность. Приближает очарованных ею мужчин и отталкивает несколько недель спустя, а то и через неделю. Три вещи непостижимы для меня, и четырех я не понимаю, но более всего — пути мужчины к девице [1]. Однажды она сказала мне, что незнакомцы увлекают ее до тех пор, пока они более-менее незнакомцы. Незнакомец, переставший быть незнакомцем, сразу же начинает ее тяготить. И какой смысл у слова "увлекать", ты случайно не знаешь? Нет? Как так? Неужто в университете совсем уже перестали обучать вас этимологии и лексическим трансформациям?

— Я уже не в университете.

— Да. Это так. Ты уже изгнан во тьму внешнюю, где плач и скрежет зубов [2]. Итак, источник слова

---

[1] "Три вещи непостижимы для меня, и четырех я не понимаю: пути орла на небе, пути змея на скале, пути корабля среди моря и пути мужчины к девице" (Притчи, 30:18-19).
[2] Матфей, 22:13.

"увлекать" — "лератек" — Иерусалиский Талмуд; в Эрец-Исраэль на арамейском языке это звучало "ратка", что означает "участок, обнесенный забором", отсюда и глагол "лератек", и это значит еще "привязать", "заковать в кандалы", привязать цепью, веревкой. А потом появились еще два значения этого слова — "увлекать" и "захватывать". А что родители? Родители у тебя есть? Или были когда-то?

— Да. В Хайфе. В Хадар ха-Кармель[1].

— Братья?

— Сестра. В Италии.

— А дедушка, про которого ты мне рассказывал, тот, что служил в мандатной полиции, и за то, что носил форму британского полицейского, убили его душу наши фанатики, — этот твой дед тоже прибыл из Латвии?

— Да. И правда в том, что он пошел служить в британскую полицию, чтобы добывать сведения для подпольщиков. Он был, по сути, чем-то вроде двойного агента, тайным бойцом того самого подполья, члены которого убили его. Решили, что он был предателем.

Гершом Валд поразмышлял немного над этим. Попросил стакан воды. Попросил чуть-чуть приоткрыть окно. А потом печально заметил:

— Была совершена большая ошибка. Большая и горькая ошибка.

— Чья? Подполья?

— Девушки. Той, что бросила тебя. Ведь ты — парень с душой. Так Аталия сказала мне несколько дней

---

1   Квартал Хайфы.

назад. И я, как всегда, знаю, что она права, потому что просто невозможно, чтобы Аталия была не права. Она родилась праведной. Она вся высечена из праведности. Но ведь постоянная правота — это, в сущности, выжженная земля. Нет?

12

Каждое утро Шмуэль Аш просыпался в девять, а то и в десять, несмотря на ежедневные обещания себе уж завтра-то подняться до семи, приготовить крепкий кофе и сесть за работу.

Он просыпался, но глаза не открывал. Закутывался поплотнее в одеяло и начинал вслух пререкаться с самим собой: "Вставай, бездельник, ведь уже середина дня". И каждое утро приходил к компромиссу: "Всего десять минут еще, что тут такого? Ведь ты здесь, чтобы успокоиться после всей этой гонки снаружи, а не затем, чтобы снова гнаться".

В конечном итоге он потягивался, вздыхал два-три раза, с усилием вытаскивал себя из постели и, дрожа от холода, в исподнем подходил к окну, чтобы посмотреть, чем отличается этот зимний день от зимнего дня предшествующего. Двор дома, каменные плиты, отполированные обильными дождями, опавшие листья, перекатывающиеся по земле, проржавевшая железная крышка на устье колодца и обнаженная смоковница — все это наполняло его покоем и грустью. Голая смоковница напоминала ему смоковницу из Нового Завета, в Евангелии от Марка, смоковницу, которую Иисус, выйдя из Вифании, увидел вдалеке и, придя к ней, искал понапрасну плоды, чтобы съесть их, но, не найдя, проклял ее в гневе, и смоковница засохла и умерла. А ведь Иисус прекрасно знал, что не может смоковница давать плоды до праздника Песах. Вместо того чтобы проклинать, мог Он благословить ее, совершить маленькое чудо, сделать так, чтобы она в ту же минуту дала плоды?

Грусть влекла за собой как раз некую странную тайную радость — будто кто-то внутри него радуется самой сути его печали. Эта радость придавала ему решимости подставить курчавую голову и бороду под кран и позволить ледяной струе стряхнуть с него остатки сна.

Теперь он чувствовал себя достаточно бодрым для встречи нового дня и, схватив полотенце, яростно вытирался, словно сдирая холод со своего тела. С воодушевлением чистил зубы, перекатывая во рту воду, сплевывая с ужасным хрипением, рвущимся из глубины горла. Затем одевался, влезал в грубый свитер, включал обогреватель и чайник и готовил себе кофе "боц"[1]. Пока кофе пузырился, Шмуэль бросал взгляды на вождей кубинской революции, взиравших на него с покатых стен мансарды, и приветствовал с энтузиазмом: "Доброе утро, товарищи!"

---

1 "Боц" — "грязь" на иврите. Для приготовления кофе "боц" ложку-две молотого кофе заливают кипятком и размешивают.

Чашка кофе в правой руке, трость с резной рукояткой в виде лисьей головы — в левой, и он снова возвращался к окну — постоять еще несколько минут в обществе этой лисы. Завидев кота, пробегавшего в тумане между замерзшими кустами, он стучал набалдашником трости по оконному стеклу, словно науськивая оскалившуюся лису на добычу или посылая внешнему миру сигналы бедствия, чтобы тот заметил их обоих, лису и Шмуэля, и вызволил из плена мансарды. Иногда глаза его наполнялись слезами, потому что ему являлась Ярдена, в мягкой вельветовой юбке она сидела в университетском кафетерии, светлые волосы собраны на затылке и заколоты шпилькой, и она рассыпает вокруг себя серебряные монетки смеха, поскольку кто-то рядом с ее столиком подшучивает над тем, как Шмуэль спускается с лестницы: кудлато-бородатая голова опережает туловище, ноги догоняют его, и весь он задыхается и пыхтит.

После кофе Шмуэль посыпал душистым тальком для младенцев свою бороду и курчавые волосы, отчего казалось, будто в его буйной растительности пробивается ранняя седина, затем он спускался по винтовой лестнице, ведущей из мансарды в кухню. Был осторожен, чтобы не нашуметь и не испугать Гершома Валда, погруженного в предобеденный сон. И вместе с тем, не видя в том противоречия, издавал три-четыре деланных покашливания в неиссякаемой надежде привлечь внимание Аталии, которая, возможно, удостоит его чести и выйдет из комнаты хоть на минутку и озарит своим сиянием кухню.

Но Аталии на кухне не было, хотя ноздри его, казалось, улавливали слабое эхо ее фиалковых духов. И снова его охватывала утренняя тоска, только на этот раз она не перетекала в радость по поводу самой сути этой тоски, а вызывала астматический хрип, и Шмуэль торопливо делал два глубоких вдоха из ингалятора, который постоянно носил в кармане. Затем он открывал холодильник, три-четыре секунды разглядывал его содержимое, не представляя, что, собственно, он ищет.

В кухне всегда царили порядок и чистота, чашки и тарелки Аталии вымыты и перевернуты на сетке сушилки, ее хлеб, завернутый в тонкую бумагу, в хлебнице, ни единой крошки на клеенке, и только стул, чуть отодвинутый от стола, стоял под некоторым углом к стене, словно она только что в спешке покинула кухню.

Ушла ли она из дома? Или опять заперлась в тиши своей комнаты?

Пару раз ему не удалось обуздать любопытство, и, прокравшись из кухни в коридор, он напряженно прислушивался перед дверью ее комнаты. Изнутри не доносилось ни звука, но после недолгого сосредоточенного вслушивания ему померещилось, будто он улавливает доносящееся из-за закрытой двери какое-то жужжание или шуршание, глухое, монотонное и непрерывное. В своем воображении он пытался нарисовать внутреннее убранство этой комнаты, куда его никогда не приглашали и куда ему никогда не удавалось даже мельком заглянуть, хотя несколько раз он подолгу сидел в засаде в коридоре, поджидая, когда же откроется ее дверь.

Но через пару минут он уже снова не понимал, в самом ли деле из-за двери доносилось жужжание-шуршание или то плод его воображения. На этот раз он едва не соблазнился тихонечко повернуть дверную ручку, но удержался и вернулся в кухню, и нос его подрагивал, как у щенка, в попытке уловить хотя бы эхо ее запаха. Снова открыл холодильник и на сей раз взял огурец и сжевал его целиком со шкуркой.

Около десяти минут сидел он у кухонного стола и просматривал заголовки газеты "Давар": новое правительство будет приведено к присяге через два-три дня, состав его все еще не ясен. Глава оппозиции Бегин[1] заявил, что проблеме палестинцев нет решения в границах Государства Израиль, но есть реальное положительное решение в Земле Израиля, когда вся земля снова будет единой. Зато мэр города Цфат чудом спасся от смерти, когда его автомобиль рухнул с дороги в пропасть. По всей стране ожидаются затяжные дожди, а в Иерусалиме возможен легкий снег.

---

1 Менахем Бегин (1913–1992) — израильский политический деятель. Уроженец Российской империи. Окончил юридический факультет Варшавского университета. Когда нацисты вторглись в Польшу, Бегин бежал в Вильнюс, в 1940 году был арестован советскими властями, получил восемь лет лагерей за сионистскую деятельность, но в конце 1941 года был выпущен из лагеря и в составе сформированной в Советском Союзе польской армии Андерса прибыл в 1942 году в Палестину. В 1977–1983 годах — глава правительства Израиля.

13

Бывало так, что он возвращался, поднимался в свою комнату и проводил два или три часа за чтением, сначала у стола, затем лежа на спине в кровати — до тех пор, пока книга не падала на его густую бороду, а глаза не смыкались под шум ветра за окном и дождя в водосточных трубах. Ему была приятна смутная мысль, что дождь льет и льет в каких-то нескольких пальцах от его головы: уклон мансардной крыши был таков, что лежащий на кровати мог легко коснуться ее кончиками пальцев.

В полдень он стряхивал с себя сон и облачался в потрепанное студенческое пальто с крупными деревянными пуговицами, застегивавшимися на веревочные петельки. На голову он нахлобучивал подобие кепки, именовавшееся "шапкой". Это русское слово — как и сами "шапки" — прибыло в страну вместе с беженцами из Восточной Европы. В затишьях между дождями он выходил прогуляться. Шатался вокруг нового здания Народного дома или шел на восток, в сторону улицы Шмуэль ха-Нагид, вдоль каменных стен монастыря Ратисбон, минуя синагогу Иешурун, и возвращался в квартал Шаарей Хесед по улицам Керен Каемет и Менахема Усышкина. Иногда, не спрашивая разрешения у Аталии, прихватывал трость с лисьей головой и шагал, постукивая ею по тротуару или испытывая ее на металлических воротах. Очень надеялся не встретить по пути никого из сокурсников, чтобы не пришлось, заикаясь, объяснять, почему вдруг он пропал, словно земля его проглотила. Куда подевался? Чем сейчас занимается? И почему он просто так слоняется по зимним улицам, словно закутанное привидение? И с чего это вдруг у него в руках такая роскошная трость с серебряной лисой в набалдашнике?

А ведь у него нет никаких ответов. И никаких отговорок. И он к тому же подписал обязательство ничего никому не рассказывать о своем новом месте работы.

Впрочем, почему бы и нет? Он составляет компанию престарелому инвалиду, иначе говоря, помогает немощному на неполную ставку, за бесплатное жилье и питание и крошечную месячную плату. Что именно Гершом Валд и Аталия Абрабанель могут скрывать от внешнего мира? И какой смысл в этой их таинственности? Не раз любопытство переполняло его, и ему страстно хотелось обрушить на них град вопросов, но сдержанная скорбь господина Валда и холодная отстраненность Аталии отметали все вопросы еще до того, как Шмуэль их формулировал.

Однажды, на улице Короля Георга, возле Бейт-Маалот[1], он увидел — или воображал, что видит, — Нешера Шершевского, специалиста по сбору дождевой воды. Натянув поглубже шапку и прикрыв половину лица, Шмуэль улыбнулся самому себе и отметил, что нынешняя зима предоставила дорогому господину Шершевскому обилие дождевой воды — собирай не хочу. Возможно, как-нибудь Нешер Шершевский явится и к ним — проинспектировать воду, собравшуюся в колодце под железной крышкой во дворе дома по переулку Раввина Эльбаза?

В другой раз, на улице Керен ха-Есод, он едва не угодил прямо в хищную пасть профессора Густава Йом-Тов Айзеншлоса, и лишь благодаря близоруким глазам профессора, сокрытым за мутными, как бронированное стекло, очками, Шмуэль Аш в последнюю минуту сумел неузнанным нырнуть в один из дворов.

В полдень он усаживался в маленьком венгерском ресторанчике на улице Короля Георга и всегда заказывал горячий и острый суп-гуляш с двумя кусочками белого хлеба, а на десерт — фруктовый компот. Иногда он быстро пересекал Парк Независимости — неся своими убегающими шагами: курчавая голова преследует бороду, туловище догоняет голову, а ноги торопятся вслед за туловищем, словно опасаясь остаться позади. Едва ли не бегом шлепал он по лужам, точно за ним гнались, и деревья осыпали его лоб ледяными, колю-

---

1 Бейт-Маалот (буквально — Дом Ступеней) — жилой комплекс, сооруженный в 1935 году, в котором проживали многие известные деятели израильской культуры.

чими каплями. Пока не выскакивал на улицу Хилель и оттуда уже тащился в квартал Нахалат Шива, где стоял, тяжело дыша, у дома, в котором до своего замужества жила Ярдена, подняв повыше воротник, наблюдал за входом, будто не Ярдена, но Аталия могла появиться оттуда. Доставал из кармана ингалятор и делал несколько глубоких вдохов.

В ту зиму Иерусалим стоял объятый тишиной и погруженный в размышления. Время от времени звонили колокола церквей. Легкий западный ветер пробегался по кипарисам, спутывая верхушки, отчего у Шмуэля щемило сердце. Случалось иногда, что скучающий иорданский снайпер вдруг производил одиночный выстрел в сторону минных полей или ничейной полосы, отделявшей израильский Иерусалим от Иерусалима иорданского. Выстрел лишь усугублял безмолвие переулков и серую тяжесть высоких каменных стен, и Шмуэль не знал, что прячется за этими стенами, монастыри или сиротские приюты, или, возможно, военные объекты. Стены венчали острые осколки стекла, а местами и спирали ржавой колючей проволоки. Однажды, проходя в тени стены, окружающей Дом прокаженных в квартале Талбие[1], он спросил себя: как выглядит

---

1   Больница имени Хансена (норвежского врача, открывшего возбудитель проказы). Здание построено в 1887 году по проекту архитектора, археолога и исследователя Палестины Конрада Шика. Здание Хансена расположено на улице Яакова Шескина (1914–1999), названной в честь врача, нашедшего лечение от проказы. В качестве лепрозория служила до середины 50-х годов прошлого века. Как больница — до 2000 года. Сейчас в здании музей больницы и центр "Митхам Хансен".

жизнь за этой стеной? И ответил сам же, что, возможно, жизнь эта не особо отличается от его собственной жизни, замкнутой в низкой мансарде в последнем доме переулка Раввина Эльбаза, на краю Иерусалима, рядом с заброшенными полями, усеянными валунами.

Спустя примерно четверть часа он разворачивался, пересекал квартал Нахалат Шива и брел обратно кружным путем — через улицу Агрон, пока наконец не оказывался у вросших в землю железных ворот, скрывавших низкий каменный дом, а затем, тяжело дыша, с легким опозданием появлялся на своем посту в библиотеке господина Валда. Шмуэль заправлял керосином обогреватель, зажигал его, кормил пару золотых рыбок в круглом аквариуме, готовил чай для господина Валда и себя. Время от времени они обменивались листами газеты "Давар". Из-за обильных зимних дождей обвалился ветхий дом в Тверии, и двое его обитателей пострадали. Президент Эйзенхауэр предупреждает о кознях Москвы. В Австралии обнаружено поселение аборигенов, никогда не слыхавших о пришествии белого человека. А Египет пополняет свои арсеналы современным советским оружием.

14

Как-то утром он спустился в кухню и обнаружил там Аталию, она сидела у стола, покрытого клеенкой, и читала лежавшую перед ней книгу. Обе ладони ее обхватывали чашку с дымящимся кофе. Шмуэль легонько кашлянул и произнес:

— Простите. Не хотел мешать.

Аталия сказала:

— Уже помешал. Садись.

Ее завораживающие карие глаза глядели на Шмуэля с легкой насмешкой, словно она вполне уверена в силе своей женственности, но слегка сомневается в достоинствах сидящего перед ней парня. Или как будто спрашивает его безмолвно: "Ну, нашелся у тебя наконец-то какой-нибудь вопрос для меня или ты опять просто надумал помозолить мне глаза?"

Шмуэль опустил взгляд и увидел выглядывающие из-под кухонного стола носки ее черных туфель на каблуках. И края зеленоватой шерстяной юбки, почти достигающей щиколоток. Он глубоко вздохнул и почувствовал легкое головокружение от запаха фиалок. Затем прикинул свои дальнейшие шаги, сгреб левой рукой солонку, а правой — перечницу воедино и сказал:

— Ничего особенного. Просто спустился в кухню за ножом для хлеба или...

— Ты ведь уже уселся. Зачем придумывать оправдания?

И снова взглянула на него, все так же без улыбки, но глаза ее уже лучились и обещали, что улыбка возможна, недостает только небольшого усилия с его стороны.

Он оставил в покое солонку с перечницей, вырвал листок из лежавшего на столе блокнота и сложил его вдвое, затем согнул два уха, это здесь, а это — тут. После чего подогнул нижний край, потянул и снова сложил, получив сначала треугольник, а затем — прямоугольник, который он снова сложил, образовав два равных треугольника, и опять сложил бумагу так, чтобы вышел прямоугольник, потянул верхние его углы в разные стороны, подал Аталии бумажный кораблик и сказал:

— Сюрприз. Для вас.

Она взяла из его руки кораблик и, задумавшись, отправила в плавание по просторам клеенки, пока не нашла для него надежную гавань между солонкой и перечницей. И кивнула, словно соглашаясь сама с собой. Шмуэль взглянул на ее лицо, на глубокую резкую складку, спускающуюся четкой линией от аккуратных ноздрей к середке верхней губы. Он заметил, что губы ее накрашены со всей деликатностью, помада почти незаметна. В ответ на его взгляд Аталия подняла чашку и выпила остатки кофе. Затем сказала влажным, медленным голосом, словно ласково поглаживая каждый слог, перед тем как отправить его в дорогу:

— Ты пришел к нам, чтобы уединиться, и вот прошло всего три недели, а одиночество начинает, по-видимому, тебя тяготить.

И прозвучало это не вопросом, а точным диагнозом. При этих словах воображение нарисовало Шмуэлю теплую полутемную комнату, жалюзи закрыты, горит настольная лампа, ее свет приглушен темным абажуром. Внезапно у него возникло неодолимое желание задеть ее, пробудить в ней любопытство, или удивление, или материнскую жалость, или даже насмешку, неважно, главное — остановить ее, не дать ей подняться и исчезнуть в своей комнате. Или того хуже — уйти из дома; уже случалось так, что она уходила и не возвращалась до позднего вечера. Последние пару раз она уходила и возвращалась только на следующий день. Шмуэль сказал:

— У меня был немного трудный период, перед тем как я пришел сюда. И пока еще не все устроилось. Я пережил кризис. Или, вернее, личную неудачу.

Вот сейчас уголки ее губ дрогнули улыбкой, словно упрашивая его остановиться, не рассказывать ей. Словно она испытывала смущение вместо него. И сказала:

— Я уже закончила с кофе. А ты? Ты ведь искал нож для хлеба?

Из ближнего к себе ящика стола Аталия достала длинный острый нож и осторожно подала его Шмуэлю. И тут ее улыбка вырвалась наконец из заточения.

И на сей раз то была не ироничная усмешка, а, напротив, настоящая улыбка, озарившая ее лицо светом сочувствия и сострадания.

— Рассказывай, если хочешь. Я посижу и послушаю.

Шмуэль в рассеянии взял нож из ее руки. О подносе с хлебом даже не вспомнил. От ее улыбки у него закружилась голова, и он заговорил, сбивчиво и коротко рассказал о подруге Ярдене, которая вдруг, ничего ему не объясняя, предпочла выйти замуж за своего прежнего приятеля, зануду-гидролога. Переложил нож из одной руки в другую, помахал им немного, проверил кончиком ногтя его остроту и сказал:

— Но что мы вообще можем знать о загадочных предпочтениях женщин?

Надеясь тем самым протянуть Аталии — и всей беседе — то ли щепку для костра, то ли стрелу, чтобы направить ее в цель.

Аталия убрала с лица улыбку и ответила:

— Нет такой вещи — "загадочные предпочтения женщин". Где ты эту чушь услышал? Вот у меня нет ни малейшего представления о том, почему пары расстаются, потому что я не понимаю, как они вообще соединяются. И зачем они соединяются. Другими словами, тебе нечем разжиться у меня по части женских предпочтений. Или мужских. Нет у меня никакого особого женского понимания, чтобы тебе предложить. Может быть, Валд сумеет. Может, поговоришь и с ним об этом? Он ведь специалист по всем вопросам.

После чего она собрала с клеенки редкие крошки, ссыпала их в Шмуэлев бумажный кораблик, деликатно подтолкнула кораблик в сторону Шмуэля и встала: красивая женщина лет сорока пяти, деревянные сережки легко качнулись от ее движений, платье изнутри обласкано ее телом; она миновала его, обдав нежным фиалковым дуновением, но у двери остановилась, одна рука на бедре:

— Со временем мы тебя здесь, возможно, одурманим слегка, чтобы меньше болело. Эти стены привыкли впитывать боль. Но мою чашку не трогай. Я потом вернусь и вымою ее. Но чтобы ты тут не торчал, дожидаясь меня. Впрочем, как угодно. Дожидайся, почему бы нет, если у тебя нет лучшего занятия. Валд бы, конечно, сказал: "Блажен, кто ожидает и достигнет"[1]. Не имею понятия, как долго.

Шмуэль нацелил хлебный нож на клеенку, не нашел, что бы отрезать, осторожно положил нож рядом с солонкой и сказал:

— Да. — И тут же поправил себя и сказал: — Нет.

Но она уже выскользнула из кухни. Оставив его кромсать ножом бумажный кораблик, сделанный для нее.

---

1 Книга Пророка Даниила, 12:12.

15

Примерно в середине девятого века или чуть ранее сидел некий еврей, чье имя нам неведомо, и писал сочинение, в котором он глумился над Иисусом и христианской верой. Нет никакого сомнения в том, что автор, писавший свое сочинение на арабском языке, жил в мусульманской стране, ибо в противном случае он бы не осмелился так насмехаться над христианством. Его сочинение называлось по-арабски "Каца маджадла аль-аскаф", то есть "Рассказ священника об острой полемике". В нем рассказывается об одном священнике, перешедшем в иудаизм, и после принятия иудаизма он обращается к христианам и объясняет им, почему их вера лжива. Совершенно очевидно, что этот анонимный сочинитель сведущ в христианстве и разбирается в его священных писаниях, равно как и в некоторых поздних христианских толкованиях.

Во времена Средневековья евреи перевели этот текст с арабского на иврит и назвали его "Полемика

Нестора-священника" (то ли с намеком на несторианскую церковь, то ли видоизменив слово "стира" — "противоречие", "опровержение" — или слово "нистар" — "был опровергнут", а возможно, просто потому, что Нестором звали священника, перешедшего в иудаизм). С течением времени возникли различные версии этого сочинения. В некоторые из них вставлены цитаты на греческом и на латыни, а иные странствовали, по-видимому, из Испании в Германию и добрались до византийских земель.

Суть "Полемики Нестора-священника" — в выявлении противоречий в рассказах евангелистов, в опровержении идеи Троицы и в возражении против Божественности Иисуса. Для достижения этих целей книга избирает различные средства, из которых отдельные противоречат друг другу. С одной стороны, Иисус описывается как абсолютный иудей, соблюдающий заповеди, не собирающийся создавать новую религию или считаться Богом, и только после Его смерти появилось христианство, извратило Его образ для собственных нужд и вознесло Его на одну ступень с Богом. С другой стороны, это сочинение не гнушается грубыми, если не сказать отвратительными намеками относительно удивительных обстоятельств рождения Иисуса. Автор даже насмехается над страданиями и одинокой смертью Иисуса на кресте. К тому же в книге приводятся доводы логические и доводы теологические, предназначенные опровергнуть основы христианской веры.

Все эти противоречия Шмуэль Аш тщательно проверил и записал для себя на листке, прикрепленном к черновикам его заметок, что сей сомнительный анонимный еврейский автор "Полемики" утверждает, чуть ли не единовременно, что Иисус был чистопородным, добропорядочным иудеем; что Иисус был ублюдком, рожденным от блуда его матери, и неизбежно загрязнился, как всякий зародыш человеческий в этом мире, скверной материнской утробы; что пусть даже первый человек не рожден от женщины, никто тем не менее не видит в нем божества; что Ханох и Илия тоже не умерли, а взяты были на небо, и, несмотря на это, они не считаются сыновьями Бога. И не только это: пророк Елисей и пророк Иезекиил творили чудеса и воскресили мертвых куда больше, чем Иисус, не говоря уже о чудесах и знамениях великого учителя нашего Моисея. В заключение автор, подвергая осмеянию акт Распятия, напоминает, как глумилась толпа над умирающим на кресте Иисусом и издевалась над Ним словами: "Спаси самого себя, сойди с креста". И под конец Нестор цитирует из Священного Писания, что всякий повешенный несет на себе проклятие, как сказано: "Проклят Богом повешенный"[1].

Когда Шмуэль рассказал Гершому Валду об этих утверждениях Нестора-священника, как и о некоторых других популярных еврейских средневековых текстах — "Родословии Иисуса", "Случае с повешенным" и еще ряде подобных измышлений, — Гершом Валд ударил своими огромными ладонями по столешнице и вынес приговор:

---

1   Второзаконие, 21:23.

— Безобразие! Полное безобразие и уродство!

Гершом Валд полагал, что никакого Нестора не было и принявшего иудаизм священника не существовало, однако были трусливые еврейчики-недоумки, они-то и сочинили все эти мерзкие писания, поскольку боялись разрушительной силы христианства и потому что желали воспользоваться покровительством мусульманских властей и поносить Иисуса, прячась в складках плаща Мухаммеда.

Шмуэль возразил ему:

— Но ведь в "Полемике Нестора-священника" очевидна широкая эрудиция в области христианства, знание Евангелий, знакомство с христианской теологией.

Но Гершом Валд решительно отмел всю эту "эрудицию":

— Что за "эрудиция", какая еще "эрудиция"? Нет здесь никакой эрудиции, кроме набора отвратительных клише из лексикона базарной толпы. Язык евреев, оскверняющих Иисуса и тех, кто верует в Него, похож как две капли воды на грязные языки всевозможных антисемитов, испытывающих отвращение к евреям и иудаизму.

Ведь для того чтобы спорить с Иисусом Назореем, — печально произнес Валд, — человек обязан хоть немного возвыситься, а не опускаться до клоаки. Верно и то, что возможно, вполне возможно и даже достойно не соглашаться с Иисусом — например, в вопросе универсальной любви: действительно ли возможно такое, что все мы без исключения сможем любить все время всех без исключения? Неужели сам Иисус любил всех все время? Любил ли Он, к примеру, менял у ворот Храма, когда овладел Им гнев и Он в ярости опрокинул их столы? Или когда заявлял: "Не мир пришел Я принести, но меч"? Не истерлись ли в ту минуту из Его сердца заповедь всеобщей любви и заповедь, повелевавшая подставить и другую щеку? Или когда завещал апостолам быть мудрыми, как змии, и простодушными, как голуби? И особенно когда, согласно Луке, повелел Он, чтобы врагов Его, не пожелавших принять царствие Его, привели пред Его очи и избили перед Ним? Куда исчезла в то мгновение заповедь, предписывающая любить также — и в особенности! — врагов наших? Ведь тот, кто любит всех, не любит, в сущности, никого. Пожалуйста. Вот так может человек вести спор с Иисусом Назореем. Так, а не прибегая к помойной брани.

Шмуэль заметил:

— Евреи, писавшие эти полемические вещи, наверняка писали их под глубоким влиянием страданий от преследований и угнетения их христианами.

— Подобные евреи, — сказал Валд с усмешкой отвращения, — подобные евреи, будь в их руках сила и власть, наверняка преследовали бы верующих в Иисуса, причиняли бы им муки и притесняли, возможно, не меньше, чем ненавидящие Израиль христиане — евреев. Иудаизм, христианство, ислам — все они не скупятся на медоточивые речи, исполненные любви, благосклонности и милосердия, только пока нет в их руках наручников, решеток, власти, пыточных подвалов и эшафотов. Все эти верования, в том числе зародившиеся в последних поколениях и продолжающие и по сей день очаровывать множество сердец, — все они явились спасать нас, но очень скоро начали проливать нашу кровь. Я лично не верю в исправление мира. Вот. Я не верю ни в какую систему исправления мира. Не потому что мир в моих глазах исправен. Безусловно, нет. Мир крив и тосклив и полон страданий, но всякий, пришедший исправлять его, быстро погружается в потоки-реки крови. Давай-ка теперь вместе выпьем по стакану чая и оставим в покое сквернословие, которое ты мне сегодня принес. Вот если только в один прекрасный день исчезнут из мира все религии и все революции, говорю тебе, все до единой, без всякого исключения, будет в этом мире намного меньше войн. Человек, как сказал когда-то Кант, по природе своей — подобие кривого, шершавого полена. И нам нельзя пытаться обстругать его, не утонув по горло в крови. Слышишь, какой дождь на улице. Скоро начнутся новости.

16

За опущенными жалюзи библиотеки ветер внезапно утих, прекратился и дождь. Сумеречный город погрузился в вязкую глубокую тишину. Только две упрямые птицы настырно пытались расколоть эту тишину. Гершом Валд лежал, сгорбившись, какой-то весь заостренный, на кушетке, укрывшись шерстяным одеялом и медленно перелистывая иностранную книгу, на обложке которой Шмуэль заметил витиеватое позолоченное тиснение. Настольная лампа отбрасывала вокруг инвалида теплый желтоватый круг так, что Шмуэль оставался вне его пределов. Старик уже успел этим вечером не на шутку подраться по телефону с одним из своих постоянных собеседников, швырнув в оппонента, что последовательность не всегда то качество, которым следует похваляться, нет и нет! Однако недостаток последовательности, безусловно, позор для ее приверженца.

Валд и Шмуэль выпили не по одному стакану чая, Шмуэль покормил золотых рыбок в круглом стеклянном аквариуме, и они с Валдом уже поговорили о решении иорданских властей в Восточном Иерусалиме препятствовать проходу израильской колонны к зданиям Еврейского университета на горе Скопус. Говорили о волне антисемитских нападений, осуществленных по всей Германии молодыми неонацистами, и о решении берлинского городского сената объявить все неонацистские организации вне закона. В газете говорилось, что президент Всемирной сионистской организации доктор Нахум Гольдман[1] утверждал, что за всеми нападениями на еврейские учреждения в Европе стоят нацисты. А потом Шмуэль вышел на кухню, захватив пустую тарелку из-под печенья, а по возвращении подал старику его вечерние лекарства, которые тот проглотил, запив остатками чая.

Внезапно Валд спросил:

— Ну а твоя сестра? О которой ты мне рассказывал? Та, что уехала изучать медицину в Италию? Ты уже поставил ее в известность о своем положении?

— О моем положении?

— Да. Ты ведь явился к нам якобы прятаться от жизни, да вот влюбился, как если бы кто убежал от льва и по-

---

1   Нахум Гольдман (1895–1982) — один из лидеров сионистского движения, инициатор и участник переговоров с канцлером ФРГ К. Аденауэром о выплате репараций Израилю и компенсаций жертвам нацизма. Н. Гольдман расходился с израильским правительством и его лидерами — прежде всего, с Бен-Гурионом — по многим политическим вопросам.

пался бы ему навстречу медведь[1]. Думал ли ты когда-нибудь, мой юный друг, насколько точны англичане в своем замечательном выражении "свалился в любовь"?[2]

— Я? — поразился Шмуэль. — Но я...

— Когда англичане еще с деревьев не слезли, наш самый мудрый из людей уже знал, что любовь покрывает все грехи[3]. Иными словами, любовь, по сути, связана с тем, что, споткнувшись, окажешься на низшей ступени греховного мира. И в той же книге еще сказано: "Надежда, долго не сбывающаяся, томит сердце"[4]. Твоя сестра, она младше тебя? Старше?

— Старше. На пять лет. И она не...

— Если не она, то кто? Ведь человек, тебе подобный, не протянет руку к родителям в часы такого падения. И к своим учителям. Может быть, твои друзья поддержат тебя. У тебя есть друзья?

Шмуэль ответил, что в данную минуту ему хотелось бы сменить тему разговора, что друзья отдалились от него или, правильнее, он отдалился от них, поскольку все социалистическое движение пережило тяжелое потрясение после разоблачения извращений сталинского режима. И среди товарищей Шмуэля начались разногласия. Чтобы не давать Валду возможности продолжать разговор о любви и об одиночестве, Шмуэль углубился в подробный рассказ о кружке социалистического обновления, который собирался раз в неделю

---

1   Амос, 5:19.
2   Fall in love (англ.).
3   Притчи Соломоновы, 10:12.
4   Притчи Соломоновы, 13:12.

в задымленном кафе в квартале Егиа Капаим, пока недавно не распался по причине серьезных разногласий. После чего нырнул еще глубже и стал говорить о ленинском наследии и о том, что сотворил с ним Сталин, а отсюда перешел к размышлениям вслух на тему, какого рода наследство оставил Сталин своим преемникам — Маленкову, Молотову, Булганину и Хрущеву.

— Неужели достойно ставить крест на великой идее, раз и навсегда махнуть рукой на возможность исправления мира только потому, что партия там, в Советском Союзе, разложилась и сбилась с дороги? Неужели достойно выносить обвинительный приговор Иисусу, чудесной личности, только потому, что инквизиция мнит о себе, что действует от Его имени?

Гершом Валд сказал:

— А кроме сестры да Ленина с Иисусом, есть у тебя в мире хоть одна близкая душа? Ладно. Ты ведь не обязан отвечать на эти вопросы. Ты — бравый солдат в армии исправителей мира, а я — всего лишь часть его испорченности. Когда победит новый мир, когда все люди без исключения будут простыми, честными, продуктивными, сильными и равными, распрямившими свои согбенные спины, — тогда законом отменят право на существование подобных мне извращенных существ, которые, по общему мнению, лишь едят и ничего не делают, да еще мутят все вокруг всевозможным бесконечным умничаньем. Вот так. Даже она, то есть Аталия, тоже наверняка окажется лишней в чистом мире, который возникнет после революции, — в мире, которому не будет никакого дела до одиноких вдов, не мобилизованных на исправление мира, а слоняющихся без дела то тут, то там, совершая хорошее и плохое, попутно разбивая наивные сердца, а за все это наслаждаясь постоянным денежным пособием из отцовского наследства и пенсией вдовы военнослужащего от министерства обороны.

— Аталия? Вдова?

— И даже в тебе, мой дорогой, не будет у них никакой надобности, даже тени надобности после того, как осуществится наконец-то великая революция. Ибо что им за дело до Иисуса глазами евреев? Что за дело до всевозможных мечтателей, подобных Иисусу? Или подобных тебе? Что им до еврейского вопроса и вообще до всех вопросов, существующих в этом мире? Ведь они, в сущности, сами — ответ на все вопросы, окончательный восклицательный знак! И я говорю тебе, мой дорогой, пожалуйста, послушай. Если мне предстоит тысячу раз выбирать между нашим страданием, твоими, моими и всеобщими нашими вековыми муками, — и между вашими спасениями и избавлениями или вообще всеми спасениями и избавлениями в мире, я предпочитаю, чтобы оставили нам всю боль и сожаление, а себе пусть оставят исправление мира, являющееся всегда в компании с резней, крестовыми походами или с джихадом, с ГУЛАГом или с битвами Гога и Магога. А сейчас, друг мой, сейчас, с твоего позволения, мы проделаем над тобой небольшой эксперимент: мы обратимся к тебе с тремя просьбами — закрыть поплотнее жалюзи, добавить керосин в обогреватель, приготовить нам обоим еще по стакану чая. Попросим и понаблюдаем за судьбой этих трех пожеланий.

17

Ночью, погасив свет и свернувшись под одеялом на кровати, он видел на стене отблески молний, слышал раскаты грома и удары дождя, железными цепями громыхавшего по черепичной крыше над самой его головой, и поскольку кровать его стояла под самым скатом, то, вытянув руку, он мог коснуться наклонного потолка, и подушечки его пальцев и бушующие стихии окажутся разделенными какими-то четырьмя-пятью сантиметрами штукатурки и черепицы.

Холод, ветер и дождь, бушевавшие в такой близости, нагоняли тяжелый сон, но каждые полчаса-час он просыпался, разбуженный почудившимся скрипом двери внизу или шорохом шагов во дворе. И он бросался к окну, настороженный, словно грабитель, и пытался высмотреть сквозь щели жалюзи, не она ли выходит из дома в ночь. Или, наоборот, возвращается и запирает за собой дверь. Одна? Или не одна?

Подобное предположение ввергало Шмуэля в слепой гнев, смешанный с жалостью к себе и с некоторой долей горькой неприязни к ней. Она и ее секреты. Она и ее игры в таинственность. Она и чужие мужчины, которые, возможно, шастают здесь, приходят и уходят ветреными дождливыми ночами. Или не приходят, но она сама, крадучись, выходит к ним?

Но разве она должна тебе? Неужели только потому, что ты вывалил на нее удручающие байки о своих разочарованиях, о том, как тебя бросили, о всяких идеологических глупостях, она обязана в ответ изложить тебе историю своей жизни и подробности своих связей? С какой стати? Что ты можешь предложить ей и какое ты имеешь право ожидать от нее чего-либо, кроме зарплаты да кухонного и постирочного распорядка, о которых вы договорились в день твоего прибытия сюда?

С этим он возвращался в постель, снова сворачивался под одеялом, вслушивался в дождь или в глубокую тишину в паузах дождя, засыпал ненадолго, просыпался в отчаянии или в гневе, зажигал свет у изголовья, прочитывал четыре-пять страниц, не понимая написанного, гасил свет, переворачивался на другой бок, боролся с муками вожделения в темноте, включал свет, садился, слушал рев ночного мотоцикла, мчавшегося безлюдными переулками, исходил яростной ненавистью к ней и немного — к ее избалованному старику, вставал, расхаживал по комнате, садился к шаткому письменному столу или устраивался на каменном подоконнике, словно воочию видел ее, медленно снимающую сапоги и чулки, платье слегка приподнято, линия икр белеет из темноты, а глаза саркастически смеются: "Да? Прости? Ты что-то хочешь? Что тебе понадобилось на этот раз? Немного тяготит одиночество? Или раскаяние?" И он снова мчался к окну, к двери, к углу, служившему ему кухней, наливал полстакана дешевой водки, вливал в себя одним махом, словно омерзительное лекарство, возвращался в постель, проклинал свое вожделение и ироническую улыбку Аталии, ненавидя зеленоватую искорку в ее дразнящих карих глазах, столь уверенных в своей власти, ненавидя ее темные волосы, спускающиеся на левую грудь, ее босые ноги, ее белеющие перед ним коленки, каждую в отдельности ненавидя. И снова дождь стучал по черепице прямо над его пылающим в лихорадке телом, и ветер глумился над верхушками кипарисов перед его окном, и Шмуэль выплескивал вожделение в ладонь, и тотчас же его заливала мутная волна стыда и омерзения, и он клялся оставить этот дом, этого безумного старика и эту вдовую женщину, а уж действительно ли вдову, так безжалостно издевающуюся над ним. Уже завтра или послезавтра он оставит их. Или самое позднее — в начале следующей недели.

Но куда он пойдет?

В девять или в десять утра он просыпался окончательно, измочаленный и мрачный, весь в слезах от жалости к самому себе, проклиная и свое тело, и свою жизнь, препираясь с самим собой: "Вставай уже, вставай, несчастный, вставай, или революция вот-вот начнется без тебя". И вымаливал себе еще десять минут или пять, переворачивался, забывался снова и опять просыпался, а уже почти полдень. А ведь в половине пятого ему заступать на смену в библиотеке, а эта черная вдова если и заходила в кухню, сидела там и пила чай, то ты опять прозевал ее. Теперь ты наконец уже оденешься, выйдешь из дома в поисках обеда, который заодно послужит и завтраком, впрочем, и ужином тоже, потому что вечером ты ведь ничего есть не будешь, кроме двух толстых кусков хлеба с вареньем да остатков каши, которую Сара де Толедо, соседка, приносит Гершому Валду каждый вечер, готовя у себя на кухне за скромную плату, о чем условилась с ней Аталия Абрабанель.

18

В один из вечеров Гершом Валд рассказал ему о приключениях отряда крестоносцев, вышедших во второй половине одиннадцатого века из области Авиньон и направившихся в Иерусалим, чтобы освободить его из рук еретиков и тем снискать благодать, вымолить искупление грехов и обрести покой душевный. На своем пути отряд миновал леса и степи, небольшие города и селения, горы и реки. Немало трудностей и страданий досталось крестоносцам по дороге — болезни и распри, голод и кровавые стычки с разбойниками и с другими вооруженными отрядами, которые, как и они, тоже следовали в Иерусалим во имя Святого Креста. Не раз сбивались они с пути, не раз одолевали их эпидемии, холод и нужда, не раз охватывала их разрывающая сердца тоска по дому, но неизменно перед их взором возникал образ чудесного Иерусалима, града не от мира сего, в котором нет ни зла, ни страданий, а лишь вселенский небесный покой и глубокая чистая любовь, — города, залитого вечным светом сострадания и милосердия. Так шли они и шли, минуя пустынные долины, взбираясь на заснеженные склоны гор, пересекая продуваемые ветрами равнины, унылые пространства заброшенных, поросших кустарником холмов. Постепенно слабел дух, изнуряли тяготы похода, разочарование и растерянность вгрызались в воинов, некоторые из них ночами сбегали и поодиночке направлялись домой, другие лишились рассудка, а иных охватило отчаяние и безразличие, и все яснее становилось им, что Иерусалим вожделенный — не город вовсе, а лишь чистое стремление. И все же крестоносцы продолжали идти на восток, к Иерусалиму, с трудом волоча ноги, сквозь грязь, пыль, снег, устало плелись вдоль реки По, направляясь к северному побережью Адриатического моря, пока в один из летних вечеров, на закате солнца, не прибыли они в небольшую долину, окруженную высокими горами, в одной из внутренних областей земли, известной сегодня под именем Словения. Эта долина предстала перед их глазами оазисом Бога: источники и луга, зеленые пастбища и тенистые дубравы, виноградники и цветущие фруктовые сады. И была в этой долине маленькая деревушка, выстроенная вокруг колодца, и площадь, мощенная каменными плитами, и амбары, и сеновалы под отвесными крышами. Стада овец паслись на склонах, степенные коровы грезили на зеленом лугу, а между ними прохаживались гуси. Спокойными и безмятежными показались крестоносцам крестьяне этой деревушки и улыбчивые, черноволосые и круглотелые девушки. Так случилось, что крестоносцы посоветовались между собой и решили в конце концов назвать эту благословенную долину Иерусалимом и здесь завершить свой изнурительный поход.

Итак, разбили они лагерь на одном из склонов, напротив деревенских домов, напоили и накормили утомленных лошадей, окунулись в воды ручья и, отдохнув в этом Иерусалиме от мук и страданий похода, начали собственными руками обустраивать свой Иерусалим: соорудили для себя двадцать-тридцать скромных хижин, выделили участки поля каждому, проложили дороги, возвели маленькую церковь, а к ней — прелестную колокольню. Со временем взяли себе в жены девушек из деревни, нарожали детей, которые, подрастая, с удовольствием плескались в водах Иордана, босиком носились по опушкам лесов Вифлеема, взбирались на Масличную гору, спускались в Гефсиманский сад, к ручью Кедрон и к Вифании или играли в прятки среди виноградников Эйн-Геди.

— Так они и живут доныне, — завершил свой рассказ Гершом Валд, — жизнью чистою, жизнью вольною, в Граде Святом, в Земле Обетованной, и все это — без пролития крови чистой, без войны непрестанной с еретиками и врагами. Живут в своем Иерусалиме в добре и спокойствии, каждый под своей виноградной лозой, под своей смоковницей[1]. До скончания времен. А ты? Куда, если так, ты намерен отсюда податься?

---

1   Михей, 4:4.

— Вы предлагаете мне остаться, — сказал Шмуэль без знака вопроса в конце фразы.

— Ведь ты уже любишь ее.

— Возможно, только немного, только тень ее, не ее саму.

— А ты вообще живешь среди теней. Как раб жаждет тени[1].

— Среди теней. Возможно. Да. Но не как раб. Пока еще — нет.

---

1   Иов, 7:2.

19

Как-то утром Аталия поднялась в мансарду и застала Шмуэля сидящим за столом и перебирающим записи, которые он сделал в те дни, когда еще надеялся завершить и подать профессору Густаву Йом-Тов Айзеншлосу свою работу "Иисус глазами евреев". Она встала на пороге — одна рука на бедре, словно пастушка из рассказа Гершома Валда, остановившаяся на берегу речки и внимательно наблюдающая за своим гусиным стадом. На Аталии было узкое хлопковое платье персикового цвета с рядом больших пуговиц спереди. Верхнюю и нижнюю пуговицы она предпочла не застегивать. Шею обхватывал шелковый платок, завязанный бабочкой, а талию — темный пояс с перламутровой пряжкой. Она насмешливо спросила, что с ним стряслось, почему он вскочил ни свет ни заря (было одиннадцать с четвертью). Шмуэль ответил, что сон не идет к разбитым сердцам. На это Аталия заметила, что верно как раз противоположное, ведь известно, что разбитые сердца всегда убегают в объятия сна. Шмуэль сказал, что и сон, как все прочие, захлопывает двери перед ним. Аталия пояснила, что именно поэтому она и поднялась к нему, чтобы распахнуть перед ним дверь, иными словами — объявить ему о том, что нашего старика нынешним вечером отвезут на машине в дом его приятелей в квартале Рехавия, а посему Шмуэль может наслаждаться свободным вечером.

— А вы? Может быть, и вы свободны этим вечером?

Она устремила на Шмуэля пристальный взгляд карих с зеленоватыми искорками глаз, так что ему пришлось потупиться. Лицо ее было бледным, взгляд словно прошел сквозь Шмуэля и вонзился во что-то за его спиной, но тело было живым и пульсирующим, грудь вздымалась и опускалась в такт спокойному дыханию.

— Я всегда свободна, — сказала Аталия. — И этим вечером — тоже. У тебя есть предложение? Сюрприз? Соблазн, перед которым я ни за что не смогу устоять?

Шмуэль предложил прогулку. А потом, возможно, ресторан? Или, может, какой-нибудь фильм в кинотеатре?

Аталия сказала:

— Все три предложения принимаются. Не обязательно в том порядке, в котором они поступили. Я приглашу тебя на первый сеанс в кино, ты пригласишь меня в ресторан, а что касается прогулки — еще посмотрим. Вечера нынче холодные. Возможно, просто пешком вернемся домой. Так сказать, сопровождая друг друга. Нашего Валда, вероятно, привезут между половиной одиннадцатого и одиннадцатью, а мы вернемся немного раньше, чтобы встретить его. Ты спустишься в кухню вечером в половине шестого. Я буду готова. А если я случайно задержусь, ты, возможно, согласишься подождать меня немного? Нет?

Шмуэль, заикаясь, пробормотал "спасибо". Около десяти минут он стоял у окна, не в силах унять радость. Вытащил из кармана ингалятор и сделал два глубоких вдоха, поскольку от волнения стало трудно дышать. Затем уселся на стуле перед окном, выглянул во двор, где плиты поблескивали под солнечными лучами, и спросил себя: о чем, собственно, он будет беседовать с Аталией? Что он вообще о ней знает? Что она вдова, что ей лет сорок пять, она дочь Шалтиэля Абрабанеля, который пытался возражать Бен-Гуриону в дни Войны за независимость и был изгнан со всех своих постов? А теперь она здесь, в этом старом доме, с Гершомом Валдом, инвалидом, который называет ее "моя владычица". Но какая связь между ними? Кому из них двоих принадлежит этот дом, на железных воротах которого выбито: "Дом Иехояхина Абрабанеля ХИ"В дабы возвестить, что праведен Господь"? Неужели Аталия, совсем как он, — всего лишь квартирантка Гершома Валда? Или Валд — квартирант Аталии? И кто этот Иехояхин Абрабанель? И какова природа отношений между немощным инвалидом и этой сильной женщиной, проникающей по ночам в твои сны? И кто были его предшественники, жившие в этой мансарде, и почему они исчезли? И почему с него взяли обязательство хранить его работу в тайне?

Все эти вопросы Шмуэль решил исследовать по одному и на каждый со временем найти исчерпывающий ответ. А пока он принял душ, присыпал бороду детским тальком, переоделся и попытался расчесать свои косматые заросли — безуспешно. Борода бунтовала и ничуть не изменилась после расчесывания. И Шмуэль сказал самому себе: "Брось. Жаль. Нет никакого смысла".

20

То тут, то там уже в эпоху Средневековья раздавались отдельные еврейские голоса, возражавшие против наглой грубости рассказов, позоривших Иисуса, к примеру, голос раби Гершома ха-Коэна, во вступлении к своей книге "Надел законодателя" писавшего, что осмеяние Иисуса — не более чем "глупость и полная чепуха, позорящая человека образованного, на устах которого они появляются". (Хотя и сама книга "Надел законодателя" также стремится опровергнуть истинность историй, изложенных в Новом Завете.) Раби Иехуда ха-Леви в своей "Книге хазара", написанной в XII веке, вложил в уста христианского мудреца рассказ о Божественном рождении Христа — о главных событиях Его жизни и идее Святой Троицы. Все это мудрец-христианин излагает хазарскому царю, но рассказ не убедил царя, и он не принимает христианскую веру, потому что все это повествование кажется ему далеким от здравого смысла. Следует отметить, что в "Книге хазара" раби Иехуда ха-Леви приводит краткое изложение истории жизни Иисуса, избегая фальсификаций, насмешек и даже с определенной дозой убедительности.

Что же касается Рамбама, также жившего в XII веке, то в своей книге "Повторение Закона" он изображает Иисуса как лжемессию, но вместе с тем полагает, что христианство — верный шаг человечества на пути от язычества к вере в Бога Израиля. В книге "Йеменское послание" Рамбам говорит, что отец Иисуса был чужеземцем, а мать — дочерью народа Израиля и что сам Иисус не имеет никакого отношения к тому, что говорили и делали Его ученики, к тем легендам, которыми окружили образ Иисуса после Его смерти. Рамбам даже утверждает, что мудрецы Израиля, современники Иисуса, были, по-видимому, причастны к смерти Иисуса.

В отличие от писателей, которые порочили память Иисуса, пребывая в арабских землях, Радак (раби Давид Кимхи)[1] создавал свои сочинения в христианском Провансе. В "Книге Завета", приписываемой ему, можно найти отголоски острой теологической полемики, разразившейся внутри самого христианского мира: некоторые из христианских мудрецов полагали, что Иисус — воплощение божественности во плоти и крови, в то время как другие считали, что Иисус был духом, а не плотью, следовательно, пребывая в утробе Матери Своей, Он ничего не ел и не пил. Радак насмеха-

---

[1] Радак (раби Давид Кимхи, 1160? — 1235?) — грамматик и комментатор Библии, его труды оказали глубокое влияние на сочинения христианских гебраистов эпохи Ренессанса. Испытал влияние Маймонида.

ется над подобными аргументами, подробно разбирая парадокс пребывания бесплотного плода в чреве облеченной плотью матери: "…(Иисус) вышел из известного места, маленький, как и все малютки, справлял нужду, мочился, подобно всем детям, и не творил никаких знамений до тех пор, пока вместе с отцом и матерью не спустился в Египет, там он и научился многим премудростям (колдовству), а после восхождения в непорочную Страну Израиля творил чудеса и знамения, описанные в книгах христиан, и все это — в силу тех премудростей, которым научился в Египте…" Так пишет Радак в "Книге Завета". И еще: не будь Иисус плотью и кровью, утверждает Радак, невозможна была бы Его смерть на кресте.

"Странная вещь, — записал для себя Шмуэль на отдельном листке, — чем больше эти евреи стараются опровергнуть сверхъестественные истории вокруг зачатия и рождения Иисуса, вокруг Его жизни и Его смерти, тем упорнее они уклоняются от духовной, интеллектуальной, моральной конфронтации с несомой Иисусом Благой вестью. Словно им вполне достаточно опровергнуть чудеса и оспорить знамения, и таким образом исчезнет сама Благая весть, будто ее и не было. И странно, что ни в одном из этих писаний нет ни слова об Иуде Искариоте. Ведь не будь Иуды, то, возможно, не было бы и Распятия, а без Распятия не было бы и христианства".

21

Вечерний воздух был холоден и сух, переулки безлюдны и окутаны полупрозрачной белесой пеленой пара, слегка сгущавшегося вокруг уличных фонарей. Время от времени дорогу перебегал торопливый кот и мигом исчезал среди теней. Аталия куталась в темное пальто, и только ее изящная голова оставалась непокрытой. Шмуэль был в своем грубом студенческом пальто с веревочными застежками и крупными деревянными пуговицами, в шапке с козырьком. Одна лишь густая борода торчала наружу. Шмуэль едва сдерживал свою походку-бег, приноравливая ее к размеренному шагу Аталии. Время от времени он все-таки вырывался вперед, но тут же, устыдясь, останавливался и поджидал Аталию.

— Куда ты бежишь? — спросила она.

Шмуэль поспешил извиниться:

— Простите. Я привык ходить в одиночку, а потому вечно спешу.

— Спешишь? Куда?

— Не знаю. Понятия не имею. Гонюсь за собственным хвостом.

Аталия взяла его под руку.

— Этим вечером ты ни за кем не гонишься. И за тобой никто не гонится. Этим вечером ты идешь со мной. И в моем темпе.

Шмуэль чувствовал, что должен чем-то заинтересовать, как-то развлечь, но вид пустого переулка, над которым нависали пустые бельевые веревки и пустые балконы, и освещавший все это мутным светом одинокий фонарь вызвали у него тягостное ощущение, и он не находил нужных слов. Ее руку, продетую под его локоть, он прижал к своему боку, словно обещая Аталии, что все еще впереди. В эти минуты он знал, что власть ее над ним абсолютна, что она может побудить его сделать почти все, о чем ни попросит. Но с чего начать разговор, который мысленно вел с ней уже несколько недель, он не знал. После ее слов, что нынче он будет шагать в ее темпе, он подумал, что лучше уж пусть она сама сочтет нужным открыться первой. Аталия молчала и только пару раз заговорила, чтобы указать на ночную птицу, пролетевшую прямо над их головами, или предостеречь Шмуэля о горе мусора, в которую он из-за своей рассеянности едва не воткнулся.

Они пересекли улицу Усышкина, миновали безлюдную площадь перед Народным домом и направились к центру города. Прохожие, попадавшиеся навстречу, были закутаны с головы до ног, парочки жались друг к дружке, а по виду двух медленно ковылявших старушек было очевидно, что холод пробрал их до самых костей. Сухой морозец кусался, Шмуэль, слегка вывернув голову, пытался уловить пар от дыхания Аталии и в то же время старался держать голову на излете, не полагаясь на запах собственного дыхания. Руки их были сплетены, и Шмуэль ощущал, как по спине пробегает приятный озноб. Немало времени утекло с тех пор, как прикасалась к нему женщина. Немало времени утекло с тех пор, как прикасалась к нему живая душа. Каменные стены иерусалимских домов, отражавшие свет автомобильных фар, словно излучали прохладную бледность. Аталия сказала:

— Тебе так хочется о чем-то спросить меня. Ты переполнен вопросами. Посмотри на себя: выглядишь как бродячий вопросительный знак. Ну ладно. Не мучай себя. Спрашивай. У тебя три вопроса.

Шмуэль спросил:

— Какой фильм мы собираемся сегодня смотреть? — И в порыве, которого больше не в силах был сдерживать, добавил: — Валд говорит, что вы вдова?

Аталия ответила бесстрастно и даже почти ласково:

— Полтора года я была замужем за Михой, единственным сыном Гершома Валда. Потом Миха погиб на войне. Миха погиб на войне, и мы остались вдвоем. Валд — мой бывший свекор. Я была его невесткой. Мы с тобой сейчас идем смотреть французский фильм. Детектив с Жаном Габеном в кинотеатре "Орион". Еще что-нибудь?

Шмуэль сказал:

— Да.

Но не продолжил, а внезапно выдернул руку из-под руки Аталии и обнял ее за плечи. Она не отстранилась, но и не ответила на объятие, не прижалась к нему. Сердце его рвалось к ней, но слова застряли в горле.

В кинотеатре "Орион" царил холод, и они не стали снимать пальто. Зал был наполовину пуст, потому что фильм шел уже третью неделю. Перед фильмом показали киножурнал, в котором Давид Бен-Гурион, энергичный, пружинистый, подтянутый, одетый в хаки, ловко взбирался на танк. Затем на экране появился квартал бедноты на окраине Тель-Авива с залитыми зимними ливнями домами. Под конец показали церемонию избрания королевы красоты Кармеля, и Шмуэль снова положил руку на плечо Аталии, обтянутое тканью пальто. Никакой реакции. Когда закончились анонсы "Скоро" и "На следующей неделе", она слегка отклонилась и как бы невзначай убрала его руку. Жан Габен, преследуемый врагами, казалось, утратил всякую надежду, но не растерял ни хладнокровия, ни самообладания. Были в нем ироническая жесткость, жесткость скептическая в сочетании с хладнокровным упрямством, которые вызвали в Шмуэле такую зависть, что, склонившись к Аталии, он шепотом спросил ее, не пожелала бы она для себя мужчину, подобного Жану Габену. На это Аталия ответила, что у нее нет для себя никаких пожеланий: зачем? Мужчин она находит слишком ребячливыми и слишком зависимыми от успехов и побед, без которых они киснут и вянут. Шмуэль погрузился в отчаяние, осознав, что сидящая рядом женщина для него недостижима. Мысли его разбрелись, и он перестал следить за происходящим на экране, но время от времени замечал, что Жан Габен относится к женщинам, в особенности к главной героине, с изрядной долей тонкой отеческой иронии, не лишенной, впрочем, теплоты.

Такую иронию Шмуэлю очень хотелось бы усвоить и самому, но он прекрасно понимал, что это ему не по росту и не по силам. Его глаза внезапно наполнились слезами — от жалости к себе, к Аталии, к Жану Габену, к ребячливым мужчинам, к самому факту, что в мире существует два столь различных пола. Он вспомнил слова Ярдены, что она сказала, решив выйти замуж за Нешера Шершневского, своего послушного гидролога:

— Ты или какой-то восторженный щенок — шумишь, суетишься, ластишься, вертишься, даже сидя на стуле, вечно пытаешься поймать собственный хвост, — или, наоборот, целыми днями валяешься на кровати, как душное зимнее одеяло.

И в глубине души он был с ней согласен.

После фильма Аталия повела его в небольшой, недорогой восточный ресторан с немногочисленными посетителями. Столики там покрывала клеенка. На стенах висели застекленные фотографии Герцля, опирающегося на перила балкона в Базеле, президента Бен Цви[1] и Давида Бен-Гуриона. Еще на стене висел рису-

---

1 Теодор Герцль (1860–1904) — журналист, писатель, политический деятель, основатель Всемирной сионистской организации, основоположник идеологии политического сионизма. Ицхак Бен Цви (1884–1963) — второй президент Государства Израиль (1952–1963).

нок воображаемого Иерусалимского Храма, слегка напоминавшего казино в Монте-Карло, которое Шмуэль однажды видел на цветной открытке. На стеклах фотографий и рисунка мухи оставили многочисленные следы. Блики желтого света электрической лампочки над стойкой мерцали в черной бороде Герцля. Под потолком ресторана висели три больших вентилятора, один из которых был затянут паутиной. Шмуэль вытащил из кармана ингалятор, почувствовав внезапно, что ему не хватает дыхания. После двух-трех вдохов ему стало лучше.

Вместо знакомых ему больших деревянных серег Аталия на этот раз надела пару нежных серебряных сосулек. Некоторое время они беседовали о французском кино, сравнивая его с американским, об иерусалимских ночах, сравнивая их с тель-авивскими. Шмуэль вдруг сказал:

— По дороге в кино вы позволили мне задать три вопроса, и я уже их растратил. Может быть, вы позволите мне еще только один?

— Нет. На сегодня ты исчерпал квоту своих вопросов. Теперь моя очередь спрашивать. Скажи мне, верно ли, что ты был довольно избалованным ребенком? — И тотчас сама и ответила: — Можешь не говорить. Это лишнее.

22

Но Шмуэль уже рассказывал о своем детстве. Сперва говорил сдержанно, сомневаясь, словно опасаясь утомить ее, а потом увлекся и принялся рассказывать с воодушевлением, многословно и торопливо, спохватываясь на середине фразы и возвращаясь к началу затем лишь, чтобы, снова и снова перебивая себя, представить все под иным углом.

Он родился и вырос в Хайфе, в квартале Хадар ха-Кармель, вернее, родился он в Кирият-Моцкине, а когда ему было уже два года, семья поселилась в съемной квартире в Хадар ха-Кармель, или, в сущности, не поселилась, а вынуждена была переехать, потому что их барак в Кирият-Моцкине сгорел. В два часа ночи все пожрал огонь из-за опрокинувшейся керосиновой лампы. Этот пожар, по сути, его первое воспоминание, хотя как знать, что здесь собственно память, а что — только память памяти, так сказать, смутное, расплывчатое воспоминание, подкрепленное и усиленное рассказами родителей и старшей сестры. Может быть, следует начать с самого начала. Этот барак выстроил собственными руками его отец по прибытии в Эрец-Исраэль из Латвии в тысяча девятьсот тридцать втором году. Он приехал из Риги, там он учился в институте картографии, то есть черчения карт.

— Мой папа приехал в страну, когда ему было двадцать два года, вместе со своим отцом, с дедушкой Антеком, которому было сорок пять лет, но британцы приняли дедушку на службу в мандатную полицию, потому что он был большим мастером подделки документов. Это тот мой дедушка, которого потом убили еврейские подпольщики, заподозрившие его в предательстве и не знавшие о том, что как раз он и изготовлял для них поддельные документы. Но как мы попали к деду Антеку, ведь мы говорили о сгоревшем бараке? Вот со мной так всегда случается. Я начинаю рассказывать о чем-нибудь, а через минуту приходят другие истории, овладевают моим рассказом, но и эти другие истории тонут в предваряющих объяснениях, каждое из которых должно вроде бы объяснить предшествующее, пока все окончательно не теряется в тумане. Может быть, поговорим немного о вас?

Аталия сказала:

— Баловали тебя.

Родители вовсе не баловали его в детстве, а только, возможно, удивлялись ему. Но Шмуэль не стал отрицать. Он сложил бумажную салфетку по диагонали, еще раз сложил по диагонали, еще раз сложил вдвое, потянул за противоположные концы, расправил, и вот из складок появился маленький бумажный кораблик, который он отправил в плавание по поверхности стола до якорной стоянки у вилки Аталии. Она вытащила зубочистку из прибора, стоявшего в центре стола, воткнула ее посредине паруса в качестве мачты и отправила судно с новой оснасткой в обратное плавание через просторы стола до легкого, едва ощутимого касания руки Шмуэля. Тем временем появился официант, слегка сутулящийся парень с густыми усами и с бровями, сросшимися на переносице. И хотя его об этом не просили, поставил на стол питы, тхину, хумус, маслины, виноградные листья, фаршированные мясом, салат из мелко нарезанных свежих овощей, поблескивающих от оливкового масла. Аталия заказала шашлык из курицы. Шмуэль, немного поколебавшись, заказал себе то же самое. На вопрос, не выпьет ли она бокал вина, Аталия ответила с шутливой улыбкой, что в свое время не принято было заказывать вино в восточных ресторанах Иерусалима[1]. Попросила только стакан холодной воды.

Шмуэль сказал:

— И мне тоже.

И тут же попытался пошутить по поводу их общих вкусов. Шутка получилась довольно бледной, и он повторил ее в другом облачении, пока Аталия не улыбнулась ему начавшейся в уголках глаз и с запозданием коснувшейся уголков губ улыбкой и не сказала, чтобы

---

1   Намек на то, что "в свое время" хозяевами "восточных ресторанов" Иерусалима были арабы-мусульмане.

он не усердствовал, в том нет нужды, он и без того развеселил ее.

После переезда в Хадар ха-Кармель, когда Шмуэлю было около двух лет, отец поступил на службу в правительственное геодезическое учреждение. Спустя несколько лет совместно со своим партнером, тощим уроженцем Венгрии по имени Ласло Вермеш, он открыл частное бюро картографии и аэрофотосъемок. Квартира в квартале Хадар ха-Кармель была маленькой, две тесные комнаты и кухня, где потолок всегда закопчен от пламени керогаза и примуса. Когда Мири, старшей сестре, исполнилось двенадцать лет, кровать Шмуэля вытащили из их общей детской и поставили в коридоре. Там он часами лежал на спине, уставившись в паутину над громоздким шкафом. Пригласить товарищей он не мог, потому что коридор был слишком уж темным и потому что, в сущности, у него и не было товарищей. Да и сейчас, улыбнулся он из дебрей бороды, у него почти нет товарищей, кроме подруги, которая бросила его и вышла замуж за преуспевающего гидролога Нешера Шершевского, да шестерых членов кружка социалистического обновления, расколовшегося на две фракции — фракцию большинства и фракцию меньшинства. После раскола все потеряло смысл, главным образом из-за того, что обе девушки, входившие в кружок, предпочли присоединиться к фракции большинства.

Он видел руку Аталии, лежавшую на столе перед ним, и, словно во сне, потянулся к ней. На половине пути передумал. Она была намного старше его, он стеснялся и опасался нарваться на насмешку. Ему вдруг подумалось, что по возрасту она годится ему в матери. Или почти годится. Он умолк. Точно заметил внезапно, что перестарался. Его собственная мать в детстве редко прикасалась к нему. Как правило, она не вслушивалась в его слова, мыслями пребывая где-то в иных местах.

Аталия заговорила:

— Теперь ты терзаешься, как продолжить. Не мучайся. И не болтай без умолку. Нет нужды. Я не сбегу от тебя этим вечером, если ты время от времени помолчишь. Вообще-то мне приятно с тобой именно потому, что ты не ловец. Хочешь кофе?

Шмуэль пустился было объяснять, что не пьет кофе вечером, не может потом уснуть, но в середине фразы передумал и сказал, что в принципе — да, почему бы и нет, если она хочет кофе, то и он тоже выпьет. Мири, его старшая сестра, изучающая медицину в Италии, компостировала ему мозги, мол, нельзя пить кофе вечером, да и утром тоже. В детстве она вечно командовала им, потому что всегда знала, что правильно, а что нет. Знала даже больше, чем отец. Всегда была права в любом споре.

— Но как мы пришли к разговору о Мири? Да. Мы выпьем кофе, а я даже выпью маленькую рюмочку арака. Может быть, и вы хотите?

Амалия ответила:

— Нет, выпьем кофе. Арак оставим, пожалуй, на следующий раз.

Шмуэль уступил. Пока он рылся в карманах, Аталия заплатила по счету. На обратном пути дорогу испуганно перебежала кошка и скрылась в одном из дворов. Мутные клубы тумана обволокли уличные фонари. Шмуэль сказал, что иногда молотит сущую бессмыслицу, вместо того чтобы сказать то, что на самом деле хотел сказать. Аталия не ответила, и он, набравшись смелости, положил руку на ее плечо и прижал его к своему плечу. Они были одеты в зимние пальто, и поэтому касание почти и не было касанием. Аталия не скинула его руку, лишь немного замедлила шаг. Шмуэль искал и не находил, что бы еще он мог сказать ей. В темноте он взглядом прощупывал ее лицо, пытаясь разгадать его выражение, но не видел ничего, кроме изящных очертаний и тихой грусти.

— Смотрите, как здесь пустынно, — наконец проговорил он. — Иерусалим в зимнюю ночь — прямо-таки покинутый город.

Аталия отозвалась:

— Хватит. Не надо постоянно думать, что бы еще сказать мне. Мы можем идти и без разговоров. Я почти слышу тебя и когда ты молчишь. Хотя молчишь ты слишком редко.

Уже дома она сказала:

— Вечер был приятным. Спасибо. Спокойной ночи. И фильм неплохой.

23

Гершом Валд сказал с усмешкой:

— Во времена минувших поколений ешиботники[1] спрашивали жениха на следующее утро после первой брачной ночи: "Нахожу или нашел?" Если он отвечал: "Нахожу", они выражали ему свое соболезнование. Но если говорил: "Нашел", они радовались его радостью.

Шмуэль спросил:

— То есть?

Гершом Валд разъяснил:

— Слово "нахожу" намекает на библейский стих: "И нахожу я, что горше смерти женщина…"[2] — а слово "нашел" ведет нас к стиху: "Нашел жену — нашел благо…"[3] А ты? Нахожу или нашел?

Шмуэль ответил:

— Я пока ищу.

1 Учащиеся ешивы, еврейского религиозного учебного заведения.
2 Екклесиаст, 7:26.
3 Притчи, 18:22.

Валд смотрел на него, наклонив голову и словно прислушиваясь к чему-то невысказанному, а затем произнес:

— Послушай, будь добр. Для твоей же пользы. Ты, по возможности, не влюбляйся в Аталию. Нет смысла. А впрочем, быть может, я уже опоздал?

Шмуэль спросил:

— Почему вы обо мне беспокоитесь?

— Наверное, потому, что есть в тебе что-то трогательное: с виду — пещерный человек, но с душой обнаженной, как наручные часы, с которых кто-то снял защитное стекло. И если нашел я благоволение в очах твоих, то налей, пожалуйста, нам обоим по стакану чая. А потом, будь добр, включи проигрыватель, и мы послушаем квартет Мендельсона. Возможно, ты обратил внимание, что время от времени в ноты Мендельсона вкрадывается некий горько-сладкий отзвук, щемящий сердце отзвук старинного еврейского напева?

Шмуэль немного поразмышлял над словами Гершома Валда. Не торопился соглашаться. Среди немногих пластинок, принесенных им с собой, не было ничего из Мендельсона. У него было несколько вещей Баха, еще три-четыре пластинки с музыкой барокко, Реквием Моцарта, Реквием Форе, семь или восемь пластинок с джазом и шансоном и одна пластинка с песнями Сопротивления времен Гражданской войны в Испании. Наконец он ответил:

— Мендельсон. Да. На мой вкус, слишком сентиментальная музыка.

Гершом Валд усмехнулся:

— Да ведь ты и сам парень довольно сентиментальный.

На это Шмуэль не ответил, а встал и отправился в кухню, чтобы подогреть для старика кашу, приготовленную соседкой Сарой де Толедо. Он включил электроплитку, поставил на нее кастрюлю с кашей, немного помешал ложкой, подождал три-четыре минуты, погрузил кончик ложки в кашу, попробовал, добавил сахара, еще немного помешал, сверху чуть-чуть присыпал корицей, выключил плитку, перелил кашу из кастрюли в тарелку и отнес в комнату. Расстелил кухонное полотенце на письменном столе, за которым сидел старик, поставил перед ним тарелку и стал ждать. Господин Валд ел неохотно, под сопровождение вечерних новостей. Командир французских парашютистов в Алжире генерал Жак Массю был внезапно и срочно вызван в Париж. В столице Франции ходят слухи о том, что генерал Шарль де Голль собирается сделать заявление относительно будущего Алжира. Генерал Массю заявил журналистам в аэропорту, что, вероятно, армия ошиблась, решив опереться на генерала Шарля де Голля после мятежа правых генералов в Алжире два года назад.

— Всякий, имеющий глаза, мог заранее знать, чем все это может там закончиться. Пошла веревка за ведром…[1] — сказал Гершом Валд.

---

[1] Мидраш Танхума, недельная глава Торы "Ми кец" — "По прошествии". По словам комментаторов, смысл выражения таков: "Трудность влечет за собой новые трудности", "Грех влечет за собою новый грех". Но есть и иное толкование: "Если пропало ведро, то и веревка вместе с ним".

Шмуэль заметил:

— Тысячи людей еще умрут.

На это старик ничего не ответил. Он пристально разглядывал Шмуэля, левый глаз прищурен, правый широко раскрыт, словно обнаружил в его лице какую-то новую черту.

Шмуэль вдруг удивился тому, что во всей библиотеке с ее обилием полок и сотнями книг нет ни одной фотографии Михи, погибшего сына Гершома Валда, единственного его сына; Михи, который был мужем Аталии. Не выбрала ли его Аталия потому, что он был чем-то похож на ее отца? Жила ли Аталия со своим мужем здесь, в ее комнате, до того, как случилось несчастье? Очевидно, была когда-то и мать? И у этого Михи, и у Аталии была мать? Внезапно Шмуэль, набравшись смелости, спросил:

— Ваш сын. Миха?

Старик сжался в кресле, изуродованные руки, лежавшие на столе, судорожно вскинул и притиснул к груди, лицо его сделалось серым, глаза зажмурились.

— Вы позволите мне спросить, когда он погиб? И как?

Валд не торопился с ответом. Глаза его оставались закрытыми, словно он пытался напрячь память, словно ответ требовал от него колоссальной сосредоточенности. Наконец он открыл глаза, сильными пальцами обхватил пустой стакан, стоявший перед ним на столе, и принялся передвигать то в одно место, то в другое, затем очень медленно вернул стакан на прежнее место. Когда он заговорил, голос его прозвучал безжизненно:

— Ночью второго апреля тысяча девятьсот сорок восьмого года. В боях за Шаар ха-Гай.

И умолк. И еще долго хранил молчание. Пока внезапно не затрясся, плечи заходили ходуном, и на этот раз его голос был низок и тих, едва слышен:

— Сейчас тебе надо покормить рыбок в аквариуме. Пришло время. А потом оставь меня в покое. Поднимись, будь добр, в свою комнату.

Шмуэль убрал тарелку с кашей, к которой старик почти не притронулся, и кухонное полотенце, попросил прощения за свой вопрос, пожелал спокойной ночи, задержался в кухне, чтобы съесть свою порцию каши, которая почти остыла, вымыл посуду и взобрался в мансарду. Там он, сбросив обувь, какое-то время сидел на кровати, привалившись к стене, и спрашивал себя, почему бы ему уже завтра не встать, не собрать свои немногие вещи и не уйти отсюда в иное место? Возможно, найдется место ночного сторожа в горах Рамон в Негеве, где строится новый город в пустыне? Этот дом в конце переулка Раввина Эльбаза вдруг показался ему тюрьмой, в которой он день ото дня зарастает плющом. Старик-инвалид со своими умствованиями и цитатами из Писания, со своей одинокой скорбью, и женщина, вдвое старше его, чудились ему этой ночью двумя тюремщиками, удерживающими его, опутав своими чарами, но от этого колдовства в его власти освободиться, надо лишь встать и разорвать невидимую паутину, в которую они его поймали. Неужели он нашел в этих двоих запоздавшую замену своим родителям? Ведь он переехал в Иерусалим в надежде раз и навсегда отдалиться от родителей. Вот уже несколько недель он ни словом не обменялся ни с одним из своих сверстников. И не спал с женщиной.

Он встал, разделся, умылся, но, вместо того чтобы лечь в постель, еще около получаса сидел на подоконнике, подложив под себя подушку, завернувшись в одеяло, уставившись невидящим взглядом на каменный двор. Двор был холоден и пуст. Даже кота не видно. Только слабый свет от уличного фонаря освещал железную крышку колодца и вазоны герани. Шмуэль сказал себе, что пора спать, и действительно спустя десять минут он забрался в постель, но сон не шел. Вместо сна явились ему картины детства, перемежавшиеся мыслями о Ярдене и Аталии. Эти две женщины вызывали в нем злость, печаль, но и мощную волну вожделения. Он ворочался с боку на бок, однако сон все не шел.

24

Шмуэль получил письмо от родителей. Дождевая вода залила почтовый ящик Гершома Валда и Аталии Абрабанель, и некоторые строки письма оказались смазанными, чернила расплылись от влаги. Отец писал:

> Дорогой Шмуэль. Я сижу и оплакиваю прекращение твоих занятий в университете. Какое ужасное разбазаривание сил и способностей! В первые годы твоего обучения в университете ты приносил нам высокие оценки и даже обещание (правда, не окончательное) профессора Айзеншлоса, который сказал тебе как-то, что если только ты проявишь усердие в работе и если действительно откроешь в ней нечто новое — есть шанс после окончания второй ступени получить место ассистента на кафедре, то есть первый шаг в академические круги. Но теперь одним взмахом руки ты просто отмел эту возможность. Я знаю, дорогой мой Шмуэль, что это я виноват во всем. Если бы не банкротство

компании (случившееся из-за гнусности моего партнера, но отчасти и по моей вине, из-за моей глупости и слепоты), я бы продолжал оплачивать твою учебу, твое проживание и пропитание и делал бы это так же щедро, как это было с первых дней твоего пребывания в университете, так же, как поддерживал обучение твоей сестры в Италии. Но неужели нет никакой возможности сочетать твою нынешнюю работу с продолжением занятий в университете? Неужели неизбежно (*здесь две или три расплывшиеся строчки*) ... занятия? Ты никоим образом не сможешь оплачивать свое обучение и проживание из своего заработка? А вот Мири, несмотря ни на что, продолжает изучение медицины в Италии, не бросила свои занятия, хотя мы и вынуждены были прекратить нашу финансовую поддержку. Сейчас она работает на двух работах: помощницей в аптеке в вечерние часы и телеграфисткой на почтамте в ночное время. Она довольствуется, так она написала нам, четырьмя или пятью часами сна в сутки, но занятий не забросила и продолжает учиться, стиснув зубы и сжав кулаки. Не возьмешь ли ты пример с Мири? Ты работаешь, так ты написал нам, пять или шесть часов каждый день. Ты не рассказал нам, сколько там тебе платят, но написал, что расходы на жилье и пропитание покрывает твой работодатель. Возможно, если ты приложишь усилия, то сумеешь добавить к этим пяти-шести часам еще несколько часов дополнительной работы и сможешь оплачивать свои занятия в университете. Легко тебе не будет, но с каких пор упрямец, тебе подобный, пугается трудностей? Ведь ты же социалист по своим взглядам, пролетарий, рабочий человек! (Между прочим, ты не сообщил нам, какая связь между господином Валдом и госпожой Абрабанель. Они — семейная пара? Или отец и дочь? Все у тебя окутано глубокой таинственностью, как будто ты работаешь на каком-то секретном оборонном объекте.) В твоем единственном до сих пор письме ты крайне скуп на подробности. Ты лишь рассказал, что в послеобеденные и вечерние часы ты сидишь и беседуешь с престарелым инвалидом, а иногда зачитываешь ему что-то из книги. Такая работа кажется мне — если ты позволишь мне это сказать — легкой и неутомительной. В Иерусалиме ты без труда найдешь себе дополнительное оплачиваемое занятие, а заработанными средствами (*здесь опять несколько расплывшихся строк*)… Позволь мне здесь осторожно добавить: вполне вероятно, что в ближайшие два месяца мы снова сможем поддерживать тебя некоей скромной денежной суммой. Правда, далекой от той, которую мы переводили до случившегося банкротства, но все же это лучше, чем ничего. Я прошу тебя, дорогой мой Шмуэль, и даже умоляю: ведь на сегодняшний день ты потерял всего несколько недель учебного года. Возможно, приложив усилия, на которые ты, несомненно, способен, тебе удастся наверстать упущенное и вернуться к полноценным регулярным занятиям. Тема, которую ты избрал для своей дипломной работы, "Иисус глазами евреев", далека от меня и даже кажется мне странной. В городе, где я родился, в Риге, было принято, чтобы мы, евреи, отводили глаза в сторону всякий раз, когда проходили мимо изображения Распятия. Ты как-то написал мне, что в твоих глазах Иисус был плотью от плоти нашей и костью от кости нашей. Крайне трудно мне принять это: столько запретов, столько ограничений, столько преследований, столько страданий, а сколько крови невинной пролили ненавистники наши во имя этого человека! А ты, Шмуэль, вдруг решаешь, преступая все границы, перейти к тем, кто находится по другую сторону баррикад, именно на сторону этого человека. Но я уважаю твой выбор, хотя и не понимаю его смысла. Равно как я уважаю твою волонтерскую деятельность в какой-то социалистической группе, несмотря на то что я весьма далек от социализма и вижу в нем садистскую попытку навязать людям равенство. Мне кажется, что равенство противоречит человеческой природе в силу того простого факта, что люди рождаются не равными, а отличными друг от друга и, в сущности, даже чуждыми друг другу. Ты и я, к примеру, мы не родились равными. Ты, парень, благословленный талантами, и я, обычный человек. Подумай, к примеру, о различии между тобой и твоей сестрой: она — спокойная и сдержанная, а ты — шумный и бурлящий. Но кто я такой, чтобы возражать тебе по поводу политики и тому подобных вещей. Энтузиазм, воодушевление и самоотверженность ты унаследовал не от меня. Ты ведь все равно поступишь по-своему. Ты всегда поступал по-своему. Пожалуйста, Шмуэль, мой дорогой, напиши мне при первом удобном случае, что ты подыскиваешь себе дополнительную работу, чтобы иметь возможность вернуться к учебе. Учеба — это твое истинное предназначение. Тебе нельзя его предавать. Я хорошо знаю, что нелегко работать, чтобы одновременно и содержать себя, и платить за учебу. Но если наша Мири может, то, безусловно, сможешь и ты. Упрямства в тебе более чем достаточно, и это ты, вероятно, унаследовал от меня, а не от твоей матери. На этом заканчиваю с большой любовью и с глубокой тревогой. Твой отец.

P. S. Пожалуйста, пиши нам чаще и рассказывай больше о своей повседневной жизни в доме, где ты сейчас живешь и работаешь.

Мама Шмуэля приписала в конце:

Мулинька мой. Я очень скучаю по тебе. Вот уже несколько месяцев, как ты не приезжал навестить нас в Хайфе, а писем ты почти не пишешь. Почему же? Что плохого мы сделали? (*Снова несколько строк, расплывшихся от влаги.*) Крах твоего отца едва не разбил ему сердце. Он сразу превратился в старика. Со мной он почти не разговаривает. Ему всегда было трудно говорить со мной, еще и до того, как это случилось. Ты должен попытаться поддержать его сейчас, хотя бы в письмах. С тех пор как ты прекратил свои занятия, он чувствует себя отчасти преданным. Мири тоже пишет, что уже многие недели она не получала от тебя ни письма, ни единого признака жизни. Неужели плохо тебе там, не приведи Господь? Напиши нам всю правду.

P. S. Я заклеиваю конверт и вкладываю, без ведома отца, сто лир. Это не такая большая сумма, я знаю, но сейчас у меня больше нет. Я присоединяюсь к папиной просьбе: возвращайся, пожалуйста, в университет, иначе потом ты будешь жалеть всю жизнь.
С любовью, мама.

25

Гершом Валд сказал:

— Я весьма далек от всяческих исправителей мира, но именно этот человек вовсе не исправитель мира, а великий реалист. Только он один своевременно заметил маленькую щель в истории и сумел провести нас через эту щель в решающий момент. Не он один. Несомненно, не один. Если бы не мой сын и его товарищи, все мы были бы мертвы.

Шмуэль ответил:

— В Синайской кампании Бен-Гурион привязал Израиль к хвостам двух империалистических держав, обреченных на упадок и вырождение, Англии и Франции, и тем только углубил арабскую ненависть к Израилю и окончательно убедил арабов в том, что Израиль — чужеродное тело в регионе, инструмент в руках мирового империализма.

Валд возразил:

— И до Синайской кампании твои арабы не были обожателями Израиля, и даже…

Шмуэль перебил, не дав старику закончить фразу:

— А почему они должны любить нас? Почему вообще вам кажется, что арабы не имеют никакого права сопротивляться всеми доступными средствами чужакам, которые вдруг явились сюда, словно с какой-то планеты, отобрали у них их страну и их землю, их поля, деревни и города, могилы их предков и уделы их сыновей? Мы самим себе рассказываем, что прибыли в Эрец-Исраэль только затем, чтобы строить и обустраиваться здесь, обновить дни наши, как древле[1], вызволить наследство праотцев наших и тому подобное… Но скажите мне, есть ли в целом мире хоть один народ, принимавший с раскрытыми объятиями подобное внезапное нашествие сотен тысяч чужаков, а потом еще миллионы пришельцев из дальних мест, высадившихся здесь со странным доводом на устах: дескать, их Священные книги, привезенные ими из далеких стран, обещают им и только им всю эту землю?

— Если я обрел благоволение пред очами твоими[2], не соизволишь ли сейчас налить мне еще один стакан чая? Сможешь ли заодно налить и себе стакан? Ведь ни ты, ни я не сдвинем Бен-Гуриона с его пози-

---

1 Плач Иеремии, 5:21.
2 Бытие, 18:3.

ций и не поколеблем его веру — будем ли мы с тобой пить чай или нет. Шалтиэль Абрабанель, отец Аталии, безуспешно пытался убедить Бен-Гуриона в сорок восьмом году, что еще можно прийти к соглашению с арабами, совместно изгнать британцев и создать единое сообщество арабов и евреев, но только если мы согласимся отказаться от создания Еврейского государства. Вот так. За что и был изгнан из Исполкома Всемирной сионистской организации и из правления Сохнута, которое, по сути, было неофициальным еврейским правительством в конце периода британского мандата[1]. В один прекрасный день, возможно, Аталию осенит добрый дух и она расскажет тебе всю эту историю. Я же лично — признаю́сь и не стыжусь — безусловно стоял в этом споре именно на стороне сурового реализма Бен-Гуриона, а не фантазий Абрабанеля.

— Бен-Гурион, — сказал Шмуэль, направляясь в кухню, чтобы заварить чай, — Бен-Гурион, возможно, в молодости был вождем рабочих, навроде народного трибуна, но сегодня он стоит во главе государства националистического, лицемерно-праведного и продолжает множить пустую библейскую болтовню про обновле-

---

[1] Решением международной конференции в Сан-Ремо 24 апреля 1920 года Великобритании, как государству-мандатарию, передано управление всей Палестиной. Мандат был утвержден Советом Лиги Наций 24 июля 1922 года и утратил силу 14 мая 1948 года — с провозглашением Государства Израиль. Британские власти в Палестине высказались в поддержку ряда еврейских структур в стране, которую они официально называли Палестина — Эрец-Исраэль; в частности, был признан Верховный раввинат, и иврит стал одним из трех официальных языков.

ние дней наших, как древле, и воплощение в жизнь идеалов наших пророков.

И из кухни, заваривая чай, возвысил голос:

— Если не будет мира, то однажды арабы одолеют нас. Это только вопрос времени и терпения. У арабов есть бесконечно много времени, да и терпения им хватает. Они не забудут ни унизительного поражения сорок восьмого года, ни заговор против них, который мы устроили вместе с Англией и Францией три года назад.

Поданный Шмуэлем чай Гершом Валд пил очень горячим, почти кипяток, тогда как Шмуэль терпеливо дожидался, пока чай немного остынет.

— Однажды, год или два назад, — снова заговорил Шмуэль, — я прочитал статью, которая называлась "Границы силы, или Одиннадцатый солдат". Фамилию автора я уже забыл, но что там было написано, я до сих пор помню. Когда Сталин вторгся в Финляндию в конце тридцатых годов, финский главнокомандующий фельдмаршал фон Маннергейм явился к президенту страны Каллио и попытался успокоить его. Маршал сказал президенту, что каждый финский солдат может победить десять русских "мужиков"[1], "мы лучше их в десять раз, образованнее в десять раз, и наша мотивация, наше стремление защитить родную землю в десять раз сильнее, чем воля захватчиков". Президент Каллио немного поразмышлял над

---

1 Здесь Шмуэль употребил русское слово на иврийский лад: "мужиким".

этим, кажется, пожал плечами и сказал — возможно, самому себе, а не фельдмаршалу, кто может знать точно, — что, наверное, так оно и есть, возможно, и вправду каждый наш финский солдат равноценен десяти советским солдатам. Все это, несомненно, прекрасно и замечательно, "но что мы будем делать, если Сталин случайно пошлет против нас одиннадцать, а не десять?" А это, как говорится в статье, и есть та самая, постоянно замалчиваемая проблема Государства Израиль. Арабы уже более десяти лет каждый день орут во все горло о нашем уничтожении, однако и по сей день, кроме угроз, они не вложили в наше уничтожение и десятой доли своих сил. В Войне за независимость менее восьмидесяти тысяч солдат всех пяти арабских армий воевали против ста двадцати тысяч еврейских бойцов, мужчин и женщин, которых выставил еврейский ишув[1] из своих шестисот тысяч человек. А что мы будем делать, если однажды появится одиннадцатый арабский солдат? Что будем делать, если арабы выставят против нас полумиллионную армию? Или миллионную? Или два миллиона? Ведь Насер запасается сейчас лучшим советским оружием в огромных количествах и открыто говорит о дополнительном раунде. А что же мы? Мы опьянены победой. Опьянены силой. Опьянены библейским красноречием.

---

[1] Ишув — собирательное название еврейского населения Эрец-Исраэль, использовалось в основном до основания Государства Израиль.

— И что же предлагает нам ваша честь? — спросил Гершом Валд. — Подставить и вторую щеку?

— Бен-Гурион ошибся, когда отверг политику неприсоединения и связал Израиль крепостнической, рабской связью с западными державами, и даже не с самой сильной на Западе, а с теми, что пребывают в упадке, угасают, — Францией и Британией. В сегодняшней газете говорится еще о десятках убитых и раненых в Алжире. Выясняется, что размещенные там французские войска категорически отказываются открывать огонь по взбунтовавшимся французским колонистам. Франция сползает к гражданской войне, а Британия буквально в эти дни позорно завершает сворачивание остатков своей империи. Бен-Гурион осложнил нашу жизнь союзом с тонущими кораблями. Может быть, вы предпочтете вместо еще одного стакана чая, чтобы я налил нам по маленькой рюмочке коньяка? В честь вашего Бен-Гуриона? Нет? А может быть, вы захотите съесть уже вашу вечернюю кашу? Пока еще нет? Скажите мне, когда захотите, и я разогрею ее.

Гершом Валд сказал:

— Спасибо. Мне понравился твой рассказ об одиннадцатом солдате. Если он и в самом деле появится вдруг на поле боя, мы просто будем вынуждены отбиваться и от него. Иначе нам здесь не жить.

Шмуэль встал со своего места и принялся расхаживать вдоль книжных полок.

— Можно, пожалуй, до определенного момента понять чувства народа, который на протяжении тысячелетий познал силу книг, силу молитвы, силу заповедей, силу учения и заучивания, силу религиозного экстаза, силу коммерции и силу посредничества, но силу силы он познал только своей битой спиной. И вот вдруг в его руках оказалась тяжелая дубина. Танки, пушки и реактивные самолеты. Вполне естественно, что он воспылал, опьяненный силой, и склонен верить, что силой силы можно совершить все, что только взбредет в голову. А чего, по-вашему, ни в коем случае невозможно добиться силой?

— Какой именно силой?

— Всей силой на свете. Возьмите всю силу, какой обладают Америка, Советский Союз, Франция и Британия, вместе взятые. Чего вы ни за что не сможете добиться со всей этой силой?

— Мне кажется, что с такой силой можно захватить все, что только заблагорассудится. От Индии до Эфиопии[1].

— Вам кажется. И евреям в Израиле так кажется, потому что у них нет ни малейшего понятия о том, каковы на самом деле границы силы. Правда в том, что никакая сила в мире не может превратить ненавидящего в любящего. Можно превратить ненавидящего в порабощенного, но не в любящего. Всей силой на свете вы не сможете превратить человека фанатичного в человека терпимого. И всей силой на свете вы не сможете превратить жаждущего мести в друга. Вот где жизненно важные проблемы Государства Израиль. Превратить

---

1   Книга Эсфирь, 1:1.

врага в любящего, фанатика — в умеренного, мстителя и злонамеренного — в друга. Но разве при этом я утверждаю, что мы не нуждаемся в военной силе? Боже упаси! Подобная глупость мне и в голову не придет. Я так же, как и вы, знаю, что сила — наша армия — каждую секунду, даже в этот миг, когда мы с вами здесь дискутируем, стоит между нами и нашей погибелью. Силе вполне под силу предотвратить — пока что — наше тотальное уничтожение. При условии, что мы постоянно, каждую минуту будем помнить, что в нашем случае сила может только предотвратить. Не отвратить и не устранить. Только предотвратить катастрофу, отодвинуть на какое-то время.

Гершом Валд спросил:

— Я потерял единственного сына только для того, чтобы отсрочить ненадолго катастрофу, которой, по-твоему, никак не избежать?

Шмуэля вдруг охватило сильнейшее желание обеими руками прижать к своей груди массивную, грубо вытесанную голову сидящего перед ним человека и, возможно, даже сказать ему слова утешения. Но нет в мире утешения. Он сдержал свой порыв, предпочел смолчать, чтобы не усугубить боль новой болью. Вместо ответа он подошел к аквариуму и стал кормить золотых рыбок. Потом направился в кухню. Сара де Толедо на этот раз вместо манной каши принесла картофельный салат с майонезом и мелко нарезанными овощами. Гершом Валд ел молча, словно исчерпал на сегодняшний вечер весь свой запас библейских стихов и цитат. Он продолжал молчать почти до одиннадцати часов, когда Шмуэль, не дожидаясь согласия старика, налил ему и себе по маленькой рюмочке коньяка. На этом они расстались. Шмуэль доел остатки картофельного салата с майонезом, вымыл посуду и поднялся к себе в мансарду. Гершом Валд остался сидеть у письменного стола, писал что-то, комкал написанное, яростно швырял листки в корзину для бумаг и писал заново. Дом погрузился в глубокое безмолвие. Аталия ушла. Или, возможно, сидела в полной тишине в своей комнате, в которой Шмуэль ни разу не был.

26

На следующий день, в половине двенадцатого, Шмуэль надел свое потрепанное пальто, нахлобучил на курчавую голову шапку, напоминавшую извозчичий малахай с козырьком, взял трость с оскалившейся лисой и отправился бродить по иерусалимским улицам. В то утро дождя не было и только обрывки серых облаков плыли над городом от моря к пустыне. Утренний свет, касавшийся стен из иерусалимского камня, отражался от них нежным и сладким, медовым сиянием, что ласкает город ясными зимними днями в перерывах между дождями.

Из переулка Раввина Эльбаза Шмуэль выскочил на улицу Усышкина, миновал Народный дом со стенами, облицованными похожим на мрамор гладким камнем, и продолжил путь к центру города. Голова его то ли бодала воздух, то ли прокладывала ему путь среди препятствий, тело клонилось вперед, а ноги торопились, чтобы не отстать от головы. Это была не то ходьба, не то неторопливый бег. Было что-то забавное в этом — словно идущий спешит добраться к назначенному сроку до места, где его уже давно ждут, но не будут ждать вечно, и если он опоздает, так опоздает.

Ярдена, конечно, уже ушла на работу в бюро газетных вырезок, где служила еще до замужества, и теперь она сидит там, на втором этаже старинного здания на улице Рава Кука, в темноватой комнате, отмечая карандашом клиентов бюро, чьи имена упомянуты в газетах. Возможно, раз или два она натолкнулась и на имя своего Нешера Шершевского, и, возможно, сам Нешер Шершевский сидит сейчас за своим столом в Институте исследования морей и озер, усердно сочиняет какой-то документ, и лицо его, как всегда, излучает сдержанный душевный покой, словно он сосет леденец. Лишь ты бездельно бродишь по иерусалимским улицам. Дни бегут, минует зима, за нею придет лето, и опять наступит зима, а ты так и будешь метаться между воспоминаниями о Ярдене и грезами об Аталии. Ночами Ярдена спит в объятиях Нешера Шершевского, и ее уютный каштановый запах окутывает их двуспальную кровать. Неужели ты до сих пор в нее влюблен? Любовью отвергнутой и оскорбленной, любовью ничтожных, отторгнутых и никому не нужных? Или, может, ты уже влюблен не в нее, а в Аталию — любовью, в которой ты не признаешься и, в сущности, вообще неприемлемой?

Он представил длинные мягкие волосы Аталии, спадающие на ее левое плечо поверх платья с вышивкой.

Ее шаги, таящие некий сдерживаемый танец, словно бедра ее свободнее ее самой. Женщина решительная, полная тайн, проявляющая то сарказм, то холодное любопытство; женщина, что повелевает тобой — и всегда всматривается в тебя с легкой насмешкой, разбавленной, возможно, каплей жалости. Эту жалость ты принимаешь с восторгом, подобно брошенному щенку, каковым ты и являешься в ее глазах.

Что вообще видит в тебе Аталия с высоты своего насмешливого превосходства? Бывшего студента, незадавшегося ученого, растрепанного парня с буйными кудрями, сбитого с толку, которого тянет к ней, но который никогда не осмелится облечь в слова чувства, что и не чувства вовсе, а какие-то ребяческие грезы. Волнует ли ее, хотя бы изредка, твое присутствие? Или забавляет? Волнует и забавляет?

На серой ограде из грубого бетона неподвижно сидела большая не то черная, не то серая крыса. Тварь эта уставилась на Шмуэля маленькими черными глазками, будто желая спросить его о чем-то. Или испытать его. Шмуэль остановился и секунду-другую пристально разглядывал крысу, как бы говоря: "Не бойся меня, руки мои пусты, и мне нечего скрывать". Кто-то из них двоих, сознавал Шмуэль, должен уступить. Прямо сейчас. И он действительно уступил и продолжил свой путь, не оглядываясь. Спустя несколько шагов он устыдился и повернул назад. Но тварь исчезла, ограда была пуста.

В двенадцать часов двадцать минут Шмуэль вошел в маленький ресторанчик на улице Короля Георга и уселся за угловым столиком, на своем постоянном месте.

За этим столиком он ежедневно съедал свой обед, бывший также и завтраком. Официант, он же хозяин ресторанчика, уроженец Венгрии, толстенький коротышка с лицом, багряным от румянца, с вечно мокрым от пота лбом, — Шмуэль предполагал, что виной тому высокое кровяное давление, — принес ему без вопросов глубокую тарелку с горячим и острым гуляшом. Всегда, без исключений, Шмуэль ел острый суп-гуляш с несколькими кусочками белого хлеба, а на десерт — неизменный фруктовый компот.

Как-то раз прошлой зимой он был здесь с Ярденой, они обедали, и он рассказывал об усиливающемся сепаратизме левого крыла Объединенной рабочей партии МАПАМ. И Ярдена вдруг взглянула на него и схватила за руку. Резким движением подняла его с места, торопливо заплатила по счету, крепко, словно когтями, вцепилась в него, будто почему-то преисполнилась необъяснимой злостью, и поволокла его в комнату в квартале Тель Арза. За всю дорогу не сказала ему ни единого слова, а он, пораженный, безропотно тащился за нею. И как только они поднялись в комнату, она толкнула его, швырнула спиной на кровать и, не произнося ни звука, содрала с себя платье, взобралась на него, уселась верхом и грубо любила его, подминая его под себя, словно мстя ему, и не оставляла его в покое, пока дважды не кончила. Ему пришлось ладонью зажимать ей рот, дабы заглушить рвущиеся из нее крики, чтобы не испугать хозяйку в соседней комнате. Потом она оделась, выпила два стакана воды из-под крана и ушла.

Почему она бросила его? Что есть в этом Нешере Шершевском, чего нет в нем? Что плохого он ей сделал? Что нашла она в своем благоразумном гидрологе, чье квадратное тело так похоже на упаковочный ящик, так любящем разглагольствовать на темы, неизменно нагонявшие тоску на всех, кто находится с ним в одной комнате? Иногда он произносил, к примеру: "Тель-Авив — город намного менее древний, чем Иерусалим, но более современный". Или: "Имеется большая разница между старыми и молодыми". Или такое: "Да, это так. Большинство решает, а меньшинство просто обязано принять мнение большинства". "Восторженный щенок" — так назвала Шмуэля Ярдена в их последнем разговоре. В душе он был с ней согласен, но вместе с тем переполнился внезапно чувством стыда, унижения и обиды.

Он поднялся, расплатился за суп-гуляш, за компот из фруктов, задержался у стойки, чтобы просмотреть заголовки вечерней газеты. Армия обороны Израиля очищает от террористов территорию южного сектора израильско-сирийской границы. Египетский диктатор Насер снова угрожает, а Бен-Гурион предупреждает. Почему предупреждения Насера всегда называются угрозами, а угрозы Бен-Гуриона называются у нас предупреждениями?

Затем он вышел на иерусалимскую улицу, залитую нежным зимним светом, сиянием сосен и камня. Внезапно его охватило странное, острое чувство, что все-все еще возможно и утраченное только кажется утраченным, но, в сущности, ничто окончательно не потеряно и будущее зависит только от его, Шмуэля, отваги и дерзновения. И он решил измениться, немедля. Изменить с этого момента всю свою жизнь. С этой минуты на всю жизнь. Быть с этой минуты и далее человеком спокойным и дерзким, знающим, чего он хочет, и стремящимся к желаемому без сомнений и колебаний.

27

Аталия застала Шмуэля за его письменным столом, погруженным в старинную книгу, взятую в Национальной библиотеке. Она была в светлой юбке и голубом свитере, слегка великоватом и оттого придававшем ей некую домашнюю уютность. Ее лицо было явно моложе ее сорока пяти лет, и только в жилистых кистях рук угадывались признаки возраста. Аталия уселась на край кровати Шмуэля, привалилась спиной к стене, непринужденно скрестила ноги, поправила юбку и сказала, без извинений за свое неожиданное вторжение в его пределы:

— Ты учишься. Я тебе мешаю. Что учишь?

Шмуэль ответил:

— Да. Прошу вас. Мешайте мне. Очень хотелось бы, чтобы вы мне помешали. Я уже устал от этой работы. Вообще я постоянно уставший. Даже когда я сплю, я устаю. А вы? Возможно, вы свободны? Не хотите ли выйти на небольшую совместную прогулку? На улице ясный зимний день, такие бывают только в Иерусалиме зимой. Пойдем?

Это приглашение Аталия оставила без внимания. И спросила:

— Ты все еще роешься в историях про Иисуса?

— Про Иисуса и Иуду Искариота. Про Иисуса и евреев, — ответил Шмуэль. — Как во всех поколениях евреи воспринимали Иисуса.

— А почему, собственно, тебе это так интересно? Почему не "как евреи воспринимали Мухаммеда"? Или Будду?

— Значит, так, — сказал Шмуэль, — я легко могу понять, почему евреи отвергли христианство. Но ведь Иисус вовсе не был христианином. Иисус родился евреем и умер евреем. Ему никогда не приходила в голову идея основать новую религию. Павел, Савл из Тарса, вот кто придумал христианство. Сам же Иисус ясно говорит: "Не думайте, что Я пришел нарушить закон или пророков"[1]. Если бы евреи приняли Иисуса, вся история выглядела бы совершенно иначе. Никакой церкви вообще бы не существовало. И возможно, вся Европа приняла бы некий мягкий, очищенный вариант иудаизма. И мы бы не изведали изгнания, преследований, погромов, инквизиции, кровавых наветов, гонений, Холокоста.

— И почему же евреи отказались принять Иисуса?

— Это, Аталия, и есть тот самый вопрос, который я задаю себе, но до сих пор не нашел на него ответа.

---

1   Матфей, 5:17–18.

Он был, если пользоваться сегодняшними понятиями, кем-то вроде реформистского еврея. Или, точнее, не реформистским евреем, а еврейским фундаменталистом, не в фанатическом смысле слова "фундаменталист", а в смысле возвращения к чистым корням иудаизма. Он стремился очистить еврейскую религию от всяческих прилепившихся к ней самодовольных культовых добавок, от сальной бахромы, выращенной на ней духовенством и навязанной фарисеями. Естественно, что священники видели в Иисусе врага. Я верю, что Иуда бен Симон Искариот был одним из этих священников. Или, возможно, приближенным к ним. Возможно, иерусалимские священники велели ему присоединиться к приверженцам Иисуса, следовать за ними и докладывать в Иерусалим обо всех их действиях, но Иуда всей душой прилепился к Иисусу и всем сердцем полюбил Его, став самым преданным Его учеником, и даже хранил деньги апостолов. Когда-нибудь, если захотите, я расскажу вам о том, что в моих глазах есть Евангелие от Иуды Искариота. Но я удивляюсь простым людям: почему они в массе своей не приняли Иисуса? Они, стенавшие под гнетом разжиревшего духовенства?

— Я не люблю выражение "простые люди". Нет такого понятия — "простые люди". Не бывает "простых людей". Есть мужчина и женщина, и еще одна женщина, и еще один мужчина, и у каждого из них есть разум и чувства, сердечные привязанности и нравственные ценности, те или другие. Правда, нравственные ценности мужчины, если таковые вообще возможны, есть только тогда, когда хоть на минуту утолены его страсти.

— Вот когда вы вошли ко мне, я читал написанное Рамбаном об Иисусе. Раби Моше бен Нахман, известный у христиан под именем Нахманид, один из величайших еврейских мудрецов во всех поколениях, жил в тринадцатом веке, родился в Жироне, Испания, и умер здесь, у нас, в Акко[1]. Он рассказывает о диспуте, который ему навязал Хайме Первый, король Арагона; о длившемся четыре дня без перерыва публичном диспуте между Рамбаном и евреем-отступником по имени Пабло Кристиани, прозванным также "фрай Поль". Было нечто ужасающее и леденящее кровь в этих публичных диспутах, силой навязанных евреям в эпоху Средневековья: если победит христианин, евреи кровью заплатят цену своего поражения, ибо доказано в диспуте, что вера иудейская лжива; но если победит еврей, то опять же евреи вынуждены будут кровью заплатить цену своей дерзости. Монах пытался доказать с помощью цитат из Талмуда — не забывайте, что он был евреем-выкрестом, — что в Талмуде есть как брань против христианства, так и ясные намеки на то, что христианство было истинной религией, а Иисус — действительно Мессия, который посетил наш мир и намерен однажды вернуться. В своих записях Рамбан утверждает, что одержал полную по-

---

1 Город на побережье Средиземного моря в 23 километрах к северу от Хайфы с долгой и впечатляющей историей. Впервые упомянут в египетских источниках около 1800 года до н. э. Старый город Акко занесен в список Всемирного наследия ЮНЕСКО.

беду в этом диспуте, но, по правде говоря, очевидно, что диспут был прерван без объявления победителя. Возможно, Рамбан боялся победить в споре не меньше, чем проиграть. В ходе диспута, известного также как "диспут в Барселоне", Рамбан утверждал: ни природа, ни разум не приемлют историю родов девственницы, равно как и историю смерти Иисуса на кресте и Его воскресения спустя три дня. Главный довод Рамбана звучал так: в Священном Писании определенно сказано, что с приходом Мессии прекратится кровопролитие на земле, не поднимет народ на народ меча и не будут более учиться воевать. Это слова пророка Исаии[1]. Но от дней Иисуса и по сей день не прекратилось ни на минуту повсеместное кровопролитие. И еще: в книге Псалмов ясно сказано, что Мессия "будет обладать" — в смысле "будет властвовать — от моря до моря и от реки до концов земли"[2]. Но у Иисуса не было никакой власти ни при жизни, ни после смерти. Рим властвовал в Эрец-Исраэль и во всем мире, да и сегодня у приверженцев Мухаммеда больше власти, чем у христиан. А сами христиане, заключает Рамбан свои доводы, проливают крови намного больше, чем все другие народы.

Аталия сказала:

— Слова эти кажутся мне довольно убедительными. Я думаю, что твой Рамбан все-таки победил в диспуте.

1   Исаия, 2:4.
2   Псалтирь, 71:8; в синодальном переводе помечено: "река" значит "Евфрат".

Шмуэль возразил:

— Нет. Эти слова не убедительны, потому что нет в них ни малейшей попытки встать лицом к лицу с самой Вестью, с Вестью Иисуса, Вестью универсальной любви, прощения, милосердия, сострадания.

— Ты христианин?

— Я атеист. Мальчик Иоси Симон трех с половиной лет, насмерть сбитый вчера машиной, когда он бежал за своим зеленым мячом неподалеку отсюда, на улице Аза, — достаточное доказательство того, что нет никакого Бога. Я даже на секунду не могу поверить, что Иисус был Богом или Сыном Божьим. Но я люблю Его. Я люблю слова, которыми Он изъяснялся, как, например: "Если свет, который в тебе, тьма, то какова же тогда тьма?"[1] Или: "Душа Моя скорбит смертельно"[2]. И это: "Предоставь мертвым погребать своих мертвецов"[3]. И еще: "Вы — соль земли. Если же соль потеряет силу, то чем сделаешь ее соленою?"[4] Я полюбил Его с того дня, когда, будучи пятнадцатилетним, вычитал в Новом Завете Благую весть Иисуса. И я верю в то, что Иуда Искариот был самым верным и преданным учеником Иисуса из всех Его учеников и никогда не предавал Его, а, напротив, пытался доказать всему миру Его величие. Когда-нибудь я объясню вам все это, если захотите слушать. Может быть, если вы согласитесь, мы снова выйдем однажды вечером, посидим в тихом месте, где сможем поговорить.

1   Матфей, 6:23.
2   Матфей, 26:38.
3   Матфей, 8:22.
4   Матфей, 5:13.

Сказав это, он взглянул на Аталию, на ее скрещенные ноги, обтянутые нейлоновыми чулками, и мысленно спросил себя, заканчиваются ли эти чулки под юбкой резинками или поясом для чулок, и сжался на своем стуле, чтобы она не заметила, как напряглась и потянулась к ней безо всякой надежды его плоть.

Аталия сказала:

— Опять ты весь покраснел под своей неандертальской бородой. Сегодня вечером мы с тобой пойдем на первый сеанс в кино. Есть итальянский неореалистический фильм. Я тебя приглашаю.

Шмуэль, ошарашенный и взволнованный, пробормотал:

— Да. Спасибо.

Аталия поднялась и остановилась у него спиной. Она обняла его курчавую голову холодными ладонями и на миг прижала к груди. Затем повернулась и вышла из комнаты, не закрыв за собой дверь. Шмуэль вслушивался в звуки ее шагов на лестнице, пока они не затихли. Глубокая тишина объяла дом. Шмуэль достал из кармана брюк ингалятор и сделал два вдоха.

28

Под вечер Шмуэль попросил у Гершома Валда разрешения уйти сегодня в половине восьмого.

— Мы уходим, Аталия и я, — объявил он, весь сияющий так, словно внезапно его поцеловала королева школы.

— Мед съел медведя, — отозвался Валд. — Хорошо. Бедное твое сердце. Только будь осторожен, чтобы она не опалила тебе бороду.

Вечером Шмуэль с нетерпением ждал Аталию на кухне. Не осмелился постучать в дверь ее комнаты. На кухонной клеенке на сей раз после ее ужина остались крошки хлеба. Шмуэль лизнул кончик пальца, собрал все до единой крошки, стряхнул их в раковину и сполоснул раковину и руки. Как будто доказывал Аталии свою правоту. Правоту — в чем? На это у него не было ответа. Он ждал ее и разглядывал старый оттиск, висевший над столом, — цветной плакат Еврейского национального фонда: крепкий мускулистый халуц, первопроходец, с закатанными с геометрической точностью рукавами, верхняя пуговица рубашки расстегнута, открывая загорелую волосатую грудь. Обеими руками парень сжимает рукоятки железного плуга, который тянет гнедой конь или мул, они шагают к горизонту, где солнце касается макушек холмов. Закат или восход? Картина не давала ни малейшего намека на правильный ответ, но Шмуэль предположил, что речь идет о восходе, а не о закате, как в песне: "В горах, в горах воссиял наш свет / Мы покорим эту гору / Позади осталось Вчера / Но долог путь до Завтра". Шмуэль подумал о том, что за этим восходом, как всегда, придет закат и, возможно, закат уже здесь. Был ли Миха Валд крепким и загорелым? Походил ли на парня с плаката? Требует ли Бен-Гурион, чтобы мы все были похожи на этого халуца?

Шмуэль не раз мысленно сочинял взволнованное письмо Давиду Бен-Гуриону, а однажды вчерне сочинил его, исчеркав вдоль и поперек, пытаясь объяснить Бен-Гуриону, что отход от его юношеских социалистических идей — это несчастье для Государства Израиль; завершил он тот черновик словами о том, что политика возмездия бесплодна и опасна, ибо насилие порождает насилие, а месть порождает только месть. Письмо Шмуэль уничтожил еще до того, как закончил его сочинять. С главой правительства он иногда мысленно вел острые дискуссии, чем-то напоминавшие споры в их кружке социалистического обновления, однако, споря, он надеялся не только убедить Бен-Гуриона, но и заслужить его восхищение и даже симпатию.

Аталия появилась в теплом облегающем платье оранжевого цвета. Глаза были слегка подведены. На шее — тонкая серебряная цепочка. На губах — не улыбка, а скорее обещание улыбки.

— Ты, конечно, ждешь меня здесь с утра, — сказала она. — Если не со вчерашнего вечера.

Она вдруг показалась Шмуэлю такой красивой, что он ощутил боль. Он отчетливо сознавал, что эта женщина недостижима для него, и тем не менее все его тело напряглось, словно руки его уже стиснули ее в объятиях. Аталия села за столом напротив него и сказала:

— Нет. Этим вечером мы не пойдем ни в какое кино. Небо ясное, и луна полная. Мы с тобой оденемся потеплее и отправимся бродить по переулкам, любоваться тем, что сотворил с ними лунный свет.

Шмуэль тотчас согласился. Аталия добавила:

— Не знаю, люблю ли я Иерусалим или едва терплю его. Но если я оставляю Иерусалим более чем на две-три недели, он начинает являться мне во снах, неизменно залитый лунным светом.

Шмуэль, внезапно преисполнившийся не свойственной ему отваги, спросил:

— А что еще вам снится?

Аталия ответила без улыбки:

— Молодые и красивые парни.

— Такие, как я?

— Ты не парень. Ты взрослый ребенок. Скажи, ты не забыл случайно разогреть Валду его кашу?

— И даже посыпал ее сахаром и корицей. И он даже съел ее. Не всю. Часть оставил, и я доел. Сейчас он что-то пишет. Понятия не имею, что именно. Он никогда мне не рассказывает, а я не осмеливаюсь спросить. А вы, Аталия, знаете? Или предполагаете, что его занимает?

— Абрабанель. Миха. Война. Уже несколько лет он пишет исследование, книгу о Шалтиэле Абрабанеле, а также воспоминания о сыне. Похоже, он считает, что обструкция, устроенная Абрабанелю, изгнание его со всех постов связаны со смертью сына. Валду кажется, что есть некая связь между этими двумя событиями.

— Связь? Какая связь?

Она не ответила. Встала, налила стакан воды прямо из-под крана, выпила шумными глотками умирающей от жажды крестьянки, не предложив налить и Шмуэлю. Вытерла губы чуточку увядшей рукой. Рукой, которая была много старше ее молодого лица.

— Что ж. Пошли. Скоро взойдет луна. Я люблю смотреть, как она выплывает из-за гор и вспыхивает над крышами.

Они вышли во двор, уже объятый глубокими сумерками. Всюду лежали густые тени от широких древесных крон, от высоких кипарисов, что шеренгой выстроились за оградой. Шмуэль с трудом различал железную крышку, прикрывавшую колодец. Аталия держала его за локоть и уверенно вела по дорожке, вымощенной тесаным иерусалимским камнем. Через рукав своего потрепанного пальто Шмуэль чувствовал тепло ее ладони, каждого из пяти пальцев, и всем своим существом он страстно желал накрыть своей ладонью эту в лиловых прожилках руку, уверенно направлявшую его по лестнице. Но опасался ее насмешки. Вместо того чтобы прикоснуться к ней, он вытащил из кармана ингалятор. Одного глубокого вдоха ему хватило, и он спрятал ингалятор в карман.

Переулок Раввина Эльбаза был пуст. Сохранившийся со времен британского правления уличный фонарь из маленьких стеклянных прямоугольников в металлической оправе раскачивался на ветру, подвешенный на кабеле, протянутом поперек переулка. Фонарь отбрасывал на мостовую беспрерывно мечущиеся тени, подобные раздражающей мелкой зыби. Дул западный ветер, такой легкий и тихий, словно ему поручили остудить чай в стакане.

Шмуэль попросил:

— Расскажите мне, пожалуйста, каким человеком был ваш отец.

Голос Аталии звучал мягко, тихо, почти шепот:

— Давай не будем сейчас разговаривать. Пройдемся немного молча. Вслушаемся в ночь.

В конце переулка Раввина Эльбаза прямо над черепичными крышами внезапно выкатилась луна, красная и огромная, словно обезумевшее солнце вдруг вынырнуло из тьмы, вылупившись среди ночи — вопреки всем законам природы. Шмуэль ненавидел эту луну, навязавшую ему молчание. Аталия остановилась, все еще держа Шмуэля под локоть, словно опасаясь, как бы он не споткнулся, и долго смотрела на луну, на окружавший ее тусклый сияющий ореол, будто стекающий с неба, чтобы выбелить сложенные из иерусалимского камня стены бледным призрачным свечением. Внезапно Аталия сказала:

— Луну называют "белой"[1], но она совсем не белая. Она истекает кровью.

Затем они в молчании шли переулками квартала Нахлаот, Аталия впереди, а Шмуэль на полшага сзади. Она уже отпустила рукав Шмуэля, но время от времени легонько прикасалась к его плечу, чтобы направить влево или вправо. Их обогнали парень с девушкой, обнявшиеся, тесно прижавшиеся друг к дружке. Парень сказал с удивлением:

— Я не верю. Этого не может быть.

Девушка ответила:

— Погоди. Ты еще увидишь.

Парень ей возразил, но слов его ни Шмуэль, ни Аталия не смогли расслышать, однако уловили и растерянность, и обиду, прозвучавшие в его голосе.

— Вслушайся, какая глубокая тишина, — проговорила Аталия. — Можно почти различить, как дышат камни.

Шмуэль открыл было рот, чтобы ответить, но передумал, вовремя вспомнив о желании Аталии, чтобы он хранил молчание. И он промолчал, стараясь держаться ровно на полшага позади нее. И вдруг рука его сама собою вскинулась, пальцы торопливо погладили затылок идущей впереди женщины, скользнули по серебряной цепочке чуть ниже волос. Глаза его наполнились слезами, ибо в этот миг, касаясь ее, он сно-

---

[1] У слова "левана́" в иврите два значения — "белая" и "луна".

ва отчетливо понял, что у него нет никаких шансов. В темноте Аталия не могла видеть его полные слез глаза, она только чуть-чуть замедлила шаги. Шмуэль думал: "Какой же ты глупец! И трус, и глупец. Да ведь ты мог сейчас притянуть ее к себе, обнять ее плечи, поцеловать ее в губы". Но тут же вмешался другой внутренний голос: "Даже не пытайся, ибо позора не оберешься".

Около часа бродили они по переулкам, пересекли улицу Агрипас, прошли вдоль спящего рынка Махане Иехуда с закрытыми, погруженными во тьму рундуками, мясными лавками, ларьками, магазинчиками, и только головокружительная смесь запахов фруктов, мусора, переспелых овощей, специй, тонкой гнили парила в воздухе. Шмуэль и Аталия вышли на улицу Яффо, к площади солнечных часов, установленных на фронтоне одного из домов еще во времена турецкого владычества. Перед часами Аталия задержалась ненадолго и вдруг заговорила об отце, откликаясь на просьбу Шмуэля:

— Он не принадлежал своему времени. Возможно, опоздал, возможно, опередил. Но принадлежал он времени иному.

И Аталия, а вслед за ней и Шмуэль направились домой, но уже другими переулками. На всем протяжении пути они сказали друг другу разве что: "Будь осторожен, ступенька!" или: "Это развешанное поперек улицы белье капает прямо на голову". Аталии хотелось тишины, и Шмуэль не осмеливался пойти наперекор ее желанию, хотя едва сдерживал волнение, смешанное с вожделением. А луна тем временем, утратив свою кровавость, поднялась над стенами академии Бецалель и залила город призрачным светом привидений, скелетов, фантомов. Дома Аталия быстро скинула пальто и помогла Шмуэлю высвободиться из его потрепанного студенческого пальтеца, поскольку тот запутался в драной подкладке, угодив рукой в дыру.

— Спасибо за этот вечер, — сказала Аталия. — Мне было хорошо. Иногда с тобой бывает приятно, особенно если ты молчишь. А теперь — нет, спасибо, есть я не хочу. Но ты можешь приготовить себе все, что найдешь в холодильнике, и во время еды можешь болтать с собой сколько твоей душе угодно. Ты ведь переполнен словами, которые я не позволила тебе излить. А я пойду в свою комнату. Спокойной ночи. Не беспокойся, мы не растратили вечер впустую. Когда поднимешься к себе, не забудь выключить свет на лестнице.

С этими словами она ушла. Вся она — ее туфли на низких каблуках, волосы, зачесанные на одну сторону, ниспадающие на плечо, оранжевое платье — на какой-то миг вспыхнула сияющим пятном в проеме двери и тотчас погасла. После нее остался легкий шлейф фиалковых духов, и он жадно глотал это благоухание. Сердце, увеличенные размеры которого еще в его юности определили врачи, билось учащенно, и он уговаривал его угомониться.

Шмуэль решил ограничиться двумя кусками хлеба с маслом и сыром, баночкой простокваши и, возможно, яичницей. Но внезапно, в один миг, у него пропал аппетит, сменившись какой-то неясной угнетенностью. Он поднялся в свою комнату, разделся до белья, растянулся на постели и долго смотрел на луну, сиявшую ровно по центру окна. Минут через двадцать он встал, спустился в кухню, открыл банку кукурузы, банку говяжей тушенки и съел все это, даже не закрыв холодильника, ибо аппетит вернулся к нему.

29

Он думал о маленькой квартирке своих родителей в боковом проулке квартала Хадар ха-Кармель, куда семья переехала после того, как сгорел их барак в Кирият-Моцкине. В квартире было две комнаты — большая, служившая гостиной, столовой и спальней его родителям, и маленькая, в которой жила сестра Мири, на пять лет старше Шмуэля. Его кровать стояла в коридоре, между входом в маленькую кухоньку и дверью в туалет. У изголовья кровати располагался выкрашенный в коричневый цвет ящик, который служил ему и платяным шкафом, и письменным столом — за ним он готовил уроки, — а также и прикроватной тумбочкой. В одиннадцать лет Шмуэль был худым, слегка сутулым мальчиком с огромными наивными глазами, ногами-спичками и вечно ободранными коленками. Только спустя годы, после армейской службы, он отрастил буйную гриву и бороду пещерного человека, под которой пряталось узкое, тонкое лицо. Он не любил ни свою гриву, ни свое детское лицо, скрытое за бородой, он считал, что борода прячет то, чего всякий уважающий себя человек должен стыдиться.

В детстве у него было три-четыре приятеля, все — из слабаков класса, один — новый репатриант из Румынии, а еще один — мальчик, страдающий легким заиканием. У Шмуэля имелась большая коллекция марок, и он любил показывать ее своим товарищам, читая при этом лекции о ценности и уникальности редких марок, рассказывать о природе разных стран. Был он мальчиком много знавшим, любившим поговорить, но практически неспособным слушать других, он начинал изнывать уже после нескольких фраз собеседника. Особенно похвалялся он марками стран, которых более не существовало, — Убанги-Шари, Австро-Венгрии, Богемии, Моравии. Долгие часы он мог рассказывать о войнах и революциях, стерших с карты мира эти страны, о государствах, захваченных сначала германскими нацистами, а затем Сталиным, и о тех странах, которые обратились в части новых государств, возникших в Европе после Первой мировой войны, таких как, например, Югославия и Чехословакия. Названия далеких стран — Тринидад и Тобаго или Кения, Уганда и Танзания — возбуждали в нем какую-то смутную тоску. В фантазиях он уносился в эти далекие края, участвовал в боях отчаянных подпольщиков, боровшихся за освобождение от ига чужеземцев. Выступал он перед приятелями с воодушевлением, с жаром, на ходу выдумывая, если чего-то не знал. Читал он много, все, что под руку попадется, — приключенческие романы, очерки путешествий, детективы, ужастики и даже любовные романы, не слишком ему понятные, но пробуждавшие в нем какую-то неясную слабость. Когда ему было двенадцать, он решил прочитать всю Еврейскую энциклопедию в алфавитном порядке, том за томом, статью за статьей, потому что его интересовало все; даже то, чего он категорически не понимал, будоражило его воображение. Но, добравшись примерно до середины буквы "алеф", он устал и оставил энциклопедию в покое.

Однажды субботним утром Шмуэль вместе с Менахемом, семья которого прибыла из Трансильвании, отправился на западные склоны горы Кармель, чтобы побродить по одному из заросших густой растительностью вади — руслу реки, пересыхающей летом и бурливой в сезон дождей. Они обули высокие ботинки, нахлобучили кепки, каждый запасся палкой и флягой с водой, в рюкзаках лежали одеяла, из которых предполагалось соорудить палатку, лепешки-питы, сваренные вкрутую яйца и сырая картошка, предназначенная для запекания в костре. В половине шестого, незадолго до восхода, они отправились в путь, пересекли свой квартал, спустились в вади и примерно часам к одиннадцати преодолели склон горы, считая по дороге птиц, названий которых не знали. Кроме ворон, которые с гортанными криками кружили над расселинами в скалах, — уж эти-то птицы были им хорошо знакомы. Шмуэль орал во всю глотку, а затем слушал, как окрестные горы отвечают на его вопли эхом. Дома было запрещено повышать голос.

В одиннадцать уже вовсю пылало солнце, обжигая их лица, раскрасневшиеся, залитые соленым потом. Шмуэль указал на ровную площадку между двумя дубками, предложил сделать привал, отдохнуть, затем натянуть палатку, развести костер и запечь картошку. Из книг Шмуэль знал о дубах, высоченных, с могучими кронами, что растут в странах Европы, но здесь, на склонах горы Кармель, дубы были не мощными деревьями, а кривыми кустами, едва дававшими тень. Довольно долго они сражались с колышками и одеялами, пытаясь разбить палатку, но шесты отказывались втыкаться в твердую почву, хотя мальчики и забивали их булыжником, сменяя друг дружку: один держит шест, а другой от души колотит по нему камнем. Шмуэль нагнулся за камнем покрупнее и в следующий миг испустил душераздирающий крик. В руку его ужалил скорпион. Боль, дикая, острая, жгучая, пронзила его, но не менее жгучей была и охватившая его паника. В первый миг Шмуэль и Менахем не поняли, что случилось, Шмуэлю показалось, что он наткнулся на острый осколок. Менахем взял руку Шмуэля, раздувающуюся прямо на глазах, и попытался найти колючку или осколок. Он смочил водой из фляги место, куда вонзилось жало скорпиона, но боль не только не утихла, но усиливалась, Шмуэль корчился, стонал, и Менахем предложил ему сесть на одеяло и подождать, пока он сбегает за подмогой. И тут Шмуэль заметил желтого скорпиона, ползущего среди сухих листьев, — скорпиона, который его ужалил, или, возможно, то был другой скорпион. Шмуэля затрясло, ибо он тотчас преисполнился уверенности, что смерть его близка. Страх и отчаяние затопили его, и, ничего не соображая, он рванулся вдоль вади, придерживая пылающую болью руку, он бежал, спотыкаясь о камни, сухие ветки, падал, но тут же вскакивал и снова, задыхаясь, мчался вперед, а Менахем, бежавший следом, отставал все сильнее и сильнее, ибо от боли и страха у Шмуэля будто крылья выросли.

Менахем, не знавший, как и чем помочь, тоже вдруг принялся кричать тоненьким, испуганным голосом, будто это он был смертельно ранен. Так они вдвоем и неслись по каменистому дну вади — Менахем, пронзительно вопя, а Шмуэль молча, дрожа всем телом, но ни на миг не сбавляя темп и быстро увеличивая расстояние от приятеля.

Наконец они выскочили на незнакомое шоссе и остановились, задыхаясь. А уже через несколько минут показался автомобиль, и женщина, сидевшая за рулем, подобрала мальчиков и доставила их в больницу, где приятели и расстались: Шмуэля отправили делать укол, а Менахему дали стакан холодной воды. После инъекции Шмуэль потерял сознание, а когда пришел в себя, то увидел мать и отца, стоявших рядом, и лица их почти соприкасались, точно наконец-то между родителями установилось перемирие. И Шмуэль тогда возгордился: ведь именно он сблизил их.

Отец и мать выглядели такими слабыми, растерянными, они неотрывно смотрели на него испуганными глазами, будто сейчас они зависели от него, будто на него теперь возложена обязанность заботиться о них. Руку ему забинтовали, боль немного утихла, уступив место тешившему его душу ощущению превосходства, и он бормотал: "Чепуха, обычный укус скорпиона, от этого не умирают". Когда губы его произнесли "от этого не умирают", в душе его шевельнулось нечто навроде разочарования, потому что воображение уже в деталях нарисовало, как скорбят родители, как горько клянут себя за все свои несправедливости, которым они его подвергали с самого раннего его детства. Спустя несколько часов дежурный врач отправил Шмуэля восвояси из больницы, велев ему отдыхать, есть поменьше и пить побольше. Родители вызвали такси, сначала отвезли Менахема, а потом поехали домой.

Дома Шмуэля уложили в маленькой комнате на кровати сестры, а Мири изгнали в коридорный закут Шмуэля, между кухонной дверью и дверью уборной. Два дня его закармливали деликатесами — куриным бульоном, куриной печенкой с картофельным пюре, тушеной сладкой морковью, ванильным пудингом. Но спустя два дня объявили: все, хватит нежиться, этим вечером возвращаешься в свою кровать, а завтра — в школу. А после настал черед выговоров, ругани, окриков, нагоняев. Менахем, явившийся навестить больного, выглядел смущенным и растерянным, держался тише воды ниже травы, будто это он ужалил Шмуэля; Менахем даже принес в подарок редкую марку, очень дорогую, о которой Шмуэль давно уже страстно мечтал. Это была марка нацистской Германии, со свастикой и портретом Гитлера. Через несколько дней опухоль спала, повязку сняли, но в памяти Шмуэля навсегда осталась эта теплая волна наслаждения, захлестнувшая его вместе со страхом перед смертью, эта тайная сладость удовлетворения от вида родителей и сестры, убивающихся на его свежей могиле и горько раскаивающихся во всех злодеяниях, что чинили они над ним с самого его рождения. Он видел, как две самые красивые девочки в классе, Тамар и Ронит, обнявшись, заливаясь слезами, стоят перед памятником на его могиле. Навсегда запомнил он и прикосновения Мири, ее ладонь у себя на лбу. Она склонилась над ним, гладила его, когда он лежал в ее кровати, в ее комнате, хотя ни разу в жизни она его не погладила — ни до этого случая, ни после. У них в семье все старались как можно реже прикасаться друг к другу. Иногда от отца доставалась обидная и болезненная пощечина, да изредка мать своими холодными пальцами касалась его лба. Возможно, она только проверяла температуру. Никогда он не видел, чтобы родители прикасались друг к другу, даже чтобы снять пылинку с одежды, все свое детство он чувствовал, что мать несет в себе груз тайной обиды, а отец с трудом подавляет едва сдерживаемое недовольство. Родители почти не разговаривали между собой, а если и разговаривали, то только о делах. Водопроводчик. Обои. Покупки. Когда отец обращался к матери, он кривил губы, морщась, как от зубной боли. Каковы причины материной обиды и недовольства отца, Шмуэль не знал, да и не хотел знать. Когда ему было года три — а именно с того времени он помнил себя, — родители уже отдалились друг от друга. Правда, они никогда не повышали голоса и не ссорились в его присутствии. Несколько раз он замечал, что у матери красные глаза, будто она плакала. Случалось, отец выходил на балкон выкурить сигарету и оставался там в одиночестве пятнадцать-двадцать минут, а вернувшись, прятался за развернутой газетой. Его родители были людьми воспитанными и сдержанными, не видели пользы в разговорах на повышенных тонах. Во все годы своего детства и юности Шмуэль стыдился родителей, сердился на них, не зная, за что и почему. За их слабость? За их вечную обиду эмигрантов, из кожи вон лезущих, чтобы понравиться чужим людям? За теплоту, которой они не одарили его, потому что в них ее просто не было? За сдержанную враждебность, всегда царившую между ними? За скупость? Но ведь они всегда заботились обо всех его нуждах: несмотря на их прижимистость, расчетливость и бережливость, Шмуэль никогда не знал недостатка ни в одежде, ни в книгах; альбом марок и каталог к его коллекции у него были, а когда ему исполнилось тринадцать лет, то на бар-мицву, совершеннолетие, ему подарили велосипед; даже его обучение в университете они оплачивали, пока их не постигло банкротство. И тем не менее ни мать, ни отца он полюбить не смог. Всю жизнь была в них какая-то смесь смирения, горечи, неудовлетворенности — и это вызывало в нем раздражение. Вдобавок и коридор, низкий, давящий, куда его поселили на все время детства и юности, и покорность отца, постоянно повторявшего лозунги правящей партии, и молчание матери, пропитанное угнетенностью, униженностью, подавленностью. Во все дни своего детства он вновь и вновь предавал их, выдумывая себе иных родителей — сердечных и сильных, щедрых на тепло. Они преподавали точные науки в хайфском Технионе, интеллектуалы, хорошо обеспеченные, с виллой на вершине горы Кармель, остроумные, лучащиеся симпатией, открытые, пробуждающие в нем, да и в других самоуважение, любовь и радость. Ни разу Шмуэль не говорил об этом ни с одним человеком, даже с сестрой. Когда он был маленьким, она называла его "усыновленным приемышем", "найденышем", повторяла: "Тебя вообще нашли в лесах Кармеля". Отец иногда поправлял: "Не в лесах Кармеля, при чем тут леса Кармеля? Мы нашли его в закоулке рядом с морским портом". А мама едва слышно шелестела: "И совсем не так, просто мы случайно все вчетвером нашли друг друга". Шмуэль всегда сердился на себя за то, что сердится на них, постоянно винил себя в скрытом отсутствии преданности. Будто все эти годы он был иностранным шпионом, внедрившимся в собственную семью.

Что же до сестры Мири, то была она девушкой красивой, стройной, с каштановыми волосами, и с тех пор как исполнилось ей четырнадцать-пятнадцать лет, ее окружала свита из смешливых подружек и высоких юношей, зачастую старше Мири на два-три года, один даже служил офицером в одном из элитных подразделений в Армии обороны.

Случай с укусом скорпиона Шмуэль хранил в душе как одно из немногих сладких воспоминаний своего детства. Все детские годы над ним довлели стены мрачного коридора, вечно в копоти из-за керосиновой лампы, зажигавшейся во время частых перебоев с электричеством, и низкий потолок, тронутый плесенью. И вдруг на каких-то два дня в стенах словно проступила щель, и сквозь нее пробилось нечто, о чем Шмуэль не переставал тосковать во все последующие годы. И даже сейчас, в пору зрелости, он, вспоминая о том происшествии, переполнялся смутным желанием все и всем простить и любить каждого, кто встретится ему на пути.

30

Во вторник дождь прекратился, Шмуэль встал раньше обычного, в девять утра, сунул кудлатую голову под кран и предоставил потоку холодной воды разогнать остатки дремы. Затем он оделся, спустился в кухню, отрезал ломоть хлеба, кусок сыра и выпил две чашки густого черного кофе. Еще до десяти он добрался до автобусной остановки на улице Керен Каемет, а оттуда доехал до Национальной библиотеки в кампусе Гиват Рам Еврейского университета в Иерусалиме. Палку с головой скалящейся лисы он оставил в своей комнате. Библиотекарша, низенькая, полная, в очках, с лицом, излучающим сострадание и отзывчивость, с легким пушком над верхней губой, выслушав Шмуэля, направила его в отдел периодической печати. Здесь он попросил и получил девять месячных подшивок ежедневной газеты "Давар", с июня 1947 года по февраль 1948-го. Устроившись поудобней, он положил перед собой несколько чистых листов бумаги, а также ручку, которую позаимствовал на столе Гершома Валда, и начал терпеливо и сосредоточенно изучать газеты, выпуск за выпуском, страницу за страницей.

Кроме него в читальном зале находился еще лишь один посетитель, человек пожилой, худой, весь какой-то заостренный, с козлиной бородкой, в пенсне с золотой оправой. Шмуэль отметил почти полное отсутствие у него бровей. Человек листал толстенную подшивку еженедельника, название которого Шмуэль не мог определить, но разглядел, что это было старинное иностранное издание; человек торопливо записывал что-то на маленьких листочках, беспрерывно покусывая нижнюю губу.

Спустя полчаса Шмуэль наткнулся наконец на маленькую заметку, касающуюся Шалтиэля Абрабанеля, члена Исполнительного комитета Сионистской организации и члена правления Сохнута. Незаметное сообщение ютилось в нижнем углу одной из внутренних страниц газеты "Давар", в нем говорилось, что 18 июня 1947 года Ш. Абрабанель просил разрешения выступить перед Специальной комиссией ООН по Палестине[1]

---

[1] По приказу римского императора Адриана (76–138), подавившего антиримское восстание под предводительством Бар-Кохбы, Иудея с 135 года стала называться Палестиной. С распространением христианства название Палестина стало в Европе общепринятым. С установлением британского мандата эта земля стала называться Палестина — Эрец-Исраэль, в документах, выдававшихся жителям подмандатной территории, значилось "палестинец". Этот факт позволил Голде Меир (1898–1978), премьер-министру Израиля, репатриировавшейся в Эрец-Исраэль в 1921 году, произнести (1969 г.): "До 1948 года мы, евреи Эрец-Исраэль, были палестинцами. Нужны доказательства? У меня есть старый паспорт".

(UNSCOP) с изложением своей точки зрения по вопросу будущего Эрец-Исраэль. Шалтиэль Абрабанель собирался представить комиссии мнение меньшинства, а по сути — мнение только одного человека по вопросу конфликта между евреями и арабами. Предложить оригинальное решение конфликта мирным путем. Правление Сохнута отклонило его просьбу, мотивируя это тем, что Сохнут и Исполнительный комитет Сионистской организации должны выступать перед Специальной комиссией единым фронтом, придерживаться единого взгляда. Еще в заметке говорилось, что Ш. Абрабанель все-таки собирался выступить перед Специальной комиссией вопреки решению Сохнута, но тем не менее решил подчиниться мнению большинства — возможно, потому, что ему намекнули о последствиях: выступление перед Специальной комиссией ООН по личной инициативе повлечет его отставку со всех постов в центральных органах, избранных еврейским населением Эрец-Исраэль.

Шмуэль Аш переписал это заметку на лист, который затем сложил и спрятал в карман рубашки. После продолжил изучать подшивки за сентябрь и октябрь, задержался, внимательно читая подробности рекомендаций Специальной комиссии ООН по разделу Эрец-Исраэль на два государства, еврейское и арабское; листал дальше, выискивая хоть какое-то упоминание Шалтиэля Абрабанеля. Но не нашел никаких свидетельств, что происходила общественная дискуссия или что Абрабанель апеллировал к общественному мнению евреев или арабов.

Спустя три часа его вдруг одолел сильный голод, но он решил, что не станет пасовать перед упорством человека с козлиной бородкой и тоже продолжит поиски. Шмуэль твердо придерживался принятого решения около двадцати минут, но затем сдался и направился в ближайший кафетерий в здании "Каплан", именно там он обычно утолял свой голод, когда был студентом. Он очень надеялся, что не встретит никого из бывших товарищей. Если они примутся расспрашивать, что он, по сути, может им ответить?

Была уже половина второго, и он заказал себе бутерброд с голландским сыром, простоквашу и чашку кофе. Затем — поскольку не насытился — купил еще один бутерброд, простоквашу, кофе и пирог. Покончив с едой, он ощутил, как на него наваливается дремота, тело обмякло, расслабилось, глаза сами собой закрывались. Так он сидел около пятнадцати минут в углу кафетерия, уронив бороду на грудь, но затем, мобилизовав остатки воли, встал и направился в читальный зал отдела периодической печати, где занял прежнее место. Безбровый человек, обладатель козлиной бородки и пенсне в золотой оправе, все так же лихорадочно писал на маленьких листочках. Проходя мимо него, Шмуэль заметил, что заголовок на подшивке написан кириллицей, и свои заметки человек делал, по-видимому, на русском языке. Шмуэль прошел к библиотечной стойке и попросил подшивки газеты "Давар", которые он еще не успел просмотреть, сел за стол и продолжил листать газеты, страницу за страницей.

Добравшись до недели, предшествовавшей решению Генеральной Ассамблеи ООН 29 ноября 1947 года о разделе Эрец-Исраэль на еврейское и арабское государства, Шмуэль забыл о цели своих поисков и с увлечением принялся глотать статью за статьей, выпуск за выпуском, словно результаты того судьбоносного голосования в ООН все еще оставались неясными и каждый колеблющийся голос мог склонить чашу весов в ту или иную сторону. Он размышлял над словами Гершома Валда об историческом величии Бен-Гуриона, отыскивая в них аргументы за и против. В половине пятого он спохватился, собрал бумаги, забыл на столе ручку и помчался на остановку автобуса, чтобы успеть к пяти часам явиться на свое дежурство к Гершому Валду. Пока он бежал, не вовремя подоспел астматический приступ, Шмуэль остановился, достал из кармана пальто ингалятор, сделал несколько глубоких вдохов. До остановки он добрался, когда автобус уже тронулся. Пришлось ждать следующий. Выскочив из него, он из последних сил побежал к дому.

Потный, с трудом переводя дыхание, Шмуэль в пять двадцать ворвался во двор в переулке Раввина Эльбаза, промчался по каменным плитам и нашел Гершома Валда погруженным в одну из его телефонных бесед, наполненных остроумием и колкостями. Шмуэль дождался конца разговора и извинился за опоздание.

— Я, — сказал инвалид, — как тебе известно, отсюда не убегу. Как сказано у нас: "Блаженны пребывающие в доме Твоем"[1]. Вот. А ты, если позволено мне спро-

---

1 Псалтирь, 84 (83):5.

сить, не гнался ли за ланями или сернами полевыми?[1] Если судить по твоему виду, то, кажется, лань сумела ускользнуть из рук твоих.

Шмуэль спросил:

— Стакан чая? Может быть, кусок пирога?

— Садись, парень. В природе медведя ходить медленно, а ты бежал, только чтобы задобрить меня. У тебя не было ни малейшей причины бежать. У Бялика[2] пророк Амос говорит: "Ходить медленно научила меня скотина моя". Я доволен тобой, хоть ты и опаздываешь. Мечтатели-сновидцы — это люди, которые всегда опаздывают. Но, как написано у нас: "Не лживые сны рассказывают"[3].

А потом он снова долго говорил по телефону с одним из своих постоянных собеседников, цитировал, шутил, язвил, снова цитировал. Когда беседа закончилась, Валд опять обратился к Шмуэлю и спросил его об учителях в университете. Около четверти часа они разговаривали об одном университетском профессоре, влюбившемся в молодую студентку, родители которой были его старинными друзьями. Валд любил посплетничать, да и Шмуэль не гнушался этим занятием. Затем Шмуэль вдруг спросил:

---

1 Парафраз из Песни Песней, 2:7.
2 Бялик Хаим Нахман (1873–1934) — выдающийся еврейский поэт, основоположник новой ивритской поэзии. В 1908–1909 годах выпустил капитальный труд "Сефер ха-Агада" — антологию легенд, рассказов, притч, изречений, извлеченных из Талмуда и Мидраша. Перевел с языка идиш на иврит народные песни, положив начало современной народной песне на иврите.
3 Парафраз из Книги Пророка Захарии, 10:2. (Подобное изречение упоминается в Талмуде, трактат Брахот, 55.)

— Шалтиэль Абрабанель. Отец Аталии. Ваш свойственник. Могли бы вы рассказать мне о нем?

Валд погрузился в размышления. Погладил щеку, с минуту разглядывал свою ладонь, как будто на ней был записан ответ на вопрос Шмуэля. Наконец произнес:

— Он тоже был мечтателем. Верно, он не занимался ни Иисусом из Назарета, ни отношением евреев к Иисусу, но, как и Иисус, он тоже верил во всеобщую любовь, в любовь всех, созданных по образу и подобию, ко всем, созданным по образу и подобию. Просите, и дано будет вам; ищите, и найдете; стучите, и отворят вам, ибо всякий просящий получает, и ищущий находит, и стучащему отворят[1]. Я, мой дорогой, не верю в любовь всех ко всем. Мера любви — она ограничена. Человек может любить пятерых мужчин и женщин, возможно — десять, иногда — пятнадцать. Но и это — только в редких случаях. Но если является человек и объявляет мне, что он любит весь третий мир, или любит Латинскую Америку, или любит женский пол, так это не любовь, а аллегория. Общее место. Лозунг. Мы не рождены, чтобы любить неограниченное число людей. Любовь — это событие интимное, странное и противоречивое, ведь не раз бывает, что мы любим человека из любви к самому себе, из эгоизма, из алчности, из вожделения, из-за желания властвовать над тем, кого любишь, закабалить его или — наоборот — из-за какого-то сильного желания быть порабощенным, закабаленным объектом нашей любви. И вообще любовь очень похожа на ненависть

---

1   Матфей, 7:7–8.

и близка к ней в такой значительной мере, что большинство людей даже не могут себе и представить. Вот, например, когда ты любишь кого-нибудь или ненавидишь кого-либо, в обоих случаях ты в каждую минуту страстно жаждешь знать, где он, с кем он, хорошо ли ему или плохо, чем он занят, о чем он думает, чего боится. Лукаво сердце человеческое более всего и крайне испорчено; кто узнает его?[1] Так говорил пророк Иеремия. Томас Манн написал где-то, что ненависть — это та же любовь, только со знаком минус. В принципе, ревность — доказательство тому, что любовь подобна ненависти, ибо в ревности сливаются воедино любовь и ненависть. В Песни Песней, в одном из ее стихов, нам говорится: "Ибо крепка, как смерть, любовь, люта, как преисподняя, ревность". Отец Аталии мечтал о том, что евреи и арабы, возможно, полюбят друг друга, если только будет устранено возникшее между ними непонимание. Но в этом он ошибался. Между евреями и арабами нет и никогда не было никакого непонимания. Напротив. Вот уже несколько десятилетий царит между ними полнейшее понимание: арабы, уроженцы здешних мест, связаны накрепко с этой землей, поскольку это — их единственная земля и, кроме этой, другой у них нет; и мы, евреи, навеки связаны с этой землей именно в силу тех же причин. Они знают, что мы никогда не сможем отказаться от нее, и мы знаем, что они никогда не откажутся от этой земли. Взаимопонимание, стало быть, абсолютно полное, без изъяна.

---

1   Иеремия, 17:9.

Никакого непонимания нет и никогда не было. Отец Аталии был из тех, кто считает, что все ссоры в мире — результат недоразумения, а потому самая малость консультаций по семейным отношениям, щепотка групповой терапии, капелька-другая доброй воли — и все мы сразу же станем братьями и душой, и сердцем, а ссора испарится, словно ее и не было. Такова была его вера: если противники приложат усилия и получше узнают друг друга, то вражда тотчас сменится любовью. И нам ничего не останется, как вместе выпить чашку крепкого сладкого кофе, продолжить нашу дружескую беседу, — и сразу же воссияет солнце и враги со слезами бросятся друг другу на шею, как в романе Достоевского. Но я говорю тебе, дорогой мой, двое мужчин, любящих одну женщину, два народа, претендующих на одну землю, даже если выпьют вместе реки кофе, то не погасят эти реки их вражду, и многие воды не зальют ее [1]. И еще скажу тебе, вопреки всему, что сказал раньше: блаженны мечтатели-сновидцы, но проклят человек, который откроет им глаза. Верно, мечтатели нас не спасут, ни они сами, ни ученики их, но не будь ни сновмечтаний, ни сновидцев-мечтателей, нависшее над нами тяжелое проклятие было бы в семь раз невыносимее. Благодаря мечтателям, возможно, и мы, трезвые и рассудочные, не столь уж закостенели в своем отчаянии. А теперь, будь любезен, налей-ка мне, пожалуйста, стакан воды и не забудь покормить рыбок. Интересно, что видит рыба, разглядывающая через стекло ком-

---

1 Парафраз из Песни Песней, 8:7.

нату, полки с книгами, прямоугольник света в окне? И твой Иисус был большим мечтателем, возможно, самым великим из всех мечтателей-сновидцев, которых знал мир. Но ученики Его не были мечтателями. Они жаждали власти, и конец их подобен концу всех жаждущих власти в этом мире, а потому проливших людскую кровь. Пожалуйста, не старайся, не отвечай, ведь я знаю, что скажут мне уста твои, и я вполне могу сам продекламировать твой ответ от первого до последнего слова и более того — с самого конца до самого начала. Вот. На сегодня достаточно. Мы говорили много, теперь я хотел бы спокойно почитать Гоголя. Каждые два-три года я перечитываю Гоголя. Он знает почти все, что можно знать о природе человека, о нашей природе. Он знает, как смеяться от души. Но ты не читай Гоголя. Нет. Читай Толстого. Он подходит тебе намного больше. Подай мне, пожалуйста, подушку с кушетки. Да. Так. Спасибо. Подложи, пожалуйста, под спину. Спасибо. Толстой как никто другой подходит читателям, которых можно отнести к мечтателям-сновидцам.

На следующее утро Шмуэлю Ашу снова удалось проснуться в девять, а в половине одиннадцатого он уже сидел в читальном зале отдела периодической печати, раскрыв газету "Давар" от 30 ноября 1947 года. Заголовок, набранный жирными буквами, гласил: "Очень скоро восстанет Еврейское государство". Газета также сообщала, что "Генеральная Ассамблея ООН большинством более чем в две трети голосов приняла решение о создании свободного Еврейского государства в Эрец-Исраэль". Под заголовком было написано: "В Эрец-Исраэль возникнут два независимых государства, еврейское и арабское, которые будут связаны между собой и экономически, и единой валютой. Иерусалим и Вифлеем останутся под международным управлением". А под сообщением приводились подробности голосования в Генеральной Ассамблее, список государств, поддержавших резолюцию ООН о разделе Эрец-Исраэль и создании Еврейского государства, списки голосовавших против и воздержавшихся. Шмуэль читал эти заметки, и сильнейшее волнение охватывало его, глаза наполнились слезами, словно описанные в газете события происходили прямо в эти мгновения. Он заметил, что вчерашний посетитель читального зала, человек без бровей, обладатель козлиной бородки и пенсне, с любопытством разглядывает его. Но когда взгляды их встретились, человек поспешно опустил глаза к бумагам. Шмуэль тоже отвел взгляд.

Утолив голод тремя бутербродами с сыром, простоквашей и двумя чашками кофе в кафетерии здания "Каплан", Шмуэль вернулся в читальный зал и застал там, кроме козлинобородого, молодую женщину в платье особого покроя, какие привезли в Эрец-Исраэль уроженки России. Называлось оно на русский лад — "сарафан". Волосы ее, заплетенные в косу, были венком уложены вокруг головы. Походила эта женщина на кибуцницу. Возможно, она была студенткой. Или молодой учительницей. Лицо ее показалось Шмуэлю смутно знакомым. Он подошел к ней, наклонился и шепотом спросил, не нужна ли ей какая-нибудь помощь. Учительница грустно улыбнулась и ответила ему шепотом:

— Спасибо, у меня все в порядке.

Шмуэль шепотом извинился, вернулся к своему столу и углубился в изучение "Давар" за декабрь 1947 года, январь и февраль 1948 года. У него оставалось полчаса, как он вдруг наткнулся еще на одно сообщение, касающееся Шалтиэля Абрабанеля. Заметка, как и предыдущая, была напечатана в нижнем углу третьей страницы, под обращением "Хаганы"[1], призывавшей владельцев грузовых автомобилей явиться в штаб организации Национальной стражи и стать на учет. Газета вышла в свет 21 декабря 1947 года. В заметке говорилось, что товарищ Ш. Абрабанель отказался отвечать на вопросы корреспондента газеты "Давар" о мотивах своей отставки. Далее корреспондент писал, что ему стало известно, что, по мнению товарища Абрабанеля, линия, которую избрали товарищ Давид Бен-Гурион и другие, неотвратимо ведет к кровопролитной войне между двумя народами, живущими на этой земле, к кровавой войне, победителя в которой предсказать трудно, и можно полагать, что ставка на войну — опрометчивая, рискованная ставка: на кону жизнь или смерть шестисот тысяч евреев Эрец-Исраэль. По мнению Ш. Абрабанеля, путь к историческому компромиссу между двумя народами, живущими на этой земле, еще не перекрыт. В завершение корреспондент добавил, что Шалтиэль Абрабанель,

---

1   Еврейская военная подпольная организация в Палестине, существовала с 1920 по 1948 год во время британского мандата в Палестине.

известный адвокат и ученый-арабист, работал в Исполкоме Сионистской организации и в правлении Сохнута около девяти лет.

В половине четвертого обладатель козлиной бородки встал, собрал груду листков, исписанных кириллицей, и удалился. Шмуэль еще какое-то время продолжал листать газету "Давар", а по сути, дожидался, пока молодая женщина выйдет из зала, чтобы он мог последовать за ней и, кто знает, попытаться завязать с ней легкую беседу. Но время шло, было уже четыре, четверть пятого, а девушка все сидела, склонившись над бумагами. Шмуэль вспомнил о своем долге и бегом направился к остановке.

31

Однажды утром, когда они с Аталией вдвоем сидели на кухне, Шмуэль, приготовив кофе, разлив его по чашкам, положив сахар и размешав, вдруг ощутил несвойственный для себя прилив смелости и спросил:

— Чем вы занимаетесь?

— Пью кофе с парнем, который совершенно сбит с толку, — ответила Аталия.

— Нет, что вы делаете… вообще?

— Я работаю.

— В учреждении? Или преподаете?

— Я работаю в частном сыскном бюро, но сейчас мы поменялись ролями и ты ведешь дознание?

Шмуэль пропустил колкость мимо ушей. Он сгорал от любопытства:

— И что вы расследуете?

— Измены, например. Разврат. Поводы к бракоразводным процессам.

— Как в детективных романах? Крадетесь, выслеживаете, с поднятым воротником и в солнечных очках следуете по пятам за мужчинами, содержащими любовниц, и за отчаявшимися женщинами, у которых есть любовники?

— И это тоже.

— А что еще?

— В основном расследую финансовое положение людей, которые вступают в деловое партнерство. Или ищу источники доходов инвесторов. Права на владение имуществом, хозяева которого исчезли или проживают далеко отсюда. Тебе случайно не нужно узнать что-нибудь о ком-нибудь?

— Нужно. О вас.

— Тогда советую обратиться к нашим конкурентам и заплатить им, чтобы они выследили меня.

— И что они обнаружат? Измены? Разврат? Имущество, сокрытое от людских глаз?

— Ты у нас тут ведешь монашескую жизнь, но в фантазиях, похоже, пребываешь в гареме.

— Вы хотели бы подвергнуть цензуре мою гаремную жизнь?

— Цензуре? Нет. Но взглянуть я бы не отказалась. Ты чуть-чуть сирота, хотя родители твои живы и здоровы. Иногда от тебя исходит тонкий запах отчаяния. А это совсем не то, что нужно нашему Валду. Ему нужен собеседник остроумный, забавный, который будет всегда возражать ему, противоречить.

— Кто эти люди, с которыми он спорит по телефону?

— Двое его старинных знакомых еще с допотопных времен. Такие же чудаки. Упрямцы. Знатоки. Потухшие вулканы. Пенсионеры, целыми днями сидящие дома и оттачивающие аргументы. Они похожи на него. Только еще более одинокие, чем он, потому что не могут себе позволить содержать Шмуэля Аша, который бы забавлял их по нескольку часов в день. Впрочем, в сущности, и ты не такой уж забавный. Или, может, забавный, как раз когда этого и не предполагаешь.

Шмуэль уставился на свои пальцы, распростертые перед ним на клеенке. Пальцы показались ему безобразными, короткими и толстыми. Затем он поднял взгляд на Аталию и неуверенно напомнил ей, что она дважды прогуливалась с ним вечерами. И оба раза происходило это по ее инициативе.

Аталия заметила:

— Это вещь известная. Женщин иногда тянет к заблудшим отрокам. — И улыбнулась, но лицо ее не показалось Шмуэлю веселым. — До тебя были здесь несколько жильцов, составлявших компанию Гершому Валду и обитавших в твоей мансарде. Все тоже немного чудаки и немного отшельники. Видимо, эта должность подходит сбившимся с пути юношам. Все они, более или менее, пытались увиваться за мной, хотя и были младше меня на двадцать или двадцать пять лет. Как и ты. Одиночество вытворяет всяческие странности. Или, возможно, странности вы приносите с собой.

— А с вами, — спросил Шмуэль, все еще глядя на свои безобразные пальцы, — что с вами вытворяет одиночество?

— Со мной? Ты уже несколько недель пялишься на меня, но до сих пор даже не начал узнавать меня. Что-то, по-видимому, интересует или притягивает тебя, но это "что-то" — бесспорно, не я. В мире полно мужчин, весьма интересующихся женщинами, но на самом деле женщины им не интересны. Слабые женщины уступают иногда таким мужчинам. Я, так уж случилось, как раз не нуждаюсь ни в ком. Я сама по себе. Работаю, читаю книги и слушаю музыку. И иногда вечером ко мне приходит гость. А иногда, в другой вечер, приходит другой гость. Приходит и уходит. Мне достаточно себя самой. Иначе бы я, как Гершом Валд, наняла себе какого-нибудь безработного парня, чтобы он за плату забавлял меня шесть часов в день.

— А когда вы одна в комнате?

— Я в ней живу. Этого мне достаточно.

— Если так, почему вы не единожды, а дважды предложили мне прогуляться вечером вместе?

— Ладно. — Аталия встала, собрала пустые кофейные чашки, перенесла их в раковину, тщательно вымыла и поставила вверх дном в сушилку. — Хорошо. Мы с тобой, возможно, прогуляемся и нынче. Не вечером. Ночью. Не ночью. Под утро. Я подарю тебе маленькое ночное приключение. Ты умеешь прятаться?

— Нет, — смиренно ответил Шмуэль. — Совсем не умею.

— Мы пойдем смотреть на луну с вершины Сионской горы, напротив стен Старого города, — сказала Аталия, прислонясь к дверному косяку и чуть выдвинув бедро. От нее едва заметно пахло фиалками и шампунем.

Шмуэль сказал:

— Этой ночью уже не будет полной луны.

— Тогда поглядим на луну ущербную. Почти все ущербно в этом мире. Почти все, к чему мы прикасаемся, становится ущербным. А ты будь готов к трем часам ночи и жди меня здесь. Если ты, конечно, способен встать в такое время. Мы взберемся на Сионскую гору и вместе посмотрим на восход солнца над горами Моавскими. Если только не будет облаков. Есть одна пара, оба — хорошо образованные, оба — люди довольно известные в Иерусалиме, оба — в браке, но не друг с другом, и они условились встретиться этой ночью, чтобы увидеть рассвет с вершины Сионской горы. Не спрашивай меня, откуда я это знаю. Я попытаюсь сфотографировать их вместе, но так, чтобы они ничего не заметили. Если удача нам улыбнется, то сниму их и обнимающимися. Ты пойдешь со мной и будешь моим оправданием.

И уже из коридора, исчезнув из поля зрения Шмуэля, она добавила:

— И оденься потеплее. Эти зимние ночи в Иерусалиме такие холодные.

Еще минут двадцать Шмуэль сидел на кухне, невидяще уставившись на свои пальцы. Нынче же обрежет ногти, подстрижет волосы в носу, а вечером непременно примет душ, пусть и принимал уже утром. Ни в коем случае не забыть заменить пустой ингалятор в кармане на новый. Он подумал, что собирался спросить Аталию об ее отце и, возможно, также и о муже, но почувствовал, что подобные вопросы рассердят и отдалят ее от него. И сказал самому себе: "Отдалят. Куда отдалят. От чего отдалят. Как будто сейчас мы близки. Ведь она сама сказала, что на эту ночную прогулку она берет меня только в качестве оправдания. Ей, конечно, не очень приятно крутиться одной на Сионской горе перед рассветом. И это небезопасно. Она мне симпатизирует? Хоть чуточку? Или только жалеет? Или относится ко мне, как относилась к тем предыдущим жильцам? Или забавляется со мной, как с ребенком, которого у нее никогда не было?" И вдруг все эти вопросы разом потеряли смысл, затопленные накатившей радостью, взметнувшейся где-то в груди, разогнавшей кровь. Впервые за несколько месяцев он ощутил, как боль, не отпускавшая его после ухода Ярдены, словно потускнела, отступив под натиском этой радости. Он чувствовал удивительное спокойствие, уверенность, чуть ли не героем себя чувствовал. И произнес вслух:

— Да. В три часа ночи.

Он вышел из кухни, миновал закрытую дверь в комнату Аталии, поднялся к себе в мансарду, постоял немного у окна, затем надел свое потрепанное пальто, взял трость с лисицей, подкарауливающей добычу, посыпал тальком бороду и лоб и отправился перекусить гуляшом в венгерском ресторанчике на улице Короля Георга. Он ел свой суп, макая в него кусочки белого хлеба, и внезапно его охватил жуткий страх: он никак не мог вспомнить, где именно Аталия велела ждать ее в три часа ночи — в мансарде, на кухне, в коридоре, а может, сказала, чтобы ровно в три он постучал в ее дверь? Хуже того, он уже и не знал, должны ли они в три часа ночи выйти из дома или в три ночи нужно быть на Сионской горе, любоваться ущербной луной, дожидаться рассвета и следить за тайными любовниками.

32

Той ночью, подав Гершому Валду его кашу, подождав, пока Валд закончит есть, а затем, расправившись с остатками еды, вернув в кухню тарелку с ложкой и вымыв их, покормив рыбок, закрыв жалюзи в библиотеке и поднявшись к себе, Шмуэль не стал ложиться спать. Будильника у него не было, и он точно знал, что если уснет, то у него нет ни малейшего шанса проснуться вовремя и не опоздать на ночную встречу. Поэтому он решил бодрствовать всю ночь, спуститься на кухню в половине третьего и подождать там Аталию. Он включил настольную лампу, разжег керосиновый обогреватель, подождал, пока фиолетово-голубой цветок разгоревшегося пламени начнет отражаться в отполированной до зеркального блеска вогнутой металлической пластине, призванной рассеивать тепло. После чего сел у стола, уставившись во тьму, царившую за стенами дома. Вой возбужденных котов, долетевший с соседнего двора, рассек тишину ночи. Ночь была ясная, но силуэты высоких кипарисов заслоняли звездное небо и убывающую луну. Шмуэль открыл книгу, полистал немного, перечитал свои записи, вычеркнул целый абзац, написанный два дня назад, текст показался ему чересчур литературным. Начал писать, но чернила в ручке высохли, Шмуэль порылся в ящике и нашел старую ручку, принадлежавшую, по-видимому, одному из прежних обитателей мансарды. Ручка оказалась роскошной, немного тяжеловатой, с золотой полоской во всю длину. Пальцы Шмуэля ощущали приятную теплоту, он легонько погладил ручку, сунул ее в заросли волос, почесал голову и начал писать.

Раби Иехуда Арье из Модены, живший в Венеции с конца шестнадцатого века и почти до середины семнадцатого, родился в богатой семье банкиров и купцов. Он учился Торе у разных учителей, но совершенствовался также и в светских науках, как он сам пишет: "…и играть на музыкальных инструментах, петь, танцевать, знать классическую латынь — все это я изучал немного". Он проявлял интерес к театру и музыке, даже сочинил несколько комедий, поставил на сцене ряд спектаклей и концертов. Его проповеди и толкования приходили слушать не только евреи, но и христиане, среди которых были и простолюдины, и аристократы, и даже христианские клирики. Несчастьем всей жизни раби Иехуды Арье из Модены было пагубное пристрастие к азартным играм, и это пристрастие довело его до полного банкротства, до сухой хлебной корки. Последние годы жизни провел он в нищете и болезнях.

Много раз вступал он в дискуссии с христианскими богословами, со священниками и в конце своей жизни написал полемическую книгу против христианства под названием "Щит и меч". ("Щит" — против нападок христианства на иудаизм, и "меч" в руках евреев — доказательства глупости христианских верований.) Это сочинение раби Иехуды Арье из Модены отличается от всех предшествовавших подобных трудов тем, что в нем нет ни нотки апологетики, нет ни поношения, ни оскорблений, ни брани по адресу христианства, но есть настоятельное требование опираться на чистую логику для обоснования истинности иудейской веры и вскрытия внутренних противоречий в вере христианской. С этой целью он, читая Новый Завет, относится к тексту таким образом, который в наши дни назвали бы — писал Шмуэль в тетради — "критическим прочтением". Раби Иехуда Арье ушел в мир иной, успев написать только пять из задуманных им девяти частей книги "Щит и меч". Он воспринимал Иисуса как иудея, полностью принимающего учение фарисеев, и этот иудей-фарисей оспаривал мнение своих учителей только по второстепенным проблемам Галахи[1], но никогда не отрицал существование Единого Бога. Никогда, подчеркивал раби Иехуда Арье, никогда не приходило Иисусу в голову представлять себя Божеством. Нигде в книгах Нового Завета Иисус не приписывает Себе статус Божества: "Из всего, что следует из евангельских сказаний… ты не найдешь, чтобы Он говорил о Себе, будто был Богом, но только… человеком, и даже менее значительным, чем ближние Его:

---

1 Совокупность законов, содержащихся в Торе, Талмуде и в более поздней раввинистической литературе.

«Но я — червь, а не человек, поношение у людей и презрение у народа»"[1]. С другой стороны, в десятках мест Евангелия Он называет Себя человеком. И еще: "Когда умывал ноги Симона Петра (Иоанн, 13:4 и далее), сказал Он о Себе: «Не достаточно человеку во плоти, чтобы он служил самому себе, но обязан всякий человек во плоти служить другим»". Итак, Иисус определенно называл Себя "человеком во плоти".

А еще пишет раби Иехуда Арье, и слова эти Шмуэль переписывал с нарастающим возбуждением и ликованием, охватившим его этой ночью, потому что усталость его как рукой сняло и сердце переполнилось настолько, что он едва не забыл о скорой ночной встрече: "Известно, что были среди евреев в те времена... несколько сект, все признавали Закон Моисея, однако не соглашались, оспаривали толкования Закона и заповеди, вытекающие из Закона. Были фарисеи и книжники, они — наши мудрецы, от них пошла Мишна[2], а кроме них — саддукеи, боэтусеи, ессеи[3]

---

[1] Псалтирь, 22:7 (в синодальном переводе — 21:7).

[2] Основополагающая часть Талмуда, свод учений таннаев — законоучителей, а также каждый отдельный параграф трактатов, составляющих этот свод. Мишна в ее нынешнем каноническом виде была составлена и отредактирована в начале III века н. э.

[3] Саддукеи — одно из главных религиозно-политических течений в Иудее II–I веков до н. э. О саддукеях известно, главным образом, из сообщений их основных противников — фарисеев и немного из Нового Завета; отрицали бессмертие души и посмертное воздаяние. Боэтусеи — в талмудической литературе одно из названий для саддукеев. Ессеи — также религиозное течение в I веке до н.э.; считается, что ессеи до некоторой степени подготовили почву для восприятия христианства и что среди первых последователей Иисуса было много ессеев.

и несколько других... и из всех избрал Назарянин... и тянуло Его к фарисеям, учителям нашим... и это очевидно из Евангелия, когда говорит Он Своим ученикам: «На Моисеевом седалище сели книжники и фарисеи; итак, все, что они велят вам соблюдать, соблюдайте и делайте; но по делам их не поступайте»" (Матфей, 23:1-3). Оказывается, что Иисус признает не только Письменный Закон, но также и Устный Закон: "Не думайте, что Я пришел нарушить закон или пророков; не нарушить пришел Я, но исполнить" (Матфей, 5:17). И еще сказал: "Ибо истинно говорю вам: доколе не прейдет небо и земля, ни одна йота или ни одна черта не прейдет из закона, пока не исполнится все" (Матфей, 5:18). Продолжая, раби Иехуда Арье из Модены разъясняет, как и почему "хитроумно", считанные разы, описывал Иисус Себя как Сына Божьего только для нужд дидактических, чтобы пошли за Ним многие, но отнюдь не потому, что Он видел Себя потомком Бога. Все остальное, по словам раби Иехуды Арье, "не более как не имеющая даже отдаленного отношения к правде выдумка, появившаяся среди Его последователей спустя какое-то время после Его смерти, высказывания, которые не (могли) прийти и до сих пор не приходят в голову ни одному честному и здравомыслящему человеку в мире".

По следам этого текста, в половине первого ночи, испытывая сильнейшее душевное волнение, Шмуэль Аш написал в своей тетради:

"Иуда Искариот — вот кто основатель христианской веры. Он был состоятельным человеком из Иудеи, отличался от других апостолов, простых рыбаков и землепашцев из глухих углов захолустных деревень Галилеи. До священников Иерусалима доходили странные слухи о каком-то юродивом из Галилеи, чудотворце, увлекающем за собой многих обитателей забытых Богом деревень и поселений на берегах Кинерета. Правда, всевозможные чудеса и знамения совершали и десятки других, ему подобных, прикидывающихся пророками и чудотворцами, большинство из которых — то ли прохвосты, то ли сумасшедшие или прохвосты и сумасшедшие в одном лице. Но этот галилеянин увлекает за собой чуть больше верующих, чем другие самозванцы, и известность его все ширится. И священники Иерусалима выбрали Иуду Искариота, человека основательного, трезвого, образованного, сведущего и в Письменном Законе, и в Устном Законе, близкого к фарисеям и к священникам, и послали его с тем, чтобы присоединился он к горстке верующих, которые следуют из деревни в деревню за этим галилейским парнем, прикинулся одним из них и докладывал иерусалимским священникам о природе этого юродивого, а также выяснил, не представляет ли он собой какую-либо особую опасность. В конце концов этот самозванец из Галилеи все свои провинциальные чудеса совершал в местах глухих, отдаленных, перед сборищем невежественных поселян, склонных верить всяческим магам, чародеям и фокусникам. Иуда Искариот, стало быть, облачился в лохмотья, отправился в Галилею, искал и нашел там Иисуса и Его братию и присоединился к ним. Очень скоро ему удалось понравиться людям, окружавшим

Иисуса, сообществу голодранцев, облаченных в рубище, шествующим за Пророком из деревни в деревню. И самому Иисусу очень понравился Иуда. Благодаря своему ясному разуму и умению прикинуться истово верующим Иуда очень скоро стал одним из приближенных к Иисусу, доверенным лицом, человеком узкого круга приверженцев, казначеем этого сообщества нищих, одним из двенадцати апостолов. Единственным среди них, кто не был ни галилеянином, ни бедным землепашцем, ни рыбаком.

Но тут и случился удивительный поворот в развитии сюжета. Посланный иерусалимскими священниками человек, который должен был шпионить за самозванцем из Галилеи и его приверженцами, чтобы сорвать с них маски, сам обратился в восторженного верующего. Личность Иисуса, излучающая щедрую, всепоглощающую любовь, сплав теплой интимности в общении с каждым человеком и смирения, простоту поведения и сердечного юмора в сочетании со светом высокой нравственной идеи, возвышенностью видения, суровая красота притч, которыми говорил Иисус, и чары Благой вести в устах Его — все это обратило здравого, трезвого, скептически мыслящего человека из города Крайот в последователя, преданного всем своим существом Мессии и Его Благой вести. Иуда Искариот стал самым выдающимся, до самой смерти преданным учеником человека из Назарета. Произошло ли это в одну ночь или стало результатом длительного процесса перерождения, этого мы никогда не узнаем, — писал Шмуэль в своей тетради, — но, в принципе, этот вопрос не имеет особого значения. Иуда Искариот и был Иудой Христианином. Самым восторженным, пламенным, ревностным, страстным, более чем все апостолы. И более того, он был первым человеком в мире, который уверовал полной верой в Божественность Иисуса. Иуда верил во всемогущество Иисуса, верил, что в скором времени откроются глаза у всех людей, от моря и до моря, и увидят они Свет, и Избавление придет в этот мир. Но для этого, решил Иуда, который был человеком большого мира и хорошо понимал важность связи с массами, необходимость широкого общественного резонанса для достижения наибольшего эффекта, Иисусу следует покинуть Галилею, отправиться в путь, в конце которого — Вход в Иерусалим. Иисус должен был покорить царство в его же столице. Перед всем народом и на глазах всего мира. Он должен совершить в Иерусалиме чудо, знамение, которого не было с того дня, как сотворил Бог небо и землю. Иисус, ходивший по водам Галилейского моря, воскресивший умершую девочку и Лазаря, Иисус, превративший воду в вино и изгнавший бесов, лечивший больных прикосновением руки, а болящие излечивались, касаясь краев одежд Его, — Он должен быть распят на глазах всего Иерусалима. И на глазах всего Иерусалима Он воспрянет и сойдет с Креста живым и здоровым, предстанет целым и невредимым, обеими ногами попирая землю у подножия Креста. Весь мир, священники и простолюдины, и римляне, и эдомитяне, и эллинисты, и фарисеи, и саддукеи, и ессеи, и самаритяне, богатые и нищие, сотни тысяч паломников, в честь праздника Песах пришедшие в Иерусалим со всей Эрец-Исраэль и из стран сопредельных, — все они падут на колени, дабы припасть к праху у ног Его. И с этого начнется Царствие Небесное. В Иерусалиме. Перед народом и миром. Именно в пятницу, перед началом праздника Песах. При огромном стечении народа, — записал Шмуэль в своей тетради.

Но Иисус сильно сомневался, принять ли совет Иуды и взойти ли в Иерусалим. Все эти дни, глубоко в детском сердце Иисуса, грыз Его червь сомнения: Я ЛИ ТОТ ЧЕЛОВЕК? Воистину Я ЛИ ТОТ ЧЕЛОВЕК? Достоин ли Я? И что, если эти голоса вводят Меня в заблуждение? Если Отец Мой Небесный испытывает Меня? Играет Мною? Использует Меня для цели, тайна которой недоступна Мне? Ведь то, что удалось Ему совершить здесь, в Галилее, быть может, не удастся совершить в Иерусалиме, трезвом, светском, ассимилированном, эллинизированном, сомневающемся, маловерном, — в Иерусалиме, который видел все и слышал все, и ничто не может его удивить? Возможно, сам Иисус непрерывно ждал какого-то убедительного знамения свыше, какого-то откровения или просветления, ожидал услышать некий Божественный ответ на Его сомнения: Я ЛИ ТОТ ЧЕЛОВЕК?

Иуда не отступал от него: ТЫ ТОТ ЧЕЛОВЕК. Ты Спаситель. Ты Сын Божий. Ты призван спасти все человечество. С Небес возложено на Тебя: идти в Иерусалим и сотворить там чудеса и знамения Твои, в Иерусалиме Ты совершишь самое великое чудо и знамение Твое —

живым и здоровым Ты сойдешь с креста, и весь Иерусалим падет к ногам Твоим. Сам Рим падет к ногам Твоим. День Твоего Распятия станет днем Избавления всего мира. Это последнее испытание, которому Отец Твой Небесный подвергает Тебя, и Ты выдержишь его, потому что Ты наш Спаситель. После этого испытания начнется эра Избавления человечества. В этот же день наступит Царствие Небесное.

После долгих колебаний Иисус со своими приверженцами вошел в Иерусалим. Но здесь Его вновь одолели сомнения. И не только сомнения, но и страх смерти в самом буквальном смысле, как простого смертного. Свойственный человеку, вполне человеческий страх смерти заполнил Его сердце. "И возмутился духом"[1], "Объяли Его узы смерти"[2], "и начал удручаться и тосковать. И сказал им: душа Моя скорбит смертельно"[3].

"Если можешь, — молился Иисус Господу в Гефсиманском саду, — пронеси чашу сию мимо Меня"[4]. Но Иуда укреплял и закалял дух Его: Тот, кто ходил по поверхности вод, и превращал воду в вино, и лечил прокажен-

---

1   Иоанн, 13:21.
2   Лука, 22:44; автор приводит ивритский текст Евангелия от Луки, перевод на иврит опирался на стих из Псалтири, 116:3 (в синодальном переводе — 114:3). В синодальном переводе, Лука, 22:44, нет упоминания об "узах смерти" (как в ивритских текстах Псалмов и Евангелия от Луки), там это передано как "находясь в борении".
3   Марк, 14:33–34.
4   Марк, 14:36; Матфей, 26:39.

ных, изгонял бесов и воскрешал мертвых, — не отнимется сила Его, сойдет Он с креста и тем побудит весь мир признать Его Божественность. И поскольку Иисус продолжал опасаться и сомневаться, Иуда Искариот взял на себя организацию Распятия. Это ему далось нелегко: римляне не проявляли никакого интереса к Иисусу, поскольку Эрец-Исраэль была переполнена и лжепророками, и чудотворцами, и лунатиками-прорицателями, подобными Ему. Отнюдь не с легкостью убедил Иуда предать суду своего Пророка: в глазах иерусалимских священников Иисус не считался более опасным, чем дюжина Его двойников в Галилее и в других отдаленных местах. Пришлось Иуде Искариоту дергать за ниточки, использовать свои связи в кругах фарисеев и священников, возможно, даже идти на подкуп, чтобы устроить Распятие Иисуса вместе с двумя мелкими преступниками в канун святого праздника Пасхи. Что же до тридцати сребреников, то их выдумали ненавистники Израиля в последующих поколениях. Или, возможно, Иуда сам выдумал эти тридцать сребреников, чтобы вся история приобрела завершенность. Ибо зачем состоятельному владельцу поместий из города Крайот эти тридцать сребреников? В те дни тридцать сребреников стоил один обычный раб. И кто станет платить даже три шекеля за выдачу человека, которого и так знает весь Иерусалим? Человека, который и не пытался прятаться или отрицать свою личность?

Таким образом, Иуда Искариот — автор, организатор и постановщик спектакля "Распятие". В этом правы клеветники всех поколений, обливавшие Иуду презрением и клеймившие его позором. Возможно, они правы еще в большей степени, чем сами могут себе представить. Даже тогда, когда Иисус в страшных муках, час за часом, под палящим солнцем агонизировал на кресте, и кровь струилась из всех Его ран, и мухи накинулись на Его раны, и даже тогда, когда напоили Иисуса уксусом, не ослабла вера Иуды ни на мгновение: вот-вот ЭТО случится. Вот восстанет Распятый Бог, освободится от гвоздей, и сойдет с креста, и скажет всему народу, оцепеневшему, павшему ниц: "Любите каждый брата своего"[1].

А сам Иисус? Даже в минуты Своей агонии на кресте, на девятом часу казни, когда толпа глумилась над Ним, злословя: "Спаси Себя Самого; если Ты Сын Божий, сойди с креста"[2], все еще точило Его сомнение: Я ЛИ ТОТ ЧЕЛОВЕК? И все-таки, возможно, Он все еще пытался ухватиться в последнюю Свою минуту за обещания, что давал Ему Иуда. Из последних сил Своих рвал Он руки, пригвожденные к кресту, ноги Свои, прибитые гвоздями, рвал и мучился, рвал и кричал от боли, рвал и призывал Отца Своего Небесного, рвал и умер со словами на устах из Книги Псалмов: "Эли́, Эли́! Ла́ма Шавакта́ни", то есть "Боже Мой, Боже Мой! Для чего ты Меня оставил?"[3] Такие слова могли слететь

---

1   Первое Соборное послание Святого апостола Петра — 1-е Петра, 4:8. Первое издание Евангелия на иврите. Русский перевод: "…имейте усердную любовь друг ко другу".
2   Матфей, 27:40.
3   Матфей, 27:46. Транскрипция дается по переводу Евангелия на иврит, как у автора. Она несколько отличается от синодального перевода, ивритский текст Евангелия опирается на текст Псалма 22:2 (в синодальном переводе — 21:2).

с уст агонизирующего человека, который верил или почти верил в то, что Бог воистину поможет Ему вырвать гвозди, сотворить чудо и сойти с креста целым и невредимым. С этими словами Он умер от потери крови как простой смертный.

А Иуда, цель и смысл жизни которого рухнули прямо у него на глазах, ужаснувшийся, все видевший воочию, Иуда, осознавший, что собственными руками довел он до смерти Человека, которого любил и почитал бесконечно, ушел с места казни и повесился. Так, — записал Шмуэль в своей тетради, — именно так умер первый христианин. Последний христианин. Единственный христианин".

33

Шмуэль внезапно вздрогнул и взглянул на часы. Сказала ли Аталия, что ему надо быть в кухне в три часа ночи? Или надо постучаться в ее дверь? Или, возможно, она намеревалась в три часа ночи уже быть на пути к Сионской горе? Уже двадцать минут четвертого, он торопливо присыпал тальком лоб, лицо и бороду, в панике схватил свое потрепанное студенческое пальто, в спешке натянул его, нахлобучил шапку, обмотался старым колючим шарфом, даже не вспомнил про трость с серебряной лисой и сбежал по лестнице, не закрыв за собой дверь комнаты.

На нижней ступеньке он неожиданно услышал голос Гершома Валда, звавшего его. Шмуэль совсем забыл, что старик не спит по ночам, коротая часы в библиотеке.

— Парень, зайди-ка на минутку. Только на минутку.

Аталия вышла из своей комнаты в зимнем пальто, черная вязаная шерстяная шаль, покрывавшая голову, придавала ей вид пожилой вдовы. Шмуэль обласкал взглядом глубокую изящную складку, спускавшуюся четкой линией от ее носа к середине верхней губы. В мечтах он с нежностью прикасался к этой складке губами.

— Ступай к нему. Но не задерживайся. Мы опаздываем.

Валд не сидел за письменным столом, а устроился на плетеной лежанке, ноги его покрывал клетчатый шотландский плед. Искривленный, сгорбленный, лицо уродливое, но притягивающее, подбородок выдается вперед, эйнштейновские усы прячут тень иронической улыбки, готовой вспорхнуть на его губы, серебряные волосы рассыпались по плечам. Двумя руками он держал открытую книгу, а на коленях у него, вверх обложкой, лежала другая, тоже открытая. Когда Шмуэль вошел, Гершом Валд сказал:

— На ложе моем по ночам искала я того, которого любит душа моя[1]. — И добавил: — Послушай. Не влюбляйся в нее.

А потом:
— Слишком поздно.

И еще:
— Иди. Она ждет тебя. Вот и тебя я теряю.

В половине четвертого Шмуэль и Аталия вышли во внешнюю тьму. Небо было безоблачным. В вышине сверкали крупные, в тускло-белых ореолах звезды, напоминавшие звезды с картины Ван Гога. Каменные

---

1 Песнь Песней, 3:1.

плиты во дворе были влажными от пролившегося вечером дождя. Черные кипарисы раскачивались из стороны в сторону, словно охваченные тихим религиозным экстазом, слабый ветерок дул с запада, со стороны развалин арабской деревни Шейх Бадр. Воздух был чистым и холодным, острым, обжигал легкие и вливал в Шмуэля живительную бодрость.

Шмуэль намеревался, по уже заведенному обычаю, идти на полшага позади Аталии, дабы любоваться ее силуэтом. Но Аталия взяла его под руку.

— Ты можешь идти быстрее? Обычно несешься сломя голову, но именно сейчас, когда надо спешить, плетешься нога за ногу. Спишь на ходу. Ты вообще что-нибудь способен делать расторопно?

Шмуэль ответил:

— Да. Нет. Иногда.

А потом сказал:

— Когда-то в такие часы я слонялся по улицам в одиночестве. Совсем недавно. Когда Ярдена бросила меня и ушла...

— Я знаю. К Нешеру Шершевскому. Специалисту по сбору дождевой воды.

Сказала не насмешливо, а с грустью и сожалением, почти с сочувствием. Шмуэль благодарно прижал к себе ее локоть.

Улицы были пустынны. Разве что шныряли редкие коты. Там и сям попадались перевернутые мусорные баки, чьи внутренности ветер разбросал по тротуару. Иерусалим стоял притихший, напряженно внимая глубокой ночной тьме. Словно в любой миг могло что-то произойти. Словно закутанные в легкий туман дома, шелестящие во дворах пинии, мокрые каменные заборы, ночующие на улицах автомобили, ряды мусорных баков вдоль тротуаров — все бодрствовало, замерло в ожидании. Внутри этой глубокой тишины клокотало беспокойство. Казалось, город не спит, но лишь прикидывается спящим и на самом деле весь напружинился, сдерживая внутреннюю дрожь.

Шмуэль спросил:

— Пара, за которой мы собираемся наблюдать?

— Помолчи сейчас.

Шмуэль затих. Они пересекли улицу Керен Каемет, миновали полукруглую площадь перед зданиями Еврейского агентства, прошли немного вниз по улице Короля Георга, повернули на улицу Джорджа Вашингтона, обошли с тыльной стороны башню ИМКА и вышли к гостинице "Царь Давид", перед вращающейся дверью которой притоптывал, чтобы немного согреться, высоченный швейцар. Оттуда они спустились к ветряной мельнице Монтефиоре и к домам "Мишкенот Шаананим" — "Обители умиротворенных". На спуске по улице Ступеней в квартале Ямин Моше к ним пристала уличная дворняга, пес обнюхал подол платья Аталии и тихонько заскулил. Шмуэль замедлил шаг, наклонился и торопливо дважды погладил его. Пес лизнул его руку и снова заскулил, умоляюще, покорно. И, опустив голову, виляя хвостом, поплелся за ними — смиренно выпрашивая милостыню любви.

В конце пятидесятых и начале шестидесятых Ямин Моше все еще был кварталом бедноты: ряды низеньких каменных домиков, одни с черепичными скатами, другие под плоскими крышами. В маленьких двориках еще со времен турок были устроены колодцы для сбора дождевой воды, с железными крышками на устьях. В вазонах из ржавой жести цвели кусты герани, полезные травы, пряности. Запертые дома чернели в темноте. Ни из одного окна не пробивался свет. Только тусклый фонарь рассыпал по каменным ступеням хлопья слабого желтого света. Кроме собаки, увязавшейся за ними и продолжавшей, поджав хвост, тащиться на отдалении, в переулках не было ни единой живой души. Шмуэль и Аталия свернули на извилистую дорогу в долине Гей Бен Хинном, и Шмуэль прошептал:

— Теперь мы в аду[1].

— Нам не привыкать, не так ли? — отозвалась Аталия.

Они прошли мимо забора из ржавой колючей проволоки, перегораживавшего дорогу к подножию стен Старого города и обозначавшего границу усеянной ми-

---

[1] Сокращенное название долины — Гей-хинном — созвучно слову "гехином", что на иврите — "ад"; собственно, именно от него и произошло название долины. В Книге Пророка Иехошуа (Иисус Навин) говорится: "И восходит граница к Гей Бен Хинному, с южной стороны Иевуса, он же Иерушалаим, и восходит предел на вершину горы…" Именно на этой горе царь Давид заложил основание, а его сын царь Шломо (Соломон) построил Первый Иерусалимский Храм. В Храме приносились жертвы всесожжения Господу, сжигали мелкий и крупный скот, неподалеку сжигали и животных, непригодных для приношения, а также животных для искупления грехов. Таким образом, в долине постоянно стояли дым и пламя. Название "Гей Бен Хинном" со временем сократилось до "Геннoм", отсюда в христианстве — "геенна огненная". Позже родилась легенда о Преисподней в Иерусалиме.

нами ничейной земли между Иерусалимом израильским и Иерусалимом иорданским. И начали взбираться по крутой, извивающейся тропе к вершине Сионской горы. Сама гора была этаким выступом израильской территории, с трех сторон окруженной территорией иорданской. Пес остановился, помешкал, удрученно тявкнул, поскреб передними лапами землю и, издав исполненный печали прощальный скулеж, словно звал на помощь, развернулся и потрусил назад. Уши прижаты к голове, пасть приоткрыта в беззвучном завывании, живот чуть ли не задевает землю, хвост болтается между лапами.

Холод проник под поношенное пальто Шмуэля, острыми когтями вцепился в спину и плечи. Он дрожал. Аталия, в туфлях на низком каблуке, быстро шагала вверх, и Шмуэль покорно тащился за ней по узкой крутой тропе, стараясь не отставать. Но Аталия была проворнее его, и вскоре между ними образовался разрыв, все расширявшийся в темноте, пока Шмуэль не испугался, что потеряет и ее, и дорогу в этих заброшенных местах, прилегающих к ничейной земле и находящихся под прицелом вражеских пулеметчиков. Одинокий сверчок застрекотал в темноте, и капелла лягушек ответила ему из лужи в скальной расщелине. Испуганная ночная птица, быть может сова, сорвалась с места и низко-низко, прямо над их головами, пронеслась и, взмахнув напоследок крыльями, исчезла. Стены Старого города отбрасывали угрюмую давящую тень. Со стороны оставшейся позади долины Гей Бен Хинном донеслось протяжное, рвущее сердце завывание шакала. И тотчас со всех сторон отозвался целый шакалий хор, разорвав ночную тишину. Где-то неподалеку залаяли собаки, им ответили другие — откуда-то из окрестностей квартала Абу Тор. Шмуэль хотел заговорить, но тут же одумался. На него навалилась усталость, стало трудно дышать, крутой подъем давался все труднее. Он боялся, что вот-вот случится приступ астмы. Шарф из грубой шерсти колол шею и затылок.

И вот наконец вершина горы и вход в постройку, называемую "Могила царя Давида", поскольку внутри находится старинное надгробие, прикрытое бархатным покрывалом с вышитыми золотом стихами из Торы, под которым, как верят истинно верующие, покоятся кости царя Давида. Внезапно из темноты выступила фигура, солдат-резервист, немолодой, за сорок, полнотелый, невысокий, в грубой шинели с поднятым воротником, в вязаной шапке, натянутой на самые уши. Солдат стоял, расставив ноги, опираясь на чешскую винтовку устаревшего образца. Увидев Аталию и Шмуэля, он сказал, не вынимая окурка изо рта:

— Закрыто. Входа нет.

— Почему? — засмеялась Аталия.

Солдат слегка приподнял шапку над одним ухом и ответил:

— Приказ такой, дамочка. Входа нет.

— Но мы и не собирались туда входить, — сказала Аталия и потянула Шмуэля за руку.

Шмуэль оглянулся на солдата:

— В котором часу тебя сменяют?

— Через полчаса, — ответил караульный, огонек сигареты уже почти обжигал ему губы. И добавил вдруг: — Никто ничего не понимает.

Аталия подошла к железной ограде в восточной части вершины горы, дальше начиналась ничейная земля. Шмуэль все еще стоял рядом с солдатом. Тот сплюнул тлеющий окурок, описавший в темноте широкую дугу. Светлячок взвился вверх, упал на землю, но светиться не перестал. Будто отказывался умирать. Шмуэль развернулся и поплелся за Аталией. Она обследовала местность, словно внюхиваясь в воздух, медленно прошла к дальнему углу строения и растворилась среди густых теней под каменной аркой, заслонившей и звездное небо, и тонкую пелену тумана, постепенно окутывавшего гору. Шмуэль последовал за ней, подошел вплотную и, поколебавшись, обнял ее за плечи. Она не отстранила его. После недолгого молчания Аталия сказала:

— У нас есть от тридцати минут до часа. — И добавила шепотом: — Сейчас, если тебе необходимо, можешь поговорить. Но только шепотом.

— Видите ли, Аталия, стало быть, так…

— Как?

— Вы и я живем под одной крышей уже более двух месяцев. Почти.

— Что ты пытаешься мне сказать?

— И мы выходили из дома вместе дважды. Даже трижды, если считать и эту ночь.

— Что ты пытаешься мне сказать?

— Я не пытаюсь сказать. Я спрашиваю.

— Ответ таков: пока еще — нет. Возможно, со временем. А возможно, никогда. — И добавила: — Иногда ты немного трогаешь мое сердце, а иногда докучаешь.

Около шести утра над горами Моава замерцали первые проблески света. Тени гор чуть посветлели, небо побледнело, звезды начали угасать. Та парочка вряд ли уже заявится любоваться рассветом. Да возможно, и не было никакой парочки. Возможно, Аталия ее просто выдумала. Солдата у входа в склеп царя Давида уже не было. Дождался, наверное, конца своей смены и, выкурив последнюю сигарету, завалился где-нибудь спать, прямо в шинели и своей шапке-чулке. Налетел холодный, колючий восточный ветер, затих, снова налетел. Аталия сказала, что надо подождать еще немного. Чуть позже велела Шмуэлю идти домой.

— А вы?

— Я останусь еще ненадолго. А потом пойду на работу.

Она взяла в свою ладонь его застывшие от холода пальцы, два из них сунула себе в рот, подержала несколько секунд и вдруг произнесла:

— Посмотрим.

На этом они расстались.

В половине восьмого Шмуэль, голодный, с пересохшим ртом, продрогший, добрался до дома в конце переулка Раввина Эльбаза. Не раздеваясь, зашел в кухню, проглотил четыре увесистых ломтя хлеба с творогом, выпил две чашки горячего чая, поднялся к себе в мансарду, налил в стакан водки, выпил залпом, разделся, упал на кровать и спал до полудня. В полдень он встал, принял душ и отправился в свой венгерский ресторан.

На этот раз он взял роскошную трость-лисицу, скалящую хищные свои зубы, словно грозящие всему Иерусалиму.

В венгерском ресторане выяснилось, что его столик занят. Немолодая пара. Оба в очках и оба в пальто, они сидели за его столиком и ели не суп-гуляш, а сосиски с запеченными яйцами и картофелем. Перед каждым стоял бокал красного вина, и Шмуэлю показалось, что настроение у парочки распрекрасное. Почему? Что у них случилось? Что у них такого уж хорошего? Малыш Йоси Ситбон, кинувшийся за мячиком и сбитый насмерть на улице Аза несколько дней назад, вдруг воскрес?

Минуту-две Шмуэль стоял на пороге, колебался, раздумывая, не уйти ли, но голод взял свое, Шмуэль уступил и сел за другой столик, как можно дальше от пары счастливых оккупантов. Хозяин ресторана, он же и единственный официант, в белом грязноватом переднике, дурно выбритый, подошел к Шмуэлю лишь через несколько минут и, не сказав ни слова, поставил перед ним суп-гуляш с тремя ломтями белого хлеба. И яблочный компот — на десерт. Шмуэль, все еще не пришедший в себя после бессонной ночи, покончив с едой, продолжал сидеть за столом, погруженный в дрему. И видел во сне, как над Сионской горой всходит солнце. И этот восход, и все последние недели казались ему сном, в котором тебе снится, что ты бодрствуешь, и ты просыпаешься и видишь, что так оно и есть.

34

Дорогой брат,

Этой ночью здесь, в Риме, выпал легкий снег, но он таял еще до того, как опустится на шоссе, на тротуары и памятники. Жаль. Я еще ни разу не видела Рим в снегу. Не то чтобы я просто так слонялась по улицам. Уже три с половиной года я здесь, но до сих пор ничего не видела. Целыми днями я или занимаюсь, или просиживаю в лабораториях, вечерами работаю ассистенткой в аптеке, а по ночам — четыре часа на телеграфе. Денег от этих двух работ с трудом хватает на плату за обучение, на комнату с нервной соседкой, студенткой из Бельгии, и на простую еду дважды в день: хлеб, молоко, спагетти или рис, чашка черного кофе.

Я знаю, что и твоя жизнь нелегка с тех пор, как папа проиграл суд этому мерзавцу и наша компания "Шахав" обанкротилась. Знаю, хотя ты почти не пишешь мне. За последние два месяца ты написал мне два коротеньких письмеца, сообщил только, что прервал свои занятия в университете и нашел работу с проживанием в старом иерусалимском доме. И о замужестве Ярдены рассказал мне в двух строчках. Слово "одиночество" никогда не появляется в твоих письмах, но в каждом написанном тобой слове есть запах одиночества. Ведь и ребенком ты почти всегда был отдельно от всех — погруженный в свою коллекцию марок или в одиночестве часами предававшийся мечтам на крыше. Вот уже много лет я пытаюсь поговорить с тобой о тебе, но ты уклоняешься и говоришь со мной о Бен-Гурионе или о крестовых походах. Не говоришь. Читаешь лекции. Я надеялась, что Ярдена вытащит тебя из твоей раковины. Но раковина — это весь ты.

Я воображаю себе твою жизнь в подвале какого-то темного, готового вот-вот рухнуть иерусалимского дома, с твоим инвалидом, наверняка болезненно нудным и капризным, взбалмошным стариком, целый день гоняющим тебя с разными поручениями: купить ему почтовые марки, принести газету или табак для его трубки — и ты обслуживаешь его большую часть дня (с утра до вечера? или даже по ночам?). А он или его близкие платят тебе гроши, потому что по доброте своей позволяют тебе жить у них. Хотя бы тепло у тебя иерусалимской зимой?

Еще несколько недель назад я надеялась, что ты женишься на Ярдене, хотя, по правде говоря, я ее немного опасалась. Однажды, пару лет назад, когда у папы еще была возможность оплатить мой приезд на каникулы в Израиль, я как-то приехала к тебе в Иерусалим — помнишь? — и там, в твоей комнате в квартале

Тель Арза, я познакомилась с Ярденой. Она казалась мне настолько отличной от тебя, насколько вообще могут отличаться друг от друга две души. И отличалась она не в худшую сторону. Ты такой, какой есть, а она полна веселья, шумная, чуть ли не инфантильная. Ты сидишь и занимаешься, а она тут же играет на губной гармошке, хотя у нее нет ни малейшего представления, как на ней играть. Ты, как всегда уставший уже в девять вечера, хочешь пойти спать, а она тащит тебя силком в город, в кино, в кафе, в гости к общим друзьям. Но вопреки всему вы казались мне вполне подходящими друг другу. Я думала, что постепенно, понемногу она вытащит изнутри тебя какого-то другого Мулю — свободного, любящего жизнь и даже любителя удовольствий. Может быть.

Почему же вы расстались, ты и Ярдена? Почему вдруг "она решила вернуться к своему прежнему парню и выйти за него замуж"? Что случилось? Вы поссорились? Может быть, ты ей изменил? Хотела ли Ярдена, чтобы вы начали жить вместе, а ты отказался? Просила ли она жениться на ней? Или это ты решил порвать с ней отношения и вернуться к своему одиночеству? И она тоже прекратила свою учебу? А впрочем, для меня не важно, чем она занимается. Для меня важно, что ты вернулся на свой необитаемый остров. И если уж ты решил собственными руками разрушить свою академическую карьеру — ты, который был так близок к получению первой академической степени с отличием и уже начал учиться на вторую степень, — разве не мог ты, к примеру, вернуться в Хайфу, найти подходящую работу, быть ближе к родителям, завязать новые отношения или возобновить одно из прежних? Как поступила Ярдена?

Я помню, Мулинька, когда тебе было одиннадцать лет, а мне шестнадцать, мы только с тобой вдвоем поехали как-то раз в Тель-Авив, чтобы провести там день в свое удовольствие. Мама дала мне денег и сказала: "Развлекайтесь". У папы тогда были неплохие доходы от компании "Шахав". Папа нас тоже поощрял: "Поезжайте. По сравнению с Тель-Авивом наша Хайфа всего лишь сонное местечко. Возвращайтесь в Хайфу с последним автобусом. Или не возвращайтесь. Заночуйте у тети Эдит в Тель-Авиве. Я ей позвоню. Она будет рада принять вас обоих".

Я помню тебя, поднимающегося вслед за мной в автобус из квартала Хадар ха-Кармель до станции в Хайфе, в коротких штанах-хаки, твой вечный перочинный нож висит на поясе, в сандалиях, в панамке цвета хаки, которую мама заставила тебя надеть из-за солнца. Я помню твою короткую тень, падающую на стены, потому что ты, как всегда, шел под стенами. Бледный ребенок, молчун, весь ушедший в себя. Когда я спросила тебя, хочешь ли ты поехать в Тель-Авив на автобусе или выбираешь поезд, ты ответил: "Какая разница?" А потом добавил: "Как ты хочешь". Ты был погружен в собственные мысли. Скорее, не в "мысли", а, пожалуй, в одну-единственную упорную мысль, которой ты не хотел со мной поделиться. Ты ни с кем не хотел делиться.

Помню, я сказала тебе по дороге (мы все-таки поехали поездом), что ты должен хоть немного воодушевиться:

день развлечений в Тель-Авиве, у нас куча денег, мы богаты, у нас тысяча возможностей. Что ты выбираешь? Зоопарк? Пляж? Прогулка на лодке по Яркону? Экскурсия в тель-авивский порт? И на каждое из предложений ты отвечал словами: "Да. Чудесно". Когда я настаивала на выборе, по крайней мере — с чего начать, ты отвечал: "Не имеет значения". И вдруг ты стал читать мне пространную лекцию о системе призыва на военную службу солдат-резервистов в Швейцарии. Которой у нас подражают.

Эта твоя постоянная тоска. Хоть ты и вполне способен иногда ораторствовать без умолку, произносить длинные речи и читать целые лекции, и даже с каким-то радостным воодушевлением, но всегда — только лекции и речи. Никогда — внимание к собеседнику.

Я отличаюсь от тебя. У меня всегда есть две-три подруги. В Хайфе у меня был друг. А после него — еще один друг, Аарон. Ты помнишь его. Наставник "Цофим"[1]. И сейчас, в Риме, у меня кое-кто есть. Парень, родившийся и выросший в Милане, литературный переводчик с испанского на итальянский, Эмилио. Вообще-то не парень, а человек разведенный, тридцати восьми лет, то есть старше меня на восемь лет. У него есть дочь десяти лет, София, которую мы зовем Соня, и она привязана ко мне, пожалуй, больше, чем к своей маме. Ее мама в Болонье и поддерживает с дочерью только слабую связь. Соня зовет меня не Мири, а Мари. Но Эмилио ее постоянно поправляет и требует называть меня

---

1 Первое сионистское молодежное движение в Израиле (с 1919 года).

Мири. Кара Мири. Одной своей рукой он гладит мой затылок, а другой — затылок Сони. Словно соединяя нас воедино.

Времени для встреч у нас мало, только по выходным, потому что я учусь и работаю, как я тебе рассказала, на двух работах. Эмилио работает дома, в удобные для него часы, обычно — с самого раннего утра. Он был бы рад встречаться со мной ежедневно, и Соня была бы счастлива, если бы я переехала к ним. Но они живут на другом конце Рима, далеко от университета, далеко от аптеки и телеграфа, где я работаю. А я вся погружена в свою учебу, в лабораторные занятия, в две свои вечерние работы, дающие средства к существованию. Только вечером в субботу я еду к Эмилио и остаюсь с ним и с маленькой Соней до вечера воскресенья. В воскресенье я встаю до рассвета и готовлю для них обоих на всю неделю. А потом мы втроем выходим в ближайший к нашему дому парк, или отправляемся в короткое плавание по реке, или — если позволяет погода — уезжаем на автобусе за город и устраиваем пикник в дубовой роще, в тени древних развалин. В воскресенье вечером Эмилио и Соня провожают меня на вечернюю работу в аптеке, и мы расстаемся, заключая друг друга в долгие объятия. В течение недели мы почти каждый вечер разговариваем по телефону. В моей комнате телефона нет, но владелец аптеки разрешает мне пользоваться его телефоном.

Эмилио знает, что у меня нет денег, что я работаю, напрягая все свои силы. Он также знает причину, по которой родители прекратили финансировать мое обучение. Он хорошо знает, что живу я, можно сказать, впроголодь. И хотя его доходы от переводов весьма невелики, он несколько раз предлагал мне свою скромную финансовую помощь. Я отказалась, и опять отказалась, и даже немного на него рассердилась. Почему отказалась — сама не понимаю. Почему рассердилась — понимаю еще меньше. Его, по-видимому, обидел мой отказ, но обиды своей словами он не высказал. Совсем как ты. Я люблю в нем его щедрость. Мне всегда кажется, что самое привлекательное качество в мужчине, самое мужественное качество — это именно щедрость. А ты, Мулинька, разве не мог вместо этой работы найти переводы, как Эмилио, или давать частные уроки? И маме, и папе, и мне твой уход из университета доставил тяжелейшее разочарование. Мысленно я всегда видела тебя студентом, человеком образованным, исследователем, ученым, преподавателем, а может быть, в один прекрасный день и прославленным профессором. Почему же ты предал все это? Почему вдруг отбросил все это в сторону? Неужели только из-за папиного банкротства?

Если бы у меня были деньги, я бы сейчас сделала короткий перерыв в своих занятиях медициной, приехала бы домой недели на две-три, отправилась бы к тебе в Иерусалим, вытащила бы тебя из могилы, которую ты себе вырыл, встряхнула бы тебя изо всех сил, нашла бы тебе работу и заставила возобновить занятия в университете. Ты ведь пропустил всего один семестр. Это еще можно исправить. В той поездке в Тель-Авив, когда тебе было одиннадцать, а мне шестнадцать, мы

целый день бродили по улицам, среди витрин, в которые мы почти не заглядывали, обливаясь потом, потому что день был жарким и влажным, дважды пили газированную воду, дважды ели мороженое, зашли в кино в середине французского черно-белого фильма и вернулись в Хайфу задолго до последнего автобуса. Не остались ночевать у тети Эдит. Я помню, что спросила тебя, чего же тебе, Мулинька, в сущности, хочется? А ты мне сказал, что хочешь знать, в чем смысл. Это был наш единственный разговор в тот день. Возможно, мы говорили немного о других вещах, например о газированной воде и о мороженом, но я помню только эту твою фразу: "Я хочу найти смысл". Может быть, пришло наконец время, Мулинька, прекратить искать несуществующую истину и начать жить своей жизнью. Действительно ли есть в тебе нечто такое, что заслуживает наказания? Но за что именно ты себя наказываешь? Напиши мне. Не пиши снова три-четыре строчки: "Я в порядке, все хорошо, в Иерусалиме зима, я работаю, работа у меня легкая, несколько часов в день, а остальное время я читаю или брожу по городу". Примерно так ты написал мне в последнем письме. Напиши мне настоящее письмо. Напиши поскорее.
Мири

35

Утром по-весеннему теплого дня иерусалимской зимы, залитого синевой, сдобренного запахами сосновой смолы и влажной земли, наполненного пением птиц, Шмуэль Аш встал чуть позднее девяти, умылся, припорошил детским тальком бороду и лоб, спустился на кухню, где выпил кофе и сжевал четыре куска хлеба с клубничным вареньем, надел пальто, отказался от шапки и трости-лисицы и двумя автобусами добрался до здания Государственного архива. Скачками он поднялся по лестнице, его курчавая, давно не стриженная голова резко выдавалась вперед, опережая туловище и ноги. Быстро пересек вестибюль в поисках хотя бы одной живой души. За справочной стойкой он нашел молодую светловолосую женщину с накрашенными ярко-красными губами, в платье с весьма щедрым декольте. Она подняла на него глаза и слегка отпрянула, увидев перед собой пещерного человека, затем спросила, чем может помочь. Тяжело дыша после беготни по лестнице, Шмуэль для начала уведомил ее, что нынче, несомненно, красивейший день в году. Затем сказал, что преступно сидеть в такой день в помещении. Нужно выбраться за город, в горы, в долины, в рощи. И когда она согласилась, с робкой улыбкой предложил отправиться вместе. Прямо сейчас. И тут же спросил, будет ли ему позволено посидеть пару часов и просмотреть документы Исполнительного комитета Сионистской организации и протоколы заседаний правления Еврейского агентства с середины тысяча девятьсот сорок седьмого года и до конца зимы тысяча девятьсот сорок восьмого.

Женщине показалось, что Шмуэль испытывает жажду, и она предложила ему стакан воды. Шмуэль поблагодарил и сказал "да". Потом передумал и сказал: нет, спасибо. Жаль терять время.

Она улыбнулась ему недоуменно и великодушно:

— Здесь у нас никогда не спешат. У нас время остановилось.

И направила его в кабинет господина Шейнделевича в подвальном этаже.

Господин Шейнделевич, невысокий энергичный человек в рубашке с открытым воротом, обладатель загоревшей веснушчатой лысины, окруженной амфитеатром сверкающих седых волос, сидел за письменным столом перед старинной громоздкой пишущей машинкой и что-то печатал — медленно, одним пальцем, словно мысленно взвешивая каждую букву. Комната была без окон, и тусклый желтый свет изливался в нее из двух голых электрических лампочек. Тени господина Шейнделевича и Шмуэля падали на противоположные стены. На стене Шмуэля висели портреты Герцля, Хаима Вейцмана и Давида Бен-Гуриона, а на стене за спиной господина Шейнделевича висела большая цветная карта Государства Израиль, с границами прекращения огня тысяча девятьсот сорок девятого года, прочерченными жирной зеленой линией, надвое рассекшей Иерусалим.

Шмуэль снова изложил свою просьбу. Господин Шейнделевич устремил на него долгий взгляд, и медленно, постепенно по его лицу разлилась всепрощающая отеческая улыбка, словно он удивлен странной просьбой, но воздерживается от выражения своего удивления и прощает посетителю его невежество. Он откашлялся, напечатал еще две неторопливые буквы, пристально взглянул на Шмуэля и ответил вопросом:

— Господин — исследователь?

— Да. Нет. В сущности — да. Я интересуюсь той неуверенностью, той неопределенностью, какие предшествовали созданию государства.

— А от чьего имени и по чьему поручению вы ведете исследования?

Шмуэль, не ожидавший такого вопроса, на секунду растерялся, а затем неуверенно ответил:

— От собственного имени. — И добавил во внезапном приступе мужества: — Разве за каждым гражданином не закреплено право изучать документы и интересоваться историей государства?

— И какие именно протоколы господин желает просмотреть?

— Исполнительного комитета Сионистской организации. Правления Еврейского агентства. От середины тысяча девятьсот сорок седьмого года до весны тысяча девятьсот сорок восьмого. — И добавил, хотя его и не спрашивали: — Я интересуюсь дискуссией, предшествовавшей решению о создании государства. Была ли на самом деле такая дискуссия?

Господин Шейнделевич внезапно подскочил как ошпаренный, будто его попросили выдать собственные постельные тайны:

— Но это невозможно, господин. Это совершенно невозможно.

— И почему? — робко спросил Шмуэль.

— Это две совершенно разные просьбы. И ответ на них один — нет.

В комнату тихо вошла худощавая женщина восточного вида, лет пятидесяти, в длинном черном платье; слегка сутулясь, она несла поднос с двумя стаканами горячего чая. Один из стаканов она поставила перед господином Шейнделевичем. Он вежливо поблагодарил ее и спросил посетителя:

— Не выпьете ли вы, по крайней мере, стакан чая? Чтобы не уходить отсюда с пустыми руками?

Шмуэль ответил:

— Спасибо.

— Спасибо — да? Спасибо — нет?

— Спасибо — нет. Не в этот раз.

Женщина взяла поднос, извинилась и вышла из комнаты. Господин Шейнделевич продолжил с того места, на котором остановился, понизив при этом голос, словно выдавая секрет:

— Материалы Исполнительного комитета Сионистской организации — это вообще не здесь, господин, а в Сионистском архиве. Но у них вы не найдете ничего, кроме стенограмм речей, поскольку их заседания были открыты для публики. Что касается протоколов заседаний правления Еврейского агентства, протоколов закрытых обсуждений, то эти материалы строжайшим образом засекречены. И будут строго засекречены еще сорок лет в соответствии с законом об архивах и постановлением о порядке сохранения государственных тайн. И если это для вас вполне приемлемо, — добавил господин Шейнделевич без тени улыбки, — приглашаю вас вернуться ко мне через сорок лет, и, возможно, тогда вы измените свое мнение и захотите выпить со мной стакан чая. Надеюсь, что чай нашей доброй Фортуны до тех пор не остынет.

Он поднялся, протянул Шмуэлю руку и добавил с сожалением, за которым явственно угадывались радость и даже намек на злорадство:

— Очень сожалею, что вам пришлось потрудиться и прибыть к нам лично. Я ведь мог отказать вам и по телефону. Вот, запишите, будьте любезны, наш номер телефона, чтобы вы могли позвонить сюда через сорок лет и не утруждаться понапрасну.

Шмуэль пожал протянутую руку и повернулся к выходу. В дверях его остановил тонкий голосок господина Шейнделевича:

— Что вы, вообще-то, желаете узнать? Ведь все как один хотели создать государство, и все как один знали, что защищать его придется силой.

— И Шалтиэль Абрабанель?

— Но он… — Господин Шейнделевич замолчал. Тюкнул одним пальцем еще одну букву на пишущей машинке и сухо добавил: — Но он был предателем.

36

Было десять утра.

— С середины ночи он болен, — сказала Аталия. — Я ухаживала за ним до утра. Сейчас мне нужно уйти, а ты чуть погодя загляни к нему. Ты ведь ни разу еще не был у него в спальне. Нужно будет менять пижаму каждые несколько часов, он обливается потом. Еще нужно поить его с ложечки чаем с медом и лимоном. Можно добавить немного коньяка. Если он не сможет встать, тебе придется время от времени подкладывать под него ночной горшок, а потом опорожнять и ополаскивать горшок в туалете. Так что тебе придется касаться его тела. Он человек старый, и тебе это может быть не совсем приятно и не совсем удобно. Но мы пригласили тебя в этот дом, чтобы ты беседовал с ним, а при необходимости — и ухаживал за ним. Не затем, чтобы тебе было удобно. И не забывай мыть руки и не забывай менять мокрые полотенца у него на лбу. Ни в коем случае не позволяй ему сегодня говорить. Наоборот.

Говори сам. Ораторствуй. Декламируй. Читай лекции. У него воспалено горло.

Это был тяжелый зимний грипп. Температура у старика поднялась, горло воспалилось, глаза слезились, легкие наполнились мокротой, его терзал сильный кашель. У него болели уши, особенно левое, и Аталия заткнула их ватой. Поначалу старик пытался шутить: "Эскимосы, разумеется, совершенно правы, оставляя своих стариков в снегу". Затем принялся вспоминать подходящие цитаты из библейских стихов, именовал себя осколком сосуда, обломком черепка, мужем скорбей, изведавшим болезни[1]. Когда температура поднялась почти до сорока, дух шутовства оставил его. Старик затих, взгляд у него погас, он закутался в угрюмое молчание.

Пришел врач. Послушал грудь и спину больного, вколол пенициллин, велел лежать в постели, подложив под верхнюю часть туловища побольше подушек, чтобы предотвратить развитие воспаления легких. Еще велел принимать аспирин и микстуру от кашля, закапывать в уши специальное средство и как можно больше пить горячего чая с лимоном и медом. Да, безусловно,

---

[1] Осколок сосуда ("шевер кли", *иврит*) — поэтический образ, часто встречающийся в ивритской литературе и поэзии. В частности, Авраам Шленский (1900–1973) в рифмованном переводе романа "Евгений Онегин" (1937), выдержав и "онегинскую строфу", и ритм, употребляет это выражение для передачи пушкинского "уж никуда не годная". Своими корнями выражение уходит в трактат "Килим" ("Сосуды"), открывающий шестой раздел Талмуда. "Обломок черепка" ("херес ше-нишбар", *иврит*) — строка из пиюта, авторство которого приписывается раби Амнону из Магенцы (Майнца), жившему в начале XI века. В современном иврите — "слабый человек".

можно добавить и немного коньяка. И велел Шмуэлю как следует протопить спальню.

— Человек немолодой, здоровьем похвастать не мог даже в те дни, когда считал себя здоровым, нужно остерегаться осложнений, — сказал, слегка заикаясь, врач. Был он уроженцем окрестностей Франкфурта, с аккуратно выпирающим брюшком, из нагрудного кармана пиджака выглядывал белый треугольничек носового платка, на шее болтались две пары очков на шнурках, ладони у него были нежные, как у маленькой девочки.

Вот так Шмуэль Аш и удостоился в первый раз чести войти в спальню господина Валда. Он уже третий месяц обитал в мансарде этого дома, но до сих пор ни разу не входил ни в спальню своего работодателя, ни в комнату Аталии, ни еще в одну комнату, дверь в которую была неизменно заперта, — напротив библиотеки, в самом конце коридора. Шмуэль предполагал, что это комната покойного Шалтиэля Абрабанеля. Три эти комнаты до сих пор оставались для него запретной территорией. Ему позволено было бывать только в библиотеке, бывшей его рабочим местом, на кухне, которую он делил с Аталией, и в мансарде. Дом в конце переулка Раввина Эльбаза был педантично разделен.

Этим утром впервые, из-за болезни господина Валда, Шмуэлю было позволено проникнуть в личные покои старика, посидеть несколько часов у его постели и почитать ему книгу пророка Иеремии, пока больной не задремал. Время от времени старик просыпался и заходился в надрывном кашле. Шмуэль поддерживал его, подносил к его губам ложечку горячего чая с медом и лимоном, в который добавлял и немного коньяка. Впервые Шмуэль прикасался к господину Валду. Ему пришлось заставить себя коснуться старика, он был уверен, что искореженное, жилистое тело вызовет в нем неприязнь, а то и отвращение. Но с удивлением он понял, что большое тело господина Валда — теплое и крепкое на ощупь, словно вопреки своей инвалидности, а возможно, именно благодаря ей оно налилось крепостью и силой. Тепло и твердость стариковского тела были приятны Шмуэлю, он сжал обнаженные плечи старика, меняя ему пижаму, и задержал свои пальцы на шероховатой коже чуть дольше необходимого.

Когда старик задремал, Шмуэль прошелся по комнате. Спальня была узкой, намного меньше библиотеки, но больше мансарды Шмуэля. Здесь, как и в библиотеке, стояли забитые книгами стеллажи, закрывавшие две стены от пола до потолка. Но если в библиотеке на полках стояли научные трактаты и справочники на иврите, арабском и еще на нескольких языках, книги по общественным наукам и иудаизму, Ближнему Востоку, по истории, математике, философии, книги по каббале и астрономии, то в спальне полки прогибались под тяжестью романов на немецком, польском, английском, восемнадцатого, девятнадцатого и начала двадцатого веков — от "Михаэля Кольхааса" и до "Улисса", от Гейне до Германа Гессе и Германа Броха, от Сервантеса до Кьеркегора, от Музиля и Кафки до Адама Мицкевича, от Юлиана Тувима до Марселя Пруста.

Помимо книжных стеллажей в комнате стояли узкая кровать Гершома Валда, массивный, старинный с виду шифоньер, тумбочка у изголовья кровати, покрытый скатертью небольшой круглый стол, на нем — ваза с фиолетовыми цветами бессмертника. У стола, с двух его сторон, стояли два одинаковых стула. Стулья были явно старинные, ножки вырезаны в виде стеблей растений. На сиденьях лежали вышитые подушечки с бахромой. Эти кокетливые стулья с подушечками контрастировали с простотой ровных линий книжных стеллажей, круглого стола и тумбочки. Рядом со столом стоял торшер с бежевым абажуром, в вечерние часы заливавший комнату теплым и нежным светом. Между стеллажами висели потрепанные стенные часы, сделанные, по-видимому, из орехового дерева, с тяжелым, латунно поблескивающим маятником. Маятник раскачивался из стороны в сторону с печальной медлительностью, словно надоел самому себе. В углу комнаты стоял керосиновый обогреватель, чье бесшумное пламя, горевшее и днем и ночью, походило на недремлющий голубой глаз.

У изголовья кровати, прислоненные к тумбочке, замерли деревянные костыли, с помощью которых старик перемещался из комнаты в комнату или в туалет, примыкавший к спальне, хотя в библиотеке он предпочитал перебираться от письменного стола к плетеной лежанке только с помощью рук.

На единственной пустой стене, напротив кровати, висела небольшая фотография в простой деревянной рамке. Именно ее Шмуэль увидел первым делом, войдя в комнату, но что-то заставило его в тот момент торопливо отвести глаза. Снова и снова его взгляд обходил стороной фотографию, отчего-то вызывавшую в нем беспокойство, стыд, ревность. С фотографии смотрел худощавый светловолосый молодой человек, несколько хрупкий, с тонкими чертами лица; казалось, он погружен в себя. Одна бровь чуть приподнята, будто выражая сомнение, и эта приподнятая бровь была единственным сходством юноши с отцом. Лоб у него был высокий, явно давно не стриженные светлые волосы лохматились, точно молодой человек стоял на сильном ветру. Одет он был в мятую рубашку цвета хаки, но не распахнутую на груди, по обычаю того времени, а застегнутую до самого подбородка.

Гершом Валд полулежал на кровати, напротив фотографии своего сына, опираясь спиной на гору подушек. На нем была коричневая, в светлую полоску фланелевая пижама, в которую Шмуэль незадолго до этого переодел его, шея обмотана серым шарфом, а грива седых волос рассыпалась по подушке. Заметив взгляд Шмуэля, устремленный на снимок, господин Валд сказал тихо, не дожидаясь вопроса:

— Миха.

Шмуэль пробормотал:

— Я так сожалею. — И тут же поправил себя: — Я очень и очень сожалею.

Глаза его наполнились слезами. Он отвернулся, чтобы старик не заметил.

Гершом Валд прикрыл глаза и сказал хриплым голосом:

— Отец внука, которого у меня никогда не будет. И он был мальчиком-сиротой. Вырос у меня без матери. Мать умерла, когда ему было шесть. Я один вырастил его. И я сам, своими руками отвел его на гору Мория[1].

И помолчал немного, и сказал — одними губами, почти беззвучно:

— Второго апреля тысяча девятьсот сорок восьмого года. В боях за Баб эль-Вад. — По его лицу пробежала судорога, и он добавил шепотом: — Он был похож на свою мать, не на меня. С тех пор как ему исполнилось десять, он стал мне лучшим другом. Никогда у меня не было более близкого друга. Мы с ним могли говорить часами. Между нами, казалось, почти не было разницы. И случалось, он пытался объяснить мне вещи, которые с трудом доступны моему пониманию, — высшую математику, формальную логику. Иногда он подсмеивался надо мной, старым учителем Танаха и истории, называл меня человеком позавчерашнего дня.

Шмуэль снова пробормотал:

— Сочувствую вашей боли. — И тут же опять поправился: — Нет. Нельзя сочувствовать боли.

Гершом Валд молчал. Шмуэль налил из стоявшего на столе термоса чаю с медом, лимоном и коньяком и, поддерживая старика, поднес чашку к его губам, втиснув сначала между ними таблетку аспирина. Гершом Валд сделал два-три глотка, проглотил таблетку и отстранил руку Шмуэля.

---

[1] Согласно Библии и еврейской традиции, место жертвоприношения Исаака, сына Авраама.

— В девять лет, из-за болезни, ему удалили почку. В конце сорок седьмого года он обманул призывную комиссию. В дни столпотворения и анархии, царивших в канун войны, обмануть призывную комиссию было несложно. Они рады были обмануться. Аталия просила его не ходить. Говорила, что нельзя ему идти. Презрительно называла его мальчишкой, которому бы только поиграть в ковбоев и индейцев. Говорила: "Ты смешон". Мужчины всегда казались ей смешными. Все, словно не вышли и уже никогда не выйдут из подросткового возраста. И Шалтиэль заклинал его, чтобы не уходил. Шалтиэль снова и снова повторял, что вся эта война — безумие Бен-Гуриона и безумие, охватившее целый народ. А по сути — безумие двух народов. По его мнению, молодым людям с обеих сторон следовало бы бросить оружие на землю и наотрез отказаться воевать. По меньшей мере дважды в неделю Шалтиэль ездил к своим арабским друзьям, пытаясь урезонить их. Даже после того как началось кровопролитие, осенью сорок седьмого года, когда перекрывали дороги и снайперы вели прицельный огонь, он не прекратил поездки к своим арабским друзьям. Соседи обзывали его любителем арабов. Муэдзином. Хадж Амином[1]. А некоторые и вовсе называли предателем, потому что он в какой-то мере оправдывал сопротивление арабов сионизму, потому что дружил с арабами. Но вместе с тем он всегда настаивал на том,

---

1   Амин аль-Хусейни (1895–1974) — муфтий Иерусалима, лидер арабских националистов, в войну сотрудничал с нацистами, после войны руководил арабами в противостоянии с евреями.

что он — сионист, он даже утверждал, что принадлежит к небольшой группе подлинных сионистов, которые не опьянены национализмом. Свидетельствовал о себе, что он — последний ученик Ахад ха-Ама[1]. Шалтиэль знал арабский с детства и очень любил сидеть, окруженный арабами, в кафе в Старом городе и говорить часами. У него были закадычные друзья и среди арабов-мусульман, и среди арабов-христиан. Он указывал другой путь. Я с ним спорил. Я твердо считал, что близящаяся война — это священная война, о которой написано в наших книгах, что даже жених, стоящий под хупой, должен… и так далее. Мой мальчик, Миха, единственный мой сын Миха, возможно, и не пошел бы на войну, если бы не речи его отца о "священной войне". Я ведь растил его с малых лет на том, что мы должны помнить защитников Тель-Хая[2], ночные роты, Уингейта[3], стражников нотрима[4], помнить о Маккавеях, которые сейчас должны воскреснуть. Я поучал его. И не только я. Мы все. Воспитательницы в детских садах. Учителя. Товарищи-сверстники.

---

1 Ахад ха-Ам (псевдоним, означающий "Один из народа", настоящее имя Ушер Гинцберг, 1856–1927) — еврейский писатель и философ. По сути, основал современную концепцию национальной еврейской культуры.
2 В окрестностях поселка Тель-Хай на севере современного Израиля, рядом с ливанской границей, в 1920 году произошло сражение, которое стало символом борьбы еврейских поселенцев.
3 Орд Чарлз Уингейт (1903–1944) — британский офицер, во время арабского восстания (1936–1939) организовал ночные роты, чтобы противостоять погромщикам; евреи Эрец-Исраэль называли его Друг.
4 Еврейская полиция в Палестине во времена британского мандата.

Девушки. В те годы все в экстазе декламировали: "Голос позвал меня, и я пошел"[1]. Голос позвал его, и он встал и пошел. Да и сам я тоже был частью этого голоса. Вся Эрец-Исраэль вещала этим голосом. "Не отступит народ из окопов, защищая свою жизнь". "Мы прижаты спиной к стене". Он ушел, а я остался. Нет. Не остался. Михи нет, и меня уже нет. Посмотри на меня: перед тобой сидит человек, который не живет. Перед тобой сидит и болтает мертвый пустомеля.

На старика снова налетел приступ кашля. Он хрипел, задыхался от исторгаемой мокроты, его искривленное тело корчилось в постели, он начал биться головой о стену, нанося частые глухие удары.

Шмуэль бросился к нему. Похлопал по спине, попытался напоить чаем — хотя бы несколько глотков. Старик задыхался. Спустя несколько мгновений Шмуэль осознал, что этот кашель и хрипение — просто маскировка, а на самом деле старика сотрясают сдавленные рыдания, сопровождаемые приступами икоты. Наконец старик яростно вытер глаза тем же носовым платком, в который сплевывал, и прошептал:

— Ты прости меня, Шмуэль.

Впервые с того дня, как почти два месяца назад Шмуэль Аш переступил порог этого дома, старик назвал его по имени и впервые попросил у него прощения.

---

[1] Из стихотворения Ханы Сенеш (1921–1944) — венгерской и израильской поэтессы, партизанки в годы Второй мировой войны, заброшенной из Эрец-Исраэль в немецкий тыл. Казнена нацистами в Будапеште. Национальная героиня Израиля.

Шмуэль мягко произнес:

— Бросьте. Не разговаривайте. Вам сейчас не стоит волноваться.

Старик перестал биться о стену и только тихонько всхлипывал. Легкие частые всхлипы походили на икоту. Шмуэль вгляделся в него и вдруг осознал, что это точно вырубленное из камня лицо, над которым словно начал трудиться скульптор, да бросил, отчаявшись завершить работу, лицо с острым, торчащим вперед подбородком, с кустистыми седыми усами, — насколько же это лицо дорого ему. В глазах Шмуэля уродство старика было уродством пленительным, захватывающим, настолько ярким и пронзительным, что, по сути, являло разновидность красоты. Шмуэля охватило острое желание утешить его боль. Не отвлечь от боли — да и никакая сила в этом мире не отвлечет старика от этой боли, — а принять ее на себя, притянуть к себе хотя бы частичку боли. Большая жилистая кисть старика бессильно лежала на одеяле. И Шмуэль робко, неуверенно положил сверху свою руку. Пальцы у Гершома Валда были большие, теплые, и они сжали, словно в объятиях, холодную руку Шмуэля. Две-три секунды ладонь старика обнимала его пальцы. Валд прервал молчание:

— Я знаю, что об убитых в Войне за независимость принято говорить: "Их смерть не была напрасной". Да я и сам всегда говорил так, все говорили так. Ну... Как я мог не сказать этого! У Натана Альтермана написано: "Быть может, впервые за тысячу лет у нашей смерти есть смысл". Но все труднее и труднее для меня возвращаться к этим словам. Призрак Шалтиэля вонзает их в мое горло. Шалтиэль говорил, что в его глазах все умершие во всем мире — не только погибшие во всех войнах, но и те, кто умер в результате катастрофы или болезни, даже те, кто дожил до почтенных лет, — все до одного умершие, со времен древних и до наших дней, — все умерли совершенно напрасно.

Из гор и ущелий изборожденного морщинами лица, из-под густых седых бровей в Шмуэля впились пронзительные голубые глаза. Под чащей усов подрагивала верхняя губа. Лицо Гершома Валда в один миг сморщилось, словно от острой боли, но среди этой боли возникла некая слабая улыбка, улыбкой, по сути, не бывшая. И даже не на губах, а в глазах.

— Послушай, парень, возможно, даже я, сам того не желая, начинаю к тебе привязываться. Знаешь, ты иногда похож на черепаху, потерявшую свой панцирь.

Под вечер Шмуэль, отхлестанный дождем и ветрами, сходил в аптеку на углу улиц Керен Каемет и Ибн Эзра и купил электрический прибор для облегчения дыхания посредством пара. А себе новый ингалятор. По дороге он также купил канистру керосина для обогревателя и бутылку недорогого коньяка, который назывался "Коньяк медицинель".

Гершома Валда он нашел укрывшимся одеялом чуть ли не до самого носа. Казалось, дышится ему уже полегче. Шмуэль собрал прибор и включил в розетку. Прибор легонько зажужжал и выпустил клуб густого тумана.

И вдруг старик произнес:

— Шмуэль, послушай-ка, поостерегись, не влюбляйся в нее. Это тебе не по силам. — И добавил: — Были здесь до тебя три-четыре парня, составлявшие мне компанию. Почти все влюбились, а одного или двоих из них она, видимо, пожалела на одну, а то и две ночи. А потом отправила восвояси. Все они ушли отсюда с разбитым сердцем. Но не по ее вине. Нет. Ее нельзя винить. Есть в ней какая-то горячая холодность, какая-то отстраненность, притягивающая вас, как мотыльков свет лампы. Мне тебя жалко. Ведь ты сущий ребенок.

37

Аталия вошла в комнату, не постучавшись. Слышала она или нет последние слова старика, Шмуэль не знал. Она принесла кашу, приготовленную соседкой, госпожой Сарой де Толедо, села на кровать, поправила подушку, попросила Шмуэля помочь старику, поддержав его за спину, и впихнула в господина Валда пять-шесть ложек каши. Так сидели они втроем несколько минут, сблизив головы и едва не касаясь друг друга. Наклонившись, словно чтобы разглядеть поближе некую диковину, Шмуэль уставился на ложбинку, пролегшую между ее носом и верхней губой, более глубокую, чем у большинства людей. Сильное желание вспыхнуло в нем — нежно провести пальцем по этой ложбинке, проследить ее путь. Но тут старик сжал губы, точно упрямый ребенок, и наотрез отказался от каши. Аталия не стала его уговаривать, протянула тарелку с ложкой Шмуэлю:

— Отнеси это в кухню. И подожди меня в библиотеке.

На кухне он стоя доел остатки каши, достал из холодильника баночку простокваши, съел все без остатка и еще горсть маслин, почистил и съел апельсин, а затем вымыл тарелку и баночку, вымыл ложку, вытер все и составил в шкафчик. Все его тело наполняло тепло, какого он не ощущал с тех пор, как ушла Ярдена.

Аталия уже ждала его в библиотеке. Устроилась на кушетке старика, Шмуэлю велела сесть за письменный стол, в мягкое кресло с высокой спинкой, кресло господина Валда. Слегка раскосые глаза Шмуэля с застенчивой робостью следили за Аталией. На ней были темно-красные шерстяные брюки и свитер под цвет ее глаз — между коричневым и зеленоватым. Коричневый с искрой зеленоватого. Соединив колени, не поражающая хрупкостью, но с изящно-тонкой шеей, она расслабленно лежала на кушетке, руки ее покоились у бедер.

— Вы говорили о Михе, — сказала она. Не вопрос, скорее утверждение, а то и претензия. — Вы с Валдом говорили о нем.

— Да, — признался Шмуэль, — простите. Это по моей вине. Я спросил о человеке на фотографии и этим причинил ему боль. Или даже не спрашивал. Возможно, это он сам заговорил со мной о сыне.

— Не извиняйся. Он говорит и говорит днями напролет, неделями, месяцами, произносит речи, спорит, а по сути, ничего не говорит. Если тебе удалось поспособствовать тому, что он все-таки сказал наконец нечто…

Она не завершила фразу. Шмуэль, в приступе обычно несвойственного ему мужества, неожиданно сказал:

— Вы тоже говорите не много, Аталия.

И спросил, можно ли задать вопрос.

Аталия согласно кивнула.

Шмуэль спросил, сколько лет было Михе, когда он погиб. Она колебалась мгновение, словно не была уверена, что знает правильный ответ, или будто вопрос показался ей слишком интимным. После недолгого молчания сказала, что ему было тридцать семь лет. И снова замолчала. Шмуэль тоже молчал. Наконец она сказала тихо, словно говоря сама с собой:

— Он был математиком. Публиковал статьи в журналах по математической логике. Был близок к тому, чтобы стать самым молодым профессором в истории Еврейского университета в Иерусалиме. Пока не заразился всеобщим помешательством и не кинулся однажды на бойню. Со всем стадом.

Шмуэль сидел в кресле Гершома Валда, положив на стол обе руки с короткими пальцами, выглядевшими так, словно на каждом из них не хватает одной фаланги. Внезапно он почувствовал, что ему трудно дышать, но сдержался и не достал из кармана ингалятор. Аталия посмотрела на него с лежанки снизу вверх и, словно выплевывая слова, заговорила:

— Государства вам захотелось. Независимости захотелось. Флагов и мундиров, банкнот и барабанов с трубами. Пролили реки крови. Принесли в жертву целое поколение. Выгнали сотни тысяч арабов из их домов. Отправили полные суда тех, кто прибыл, спасаясь от Гитлера, прямо с причалов на бойню. Все ради Еврейского государства. И что получили.

Шмуэль потрясенно молчал. Потом выдавил:

— Боюсь, что я не совсем с вами согласен.

— Конечно, ты не согласен. И зачем тебе соглашаться? Ведь ты один из них. Революционер, социалист, бунтарь, и все же — один из них. И Миха за одну ночь превратился в одного из них. Кстати, прости меня, конечно, но как получилось, что тебя не убили?

— Я был слишком молод для той войны. Мне тогда было только тринадцать.

Аталия не отступала:

— Почему тебя не убили потом? В операциях возмездия? В Синайской кампании? В боевых вылазках? В особых операциях по ту сторону границы? В аварии на учениях?

Шмуэль покраснел. Поколебавшись, признался:

— Меня забраковали. Астма и увеличенное сердце.

Глаза его наполнились слезами, которые ему с большим трудом удалось укрыть от взгляда Аталии.

— У Михи была одна почка. Когда ему было девять лет, его прооперировали в "Хадассе" на улице Невиим[1], удалили левую почку. Он был инвалид. Как и его отец. Он подделал медицинское заключение, подделал подпись отца[2]. Он их обманул, а они и рады были обма-

---

[1] Больница "Ротшильд-Хадасса" размещалась на улице Невиим (Пророков) до 1939 года. Сейчас в этом здании медицинское училище "Хадасса".

[2] Поскольку Миха был единственным сыном, то отец должен был подписать документ, выражая свое согласие на службу сына в боевых частях "Хаганы". Впоследствии это положение, основывающееся на древних еврейских законах, перешло и в Закон о военной службе Израиля.

нуться. Все были обмануты. И те, кто обманывал, оказались, в сущности, обманутыми. И Валд. Целое стадо обманутых.

Шмуэль сказал подавленно:

— Вы не думаете, что в сорок восьмом году мы воевали потому, что не было выбора? Потому что нас прижали к стене?

— Нет. Вас не прижали к стене. Вы и были стеной.

— Вы хотите сказать, что ваш отец всерьез верил, будто у нас имелся хотя бы малейший шанс выжить в этой стране мирными способами? Что можно было убедить арабов согласиться на раздел страны? Что можно обрести родину с помощью приятных разговоров? И вы тоже в это верите? Ведь даже прогрессивный мир поддержал тогда создание государства для евреев. А коммунистический блок снабдил нас оружием.

— Абрабанель не был в восторге от самой идеи государства. Вообще. Любого. Он не был в восторге от мира, разделенного на сотни национальных государств. Словно ряды и ряды отдельных клеток в зоопарке. Идиша он не знал, говорил на иврите и на арабском, говорил на ладино[1] и на английском, на французском, турецком и греческом, но обо всех государствах в мире он сказал именно на идише: "Гоим

---

[1] Еврейско-испанский язык, разговорный и литературный язык евреев испанского происхождения. Бо́льшая часть словаря и грамматической структуры восходит к диалектам испанского языка Средних веков, влияние иврита проявляется в основном в сфере религиозной терминологии.

нахес"[1]. Отрада гоев. Все государства были в его глазах идеей ребяческой и архаичной.

— Он был, по-видимому, человеком доверчивым? Мечтателем?

— Мечтателем был Бен-Гурион, не Абрабанель. Бен-Гурион и все стадо, которое пошло за ним, как за гамельнским крысоловом. На резню. На убой. На изгнание. На вечную ненависть между двумя общинами.

Шмуэль беспокойно ерзал в мягком кресле господина Валда. Слова Аталии казались ему дикими, пугали, от них волосы дыбом вставали. Известные ему ответы, ответы господина Валда, жгли ему язык, и тем не менее он молчал. От мысли, что государства подобны клеткам в зоопарке, ему захотелось швырнуть в Аталию и в ее отца злые слова, что если люди поступают друг с другом, как хищные звери, возможно, и в самом деле есть резон держать их в отдельных клетках. Но он напомнил себе, что Аталия — вдова павшего на войне бойца, и смолчал. Намного больше, чем победить ее в споре, он жаждал обнять ее и хоть на краткий миг прижать к себе. Он попытался представить себе отца Аталии, маленького человека, тщетно силящегося в одиночку удержать ладонями водопад истории. Как возможно, что человек, не верив-

---

[1] Слово "гоим" Абрабанель произнес на иврите (на идише было бы "гоишер"). В иврите у слова "гой" нет того пренебрежительного оттенка, который иногда имеется в идише и который требовался Абрабанелю, поскольку в ТАНАХе "гой" обозначает вообще "народ". И именно это значение (с оттенком презрения) было нужно Абрабанелю в данном случае.

ший в Еврейское государство, называл себя сионистом и даже заседал в Исполкоме Сионистской организации и в правлении Еврейского агентства? Словно читая его мысли, Аталия снова заговорила, и в голосе ее слились насмешка и печаль:

— Он не пришел к этому в один день. Арабское восстание тридцать шестого года, Гитлер, подполье, убийства, операции возмездия еврейских подпольщиков, британские эшафоты, но главное, многочисленные беседы с арабскими друзьями — все это привело его к мысли, что здесь хватит места для двух общин, что лучше для них существовать друг рядом с другом, а то и вместе друг с другом безо всяких государственных рамок. Как смешанная община или как сплетение двух общин, каждая из которых не ставит под угрозу будущее другой. Но возможно, ты прав. Возможно, вы все правы. Возможно, он и в самом деле был наивным мечтателем. Возможно, и в самом деле к лучшему, что случилось все, что случилось, все, что вы натворили, что десятки тысяч пошли на убой и сотни тысяч отправились в изгнание. Ведь евреи здесь — это просто огромный лагерь беженцев, и арабы здесь — тоже огромный лагерь беженцев. И арабы изо дня в день переживают катастрофу своего поражения, а евреи из ночи в ночь живут в страхе перед арабским возмездием. Так, по-видимому, гораздо лучше для всех. Два народа изъедены ядом и ненавистью, и оба вышли из войны, отравленные жаждой мести и справедливости. Безбрежные реки мести и справедливости. И от великой справедливости вся эта земля покрыта кладбищами и усеяна развалинами нищих деревень, которые попросту стерли с лица земли. Были — и нет их.

— У меня есть ответы, Аталия. Но я не стану отвечать. Я не хочу ранить вас.

— Меня уже невозможно ранить. Разве что бронебойным снарядом.

С этими словами она вдруг поднялась, в четыре тяжелых шага пересекла библиотеку и встала рядом со столом.

— Они погубили его, — сказала она печально и без злобы, но с какой-то лихорадочностью, почти походившей на безрассудное ликование. — В возрасте тридцати семи лет его послали сопровождать колонну автомобилей, направлявшуюся в осажденный Иерусалим, дав ему автомат "Стен" и несколько ручных гранат. Второго апреля сорок восьмого года. Дорога в Иерусалим петляет по дну ущелья, и арабы вели прицельный огонь с гор по обе стороны дороги. Время, наверно, было уже предвечернее. Командиры колонны опасались застрять там, в темноте, на узком шоссе в ущелье. На дороге был завал из камней, устроенный арабами, и несколько бойцов отправили разбирать его. А остальные, и Миха в том числе, начали взбираться вверх по склонам, чтобы забросать своими самодельными гранатами позиции арабских снайперов. Но атаку отбили. С наступлением темноты наши бойцы отступили, таща раненых и убитых. Но не всех. Когда колонна уже приблизилась к Иерусалиму, кто-то вспомнил, что недостает Михи. На следующее утро, еще затемно, взвод бойцов направился с заданием — прочесать склоны холмов. Друзья Михи, почти все они были моложе его на десять-пятнадцать лет. Они искали все утро и нашли. Возможно, он взывал о помощи. Возможно, из последних сил, истекая кровью, полз по склону, пытаясь добраться до шоссе. Возможно, как только его товарищи отступили, Миху нашли арабы. Они перерезали ему горло, сорвали с него брюки, отрезали член и воткнули ему в рот. Мы никогда не узнаем, зарезали ли они его прежде, чем кастрировали. Вопрос остается открытым. Этот вопрос навсегда оставили моему воображению. Чтобы мне всегда было о чем думать по ночам. Ночи напролет, одна за другой. Мне не рассказали. Мне ничего не рассказали. Ничего. И только случайно я все узнала. Примерно спустя год после смерти Михи один из его товарищей погиб в Галилее при аварии, и мне передали его дневник. И в том дневнике я нашла короткое, менее десяти слов, описание того, как они нашли Миху среди скал. И с тех пор я только и вижу его, все время я вижу и вижу его, нижняя половина тела обнажена, горло перерезано, отрезанный член воткнут между губами. Каждый день я вижу его. Каждую ночь. Каждое утро. Закрываю глаза и вижу его. Открываю глаза и вижу его. И я продолжала жить здесь, с двумя стариками, которым никогда не дождаться внуков, продолжала ухаживать за ними. Что еще мне оставалось делать? Любить мужчин невозможно. Весь мир в ваших руках уже тысячелетия, и вы превратили его во что-то отвратительное. В скотобойню. Вами можно только пользоваться. Иногда даже жалеть вас и пытаться утешить. За что? Не знаю. Наверное, за вашу ущербность.

Шмуэль молчал.

— Абрабанель умер спустя два года. Умер в одиночестве, в соседней комнате. Ненавидимый и оклеветанный. Презираемый всеми. Думаю, он и сам себя презирал. Все его арабские друзья или оказались по ту сторону новых границ, или были изгнаны из своих домов в Катамонах, Абу Торе, в Баке. Еврейских друзей у него не осталось — ведь он был предателем. Между гибелью Михи и смертью Абрабанеля мы жили здесь около двух лет, Абрабанель, Гершом Валд и я, только мы втроем, в полной изоляции. Словно в подводной лодке. Я и два дедушки ребенка, которого у меня не будет.

Валд ни в чем не соглашался с Абрабанелем, их разногласия были как пропасть, но они никогда больше не спорили друг с другом. Никогда. Смерть Михи заставила их замолчать. Навсегда. В один миг иссякли все доводы и аргументы. Слова застряли в горле. Молчание воцарилось между ними, а также между ними и мною. Валд, безусловно, страдал от этого молчания. Он любил поговорить и нуждался в собеседнике. Абрабанелю это молчание вполне подходило. Я ухаживала за ними, но каждый день уходила на несколько часов из дому в маклерскую контору на улице Штраус. Однажды, после семичасового выпуска вечерних новостей, Абрабанель сидел в кухне в полном одиночестве, пил кофе и читал, как обычно, газету. Из вечера в вечер сидел он один в кухне, пил кофе, читал газету. Вдруг голова его упала, ударилась о чашку кофе, перевернула ее. Правое стекло очков разбилось, словно снайперская пуля попала ему прямо в глаз. Газета была вся залита кофе, стекавшим на стол, на его грудь, на колени, на пол. Таким я его и нашла, словно сморенного внезапной дремой прямо за кухонным столом, и только лоб и волосы мокрые от кофе. Кофе, газета, разбитые очки, лицо на цветастой клеенке. Я восприняла некоторые идеи Абрабанеля, но, в сущности, не любила его, кроме, пожалуй, тех лет, когда я еще была маленькой девочкой. Без сомнения, он был человеком прямым, честным, порядочным, да и в достаточной мере бесстрашным и оригинальным, но он никогда не хотел и не умел быть отцом и, по сути, не был и мужем. Однажды, когда мне было четыре года, он забыл меня в лавке на рынке Махане Иехуда, потому что увлекся спором с каким-то священником. Продолжая дискуссию, они двинулись вдоль улицы Яффо, а потом и дальше, до улицы Эфиопов. В другой раз, рассердившись на мою маму, он запретил ей выходить из дома в течение трех недель и, чтобы добиться этого, просто спрятал все три пары туфель, которые у нее имелись. Однажды он застал маму в кухне со своим другом — греком, она пила вино и громко смеялась. За это он запер ее на чердаке. Он был отшельником, сосредоточенным на самом себе ревнивцем. Фанатиком. Ходячим восклицательным знаком. Семья была ему в тягость. Возможно, ему было предназначено стать монахом.

38

"Иисус и все его апостолы были евреями, сыновьями евреев. Но единственным из них, запечатленным в христианском народном воображении как еврей — и как представитель всего еврейского народа, — был Иуда Искариот. В час, когда "множество народа с мечами и копьями от первосвященников и старейшин"[1] пришли за Иисусом, в испуге "все ученики, оставив Его, бежали"[2], и только Иуда остался. Возможно, он поцеловал Иисуса, чтобы укрепить Его дух. Возможно, он даже пошел с теми, кто взял Иисуса, туда, куда они повели Учителя. И Петр пришел туда, но еще до восхода зари трижды отрекся от Иисуса[3]. Иуда же не отрекался от Него. Сколь иронично то, — писал Шмуэль в своей тетради, — что первый и последний христиа-

---

1 Матфей, 26:47.
2 Матфей, 26:56.
3 Согласно Матфею (26:69-75), Марку (14:66-72), Луке (22:55-62) и Иоанну (18:15-18).

нин, единственный христианин, не оставивший Иисуса ни на минуту, не отрекшийся от Него, единственный христианин, веривший в божественность Иисуса до последнего Его мгновения на кресте, безоговорочно веривший, что Иисус действительно восстанет и сойдет с креста пред всем Иерусалимом и на глазах у всего мира, единственный христианин, умерший вместе с Иисусом, не переживший Его, единственный, чье сердце воистину разбилось со смертью Иисуса, — именно он на протяжении тысячелетий в глазах сотен миллионов людей на пяти континентах слывет наиболее ярко выраженным евреем. Воплощением предательства, воплощением иудейства, воплощением связи между иудейством и вероломством.

В Новое время, — записывал Шмуэль, — историк Цви Грец[1] писал, что Иисус — единственный рожденный женщиной, о котором "можно сказать без преувеличения, что смертью своей он воздействовал более, чем жизнью". — На полях Шмуэль добавил торопливым почерком: "Неправда. Не только Иисус. Также и Иуда Искариот смертью своей воздействовал куда больше, чем жизнью".

Зимней ночью, один в своей мансарде, — сильный и монотонный дождь шагает над потолочными сводами совсем рядом с его головой, играет в водосточных трубах, кипарисы клонятся под западным ветром, отча-

---

[1] Грец Цви (Генрих Гирш, 1817–1891) — историк, автор первого монументального труда по всеобщей истории евреев, исследователь ТАНАХа. Его "История евреев" переведена на иврит, на русский и на многие европейские языки.

янная ночная птица издает внезапный вопль — Шмуэль сидел, склонившись над столом, время от времени делал большой глоток прямо из бутылки с дешевой водкой, стоявшей перед ним на столе, и записывал в своей тетради:

"Евреи почти никогда не говорили об Иуде. Нигде. Ни слова. Даже когда насмехались над Распятием и Воскресением, последовавшим, согласно Евангелиям, спустя три дня. Евреи во всех поколениях, включая и авторов полемических сочинений против христианства, опасались касаться Иуды. Те же из евреев, кто, подобно Цви Грецу и Иосефу Клаузнеру[1], полагали, что Иисус родился евреем и умер евреем, был близок к ессеям и ненавидим священством и знатоками Торы, потому что водился с грешниками, с мытарями и с блудницами, — то и эти мыслители также обошли молчанием Иуду Искариота. Даже те из евреев, кто придерживался мнения, что Иисус — обманщик, хитрый колдун и незаконнорожденный сын римского солдата, все они старались не сказать об Иуде ни единого слова. Стыдились его. Отреклись от него. Возможно, боялись вызвать из небытия память о человеке, чей образ на протяжении восьмидесяти поколений вбирал в себя потоки ненависти и отвращения. Не будите и не тревожьте[2]".

---

1   Клаузнер Иосеф Гдалия (1874–1958) — один из инициаторов возрождения национальной культуры на иврите, лингвист, историк. Среди многочисленных трудов выделяются исследования об Иисусе, о зарождении христианства. Амос Оз доводится ему внучатым племянником.
2   Песнь Песней, 2:7.

Шмуэль хорошо помнил образ Иуды на нескольких известных изображениях Тайной вечери: извращенное и отвратительное существо, сидит, сжавшись, как мелкое гадкое животное, в конце стола, тогда как все остальные за столом миловидны и благообразны, темный среди светловолосых, кривоносый и лопоухий, с желтыми испорченными зубами, с презренным алчным выражением, растекшимся по его злобному лицу.

Там, на Голгофе, в пятницу, совпавшую с кануном праздника Песах, толпа глумилась над Распятым:

— Спаси Себя Самого и сойди с креста[1].

И Иуда умолял Его:

— Сойди, Равви, сойди сейчас. Ныне. Время позднее, и народ начинает расходиться. Сойди. Не медли более.

"Неужели, — писал Шмуэль в тетради, — неужели не нашлось ни одного верующего, который бы задал себе вопрос: возможно ли, что человек, продавший своего Учителя за ничтожную сумму в тридцать сребреников, сразу же после этого повесился от великого горя? Никто из апостолов не умер с Иисусом Назарянином. Иуда был единственным, кто не хотел больше жить после смерти Спасителя".

Но ни в одном из известных ему текстов Шмуэль не нашел даже малейшей попытки выступить в защиту этого человека. Того самого человека, не будь которого, не было бы и Распятия, не было бы и христианства, не было бы и Церкви. Без него Иисус из Назарета стер-

---

1 Матфей, 27:40.

ся бы из памяти точно так же, как еще несколько дюжин чудотворцев и деревенских проповедников из глухих селений Галилеи.

После полуночи Шмуэль облачился в свое поношенное студенческое пальто с веревочными петлями и деревяшками вместо пуговиц, надел шапку, присыпал тальком бороду, щеки, лоб и шею, взял палку с головой лисицы и спустился в кухню. Он собирался намазать творогом ломоть хлеба потолще, поскольку ощутил внезапно ночной голод, а затем выйти побродить по пустынным улицам, пока не падет на него наконец добрая усталость. Возможно, втайне он надеялся встретить Аталию на кухне. Возможно, и ее одолела бессонница? Но кухня была пустой и темной, и, когда Шмуэль включил свет, жирный бурый таракан кинулся под холодильник. "Зачем ты убегаешь, — усмехнулся Шмуэль, — я бы тебя не тронул, я ничего против тебя не имею. Что ты мне сделал? И чем я лучше тебя?"

Он открыл холодильник, увидел овощи, бутылку молока и пачку творога. Прямо пальцами ковырнул изрядный шмат творога, плюхнул на хлеб, отправил в рот и начал жевать, не обращая внимания на крошки, прилипшие к бороде. Немного крошек он намеренно рассыпал по полу — на завтрак таракану. Затем закрыл холодильник и на цыпочках пересек коридор, зная, что Гершом Валд, выздоравливающий после болезни, сидит сейчас за письменным столом в библиотеке или разлегся там на своей лежанке. На миг остановился, прислушиваясь к происходящему за закрытой дверью Аталии, но, не уловив ни звука, вышел в темноту, запер за собой дверь и проверил тростью-лисицей плиты, мостившие двор.

Дождь не прекратился окончательно, но ослаб и лишь накрапывал. Утих и ветер. Глубокая тишина царила в переулке. Холодный, кристально-прозрачный воздух омыл, очистил легкие, освободил голову Шмуэля от паров дешевой водки. Все жалюзи были закрыты, и ни единый луч света не пробивался ни из единого окна. Старинный, времен британского мандата, фонарь из маленьких стеклянных прямоугольников в металлической оправе лил скудный свет, и армия нервных теней металась по мостовой и по стенам домов. Шмуэль преодолевал подъем — голова бодает воздух, туловище тащится за головой, а ноги силятся не отстать — в переулке Раввина Эльбаза в направлении улицы Усышкина. Отсюда, повернув налево, он отправился в квартал Нахлаот, повторяя маршрут прогулки, которую они с Аталией совершили несколько недель назад. Он помнил молчание, стоявшее между ними во время той прогулки, и размышлял о том, что рассказала ему Аталия про смерть Михи и про смерть отца, которого она ни разу не назвала папой, а исключительно по фамилии — Абрабанель. Шмуэль спрашивал себя, что он, в сущности, делает в этом доме, наполненном запахами смерти, между призраком хозяина дома и безостановочно, как испорченная механическая игрушка, разглагольствующим стариком, рядом с недостижимой женщиной, презирающей весь мужской род. Хотя, возможно, изредка она способна вдруг проявить и жалость. И ответил себе, что он ищет уединения. Именно так он решил поступить, когда Ярдена вышла замуж за Нешера Шершевского, а сам он оставил университет. И вот до сих пор он исправно исполняет свои решения. Но в самом ли деле ты ищешь тут уединения? Ведь даже когда ты сидишь в своей мансарде, твое сердце находится внизу, на кухне или под закрытой дверью Аталии.

Тощий уличный кот с выступающими ребрами и облезлым хвостом замер у мусорных баков, разглядывая Шмуэля сверкающими глазами, готовый в любой миг сорваться с места. Шмуэль остановился, посмотрел на кота, и внезапно охватила его великая жалость. Жалость, которая время от времени охватывала его по отношению к тем, от кого отвернулась судьба, жалость, которая почти никогда не приводила его к действию. Мысленно он обратился к коту: "Только не убегай от меня и ты. Ведь мы с тобой немного схожи. Каждый из нас стоит одинокий в темноте под этим моросящим тонким дождем и спрашивает себя: "Что теперь?" Каждый из нас ищет себе какой-нибудь источник тепла и, пока ищет, — шарахается". Шмуэль немного приблизился, выставив перед собой трость, но кот не отступил, но, ощетинившись, изогнулся дугой, оскалил зубы и тихо зашипел. Внезапно тишину разорвал далекий глухой выстрел, а следом еще один, гораздо ближе, послышалась короткая резкая очередь. Шмуэль не смог определить, откуда стреляют. Иерусалим израильский с трех сторон был окружен Иерусалимом иорданским, и вдоль всей границы были возведены укрепленные огневые точки, натянута колючая проволока, возведены бетонные стены, засеяны минами приграничные пространства. Время от времени иорданские снайперы стреляли в прохожих, или полчаса-час происходила беспорядочная перестрелка между огневыми точками по обе стороны разделительной линии.

Выстрелы смолкли, и Иерусалим снова погрузился в ночную тишину. Шмуэль наклонился, протянул руку к коту и позвал. К его удивлению, вместо того чтобы убежать, кот сделал три-четыре осторожных шага в его сторону, с подозрением нюхая воздух: усы подрагивают в свете фонаря, в глазах сверкает дьявольская искра, хвост трубой. Его мягкие, упругие шаги походили на танцевальные па, словно этот тощий кот проверял одинокого незнакомца, неведомо зачем оказавшегося в переулке. Возможно, он еще помнил, как однажды получил еду из рук незнакомого человека. Шмуэль огорченно подумал, что у него при себе ничего нет. Вспомнил творог в холодильнике и пожалел, что не захватил с собой несколько крошек. И мог бы ведь сварить яйцо перед выходом, очистил бы его и дал этому голодному доходяге.

— У меня ничего нет. Ты уж прости меня, — извинился Шмуэль тихо.

Но на кота его слова не произвели никакого впечатления, он еще ближе подошел к наклонившемуся Шмуэлю и обнюхал кончики пальцев протянутой к нему руки. Вместо того чтобы разочароваться и удалиться, кот вдруг потерся мордой о протянутые пальцы, издав короткое, волнующее сердце мурлыканье. Шмуэль, пораженный, так и застыл с вытянутой рукой, чтобы кот мог продолжать тереться о нее. И вдруг, набравшись смелости, положил на асфальт тротуара свою палку и второй рукой погладил голову и спину кота, нежно пощекотал шею и почесал за ушами. Кот был небольшой, серый с белым, фактически котенок, мягкий, теплый, пушистый. Когда рука Шмуэля погладила кота, из зверя вырвалось негромкое, ровное урчание, и он с удвоенной силой принялся тереться о ладонь человека. Затем потерся о согнутую ногу Шмуэля, издал еще одно низкое урчание, развернулся и, не оглядываясь, удалился к мусорным бакам мягкими тигриными шагами.

Шмуэль продолжил свой путь, пересек рынок Махане Иехуда, миновал квартал Мекор Барух, на стенах которого были расклеены воззвания раввинов и синагогальных старост, проклятия, анафемы и поношения: "Великая беда постигла нас"[1]; "Не прикасайтесь к помазанникам Моим"[2]; "Нельзя голосовать на этих выборах, преисполненных скверны"; "Сионисты продолжают дело Гитлера, да истребится имя его и память о нем"[3].

Ноги сами привели Шмуэля к переулку в квартале Егиа Капаим, где находилось его кафе времен круж-

---

1 Цитата из традиционного извещения о смерти, вывешиваемого в публичном месте.
2 Псалтирь, 104:15.
3 Из лозунгов части ультраортодоксальной еврейской общины, сосредоточенной главным образом в Иерусалиме, не признающей Государство Израиль, полагая, что сионисты, создавая государство, поторопились: Израиль как государство возродится только с пришествием Мессии (Машиах — "Помазанник" на иврите), без насилия, без жертв, без людских потерь.

ка социалистического обновления, того самого пролетарского кафе, в котором шестерка кружковцев сидела за двумя сдвинутыми столами, на расстоянии от компании ремесленников, маляров, электриков, подмастерьев-печатников и слесарей, которые, по правде, с членами кружка не разговаривали, но время от времени снабжали огоньком.

Подойдя к запертому и защищенному ржавой железной решеткой кафе, Шмуэль встал вдруг как вкопанный и спросил себя, что он, собственно, тут делает. А затем задал и другой вопрос, тот, что предъявила ему несколько часов назад Аталия: "Почему же не убили и тебя?"

Он взглянул на свои наручные часы. Десять минут второго. Во всем квартале не видно ни души. Лишь в одном окне горел слабый свет, и Шмуэль представил себе, как молодой ешиботник сидит там и вслух читает Псалтирь. Мысленно Шмуэль обратился к нему: "И ты, и я, оба мы с тобой ищем нечто, чему нет меры. А раз нет этому меры, то мы ничего и не найдем, даже если будем искать до утра, и следующей ночью, и во все последующие ночи, и до самой смерти, и даже — почему нет? — после нашей смерти".

По дороге домой, поднимаясь по улице Зихрон Моше, Шмуэль думал о смерти Михи Валда, талантливого математика, который был мужем Аталии и, наверное, любил ее и которого она любила, возможно, до того, как ее отравила эта едкая озлобленность. Вопреки тому, что жена и тесть были против войны, против создания Еврейского государства, изо всех сил противились его желанию присоединиться к армии, его участию в этих, по их мнению, проклятых боях, вопреки тому, что Миха сам был инвалидом, как и его отец, и еще в детстве ему вырезали одну почку, — вопреки всему этому Миха мобилизовался и отправился воевать. И пошел в атаку в ту ночь, второго апреля сорок восьмого года, на склоне одного из холмов. Шмуэль пытался вообразить раненого человека, не юношу, а женатого мужчину тридцати семи лет, наверняка не самого крепкого и — кто знает, — не исключено, как и Шмуэль, астматика, которому трудно давались все эти перебежки по холмистой местности. Его товарищи отступили, растворились в темноте, спустились к колонне автомобилей, застрявшей на дороге, не обратив внимания на то, что Михи нет с ними. Побоялся ли он крикнуть, чтобы его не услышал враг? Потерял ли он сознание? Или, быть может, из последних сил сползал по склону, в сторону шоссе? А возможно, все было наоборот, возможно, как раз кричал, снова и снова, от ужасной боли, и именно поэтому нашли его арабские солдаты? А когда нашли его, пытался ли он поговорить с ними? На их языке? Знал ли он арабский, как его тесть? Пытался ли он бороться с ними? Умолял ли о пощаде? Ведь он наверняка знал, как и все, что в первые месяцы той войны обе стороны пленных почти не брали. Понял ли он, охваченный ужасом и отчаянием, что они собираются с ним сделать, когда стащили с него штаны? Застыла ли кровь в его жилах? Шмуэль вздрогнул и положил ладонь на брюки, словно прикрывая свой детородный орган, и ускорил шаги, хотя моросящий дождь прекратился и только холод, пахнущий прелой листвой и мокрой землей, разливался в ночном иерусалимском воздухе.

Почему не убили и тебя?

Неподалеку от площади Давидка[1] рядом со Шмуэлем со скрежетом затормозила патрульная полицейская машина с мигалкой на крыше. Открылось окно, и гнусавый тенор с сильным румынским акцентом спросил:

— И куда вы, господин?

— Домой, — ответил Шмуэль, хотя, в общем-то, еще не решил, завершились ли его ночные странствия. Ведь он собирался бродить по улицам до тех пор, пока не выбьется из сил.

— Ваше удостоверение личности.

Шмуэль переложил палку из одной руки в другую, скрюченными от холода пальцами расстегнул пуговицы пальто, сунулся в один карман рубашки, в другой, потом в задний карман брюк, вытащил наконец и подал "румынскому" полицейскому картонку от удостоверения: в те дни удостоверение личности вкладывалось в синюю картонку-книжечку. Шмуэль продолжал рыться и выворачивать карманы, пока не нашел-таки само удостоверение. Полицейский включил неяркий свет под потолком автомобиля, внимательно изучил документ, вернул Шмуэлю и обложку, и само удостоверение.

---

[1] Площадь в центре Иерусалима, названная в честь легендарного миномета "Давидка", сконструированного Давидом Лейбовичем (1904–1969), уроженцем Томска, бывшим студентом Технологического института. Во время Войны за независимость этот самодельный миномет, не отличавшийся ни дальнобойностью, ни точностью, при стрельбе производил неимоверный грохот, наводивший панический ужас на арабов.

— Вы заблудились?

— Почему? — удивился Шмуэль.

— В вашем удостоверении написано, что вы проживаете в квартале Тель Арза.

— Да. Нет. Я сейчас в гостях, вернее, не в гостях, а работаю в переулке Раввина Эльбаза. В квартале Шаарей Хесед.

— Работаете? В такое время?

— Ну, дело в том, — пустился в объяснения Шмуэль, — что я там и работаю, и живу. То есть проживание в доме является частью моей оплаты. Неважно. Это немного сложно.

— Вы пьяны?

— Нет. Да. Может, самую малость. По правде говоря, я выпил немножко перед выходом.

— И можно ли узнать, куда именно направляется ваша честь в такое время в такую холодную ночь?

— Никуда. Прогуляться. Немного проветрить голову.

Но полицейскому уже стало скучно. Он что-то буркнул напарнику, сидевшему за рулем, и, закрывая окно, сказал Шмуэлю:

— Не очень-то полезно для здоровья в одиночестве бродить по улицам в такие часы. Можно подхватить простуду. Или волка встретить. Давай ступай-ка домой! В такой час порядочные люди не шляются по улицам. И постарайся больше не попадаться нам этой ночью.

Промерзший, вымокший и уставший Шмуэль Аш вернулся в третьем часу. Вошел он бесшумно, на цыпочках, чтобы старик не услышал его. И тут же вспомнил, что господин Валд все еще нездоров и наверняка уже спит у себя в спальне, перед портретом погибшего сына. Посему он включил свет на кухне, поискал глазами приятеля-таракана. Но и тот, по-видимому, уже отправился на боковую, так что Шмуэль сжевал бутерброд с вареньем и несколько маслин, запил стаканом воды, поленившись заваривать чай, хотя и промерз весь и вожделел чего-нибудь горячего. Затем взобрался к себе в мансарду, включил обогреватель, снял пальто, сбросил обувь, сделал три больших глотка из бутылки, разделся и постоял немного перед обогревателем во фланелевом белье. И вдруг сказал:

— Это тебе не поможет.

Он и сам не понял, что значат эти слова, но они отчего-то его успокоили, и Шмуэль лег в постель и дважды вдохнул из ингалятора, хотя не испытывал затруднений с дыханием, но на всякий случай. Затем укутался в одеяло и мгновенно заснул. И свет, и обогреватель погасить он забыл, как и заткнуть пробкой бутылку с остатками водки.

Назавтра он встал в одиннадцать, оделся, взял трость и вышел, невыспавшийся и разбитый, чтобы съесть свой суп-гуляш и яблочный компот в венгерском ресторане на улице Короля Георга. Вообще-то ему следовало первым делом проведать больного, узнать, не нужно ли тому чего-нибудь. Вымыть его. Сменить пропитавшуюся пóтом пижаму. Налить чаю. Напоить с ложечки. Подать лекарство и поправить подушку. Но ничего этого он не сделал, ибо ему было ясно сказано, что до полудня старик всегда спит. Да и Аталия наверняка уже заглядывала в комнату больного. Или домработница Белла, а то и соседка, Сара де Толедо. "И все-таки, — мысленно сказал себе Шмуэль, — тебе следовало зайти к нему и поинтересоваться, не нужен ли ты ему. А вдруг старик лежит без сна, ждет именно тебя. Вдруг он не спал всю ночь и хочет поделиться с тобой ночными мыслями. Вдруг этим утром он хотел еще рассказать тебе о сыне. Как ты мог бросить его…"

Сидя над тарелкой горячего венгерского супа, Шмуэль ощущал глубочайшее раскаяние. И сказал:

— Слишком поздно.

39

В середине февраля Гершом Валд выздоровел. Только сухой надоедливый кашель никак не отпускал его. Снова к пяти часам он ковылял на костылях из спальни в библиотеку, там Шмуэль составлял ему компанию до десяти-одиннадцати вечера. Сына своего господин Валд больше не упоминал, но всякий раз, когда он, иронизируя по какому-либо поводу, слегка приподнимал левую бровь, Шмуэль вспоминал Миху и ужас его одинокой смерти. Гершом Валд и Шмуэль вместе слушали новости. Обсуждали испытания французской атомной бомбы, проведенные на днях. Беседовали о свободе судоходства по Суэцкому каналу и о заявлении Бен-Гуриона по поводу угроз Насера — что это пустопорожняя болтовня. Потом Шмуэль поднимался к себе в мансарду, а старик оставался корпеть над книгами и бумагами до пяти-шести утра. Утром господин Валд спал в своей спальне, куда отныне и Шмуэлю позволялось иногда заходить — взять забытые у изголовья кровати очки или выключить радио.

С того вечера, когда Гершом Валд рассказал Шмуэлю о смерти сына, в их отношениях произошла перемена: лихорадочная говорливость старика будто поутихла. Время от времени он по-прежнему фонтанировал остротами и каламбурами, шутил, переиначивал библейские стихи, просвещал Шмуэля высокопарными лекциями о полемике по поводу "плана Уганды"[1] или о разнице в темпераментах старости и молодости. Иногда по полчаса говорил по телефону с одним из своих неведомых собеседников. Шутил. Цитировал. Обменивался остротами. Но теперь он, случалось, порой молчал час или два, не произнося ни слова. Сидел в кожаном кресле за письменным столом или лежал на кушетке, укрывшись клетчатым шотландским пледом, и читал книгу: очки с толстыми линзами сползли чуть ли не на кончик носа, седые усы подрагивают, маленькие голубые глаза бегают по строчкам, одна бровь чуть приподнята, губы шевелятся при чтении, седая, отливающая серебром грива придает его уродству величавость и достоинство. Он походил на профессора в отставке, в тиши домашней библиотеки продолжающего свои исследования. Иногда они обменивались листами очередного выпуска газеты "Давар". В девять вечера вместе слушали выпуск новостей. Шмуэль сидел напротив Гершома Валда на гостевом стуле, читал книгу "Дни Циклага", с которой сражался всю эту зиму с перерывами на чтение

---

[1] В 1903 году британцы предложили Сионистскому движению создать еврейское государство на территории современной Кении и назвать его Угандой (по соседству с современным африканским государством с таким же названием).

Нового Завета, или одну из книг, привезенных с собой из комнаты в квартале Тель Арза, — книг об отношении евреев к Иисусу Назарянину. Книга, изданная на иврите недавно, в 1958-м, называлась "Иисус Назорей, Царь Иудейский" и была написана профессором Ш. З. Цейтлиным. Имелась еще английская книга М. Гольдштейна "Иисус в еврейской традиции" и стопка оттисков статей, написанных его учителем, профессором Густавом Йом-Тов Айзеншлосом. Но ни в одной из этих книг и статей ничего не говорилось об Иуде Искариоте, кроме рутинных, шаблонных слов о его предательстве и еще о том, что в глазах множества христиан Иуда-предатель стал отвратительным архетипическим представителем всех евреев как таковых.

В эти минуты в библиотеке воцарялась глубокая тишина. В сухие дни с улицы доносились детские голоса. Время от времени булькал керосин в обогревателе, стоявшем в углу библиотеки. От письменного стола к кушетке и от кушетки к столу старик добирался самостоятельно, без костылей, только с помощью сильных рук. Никогда не позволял Шмуэлю помочь ему.

Но кое-что и поменялось: старик разрешил Шмуэлю слегка поддерживать его за плечи и поправлять подушку, на которую он опирался. Когда он лежал на кушетке, Шмуэлю дозволялось укрывать его клетчатым шотландским пледом. Каждый час он подавал господину Валду стакан чая, в который по-прежнему добавлял немного лимонного сока с медом и капельку коньяка, хотя простуда уже миновала. И себе Шмуэль наливал чаю с медом.

В тишине вдруг раздавался голос старика; оторвав взгляд от книги, он принимался говорить, словно продолжая беседу с самим собой, никогда не прерывавшуюся:

— Все они думали, что он свихнулся. Повсюду осыпа́ли его бранью, поливали грязью, называли его предателем, любителем арабов, распускали по Иерусалиму упорные слухи, что якобы один из его дедушек был садовником-арабом из Вифлеема. Но никто не потрудился вступить с ним в серьезную дискуссию. Как будто не идея, а какой-то злой дух вещал его устами. Как будто его правда даже не достойна того, чтобы ее оспаривать.

— Вы говорите об отце Аталии? — спросил Шмуэль.

— Именно о нем, и ни о ком другом. Я тоже решил не вступать с ним в споры. Мы были слишком далеки друг от друга. Каждое утро он читал газету "Давар", а когда заканчивал, заходил сюда и молча клал ее на мой стол. Мы не обменивались ни единым словом, кроме "извините", "спасибо" или "будьте столь любезны, откройте окно". Только раз или два он нарушил молчание и сказал мне, что отцы сионизма очень расчетливо использовали религиозную и мессианскую энергию, скопившуюся в сердцах еврейских масс на протяжении многих поколений, и мобилизовали эту энергию на службу политическому движению, которое в основе своей было светским, прагматичным и современным. "Но однажды, — сказал он, — творение восстанет против своего творца. Религиозная и мессианская энергия, энергия иррациональная, которую основатели сионизма с успехом использовали в своей борьбе, светской и актуальной, может в будущем прорваться и смыть все, что отцы-основатели сионизма предписали создать здесь". Он подал в отставку, вышел из состава Исполнительного комитета Сионистской организации не потому, что перестал быть сионистом, а потому что, по его мнению, они все до единого свернули с пути, сбились с курса, с закрытыми глазами неслись вслед за помешательством Бен-Гуриона, съехали с катушек и в одну ночь обратились в жаботинцев, если не в штернистов[1]. А по сути, не подал в отставку, а был изгнан. Изгнан также и из правления Сохнута. Его поставили перед выбором, и в течение суток ему необходимо было решить: или он положит на стол Бен-Гуриону прошение об отставке, или будет официально снят со своих постов единогласным решением, с позором уволен из обеих организаций. Он написал аргументированное письмо об отставке. Но это письмо от публики утаили. Ни одна газета не согласилась его обнародовать. Его отставка была окутана полным молчанием. Вот так. Возможно, от него ожидали самоубийства. Или что он примет ислам. Или покинет страну. Семь лет назад я послал Аталию поискать это письмо или хотя бы его копию в Сионистском архиве. Она вернулась с пустыми руками. Ей не сказали, что письмо засекречено

---

[1] Владимир (Зеев) Жаботинский — лидер правого крыла сионизма, основатель и идеолог движения сионистов-ревизионистов. Авраам (Яир) Штерн — организатор и руководитель экстремистской подпольной организации ЛЕХИ ("Лохамей Херут Исраэль" — "Борцы за свободу Израиля").

или утеряно, а нагло утверждали, что такого письма нет и никогда не было. Погрузилось, как свинец, в великих водах[1]. Два года спустя после Войны за независимость он умер здесь, в этом доме. Умер в одиночестве на кухне. Сидел себе однажды утром, по заведенному обычаю читал газету и вдруг наклонился, словно собираясь смахнуть с клеенки какое-то безобразное пятно, ударился лбом и умер. Он умер, пожалуй, самым одиноким и самым ненавистным человеком в Эрец-Исраэль. Его мир рухнул. За много лет до этого его бросила жена, а дочь никогда не называла его папой. Всегда только Абрабанелем. "Лукаво сердце человеческое более всего и неисцелимо оно; кто может познать его?" — сказал пророк Иеремия[2]. Разве почти каждый из нас в глубине сердца не выбирает порой другого отца? После смерти Шалтиэля Аталия искала в его комнате заметки, статьи, рукописи. Перерыла все в шкафах, перевернула все ящики, но ничего не нашла. Ни клочка бумаги, кроме завещания, в котором он оставлял ей этот дом, земельные участки в квартале Тальпиот и все свои сбережения и требовал в самых решительных выражениях позволить мне доживать здесь остаток дней. По-видимому, он уничтожил все свои бумаги. Весь свой личный архив. Бесценную переписку, которую он вел с известными арабскими деятелями из Иерусалима, Вифлеема, Рамаллы, Бейрута, Каира, Дамаска. Нет, не сжег. Видимо, на протяжении многих дней

---

1   Парафраз библейского стиха; Исход, 15:10.
2   Иеремия, 17:9.

рвал все бумаги на малюсенькие клочки, бросал в унитаз и спускал воду. Ничего после него не осталось, кроме сохраненного Аталией завещания, которое она мне однажды показала, и я помню, что последними словами в завещании было: "Все это написано и подписано в здравом уме, возможно, единственном здравом уме, еще оставшемся в Иерусалиме". Аталия нашла его на кухне, перед ним лежала раскрытая газета, кофе пролилось на газетные листы, а лоб упирался в стол, как будто решил этот жестоковыйный[1] человек наконец-то повернуть ко всем нам эту свою несгибаемую шею. Ты просишь меня, чтобы я попытался описать его. Что ж. Я не силен в описаниях. Пожалуй, скажу тебе так: он был невысок, смугл, в круглых очках в черной оправе, всегда элегантный, в сером или темно-синем костюме, с белым треугольным платочком в нагрудном кармане. Он носил небольшие ухоженные черные усы, у него были проницательные черные глаза и острый взгляд, заставлявший собеседника всегда отводить свой взгляд. От него всегда пахло превосходным лосьоном. Я помню его изящные и красивые руки, будто и не мужские даже, они словно принадлежали красивой женщине. Вопреки нашим разногласиям, которые постепенно становились все глубже, он был дорог мне, как брат. Брат потерянный, брат про́клятый, брат, сбившийся с пути, и вместе с тем — брат. Именно он приютил меня в этом доме, после того как наши дети поженились, —

---

[1] Словом "жестоковыйный" охарактеризовал Моисей ведомый им народ. Исход, 33:3.

он хотел, чтобы у него был собеседник. Возможно, опасался остаться в одиночестве в обществе молодоженов. Возможно, надеялся, что, когда придет время, мы все вместе будем здесь воспитывать внуков. Все под одной крышей, как иерусалимская семья из ушедших времен. Как семья, в которой он сам рос, в этом доме его детства, в семье Иехояхина Абрабанеля. Он не знал, что у Михи и Аталии были трудности с зачатием ребенка.

Шмуэль спросил:

— Вы говорите, что после несчастья запретили себе вступать с ним в полемику. Но почему? Вы ведь любите и умеете спорить. Возможно, вы смогли бы немного сдвинуть его с его позиций. Или смягчить его одиночество. Да и свое тоже.

— Слишком велика была пропасть, — сказал Гершом Валд и грустно улыбнулся в усы. — Он забаррикадировался в своей убежденности, что воплотить в жизнь идеи сионизма, вступив в конфронтацию с арабами, невозможно, а я в конце сороковых годов уже осознавал, что идеи сионизма без такой конфронтации не осуществятся.

— А Аталия? Она разделяет идеи своего отца?

— Она и побольше экстремистка. Как-то сказала, что в основе самого существования евреев в Эрец-Исраэль лежит зло.

— Если так, почему же она не уедет отсюда?

— Не знаю, — сказал Гершом Валд, — у меня нет ответа на этот вопрос. Еще до того, как случилось с нами несчастье, в ней уже чувствовалась некоторая отстраненность. И все-таки мы подходим друг другу, она и я.

Не как свекор и его невестка, а, пожалуй, как пара со стажем, которой управляют привычки, исключающие малейшую возможность трений. Она заботится обо мне, а я не лезу к ней в душу. Вот так. Ты ведь и находишься здесь затем, чтобы освободить ее от разговоров со мной. Платят тебе, как и твоим предшественникам, за то, чтобы моя неуемная страсть к разговорам направлялась в другое русло. Но, увы, и страсть к разговорам постепенно покидает меня. Еще немного — и ты начнешь страдать от скрытой безработицы: стакан чая и еще стакан чая, горсть таблеток и еще горсть таблеток, и погружение в долгое обоюдное молчание. Как свинец в великих водах. Ты расскажешь мне сейчас еще что-нибудь об Иисусе в глазах евреев? Давно уже ты не рассказывал мне о том вздоре и злословии, что выдумывали поколения и поколения преследуемых евреев, чтобы почесать трусливые языки за спиной Того, кто был плотью от плоти их, однако их преследователи предпочли видеть в Нем Избавителя и Спасителя.

Шмуэль внезапно коснулся коричневой жилистой кисти Гершома Валда, задержал руку и сказал:

— Около тридцати лет тому назад Ахарон Авраам Кабак[1] написал нечто вроде романа об Иисусе из Назарета и назвал его "По узкой тропе". Произведение

---

1 Кабак Ахарон Авраам (1883–1994) — еврейский прозаик и переводчик, уроженец Белоруссии. Переводил на иврит, среди прочего, А. Стендаля, Д. Мережковского, поэзию М. Лермонтова. Романы выдержаны в традиции европейской реалистической школы. В романе "По узкой тропе" (1937) Кабак изображает Иисуса как еврея, призывающего искать Бога в самом себе.

немного утомительное. Чересчур слащавое. Иисус Ахарона Кабака изображен хрупким изнеженным евреем, желающим принести в мир сострадание и милосердие. А вот отношения между Иисусом и Его учеником Иудой Искариотом Кабак показывает непростыми и извилистыми, любовь и ревность, влечение и отвращение. Иуда у Кабака — человек довольно противный. Кабак тоже был слеп, как и все. Его глаза были зашорены. И он не видел, что Иуда верил истово и пламенно, как никто другой.

— Глаза, — произнес Гершом Валд, — никогда не прозреют. Почти все люди проходят свой жизненный путь, от рождения и до смерти, с закрытыми глазами. И мы с тобой, дорогой мой Шмуэль. Ведь если хоть на миг откроем мы свои глаза, тотчас исторгнется из наших глубин великий и страшный крик, и мы будем кричать и кричать, не переставая ни на миг. И если не вопим мы денно и нощно, то лишь потому, что глаза наши закрыты. Теперь же ты, будь милостив, почитай немного свою книгу, и мы посидим в молчании. Нынешним вечером говорили мы предостаточно.

40

На следующий день, в половине двенадцатого, перед тем как он вышел, чтобы отправиться в венгерский ресторанчик, в дверь мансарды постучала Аталия. На ней была черная длинная, до щиколоток, юбка и красный, плотно облегающий свитер, подчеркивающий прелесть округлых линий ее груди, а на ногах — легкие туфли на высоких каблуках. Шею она повязала белым шерстяным шарфиком, гармонировавшим со свитером. Ее непроницаемое лицо с высоким лбом, зеленовато-карие глаза, тонкие брови-дуги, пленительная ложбинка меж носом и верхней губой, ниспадающие на плечи длинные темные волосы показались Шмуэлю особенно прекрасными, но то была красота, замкнутая в самой себе. Спрятанная в горечи, что затаилась в уголках ее крепко сжатых губ, которые улыбались так редко. Аромат фиалковых духов и легкий запах крахмала и парового утюгом внесла Аталия в монашескую келью Шмуэля, и он вдыхал эти запахи, вбирал их в легкие. Секунду-другую она стояла на пороге, не входя в комнату и разглядывая портреты бородатых кубинских революционеров, а также рисунок — Иисус, снятый с креста, лежащий в объятиях Девы Марии.

Она пришла с просьбой об одолжении: в рамках своей работы в частном сыскном бюро ей необходимо встретиться в кафе "Атара", что на улице Бен Иехуда, с человеком, который не совсем уравновешен и уже к полудню имеет привычку напиться пьяным. Вот она и подумала, что лучше бы ей прийти на эту встречу в сопровождении мужчины. И как только Аталия произнесла слово "мужчина", оба они улыбнулись.

Сможет ли Шмуэль в три часа пополудни выделить полчаса и встретиться в кафе "Атара" с ней и с поэтом Хирамом Нехуштаном? Шмуэлю не придется участвовать в беседе, да и вообще что-либо делать, просто присутствовать и попивать кофе или чай. Если он откажется, если он занят, если он не желает принимать участие в этой встрече, то она, разумеется, поймет и отнесется к его решению с уважением. Но ведь он, конечно, не откажет.

Шмуэль попросил:

— Расскажите мне, пожалуйста, об этом господине Нехуштане. Если это не является тайной, конечно, как и все, что связано с вами.

— Хирам — поэт. Не то чтобы известный, скорее, напротив, всеми забытый. В свое время он был членом подпольной организации ЛЕХИ. А с тех пор как было создано Государство Израиль, уже десять лет как, живет неприкаянной жизнью. Как и многие подпольщики из ЛЕХИ. Работает там и сям, был гидом, переводил книги, писал всевозможные брошюры, которые сам же и издавал. Два года назад он взял ссуду у строительного подрядчика по имени Илия Шварцбойм, товарища по подполью, а теперь отказывается возвращать деньги и даже утверждает, что никакой ссуды отродясь не брал. Поскольку ссуда выдавалась без гарантов и без юридически оформленного договора, а сделка была скреплена рукопожатием двух товарищей по оружию, то совсем не просто вытащить из него деньги. Мое сыскное бюро уже несколько недель пытается и мягко, и не очень мягко убедить поэта возвратить Шварцбойму деньги. Сегодня мы с тобой еще раз попробуем.

Шмуэль спросил:

— Почему вы стоите в дверях? Садитесь. — И он указал на единственный стул. Сам же присел на краешек кровати, наслаждаясь тонким ароматом, который она принесла с собой. — Если нет договора и нет никакого другого документа, то, возможно, поэт и в самом деле прав! Возможно, никакой ссуды не было, а этот подрядчик все выдумал?

— Была ссуда. Несомненно была. У нас даже есть свидетельница. Девушка по имени Эстер Леви, бухгалтер, она присутствовала в кафе "Атара", когда подрядчик передавал поэту деньги. Нехуштан просто-напросто забыл о ней, но я надеюсь, что и ее мне удастся привести на нашу встречу. Она немного странная, но странность ее выражается в том, что она ничего не забывает. Ничего. Помнит все точно, слово в слово, кто что сказал такому-то десять лет назад, а то и больше. Думаю, это тяжкое проклятие. И вдруг именно ты найдешь с ней общий язык. Подпольщики рассказывали, что она иногда прятала гранаты в своем лифчике.

— Надеюсь, что на сегодняшнюю встречу она придет без гранат в лифчике, — бледновато пошутил Шмуэль и добавил: — Ладно. В три в кафе "Атара". Я буду там. Может, ваш богатый подрядчик согласится выдать и мне какую-нибудь маленькую ссуду. — И заключил, хотя никто его за язык не тянул: — Вы ведь знаете. Я сделаю все, о чем вы меня попросите.

— Почему же?

На этот вопрос у Шмуэля не нашлось ответа. Он ощутил жжение стремительно набухающих слез и поспешно отвел взгляд в сторону, чтобы Аталия не заметила. Шмуэль имел привычку расплакаться внезапно — то ли жалея других, то ли себя. Но сейчас он понятия не имел, кого и почему жалеет. И вдруг, в приливе несвойственной ему смелости, Шмуэль произнес, глядя в сторону:

— Я хотел бы предложить вам попробовать стать друзьями. То есть не друзьями. Слово "друзья", возможно, намекает на то, чего между нами быть не может. Приятелями. — И тут же, преисполнившись стыда, зачастил: — Мы не должны быть чужими. Не совсем чужими. Ведь мы живем здесь втроем, всю зиму под одной крышей. Было бы прекрасно, если бы вы и я…

Но он не знал, как завершить эту фразу. Он мучительно покраснел, хотя Аталия этого не заметила из-за его густой бороды. Опустив глаза, Шмуэль замолчал.

Аталия сказала раздумчиво:

— Чувства. Двух твоих предшественников, составлявших компанию старику, переполняли чувства.

Я немного устала от людей, которых переполняют чувства. Все эти чувства видятся мне излишними, они не доводят до добра. Жизнь может быть намного проще, если отключить чувства. Впрочем, я вовсе не должна заниматься твоим воспитанием, Шмуэль. Может, ты удовлетворишься тем, что я вполне могу выносить тебя, а порой даже больше, чем просто выносить.

Впервые она назвала его по имени.

В половине третьего, расправившись с гуляшом, выпив яблочный компот, подремав у себя в мансарде, Шмуэль Аш сменил рубашку, поверх надел видавший виды серый, землистого оттенка, свитер. Затем облачился в студенческое пальто с застежками из веревочных петель и большими деревянными пуговицами, нахлобучил шапку, посыпал детским тальком бороду, шею и лоб, проверил, есть ли в кармане ингалятор, и вышел из комнаты, чтобы отправиться в кафе "Атара". Перед самой дверью он в спешке наступил на предательскую шаткую ступеньку, которая тут же попыталась взметнуться вверх и сбить его с ног. Лишь в самое последнее мгновение он сумел удержать равновесие, обеими руками ухватившись за косяк.

Поэт Хирам Нехуштан, маленький худой человек с сальными волосами и бакенбардами, со сломанным боксерским носом, с высоким гладким лбом, на который посередке падал единственный маслянистый локон, сказал, даже не потрудившись привстать:

— Ты, конечно, не помнишь меня, но я-то тебя отлично помню. Шмуэль Аш. Ты всегда бывал на сборищах кружка социалистического обновления. Однажды и я присоединился к вам в кафе "Рут", что в квартале Егиа Капаим. Большого обновления я не заметил, да и социализм ваш наполовину отдавал большевизмом, наполовину Кубой. Я ведь тоже и социалист немного, и революционер, но в отличие от вас я социалист ивритский. Ивритский, а не еврейский. С евреями я не желаю иметь ничего общего. Еврей — это ходячий мертвец. А что, собственно, ты делаешь здесь? Ты со стороны жениха или невесты?

От него исходил кисловатый запах, во рту не хватало одного резца.

— Я... — Шмуэль замялся, — я друг Аталии Абрабанель. Не друг. Знакомый. Сосед.

— Это я его пригласила, — вмешалась Аталия. — Хотела, чтобы у нас был свидетель. Мы подождем еще пять минут, и, если Эстер Леви не появится, приступим к делу.

Они расположились на верхнем этаже кафе "Атара", этаком своеобразном балконе-галерее, создававшем ощущение конфиденциальности. Здесь пахло хорошим кофе и свежей выпечкой, а также табачным дымом и характерным душком влажной шерсти, исходившим от людей, долго бродивших по зимнему Иерусалиму. На верхнем этаже окон не было, и выпускаемые курильщиками клубы дыма наполняли воздух густой вязкостью. За соседними столиками сидели известные иерусалимские персонажи. Средних лет профессор истории, не узнавший Шмуэля Аша, хотя в прошлом году тот участвовал в его семинаре, сидел в обществе двух женщин — пышнотелой дамы, члена

Кнессета от правящей партии, и журналистки газеты "Давар". Все трое пили чай с молоком и ели яблочный пирог с кремом.

Дама-парламентарий решительно заявила:

— Ни в коем случае! Об этих вещах просто нельзя молчать.

Журналистка ответила:

— Да ведь я совершенно не пытаюсь оправдывать их, ни на йоту, не пойми меня превратно, у меня вовсе нет намерения выступать в их защиту, однако мне их немного жаль. У нас совсем забыли о том, что в мире, кроме принципов и идеалов, есть место и для милосердия.

— Милосердие, Сильвия, ни в коем случае не может быть в ущерб принципам и идеалам. Будь осторожна, у тебя чай в блюдце пролился.

За другим столиком устроился известный художник, немолодой, с рябым лицом, с густыми кустистыми бровями, шею его обвивал красный шелковый платок. Он читал газеты, скрепленные деревянной планкой — по обычаю довоенных европейских кафе. Между столиками сновал официант в белом пиджаке и с белой же салфеткой, перекинутой через локоть; когда Аталия подала ему знак, он поспешил к их столику, слегка поклонился и заговорил с венским акцентом:

— Добрый день, дама и господа. Что вам сегодня угодно? Есть отличные пирожные, торты, выпечка. Я лично рекомендую шоколадный торт.

Аталия заказала себе и Шмуэлю черный кофе, а поэт, вздохнув, как бы уступая себе, уступая через силу, со скрежетом зубовным, заказал рюмку, да что там рюмку — малюсенькую рюмочку коньяка, просто наперсток, не более. Только коньяк должен быть импортный, настоящий, а не моча от местных виноделов. Затем он закурил, сделал три-четыре глубокие затяжки, смял сигарету в пепельнице, понюхал кончики своих пальцев, закурил новую сигарету и спросил:

— Все-таки хотелось бы узнать, по какому поводу мы нынче собрались? Сочинить новый манифест? Подписать еще одну декларацию? Организовать массовую демонстрацию из трех демонстрантов?

Аталия ответила:

— Вы и сами знаете, что причина — Илия Шварцбойм.

Поэт глянул на нее с изумлением. Тщательно затушил сигарету, успев выкурить только на треть, достал из пачки новую, не предложив Аталии или Шмуэлю, выпустил из ноздрей дым и вдруг разразился хриплым смехом, в котором отчетливо угадывалась враждебность. Сидевшие за соседними столиками удивленно оглянулись на поэта, окутанного облаком дыма.

— Во-первых, — сказал он, — я никогда ничего не одалживал у Илии Шварцбойма. Да и не стал бы одалживать у него. Премерзкий человек. Жалкий еврейский спекулянт землей да сараями. Во-вторых, я уже говорил вам по крайней мере дважды, что я все верну, когда у меня будут деньги. Если у меня будут деньги. И откуда бы у меня взяться деньгам? А у этого Илии денег-то поболее, чем волосин в ноздрях. Вообще-то я пришел сюда затем, чтобы при вашем посредничестве попросить у него небольшую ссуду, всего-то пять тысяч лир, которые я верну через три месяца. Передайте ему, что я и проценты готов заплатить. Ростовщические проценты.

— Сначала давайте обсудим предыдущую ссуду, — сказала Аталия. — У нас есть свидетельница. Эстер Леви. Вы ее не помните, но она была с вами здесь, в кафе "Атара", два года назад, когда Илия передал вам деньги наличными. Эстер Леви станет свидетельствовать против вас, если вы предстанете перед судом. А мы ваше дело передадим в суд.

— А ты, — поэт внезапно обратился к Шмуэлю, — что ты сидишь и молчишь? Похоже, собираешься выступить вторым свидетелем против меня? Два свидетеля и никакого риска, да? Но ведь ты социалист. Или уже нет? Когда-то был социалистом в духе Кастро. Так давай-ка объясни нам, пожалуйста, где тут справедливость и почему нищий поэт должен финансировать такого презренного упыря, как Илия Шварцбойм?

Официант вернулся с коньяком для Хирама Нехуштана и черным кофе для Аталии и Шмуэля. Между чашками он поставил маленький кувшинчик с молоком. А затем спросил, можно ли предложить им яблочный пирог с кремом? Или сладкий тертый пирог? Или шоколадный торт, тоже с кремом?

Аталия вежливо отклонила все три предложения, поблагодарила официанта и сказала:

— Эстер Леви не пришла. Но в суд мы, несомненно, ее доставим. Эстер рассказала, что родители оставили вам в наследство однокомнатную квартиру в подвальном помещении, которое находится в переулке за кинотеатром "Эдисон". Эту квартиру вы называете "моя нора". Вы ведь вряд ли хотите, чтобы суд отобрал у вас это жилье. Куда вам податься?

Хирам Нехуштан положил горящую сигарету в пепельницу, забыл ее там, закурил новую и прорычал:

— Куда мне податься? Куда? Да ко всем чертям! Я уже давно на пути ко всем чертям. И проделал бо́льшую часть пути. Я уже почти там. — Он резко вскочил: — Хватит. Хватит с меня. Я ухожу. Прямо в эту секунду возьму и уйду. Не хочу больше сидеть с вами. Вы жестокие люди. Жестокость — это проклятие человечества, дамы и господа. Мы изгнаны из рая не из-за какого-то яблока, к чертям все яблоки, кого вообще они волнуют — одним яблоком больше, одним меньше, — из рая нас изгнали не из-за этого дурацкого яблока, нет, мы оттуда изгнаны только из-за жестокости. И поныне мы гонимы беспрерывно с места на место только по причине жестокости. Вы, двое, передайте вашему гнусному подрядчику, что его деньги вернутся к нему с процентами, даже с процентами на проценты, получит он в семьдесят семь раз больше, полные мешки получит, набитые златом и банкнотами, прольется на него дождь наличных, но все это он получит не от меня. Вернут ему богатеи, а не тот, чьи руки пусты. И, между прочим, я тоже человек жестокий. Не стану отрицать этого. Я человек жестокий и мелочный, честолюбец, гонимый с места на место. Лишний человек. Абсолютно. Но три тысячи лир! Илия Шварцбойм! Да ведь три тысячи лир этот гад ползучий может запросто дать в качестве чаевых какому-нибудь чистильщику обуви. А у меня не найдется даже три лиры, чтобы заплатить за этот вонючий коньяк. И я ухожу, ибо человек чувствительный не должен пребывать хотя бы одно лишнее мгновение в обществе людей злых и жестоких. А ты, — обратился он неожиданно к Шмуэлю и снова разразился блудливым хохотом, — ты меня послушай. Самое лучшее для тебя — остерегаться ее. А если ты, случаем, влюблен в нее, то пусть Бог смилостивится над душой твоей. Меня-то он уже позабыл. И все вы тоже, будьте любезны, забудьте обо мне в эту же минуту. Забудьте раз и навсегда, и кончено с этим.

И, не попрощавшись, он устремился к выходу; спотыкливо спустился по лестнице. Аталия и Шмуэль сверху наблюдали, как он ищет свою одежду среди пальто и курток на вешалке у входа и наконец извлекает рваный макинтош, принадлежавший, по-видимому, когда-то английскому солдату. Натянув плащ, поэт взмахом руки поприветствовал портрет президента Израиля Ицхака Бен-Цви и, пошатываясь, вывалился в промозглые иерусалимские сумерки.

41

Шмуэль и Аталия продолжали сидеть перед пустыми чашками и после того, как поэт удалился восвояси. Поговорили о Еврейском университете на горе Скопус, о том, что после войны некоторые университетские здания стали недоступными. Шмуэль помнил, что где-то через час ему заступать на свою вахту в библиотеке, где его будет ждать Гершом Валд. Надо бы сказать об этом Аталии. Не тянуть. Но что именно сказать? Шмуэль улыбнулся растерянно, глядя на ее руки, покойно лежащие на столе, сухие, в темных пятнышках, словно руки были намного старше самой Аталии.

— Может быть, мы встретимся сегодня вечером? — тихо пробормотал Шмуэль. — Сходим в кино, поужинаем в вашем ресторане? Валд согласится отпустить меня на два часа пораньше.

— Скажи мне, в Иерусалиме уже не осталось ни одной девушки, твоей сверстницы?

Шмуэль запротестовал: он ведь не юнец вовсе.

— Ну как? — спросил он. И, поколебавшись, добавил: — Мы же оба немного одиноки.

— Но ты ведь жаждал одиночества. Разве не в поисках уединения пришел ты к нам?

— Я пришел потому, что подруга оставила меня и вышла замуж за своего прежнего парня. Пришел потому, что мой отец проиграл суд, обанкротился, не мог дальше платить за мое обучение в университете. И еще потому, что мое исследование застопорилось, не продвигалось уже несколько месяцев, хотя я и продолжал задавать себе вопросы. Например, как бы выглядел мир, как бы выглядели евреи, если бы не отвергли Иисуса? Я вновь и вновь размышляю о человеке, выдавшем Иисуса римлянам якобы за тридцать сребреников. Скажите, вам это кажется логичным? Тридцать сребреников! Богатый человек, который, по-видимому, владел землями и другим имуществом в городе Кариоте. Знаете ли вы, кстати, сколько это вообще — тридцать сребреников в те времена? Совсем небольшие деньги. Цена самого обычного раба. Может, вы хотели бы послушать мои мысли об Иисусе и евреях? Я бы почитал вам вечером кое-что из моих набросков?

Она оставила без внимания его слова. Разогнала ладонью с длинными пальцами дым. Подозвала официанта, заплатила за кофе и за коньяк, попросив чек, хотя Шмуэль вытащил кошелек. Медлительный и неуклюжий, он не успел опередить Аталию, рассчитывавшуюся с официантом. Она сказала, чтобы он не суетился, приберег свои деньги, потому что скромные затраты все равно компенсирует ее сыскное бюро.

— Я плачу тебе слишком мало за работу у нас. Сущие гроши. Скажи, тебе часы, что ты проводишь с Валдом, хоть немного в радость? Может, в потоке его бесконечных разглагольствований случается нечто действительно глубокое и мудрое? Ты уж прости его. После смерти сына у него, кроме слов, ничего не осталось. И ты ведь тоже любишь слова. И эта работа очень тебе подходит.

Аталия сложила чек, принесенный официантом, и они со Шмуэлем поднялись. Спустились со второго этажа кафе "Атара", нашли свою одежду на вешалке-вертушке, и Шмуэль попытался подать Аталии ее пальто. Но движения его были столь неловки, что она отобрала у него пальто, быстро оделась, застегнула пуговицы, а потом помогла Шмуэлю освободиться из ловушки, в которую он угодил, перепутав рукав с прорехой в подкладке. И внезапно, когда они еще стояли у дверей, а Шмуэль возился с шапкой, пальцы Аталии легким и быстрым движением скользнули по его щеке, словно смахивая крошку с черной бороды, и она произнесла:

— Иногда ты и впрямь трогаешь сердце, несмотря на то что сердца у меня нет.

В эту секунду Шмуэль сильно пожалел о том, что лицо его заросло дикой бородой.

Выйдя из кафе, они зашагали по направлению к переулку Раввина Эльбаза, но по дороге остановились у телефонной будки, поскольку Аталии понадобилось срочно позвонить.

— Ты меня не жди. Ступай к старику. Иди. Он уже сидит там, поджидая тебя.

— Нет, я подожду вас, — уперся Шмуэль.

Спустя пять-шесть минут Аталия вышла из телефонной будки и одарила Шмуэля одной из своих редких улыбок — едва заметной, зарождающейся в уголках глаз и неспешно добирающейся до губ. Она взяла его за руку, легонько сжала ее и сказала:

— Ладно. Я буду с тобой сегодня вечером. На сей раз — не в ночной засаде на Сионской горе, и не в ресторане, и не в кино, а в месте, которое тебе уж точно неизвестно. Бар Финка. Ты когда-нибудь слышал о Финке? Там по вечерам встречаются за рюмкой вермута или стаканом виски журналисты, иностранные корреспонденты, театральная богема, дипломаты, адвокаты, офицеры войск ООН, разочарованные мужчины и женщины, но не друг в друге. Заглядывают туда и молодые поэты со своими подружками, на людей поглядеть и себя показать. Мне нужно провести в этом баре час-другой, понаблюдать за одной важной персоной. Только смотреть. Не более того. А ты, если хочешь, сможешь, пока я наблюдаю, поговорить со мной о евреях и Иисусе, об Иуде Искариоте. Я обещаю слушать, по крайней мере временами, даже если глаза мои будут заняты. — И добавила: — Мы будем парой. Из-за бороды и гривы ты выглядишь, более или менее, человеком без возраста. Все решат, что ты мой спутник. И, по сути, справедливо решат: нынешним вечером ты и будешь моим спутником.

— Я должен кое-что рассказать вам, — быстро заговорил Шмуэль. — Значит, так. Несколько раз вы мне снились по ночам. Вы и ваш отец. Ваш отец кажется мне немного похожим на Альбера Камю, его портрет я видел в газете. В этих моих снах вы были даже еще более недоступной, чем наяву.

— Недоступной, — повторила Аталия. — До чего же банально.

— Это значит… — начал объяснять Шмуэль, но замолчал растерянно.

— И твои предшественники, жившие в мансарде, принимались рассказывать мне свои сны. А затем покидали нас, каждый — в свою очередь. Еще немного — и ты тоже оставишь нас. Унылая жизнь в старом темном доме в обществе болтливого старика и удрученной женщины совсем не годится такому молодому парню. Тебя ведь переполняют идеи. Захлестывают блестящие мысли. Наступит день — и ты, возможно, напишешь книгу, если только сумеешь преодолеть свою лень. Вскоре ты отправишься на поиски признаков жизни в другом месте. Возможно, вернешься в университет. Или в Хайфу, к папе и маме?

— В пустыне Негев, на краю кратера Рамон, строят новый город. До того как прийти к вам, я подумывал отправиться туда, надеялся устроиться ночным сторожем или кладовщиком. Но не случилось. Я останусь именно у вас до тех пор, пока вы не выгоните меня. Никуда я не пойду. И вообще, у меня нет никаких желаний. Желания мои угасли, если можно сказать так.

— Почему же ты останешься у нас?

Шмуэль собрал все свое мужество и пробормотал:

— Да ведь вы знаете, Аталия.

— Это плохо кончится, — сказала Аталия, поворачивая ключ в замке, они уже добрались до дома. — На ступеньке будь повнимательнее. Осторожней с ней. Ты можешь сам прийти к десяти в бар Финка. Я буду ждать тебя там. Это на углу улиц Гистадрут и Короля Георга, напротив кинотеатра "Тель Ор" и кооперативного ресторана. Только ничего не ешь перед этим. Сегодня вечером я приглашаю тебя на настоящий ужин, хватит объедков, которыми ты питаешься у нас. И не беспокойся. Все за счет сыскного бюро.

Шмуэль сделал глубокий вдох, вбирая запах дома, ароматы свежевыстиранного белья, деликатной чистоты, крахмала, влажное тепло парового утюга, смешавшиеся с легким эхом запаха старости. Он поднялся в свою комнату, бросил пальто и шапку на кровать, долго мочился, спустил воду еще до того, как закончил, откашлялся, еще раз спустил воду, при этом беспрерывно выговаривая себе за "недоступную" — слово, которым он назвал Аталию. Затем пошел в библиотеку, где Гершом Валд сидел за письменным столом, его костыли стояли прислоненными к плетеной кушетке. Старик внимательно читал книгу, время от времени что-то записывая на листе бумаги, уже испещренном зачеркнутыми строками. Седые густые усы его щетинились над губой, мохнатые заснеженные брови были сдвинуты, губы беззвучно шевелились. В это мгновение Шмуэль ощутил, насколько этот старик близок ему. Словно он знал и любил его с раннего детства. И все, о чем они говорили, все их обстоятельные беседы долгими зимними вечерами показались ему вдруг очень далекими от того, о чем им следовало поговорить друг с другом.

42

— Они называли его предателем, — говорил Валд, — потому что он дружил с арабами. Он бывал у них в иерусалимских кварталах Катамон и Шейх Джерах, в Рамалле, в Бейт-Лехеме и Бейт-Джале. Часто принимал их здесь, в своем доме. Сюда приходили арабские журналисты разного толка. Общественные деятели. Лидеры арабских организаций. Учителя. Его называли предателем еще и потому, что в сорок седьмом году и даже в сорок восьмом, в разгар Войны за независимость, он продолжал утверждать, что решение о создании еврейского государства — трагическая ошибка. Вот так. Было бы предпочтительнее, говорил он, чтобы вместо разваливающегося британского мандата пришел международный мандат или Временное правление под американским попечительством. И тогда, считал он, сто тысяч евреев, уцелевших в Холокосте, находящихся в лагерях для перемещенных лиц, рассеянных по всей Европе, смогли бы репатриироваться в Эрец-Исраэль. Американцы поддержат эту массовую репатриацию, и еврейское население Эрец-Исраэль увеличится с шестисот пятидесяти тысяч человек до трех четвертей миллиона. Так будет решен острейший вопрос, касающийся судьбы евреев, лишившихся всего в годы войны и изгнанных из своих мест. А затем нам следует немного остановиться. Позволить арабам постепенно, на протяжении десяти или двадцати лет, свыкнуться с тем, что мы живем здесь, в Эрец-Исраэль. И возможно, воцарится спокойствие, если мы перестанем размахивать требованием о создании Еврейского государства. Суть арабского сопротивления, утверждал Абрабанель, состоит в том, что направлено оно не против начинаний сионистов, главной целью которых является создание небольших городов и поселений вдоль прибрежной полосы Средиземного моря; нет — арабское сопротивление вызвано беспокойством из-за стремительно растущей силы евреев, из-за их далеко идущих намерений. Анализируя свои длительные беседы, что он вел много лет с арабскими друзьями в Эрец-Исраэль и в соседних странах, Шалтиэль пришел к выводу, что арабы опасаются главным образом того, что видится им как превосходство евреев в области образования, технологии; арабы считают, что хитрость евреев, их мотивация, их явные преимущества приведут в конце концов к тому, что евреи распространятся, завладеют всем пространством, которое искони было областью обитания арабов. Они боятся, так всегда утверждал Абрабанель, не маленького сионистского зародыша, а хищного гиганта, заключенного в этом эмбрионе.

— Какой там гигант, — тихо произнес Шмуэль, — ведь это просто смешно. Да ведь мы среди них не более чем капля в море.

— Но не так это видится арабам, по словам Абрабанеля. Арабы ни на секунду не поверили сладким речам сионистов: мол, горстка евреев прибыла сюда, чтобы найти себе клочок земли, убежище от преследователей, распоясавшихся в Европе. Когда-то был в Ираке премьер-министр по имени Аднан Пачачи. Этот Пачачи в сорок седьмом году провозгласил, что если число евреев в Палестине достигнет миллиона, то не найдется во всей Палестине никого, кто сможет противостоять им. Когда число евреев будет два миллиона, то на всем Ближнем Востоке не найдется никого, кто сможет противостоять им. А если число евреев достигнет трех или четырех миллионов, то уже весь мусульманский мир не одолеет их. Эти страхи, говорил Шалтиэль Абрабанель, есть ужас перед новыми крестоносцами, это магическая вера в сатанинскую силу евреев, страх, что злокозненные евреи задумали смести с лица земли мечети на Храмовой горе, построить на их месте Иерусалимский Храм и основать еврейскую империю от Нила до Евфрата, все эти страхи — источник яростного сопротивления арабов новой реальности, возникшей на удерживаемом евреями клочке земли между Средиземноморским побережьем и подножием гор. Шалтиэль Абрабанель верил, что этот ужас арабов мы еще в силах успокоить, если будем действовать, проявим терпимость, добрую волю, приложим усилия в попытках договориться с ними — например, создадим общий профсоюз арабских и еврейских трудящихся, откроем еврейские поселения и для арабов. А еще следует распахнуть двери еврейских школ и нашего университета перед арабскими учениками и студентами. Но прежде всего — похоронить амбициозную идею создания отдельного государства евреев, с еврейскими вооруженными силами, с еврейским правлением, со всеми атрибутами и инструментами власти, относящимися только к евреям и исключительно к евреям.

— Его идея, — грустно сказал Шмуэль, — есть в ней нечто такое, чему сердце очень хотело бы ответить, хотя, по сути, в этих мыслях много приторности. Я лично думаю, что арабы не столько боялись силы евреев в будущем, сколько соблазнялись слабостью евреев в настоящем. А теперь, может, чаю? С бисквитами? Вскорости вы еще должны выпить сироп и принять два других лекарства.

— Они называли его предателем, — продолжал Валд, проигнорировав предложение Шмуэля, — потому что в тридцатые годы появился слабый шанс создать здесь независимое еврейское государство, пусть не на всей территории Эрец-Исраэль, а хотя бы на очень малой ее части, и этот слабый, призрачный шанс многим вскружил голову, заворожил множество сердец. И мое тоже. Абрабанель же не верил в государство, даже в двунациональное. Сама идея мира, разделенного на сотни стран со шлагбаумами на границах, с колючей проволокой, с паспортами, флагами, армиями, отдельными финансовыми системами, — все это казалось ему идеей безумной, архаичной, примитивной, убийственной, идеей анахроничной, которая в скором времени исчезнет без следа. Он говорил мне: "Какой смысл вам так торопиться, огнем и кровью, ценой вечной войны создавать еще одно карликовое государство, когда вскоре все равно исчезнут все государства в мире и вместо них появится множество общин, говорящих на разных языках, живущих по соседству, или одна община внутри другой, но без смертоносных игрушек армий, суверенитета, пограничных барьеров и всевозможного разрушительного оружия?"

— Пытался ли он вербовать сторонников, разделяющих его идеи? Среди чиновников еврейских и мандатных учреждений? В среде журналистов? Обращался ли к широкой общественности?

— Пытался. В маленьких кружках. И среди арабов, и среди евреев. По крайней мере два раза в месяц он ездил в Рамаллу, в Бейт-Лехем, в Яффу, в Хайфу, в Бейрут. Вел беседы в кружках интеллектуалов, уроженцев Германии, собиравшихся в салонах некоторых домов в квартале Рехавия. Вот. Лучше бы нам, утверждал он, не пытаться создавать здесь ни арабское государство, ни еврейское. Давайте жить общинами: одна рядом с другой или одна внутри другой, евреи и арабы, христиане и мусульмане, друзы и черкесы, греки, и католики, и армяне. Совокупность соседних общин, не разделенных никакими барьерами. Возможно, постепенно рассеется страх арабов, они перестанут опасаться того, что кажется им злым умыслом честолюбивых сионистов, стремлением придать исключительно еврейский характер всей Эрец-Исраэль. В наших школах дети будут учить арабский, в арабских школах дети будут учить иврит. Или, говорил он, давайте лучше лелеять и культивировать совместные школы. Тридцать лет, когда британский мандат провоцировал конфликты, исходя из принципа "разделяй и властвуй", вот-вот завершатся. И так, не в один день и не в один год, верил Абрабанель, пробьются первые ростки взаимного доверия и даже ростки личной, человеческой дружбы между евреями и арабами. По сути, подобные ростки существовали в годы британского мандата — и в Хайфе, и в Иерусалиме, и в Твери, и в Яффе, и в других местах. Многие евреи и арабы были связаны между собой деловыми отношениями, а зачастую дружили домами, навещая друг друга. Подобно Абрабанелю и его друзьям. Ведь у обоих народов так много общего: евреи и арабы — каждый народ по-своему — много веков были жертвами христианской Европы. Арабы были унижены колониальными державами, страдали от позора притеснения и эксплуатации, многие поколения евреев страдали от оскорблений, бойкота, преследований, изгнаний, жестоких убийств, а венец всего — геноцид, подобного которому не знала история человечества. Две жертвы христианской Европы, и разве это не есть крепкая историческая основа для взаимной симпатии и понимания между арабами и евреями? Эту мысль Шалтиэль Абрабанель повторял неоднократно.

— Мне это кажется прекрасным, — сказал Шмуэль. — Немного наивным. Оптимистичным. Абсолютно противоречащим тому, что говорил Сталин по национальному вопросу. Но очень привлекательным.

Он поднялся, включил свет, обошел окно за окном, закрывая скрипучие жалюзи. Иногда ему приходилось открыть окно, и в библиотеку проникал холодный сухой иерусалимский воздух, резавший горло и легкие. Пальцы Шмуэля нащупали в кармане ингалятор, но он решил пока не пользоваться им. Гершом Валд продолжал:

— Абрабанель предупреждал: если евреи будут упорствовать и по истечении срока действия британского мандата все-таки провозгласят создание независимого Еврейского государства, в тот же день разразится кровопролитная война между евреями и всем арабским миром, а возможно, между евреями и всем мусульманским миром. Полмиллиона евреев против сотен миллионов мусульман. В этой войне, предупреждал Абрабанель, евреи не победят. Даже если случится чудо и они сумеют одолеть арабов в первом круге, во втором, в третьем, в четвертом, — но в конце концов ислам окажется победителем. Эта война будет передаваться от поколения к поколению, потому что каждая победа евреев только углубит, умножит ужас арабов перед сатанинскими способностями евреев, перед амбициозностью евреев, возомнивших себя новыми крестоносцами. Все эти мысли Шалтиэль неоднократно излагал мне здесь, в этой комнате. Еще до всего, что потом случилось. Еще до того, как я потерял единственного своего сына в иерусалимских горах, в ночь на второе апреля. Он обычно говорил, стоя у окна спиной к темноте, царившей за стенами дома, а лицо его было обращено не в мою сторону, а к стене, где висела картина художника Реувена. Он очень любил пейзажи этого художника. Горы Галилеи, крутые склоны, цветущие долины, отроги Кармеля, он любил Иерусалим, и пустыню, и маленькие арабские деревушки в долинах и на склонах гор. Любил и зеленые луга кибуцев, и еврейские поселения с красными черепичными крышами и казуаринами[1]. Без всякого противоречия.

Спустя несколько недель после того, как Миха и Аталия поженились, в сорок шестом году, однажды вечером Шалтиэль появился в маленькой квартирке на улице Газа и пригласил меня в этот дом, жить вместе с ними. "У нас достаточно места для всех, — сказал он, — зачем же вам жить в одиночестве?" В те годы я был учителем истории, преподавал в иерусалимской гимназии "Рехавия". Вообще-то я уже собирался выходить на пенсию. Миха и Аталия тогда жили в твоей мансарде. Эта библиотека в те дни была библиотекой Шалтиэля Абрабанеля. Только романы, что на полках в спальне, в этот дом принес я. Прохаживаясь по библиотеке взад-вперед, от стены к стене, от окон к двери, от двери к занавесу из бусин мелкими семенящими шагами, он излагал мне свою мечту о собирании общин. Государство — вся-

---

[1] Вечнозеленые деревья или кустарники.

кое государство! — он называл не иначе как "хищный динозавр". Однажды он вернулся чрезвычайно взволнованный беседой с Давидом Бен-Гурионом, в которой участвовал и Давид Ремез. Эта беседа втроем состоялась в кабинете Бен-Гуриона, в одном из зданий Сохнута. Шалтиэль сказал мне — и я запомнил, как дрожал его голос, — что Бен-Гурион, этот маленький человечек с голосом истеричной женщины, превратился в лжемессию. Саббатай Цви. Яаков Франк[1]. И он еще обрушит колоссальное несчастье на всех нас — на евреев, на арабов и, по сути, на весь мир: ужасное кровопролитие, которому не будет конца и края. И тогда Шалтиэль сказал мне: "Бен-Гурион, возможно, удостоится еще при жизни — и, вполне возможно, даже в ближайшее время — стать царем иудейским. Царем на один день. Царем нищим. Мессией бедняков. Но будущие поколения проклянут его. Он властно увлек за собой своих товарищей, более осторожных, чем он сам. Воспламенил в них чуждый огонь. Главное несчастье людей, по-моему, — говорил Шалтиэль, — вовсе не в том, что преследуемые и порабощенные страстно желают освободиться, расправить свои плечи. Нет. Главное зло в том, что порабощенные, по сути, в глубине своего сердца мечтают превратить-

---

[1] Саббатай (Шабтай) Цви (1626–1676) — каббалист, один из самых известных еврейских лжемессий, основатель саббатианства, еретического иудаизма, в конце жизни принял ислам. Яаков Франк (1726–1791) — последователь Саббатая Цви, реинкарнацией которого себя считал, основал в Польше религиозную секту, которая находилась в жесточайшем противостоянии с иудейской общиной.

ся в поработителей своих поработителей. Преследуемые вожделеют быть преследователями. Рабы мечтают стать господами. Как в Книге Эстер".

Гершом Валд замолчал на минуту, а потом добавил с грустью:

— Нет. Ни в коем случае нет. Я ни на мгновение не поверил всему этому. Я даже слегка высмеял его. Ни на секунду не возникла у меня мысль, что Бен-Гурион когда-либо стремился господствовать над арабами. Шалтиэль жил в своем манихейском мире. Создал себе утопический райский сад, а перед вратами рая нарисовал ад. Они же, со своей стороны, начали называть его предателем. Говорили, что он продался арабам за огромные деньги. Говорили, что он сам — арабский выродок. Еврейские газеты презрительно называли его муэдзином, или шейхом Абрабанелем, или даже "мечом ислама".

— А вы? — спросил Шмуэль, разволновавшись настолько, что даже забыл покормить рыбок в аквариуме, забыл подать старику его пилюли, которые тот должен был принять вечером. — Вы не возражали ему?

— Я, — вздохнул Гершом Валд, — я скуден делами. Когда-то я бурно спорил с ним, до ночи второго апреля. В ту ночь раз и навсегда закончились все наши споры. Несчастье загасило их. Тем более, что не осталось ни малейшего шанса, что его мировоззрение, его позиция будут когда-либо приняты на этой земле. Все мы уже осознали, что арабы не потерпят нашего присутствия здесь, даже при условии, что мы откажемся от создания еврейского государства. Даже самым умеренным среди нас было ясно как божий день, что позиция арабов не оставляет и крохотной щелочки, в которую может проникнуть тень от тени компромисса. А я уже был человеком мертвым.

— Я тогда был подростком тринадцати лет, — сказал Шмуэль, — парнем из молодежного движения. Как и все, я верил, что нас мало, но наше дело правое, а вот они, арабы, злобны, и их много. Не было у меня никакого сомнения в том, что они стремятся силой вырвать у нас тот клочок земли, который у нас под ногами. Весь арабский мир был непреклонен в своем решении уничтожить или изгнать евреев. Именно к этому призывали муэдзины с минаретов мечетей в полдень пятницы. Правда, у нас в Хайфе клиенты-арабы приходили в папино маленькое бюро по землеустройству "Шахав" в квартале Хадар ха-Кармель. Время от времени заходили к нам торговцы земельными участками, эфенди в красных фесках, в накидках, в костюмах с золотой цепочкой, скруглявшейся на животе и тянувшейся к золотым часам, упрятанным в карманчик жилета. Они угощались ликером и сладостями, вели вежливую, неспешную беседу на английском или французском с отцом и его партнером. Хвалили предзакатный ветер с моря или урожай маслин. Случалось, они приглашали нас — папу, маму, сестру и меня — отведать всевозможные деликатесы у них на улице Алленби. Слуги подавали поднос за подносом с кофе, с крепким арабским чаем, арахисом, орехами, миндалем, халвой и прочими сладостями. Бывало, выкуривали вместе сигарету, и еще одну сигарету, а потом соглашались друг с другом, что всякая политика — просто-напросто вещь излишняя, приносящая всем нам только несчастья и убытки. Что без политики жизнь могла бы быть спокойной и прекрасной. Пока в один из дней не начались в Хайфе нападения на еврейские автобусы, а за этим последовали операции возмездия еврейских бойцов в арабских деревнях в районе Хайфского залива; распаленная арабская толпа растерзала еврейских рабочих на нефтеперегонных заводах, а за этим убийством последовали новые операции возмездия, еврейские и арабские снайперы засели на крышах за брустверами из мешков с песком. Укрепленные контрольно-пропускные пункты появились на стыках арабских и еврейских кварталов. В апреле сорок восьмого года, почти за месяц до ухода британцев из Эрец-Исраэль, десять тысяч арабов поднялись на борт кораблей, рыбацких шхун и баркасов, и весь этот флот с толпами арабов на борту бежал в Ливан. В последний день еврейские лидеры Хайфы еще успели распространить листовки среди приготовившихся к бегству арабов, уговаривая их остаться. Однако в Лоде и в других местах арабов не уговаривали остаться, их убивали и изгоняли. Да и у нас в Хайфе эти листовки не очень-то помогли: арабов охватила смертельная паника, страх резни витал над ними. Среди арабов распространился слух, что евреи намереваются вырезать всех, именно так погибли от рук евреев жители арабской деревни Дир Ясин, а ведь она совсем рядом, по другую сторону холма. В одну ночь Хайфа опустела, ее покинула бо́льшая часть арабских жителей. И по сей день, бывая в арабских кварталах, которые в наши дни заселили новые репатрианты, бродя под вечер по переулочкам, где по-прежнему живут тысячи арабов, решивших остаться в Хайфе, я спрашиваю себя: "Неужели то, что случилось, действительно должно было случиться?" Мой отец и сегодня утверждает, что просто не было никакого другого выхода. Что Война за независимость была тотальной войной — не на жизнь, а на смерть. Или мы, или они. В этой войне воевали не две армии, а квартал против квартала, улица против улицы, окно в доме против окна в доме напротив. В таких войнах, по словам моего отца, — в гражданских войнах — всегда и везде выкорчевываются и изгоняются компактные группы населения. Так случилось в Греции и Турции. Индии и Пакистане. Во время войны подобное происходило между Польшей, Чехословакией, Германией. Я слушал слова отца, слушал рассуждения мамы, утверждавшей, что все случилось по вине британцев, обещавших эту землю и нам, и им, получавших удовольствие от того, что они сталкивали один народ с другим. Как-то Аталия сказала мне, что ее отец не принадлежал своему времени. Возможно, он опоздал. Возможно — опередил. Но не принадлежал. Он, так же как и Бен-Гурион, принадлежал к тем, кого называют "великие мечтатели". Я же иногда вижу трещины в монолите. Возможно, это уже ваше влияние. Беседуя со мной каждый вечер, вы научили меня сомнению. И вряд ли я уже стану настоящим революционером, лишь бунтарем, разглагольствующим в кафе. А теперь я пойду разогрею нам кашу. Вы позволите мне этим вечером оставить вас немного раньше времени, потому что Аталия пригласила меня поужинать в каком-то клубе или баре?

Шмуэль расстелил клетчатое кухонное полотенце поверх рубашки Гершома Валда, края полотенца заправил за ворот, поставил перед ним тарелку с горячей кашей, посыпав ее сахаром с корицей. Себе же Шмуэль отрезал два толстых куска хлеба, намазал их маргарином, добавил и сыр, хотя Аталия строго приказала ему ничего не есть перед Финком. Но голод был сильнее Шмуэля.

Гершом Валд, поедая кашу, снова заговорил:

— Я вижу в Бен-Гурионе величайшего еврейского лидера во всех поколениях. Более великого, чем царь Давид. Возможно, одного из самых великих государственных деятелей во всемирной истории. Это человек здравомыслящий, с открытыми глазами, он увидел и понял уже давно, что арабы никогда не согласятся по своей доброй воле терпеть нас здесь. И не согласятся поделиться с нами — ни территорией, ни властью. Он знал — задолго до того, как это стало ясно его соратникам, — что ничего мы не получим на серебряном подносе, никакие сладкие речи не изменят сердца арабов, не наполнят их любовью к нам. Он также знал, что никакая внешняя сила не придет защитить нас в день, когда поднимутся арабы, чтобы выкорчевать и выбросить нас отсюда, всех до единого. Уже в тридцатые годы, после того как он вел продолжительные беседы с арабскими лидерами, среди которых были и милые друзья Шалтиэля Абрабанеля, Бен-Гурион пришел к выводу: все, что мы не добудем собственными силами, нам никто не даст из милости. Миха, мой сын, иногда уходил ночью в рощу Тель Арза, где обучался боевой стрельбе, потому что он тоже знал это. Все мы знали. Только я не знал, что мой сын… Не мог представить себе, что мой сын… Не хотел даже на секунду вообразить себе. "Он уже не юноша, — говорил я себе, — ему тридцать семь, и почти профессор". Иногда, в первые недели после несчастья, я воображал, что слышу Шалтиэля Абрабанеля: "Веришь ли ты до сих пор, что все это того стоило?" Этот вопрос, который Шалтиэль мне никогда не задавал, наносил мне ужасную рану, словно вновь и вновь нож вонзался мне в горло. С тех пор мы друг с другом не разговаривали. Ни я, ни он. Молчали. Все выцвело, поблекло. Изредка лишь перекидывались словами о починке черепичной крыши, о покупке холодильника. А теперь, по великой милости своей, будь так добр, положи эту тарелку с ложкой в раковину в кухне, не трудись мыть ее и ставить на место, а мчись со всех ног, догоняя подол ее платья. Я же, со своей стороны, не вижу ни малейшей пользы в твоих ухаживаниях. Ты не предназначен ей, и она тебе не предназначена, и, по сути, она уже не предназначена никому из людей в этом мире. Одинокая женщина до конца дней своих. И после моей смерти она будет одинокой в этом пустом доме. Чужой не войдет сюда. Или, возможно, все-таки войдет, но будет изгнан на следующее утро или спустя короткое время. Как придет, так и уйдет. Да и тебя скоро выпроводят, и я потеряю тебя. Поторопись. Нарядись в лучшие свои одежды и лети во весь опор. Не беспокойся обо мне. Я еще посижу здесь со своими книгами и тетрадями до утра, а тогда собственными силами доберусь до своей постели. Ступай, Шмуэль. Иди к ней. Ведь у тебя уже нет выбора.

43

Но в тот вечер Шмуэль Аш не пришел на встречу с Аталией. Уже покидая дом — неистовыми шагами, шапка на необузданной шевелюре, пальто застегнуто до самой шеи, на брюках не хватает одной пуговицы, — он оступился на проклятой ступеньке у самой двери. Всем своим весом придавил ее край, и другой ее край рычагом рванулся вверх, отбросив Шмуэля назад. Кубарем он отлетел к стене, ударившись о нее спиной и головой, а затем еще раз ударившись головой, когда рухнул на пол — да так, что неестественно подвернул под себя левую ногу. Боль пронзила лодыжку, но боль, взорвавшаяся в голове, была еще сильнее. Шапка слетела с головы и ускакала по коридору. Шмуэль, распростершись на полу, ощупал буйную шевелюру и почувствовал, как по пальцам бежит теплая кровь. Несколько мгновений лежал он так без движения и, к собственному удивлению, вдруг обнаружил, что смеется. Смеется и стонет одновременно. Несмотря на боль, его одолел смех, будто случилось это с кем-то другим, не с ним, или ему удалась некая поразительная и весьма забавная проделка. Он еще пытался подняться, встать хотя бы на колени, когда послышался перестук костылей Гершома Валда. В своей комнате старик услышал грохот, проковылял в коридор и разом увидел и неестественно изогнутую ногу, и кровь на лице и на полу. Валд развернулся, поспешил на костылях к письменному столу, где стоял телефон, позвонил в "скорую" и вызвал карету. Затем вернулся, прошел на костылях весь коридор, с трудом наклонился, опираясь на один костыль, достал из кармана клетчатый платок, приложил его к кровоточащей ране на голове Шмуэля и сказал:

— Этот дом не приносит тебе счастья, Шмуэль. Вообще-то, никому из нас.

Шмуэль снова рассмеялся:

— Теперь и мне понадобятся костыли. Или инвалидная коляска. Отныне здесь будут стучать две пары костылей.

Однако смех у него получился каким-то судорожным и завершился стоном.

Через двадцать минут явился небритый фельдшер в белом халате, с ним два санитара с носилками — маленькие, щуплые, проворные, похожие друг на друга, почти близнецы, только у одного были неестественно длинные руки; оба — совершенно лысые, но у обладателя длинных рук на левой стороне лысины явственно выступала шишка. Без единого слова санитары переложили Шмуэля на носилки. Фельдшер склонился над Шмуэлем, измерил пульс, маленькими ножницами выстриг небольшую проплешину в шевелюре, продезинфицировал, приложил к кровоточащей ране марлю и закрепил пластырем. И поскольку, падая, Шмуэль перевернул ступеньку, санитарам пришлось потрудиться, чтобы вынести носилки с пациентом из дома. Они положили носилки со Шмуэлем так, чтобы ноги его выглядывали за порог, затем санитар с шишкой на лысине выбрался на площадку перед дверью и волоком вытащил носилки. После чего второй санитар вернул на место вылетевшую ступеньку. Вдвоем они подняли носилки, прошли через маленький палисадник, сквозь сломанные ворота, погрузили носилки в машину "скорой помощи" — та, мигая огнями, ждала с работающим мотором, с распахнутыми задними дверцами, обращенными к воротам.

По дороге в больницу фельдшер наложил на голову Шмуэля белую повязку, по которой тут же расползлось кровавое пятно. Почти в десять вечера его доставили в приемный покой больницы "Шаарей цедек" на улице Яффо. Там ему вкололи обезболивающее, сделали рентгеновский снимок лодыжки, определили, что перелома нет, лишь трещина, наложили гипс и оставили в ортопедическом отделении под наблюдением врачей.

Утром, к семи, пришла Аталия — в голубом свитере и темно-синей юбке, с красным шерстяным шарфом вокруг шеи, с большими деревянными сережками, раскачивающимися в мочках ушей. Волосы ее спускались на левое плечо, чуть прикрывая серебряную брошь-ракушку. Она замерла на пороге палаты, обвела взглядом восемь кроватей, по четыре с каждой стороны, заметила, что две кровати пустуют. Когда взгляд ее наткнулся на Шмуэля, она не поспешила к нему, а еще немного постояла у двери, разглядывая его, словно обнаружила в нем нечто новое, дотоле ей неведомое. Его чуточку раскосые застенчивые глаза ласкали ее со смирением и нежностью, отчего у Аталии защемило сердце. Прикрытый простыней Шмуэль лежал на третьей кровати слева. Его загипсованная нога была приподнята, простыня не доходила до гипса. Когда Аталия подошла к нему, он быстро закрыл глаза. Аталия наклонилась, осторожно поправила простыню и мягко дважды скользнула пальцами по бороде Шмуэля, с обеих сторон. Она пощупала белую повязку, взъерошила курчавые волосы.

Шмуэль открыл глаза, осторожно провел рукой по ее ладони, гладившей его и казавшейся такой старой по сравнению с лицом и телом, и решил улыбнуться. Но вместо улыбки лицо его исказила гримаса боли и нежности.

— Сильно болит?
— Нет. Почти нет. Да.
— Дали тебе что-нибудь обезболивающее?
— Давали что-то.
— Не помогло?
— Нет. Почти нет. Немного.
— Я сейчас поговорю с врачами. Они дадут тебе то, что поможет. Хочешь чего-нибудь? Воды?
— Не знаю.
— Да или нет?

— Не знаю. Спасибо.
— Они сказали, что трещина в лодыжке.
— Вы ждали меня вчера вечером?
— Почти до полуночи. Думала, что ты забыл. Нет, не думала, что забыл. Думала, что уснул.
— Не уснул. Мчался к вам со всех ног, боялся опоздать и перевернулся на ступеньке.
— Мчался от переизбытка воодушевления?
— Нет. Возможно. Да.

Аталия положила прохладную руку на перевязанный лоб Шмуэля, приблизила лицо к его лицу так близко, что его обдало тонким благоуханием фиалки, нежным запахом шампуня, ароматом ее дыхания, смешанным с запахом зубной пасты. Она выпрямилась и отправилась на поиски врача или медсестры, чтобы попросить для Шмуэля обезболивающее. Она чувствовала себя виноватой в том, что случилось, хотя и не находила никакой логики в этом своем ощущении. И все же Аталия решила остаться со Шмуэлем до полудня, когда завершится обход врачей и его выпишут домой. Высокая худощавая сестра с волосами, собранными в маленький узел, принесла таблетку и стакан воды, сообщила, что в десять придет травматолог, который научит Шмуэля пользоваться костылями, а затем, скорее всего, его выпишут. Шмуэлю вспомнилась больница в Хайфе, где он лежал в детстве, после того как его ужалил скорпион. Вспомнилось прохладное прикосновение матери к его лбу. Он ищуще протянул руку, нашел ладонь Аталии, схватил и сплел свои пальцы с ее пальцами.

Аталия сказала:

— Вечно ты бежишь. Почему же ты всегда бежишь? Если бы не мчался со всех ног, не упал бы там, в коридоре.

— Я торопился к вам, Аталия.

— Не было у тебя никакой причины торопиться. Человек, за которым я должна была понаблюдать в баре Финка, не появился. Я сидела в одиночестве почти до полуночи и ждала тебя. Два молодых человека, один за другим, подсели за мой столик, пытаясь вызвать мой интерес, один — сплетнями про известную актрису, а другой — крохами информации о тайных проделках одной из наших секретных служб. Но я отправила обоих прочь. Сказала каждому, что я жду кое-кого и предпочитаю ждать в одиночестве. Пила джин с тоником, ела арахис и миндаль. Почему я тебя ждала? Этого я не знаю. Возможно, думала, что ты заблудился по дороге.

Шмуэль ничего не ответил. Только сильнее сжал пальцы Аталии, пытаясь найти нужные слова. А не найдя их, поднес ее ладонь к губам, но не поцеловал, а только легонько лизнул. И тут же выпустил руку.

Незадолго до десяти прибыл толстенький коротышка с лицом столь румяным, словно со щек его содрали кожу. На нем был мятый белый халат, черная ермолка небрежно прикреплена к жидкой шевелюре заколкой. Коротышка согнал Шмуэля с кровати, велев опираться на одну ногу, и начал учить, как пользоваться костылями. Наверное потому, что Шмуэль вдосталь наблюдал за Гершомом Валдом, он быстро усвоил, как правильно пристраивать костыль под мышкой, как обхватывать пальцами рукоятку. Он осторожно пустился в путь по проходу между больничными койками, приподняв загипсованную ногу. Аталия и врач в мятом халате поддерживали Шмуэля с обеих сторон. Спустя четверть часа он уже сумел выйти из палаты, сопровождаемый ангелами-хранителями, прошагать на костылях до самого конца коридора и вернуться в палату. Затем, немного передохнув, снова отправился в путь, но теперь уже самостоятельно. Аталия шла на два шага позади, готовая в любую минуту поддержать его.

Шмуэль похвастался:

— Смотрите, я сам иду. — И добавил: — Наверное, я только через несколько недель смогу вернуться к работе.

Аталия ответила:

— Вот уж проблема. Уже сегодня вечером будешь работать. Усядетесь, как обычно, друг против дружки, старик примется разглагольствовать, а ты будешь возражать ему, ни в чем не соглашаясь. Я позабочусь о каше и чае для вас и за тебя покормлю золотых рыбок.

В переулок Раввина Эльбаза они вернулись на такси, которое заказала Аталия. Дома она разрезала ножницами левую штанину его вельветовых брюк и помогла натянуть их поверх гипса. Затем уложила Шмуэля в библиотеке на плетеной кушетке Гершома Валда, принесла чай, бутерброд с сыром и ушла открывать, проветривать и готовить для Шмуэля соседнюю с библиотекой комнату. Ту самую комнату, где он никогда не бывал. Комнату своего отца. Она застелила узкую кровать бельем, положила подушку и одеяло. Мансарда для Шмуэля будет недоступна, пока нога в гипсе. Едва ли не с первого дня своего пребывания в доме Абрабанелей Шмуэль стремился проникнуть в эту запертую комнату. Он нутром чуял, что там его ждет откровение. Или осенит вдохновение. Словно эта комната — запечатанное сердце всего дома. И вот теперь благодаря вечернему инциденту запертая дверь распахнулась перед ним. И вскоре он окажется в самой сердцевине снов, которые ему предстоит увидеть здесь ночью.

44

Он лежал на спине, на той самой тахте, что когда-то принадлежала Шалтиэлю Абрабанелю; на трех подушках удобно расположилась скованная гипсом нога, розоватые пальцы торчали из прорези гипсовой оболочки. Кудрявая голова Шмуэля покоилась на двух других подушках. Облачен он был в пижамную куртку господина Валда и в свои вельветовые брюки, левую штанину которых Аталия разрезала, чтобы можно было натянуть на ногу. Он сосал ириску, слишком сладкую, на его вкус; на груди, обложкой вверх, лежала раскрытая книга "Дни Циклага", читать ему не хотелось. В комнате стоял легкий запах расплавленного свечного воска и засушенных цветов. Этот дотоле не знакомый ему запах был Шмуэлю приятен. Он сделал глубокий вдох, наполнив легкие воздухом с этим странным запахом старинных свечей и сухих цветов, и спросил себя: "Это и есть тот самый устойчивый запах комнат, долгие годы простоявших запертыми на замок, с опущенными жалюзи, или, возможно, это и в самом деле запах свечей, которые некогда зажигали здесь длинными зимними ночами? А может, это эхо запаха человека, изгнанного отовсюду, всеми ненавидимого, жившего здесь в полнейшем одиночестве последние годы своей жизни?" Через щели закрытых жалюзи пробился косой солнечный луч, в котором закружились мириады крошечных частичек пыли, словно неисчислимое множество залитых светом миров в сердцевине сияющего Млечного Пути. На мгновение Шмуэль напрягся, сфокусировав взгляд на одной из сияющих частиц, ничем не отличавшейся от остальных, пытаясь проследить ее траекторию. Но почти сразу потерял ее из виду. Шмуэлю было приятно лежать на этой тахте, в этой комнате, и ощущение, растекшееся по всему телу, напомнило ему дни в детстве, когда, больной, лежал он в постели в доме, который не любил, в темном коридоре, где стояла его кровать, между стенами с пятнами плесени.

Чем занимался Шалтиэль после того, как его сместили со всех постов? Что делал он в дни осады Иерусалима, бомбежек, боев за каждый дом, падения еврейского квартала в Старом городе? Как пережил он дни, когда в Иерусалиме не было воды, стояли огромные очереди за мукой, за молочным порошком, подсолнечным маслом, керосином, за яичным порошком? Что-то писал? Воспоминания? Предсказывал будущее? Пытался ли сблизиться со своей ожесточенной дочерью? Старался ли он так или иначе поддерживать непрямые связи с друзьями из арабского Иерусалима, по ту сторону линии огня? Формулировал ли некий меморандум, который намеревался направить Временному правительству Израиля? Следил ли он лихорадочно за ходом военных действий? Неужели он заперся здесь и днем и ночью размышлял о своем непримиримом противнике Давиде Бен-Гурионе, который из маленького кабинета в скромном здании на одном из холмов Рамат-Гана руководил в те дни ходом кровопролитной войны?

Белая краска, покрывавшая потолок и стены, с годами почти превратилась в серую. Под потолком не было люстры, комната освещалась двумя боковыми источниками света: один светильник висел на стене, над изголовьем тахты, на которой лежал Шмуэль, а вторая лампа, венчавшая изогнутый стержень на металлической подставке, стояла на рабочем столе Шалтиэля Абрабанеля. Этот стол, в отличие от письменного стола Гершома Валда, был совершенно пуст. Ни книги, ни журнала, ни газеты, ни листка бумаги. Ни карандаша, ни линейки, ни резинки, ни кнопок, ни скрепок. Ничего. Только электрическая лампочка, расцветавшая на вершине изогнутого полого стержня и прикрытая полукруглым металлическим экраном. Вместе с тем стол был чистым, без пыли, и Шмуэль спрашивал себя: "Неужели женщина, убирающая в доме один раз в неделю, заходит в эту запертую комнату? Или, может быть, Аталия время от времени сама наводит тут порядок, смахивает пыль с немногочисленной мебели?"

Черный замысловатый письменный стол стоял на тонких, чуть изогнутых ножках. Столешницу с трех сторон окружали стенки — высокая задняя и скошенные боковые. Все три стенки состояли из ящичков, полочек и наверняка имели потайные отделения. Шмуэль смутно припомнил, что ребенком видел в Хайфе, в домах арабских знакомых отца, подобные письменные столы, их называли секретерами. Слово "секретер" пробудило в нем странное томление, непонятную тоску по богатым арабским домам на улице Алленби, где в детстве он бывал в гостях с отцом, где его угощали гранатовым соком, необычайно сладкими арабскими сластями, которые потом еще долго вязли во рту — между зубами, и под языком, и на нёбе.

Кроме секретера и тахты, на которую Аталия уложила Шмуэля с его ногой в гипсе, в комнате имелись два черных стула с высокими спинками, запертый и мрачный гардероб, три книжные полки, на которых располагались три-четыре десятка старых томов на французском, иврите, арабском, греческом и английском. С тахты Шмуэлю трудно было разобрать надписи на корешках, но он пообещал себе, что изучит книги при первой же возможности, а также тайком заглянет в ящички секретера.

Два изысканных эстампа с пейзажами Иудейской пустыни, в черных застекленных рамках, висели над тахтой, на которой лежал Шмуэль. На одном рисунке — продуваемый ветрами иссушенный холм на фоне далеких гор, а на втором — вход в темную пещеру у самого края ущелья, а рядом клонятся под ветром кусты.

Над секретером висела большая старинная карта восточной части бассейна Средиземного моря. Французский заголовок над картой гласил: "Страны Леванта и их окрестности". Под заголовком расположились Сирия и Ливан, Кипр, Эрец-Исраэль и Заиорданье, Ирак, северная часть Египта и север Саудовской Аравии. Поверх территорий Эрец-Исраэль и Заиорданья шла надпись "Палестина", и в скобках — "Святая Земля". Территория Ливана была обозначена на французском: "Великий Ливан". Зоны влияния Британской империи, включая остров Кипр, были отмечены розовым цветом, зоны влияния Франции — светло-голубым, Средиземное море и Красное море окрашены темно-голубым. Турция была зеленой, Саудовская Аравия — бледно-желтой.

Жалюзи единственного в комнате окна, как и само окно, были затворены, окно закрывали два крыла тяжелого занавеса из плотной коричневой ткани. Через щелку между крыльями занавеса, миновав щель в жалюзи, единственный солнечный луч пробивался внутрь комнаты, рассекая ее по диагонали, и по всей длине луча плясали сверкающие частички пыли. Этот луч приковал взгляд Шмуэля. Несмотря на то что рана на голове саднила, а лодыжка глухо ныла, он чувствовал, как сладкий покой обволакивает его, словно наконец-то он вернулся домой. Не в дом своих родителей и не в темный коридор, где он проводил ночи во времена своего детства, а в дом, о котором всегда мечтал, в котором никогда не бывал, в его истинный дом. Дом, к которому он шел всю свою жизнь. С того дня, когда он впервые пришел в переулок Раввина Эльбаза, чтобы попытаться получить здесь работу, не испытывал он такого глубокого спокойствия. Будто с самого начала, все эти недели он втайне страстно желал удостоиться права хотя бы один день полежать больным в этой комнате, на этой тахте, в свете двух боковых ламп, перед французской картой "Страны Леванта и их окрестности", у подножия луча, в котором молекулы пыли, мерцая, перемешивались и беспрерывно кружились.

В комнату бесшумно вошла Аталия, склонилась над его постелью, поправила подушку под спиной. Села рядом на краешке тахты, велела Шмуэлю подержать наполненную до краев глубокую тарелку дымящегося густого овощного супа. Соседка Сара де Толедо, как обычно, принесла обед для господина Валда, но на этот раз Аталия попросила приготовить двойную порцию. Она прикрыла бороду и грудь Шмуэля полотенцем и начала кормить его с ложечки, хотя изумленный Шмуэль утверждал, что в этом нет необходимости и он вполне сам справится.

Но Аталия отрезала:

— Да ты все размажешь по бороде и пижаме. — И продолжила: — В последние месяцы я и его кормила. Здесь, в этой комнате. Но не в постели, за письменным столом. Мы сидели очень близко на этих двух стульях, я повязывала ему полотенце и кормила его, ложка за ложкой. Он очень любил вот такие густые, острые супы — гороховый, чечевичный, из тыквы. Нет. Он вовсе не был инвалидом в конце своей жизни.

Ни парализованным, ни лежачим он не был. Просто очень слабый, равнодушный, погруженный в себя. Поначалу я только приносила горячий суп, он любил, чтобы был огненный, ставила тарелку на стол, уходила и возвращалась спустя четверть часа забрать пустую посуду. Но в последние месяцы своей жизни он перестал есть, только если я сидела рядом и упрашивала, чтобы он поел, да рассказывала ему какую-нибудь недлинную историю. Он очень любил разные сказки и притчи. А потом уже недостаточно было и этого, он просто сидел и слушал меня, не притрагиваясь к еде. Пока я не начинала подносить к его губам ложку, и еще ложку. В конце кормления я вытирала ему рот полотенцем, сидела с ним еще полчаса или час и рассказывала ему о своей давней поездке в Галилею или о книге, которую читала. Я уже говорила тебе, что не любила его, кроме, пожалуй, того периода, когда была совсем маленькой девочкой, но именно в конце, когда он сам постепенно становился ребенком, между нами наладилась некая близость. Всю жизнь он говорил — всегда логично, короткими продуманными фразами, низким внушительным голосом, который не повышал даже в самом яростном споре, и при этом он не умел и не любил слушать других, никогда даже не пытался выслушать маму или меня, — и вот в последние месяцы своей жизни он почти перестал говорить. Возможно, даже начал немного слушать. Иногда он сидел с Гершомом Валдом в библиотеке, которая когда-то была его и от которой он отказался в пользу Валда, как, по сути, отказался от всего дома, кроме этой маленькой комнаты. Они вдвоем сидели в библиотеке полчаса, а то и час. Валд почти не разговаривал, и Абрабанель молчал, вслушиваясь в слова, которые Валд не произносил. Шалтиэль мял в пальцах металлическую скрепку для бумаг, безуспешно пытаясь ее выпрямить. А возможно, он и не слушал. Никак нельзя было понять, слушает он или просто уставился взглядом в одну точку. Кроме меня и Валда, в его комнату никто не входил. Никогда. Ни гость, ни знакомый, ни мастер, явившийся починить что-нибудь. Только Белла, женщина, прибирающая в доме, обходила все комнаты раз в неделю, тихая, как злой дух. Мы все ее немного боялись. Сара де Толедо приносила из кухни суп с кусочками мяса и кашу, иногда — фрукты или овощи. Гости к нему никогда не приходили. Соседи не стучали в дверь. Никто не приходил к нам никогда, кроме пяти-шести знакомых, пожелавших выразить свое соболезнование. Они появлялись под вечер, в первые дни после гибели Михи, сидели недолго в библиотеке и изо всех сил старались произносить какие-то слова, чтобы молчание не длилось слишком долго. Через несколько дней исчезли и эти утешители. Дверь за ними закрылась. И с тех пор все эти годы мы жили втроем в одиночестве. Ни один человек не хотел поддерживать связи с предателем. Он и сам не искал никаких связей. Два или три раза приходили письма, отправленные с той стороны — из Бейрута или Рамаллы, добравшиеся до нас через Европу с оказией. Он даже не старался отвечать на эти письма. Однажды позвонил знаменитый французский журналист, человек радикальных взглядов, известный своими проарабскими симпатиями. Он просил разрешения посетить нас, обменяться мнениями, задать несколько вопросов. Но никакого ответа не получил. Я настаивала на том, что следует написать этому журналисту, сообщить, что Абрабанель больше не дает интервью. Но мне было сказано, что не стоит ничего писать. Последние годы он жил под домашним арестом, который он сам для себя выбрал. Ни разу не вышел за ворота. Ни в бакалейную лавку, ни в газетный киоск, ни на вечернюю прогулку в поле, что в конце переулка. Я ошибалась, думая, что он себя наказывает. Но наказывал он не себя, а весь мир. Никогда не говорил ни со мной, ни с Валдом о провозглашении Государства Израиль, к примеру. О победе в Войне за независимость. Или об изгнании арабов. Или о потоке евреев, которые прибывали в Эрец-Исраэль из арабских стран и Европы. О кровопролитии, которое продолжалось и в новых границах. Будто все это происходило на другой планете. Только однажды под вечер он нарушил свое молчание и сказал нам с Валдом за столом в кухне: "Вы еще увидите. В самом лучшем случае все это продержится не более нескольких лет. Самое большее — два или три поколения". И с тем замолк. Гершом Валд, мне показалось, готов был выйти из себя, обуреваемый бурным желанием ответить, но спохватился и предпочел промолчать. Утром Абрабанель сидел на тахте, около четверти часа читал газету и молча передавал ее мне, чтобы я прочитала и передала Валду. Затем он час-полтора расхаживал по комнате или выходил во двор, к колодцу. Если он уставал, то садился на стул, чтобы отдохнуть в тени смоковницы во дворе. Когда солнце перемещалось в небе, он передвигал стул, чтобы снова оказаться в тени. После тарелки супа в обед он ложился и отдыхал час-два. Потом вставал, садился за этот письменный стол и писал. Или читал. Или читал и писал попеременно, пока не смеркалось. С наступлением вечера он зажигал настольную лампу, продолжал читать и писать время от времени короткие заметки на маленьких листочках бумаги. Но ничего из написанного им мы не нашли после его смерти. Ни единого листочка. Ни записочки. Я безуспешно искала в каждом ящике, на каждой полке в шкафу, между страницами книг. Нет, он не сжег свои бумаги, нигде — ни в доме, ни во дворе — я не нашла никаких признаков того, что он что-то сжигал. Просто он все рвал на мелкие кусочки и ежедневно спускал их в унитаз. И он, и Валд писали и уничтожали написанное, снова писали и снова уничтожали. Может быть, и ты тоже? Нет? Все, кроме меня, пишут в этом доме. И твои предшественники там, в мансарде, похоже, пытались писать. Есть, по-видимому, что-то необъяснимое в этих стенах или под плитами пола. Только я ничего не пишу, кроме указаний Белле. После его смерти я закрыла эту комнату, всегда держала ее запертой и только вчера решила открыть ее для тебя, потому что в ближайшее время ты не сможешь взбираться в свою мансарду.

Аталия встала, укрыла Шмуэля тонким одеялом, забрала пустую тарелку и собралась выйти из комнаты. Уже на пороге сказала:

— Если тебе понадобится что-нибудь, то громко позови меня. Я услышу тебя и в кухне, и в своей комнате. Стены в этом доме толстые, но слух у меня тонкий.

Шмуэль лежал на спине и смотрел на столб пылинок, освещенных лучом, до тех пор, пока угол падения луча света не изменился и этот внутренний Млечный Путь с мириадами вращающихся миров, сверкающих искр, не исчез. Прохладные тихие потемки наполнили комнату. Он закрыл глаза.

Когда Шмуэль снова открыл глаза, был уже совсем вечер. Аталия зажгла лампу на письменном столе, но не в изголовье Шмуэля. Комнату заполнили тени. Аталия помогла ему сесть повыше, подложив под спину три подушки, пристроила на его животе поднос с хлебом, сыром, салатом из овощей, нарезанных тонко-тонко, крутым яйцом, несколькими маслинами. На этот раз Шмуэль ел с аппетитом, а Аталия сидела рядом с ним на краю тахты и пристально смотрела на него, словно считала съеденные маслины. На секунду его чуть раскосые, миндалевидные глаза встретились с ее зеленовато-карими, и безмерная благодарность в его взгляде тронула Аталию. В этот вечер она его не кормила. Он постарался так укрыться одеялом, чтобы она не заметила прилива его вожделения. Когда он покончил с едой, она взяла поднос с остатками его ужина и вышла из комнаты, не сказав ни слова, но через несколько минут вернулась, неся таз, до краев наполненный мыльной водой, мочалку и полотенце. Шмуэль запротестовал, утверждая, что в этом нет никакой необходимости, что он способен встать и добраться до ванной с помощью костылей, и разве он уже не посещал несколько раз туалет? Но Аталия пропустила слова Шмуэля мимо ушей, прохладной ладонью торопливо погладила его лоб, велела, чтобы он не мешал ей, решительными движениями сбросила на пол одеяло, сняла с него рубаху, полученную во временное пользование от господина Валда, и без колебаний стащила с его ног — и здоровой, и загипсованной — вельветовые брюки, затем одним махом сдернула исподнее, и Шмуэль, обнаженный, ошеломленный, испуганный, лежал на спине, прикрывая ладонью детородный орган. Она принялась мыть его тело круговыми движениями, доставлявшими ему неизъяснимое наслаждение, когда миновали первые мгновения потрясения, смущения и замешательства. Сначала она протерла плечи и волосатую грудь, затем велела сесть и энергично вымыла мочалкой спину и чресла, вновь уложила его, с силой потерла живот, лобок, поросший густыми волосами, отбросила в сторону его ладонь и все так же молча, не моргнув и глазом, окружила намыленной мочалкой его наполовину напрягшийся член, не задержавшись там надолго, обмыла пах, затем занялась здоровой ногой и завершила, вымыв каждый розовый палец, выглядывающий из прорези в гипсе. После энергично растерла всего его — от лба до кончиков пальцев — толстым шершавым полотенцем, и ему было невыразимо приятно, словно он маленький мальчик, которого зимней ночью заворачивают в полотенце после ванны. И в то же время он весь сжался, охваченный стыдом, потому что, несмотря на все его отчаянные усилия, член поднялся и торчал среди густых зарослей волос. Аталия сложила полотенце, мокрую мочалку утопила в тазу, все опустила на пол, склонилась над Шмуэлем, губы ее пробежались над его лбом, а ее рука на мгновение коснулась его мужского естества. И было то касание, которого словно и не было. Затем она укрыла его одеялом, погасила свет, тихо вышла из комнаты и притворила за собой дверь.

45

На следующий день Шмуэль Аш несколько раз вставал с постели и на костылях добирался до туалета; затем заглядывал в кухню, выпивал три стакана воды, съедал толстый ломоть хлеба с вареньем, возвращался в постель и почти сразу проваливался в сон. Боль была глухой, но упорной. Он ощущал ее даже во сне, словно тело все еще сердилось на него, и вместе с тем боль эта была приятна, она была точно заслуженная награда, праведная боль, причитающаяся ему по справедливости. В полудреме он напряженно ожидал появления Аталии, надеясь, что она и сегодня придет, и накормит его, и вымоет. Но Аталия не пришла.

В пять часов пополудни его разбудил Гершом Валд, толкнувший дверь и с шумом ввалившийся в комнату, стуча костылями и громко кашляя. Валд уселся на одном из черных стульев с высокой спинкой, прислонил костыли к секретеру рядом с костылями Шмуэля и пошутил, что теперь они поменялись ролями: "Отныне ты больной, а я должен составлять тебе компанию и развлекать тебя". Седые волосы сверкали в свете лампы, эйнштейновские усы подрагивали, словно жили собственной, более живой и бодрой жизнью. Он был крупным человеком с искривленным телом, и казалось, что всегда и в любом положении ему неудобно сидеть, сиденье слишком низкое или слишком высокое; его тело беспрестанно требовало переменить позу, широкие, сильные кисти пребывали в вечном движении, не находя себе покоя. Он начал с подробного изложения некоей притчи о царе, поменявшемся ролями со странником, затем пошутил над падением Шмуэля, ибо падение было не более чем прозрачной уловкой для снискания милости Аталии, да только милости ее — милости иллюзорные. И добавил, что уже годы и годы костыль его не ступал в логово Шалтиэля Абрабанеля, которое Аталия всегда держит запертым на замок.

Трое предшественников Шмуэля, живших до него в мансарде, по словам Гершома Валда, похоже, вообще не удостоились права заглянуть в эту комнату хотя бы раз. Равно как и в комнату Аталии, хотя все трое — каждый по-своему — были ею увлечены и не теряли надежды на чудо. Потом веселость Гершома Валда как-то стремительно увяла, саркастические искорки в глазах сменились подавленностью и грустью, и он позволил Шмуэлю немного поговорить о том, что прозвище "предатель" есть, по сути своей, знак отличия.

— Вот во Франции недавно Шарль де Голль избран президентом голосами сторонников "французского Алжира", — заговорил Шмуэль, — а теперь выясняется, что он собирается счистить кожуру французской власти с Алжира и предоставить полную независимость арабскому большинству. Вчерашние восторженные сторонники теперь называют его предателем и даже угрожают покушением на его жизнь. Пророк Иеремия считался предателем и в глазах иерусалимской толпы, и в глазах царского дома. От Элиши бен Абуя[1] отвернулись мудрецы Талмуда и прозвали его Другим. Но, по крайней мере, не вымарали из книги его учение и память о нем. Авраама Линкольна, освободителя рабов, его противники называли предателем. Немецких офицеров, покушавшихся на Гитлера, казнили как предателей. В истории человечества хватает мужественных людей, опередивших свое время и потому слывших предателями или чудаками. Герцля называли предателем только из-за того, что он осмелился обсуждать создание еврейского государства вне Эрец-Исраэль, поскольку ему стало ясно, что Эрец-Исраэль под властью Оттоманской империи закрыта для еврейского народа. Даже Давида Бен-Гуриона, согласившегося двенадцать лет назад с разделом страны на два государства, еврейское и арабское, многие называли предателем. Мои родители и сестра обвиняют меня сейчас в том, что я предал свою семью, бросив учебу. Они, возможно, правы даже более, чем им это кажется, потому что правда состоит в том, что я предал их задолго до прекращения

---

1 Элиша бен Абуя — еврейский мыслитель третьего и четвертого поколения эпохи таннаев (I–II вв. н. э.). За свои взгляды, значительно отличающиеся от учения других талмудистов, прослыл еретиком и вероотступником, получив прозвище Ахер (Другой).

занятий. Я предал их в детстве, когда мечтал о том, чтобы у меня были другие родители.

Тот, кто готов измениться, — продолжал Шмуэль, — в ком есть мужество, чтобы измениться, всегда будет предателем в глазах тех, кто не способен на перемены, кто до смерти боится их, не понимает и ненавидит. Мечта Шалтиэля Абрабанеля была прекрасна, но из-за этой мечты его и определили в предатели.

Шмуэль замолчал. Он вдруг вспомнил своего деда, отца своего отца, дедушку Антека, приехавшего из Латвии в тридцать втором году и принятого на службу в уголовный розыск британской мандатной администрации, потому что он обладал талантом подделывать документы. Во Вторую мировую войну он подделал для британцев десятки нацистских документов, которыми воспользовались разведчики по ту сторону фронта, во вражеском тылу. На самом деле дедушка Антек поступил на службу к британцам для того, чтобы снабжать секретными сведениями бойцов еврейского подполья, для которых он изготовил немало фальшивых бумаг. Но именно подпольщики и убили дедушку Антека в сорок шестом году, заподозрив в нем двойного агента, сотрудничающего с британцами. Отец Шмуэля долгие годы боролся за очищение честного имени дедушки Антека от приставшего к нему клейма предателя. Понизив голос, словно опасаясь чужих ушей, Шмуэль снова заговорил:

— Именно поцелуй Иуды Искариота, самый знаменитый поцелуй в истории, несомненно, вовсе не был поцелуем предателя. Посланцы служителей Храма, явившиеся схватить Иисуса после Тайной вечери, ничуть не нуждались в Иуде Искариоте, не было никакой нужды в том, чтобы он указал им на своего учителя. Ведь всего несколькими днями ранее Иисус стремительно ворвался в Иерусалимский Храм и в ярости, при скоплении народа, опрокинул столы меновщиков[1]. Весь Иерусалим знал Его. Более того, когда за Ним пришли, Он даже не попытался сбежать, Он по Своему желанию отдался стражникам и по Своей воле пошел с ними. Иуда не совершил предательства, когда поцеловал Иисуса при появлении стражи. Предательство Иуды, если в самом деле это было предательством, случилось в момент смерти Иисуса на кресте. Именно в этот миг Иуда утратил веру. А вместе с верой он утратил и смысл жизни.

Гершом Валд слегка подался вперед и сказал:

— На всех известных и на всех неизвестных мне языках имя Иуда стало синонимом слова "предатель". Возможно, еще и синонимом слова "еврей". В глазах миллионов простых христиан каждый еврей заражен вирусом предательства. Когда я был молодым студентом в Вильно, полвека назад, однажды в поезде, который направлялся в Варшаву, в вагоне второго класса передо мной сидели две монахини в черных сутанах и в сверкающих белизной чепцах. Одна — пожилая, хмурая, широкобедрая, с основательным животом, а ее спутница — молодая, прелестная, с нежным лицом; в ее огромных, широко распахнутых глазах, устремленных на меня, было столько прозрачной, светлой синевы, непорочность, милосердие и чистота читались в ее

---

[1] Матфей, 21:12–13; Иоанн, 2:13–16 и другие Евангелия.

глазах. Эта юная монахиня походила на Мадонну с иконы в сельском храме, Мадонну, которая была скорее девушкой, еще не превратившейся в женщину. Когда я достал из кармана газету на иврите и начал читать, пожилая монахиня сказала мне на изысканном польском с нотками изумления и разочарования: "Да как же это может быть? Ведь ясновельможный пан читает еврейскую газету!" Я ответил, что я и есть еврей, вскоре оставлю Польшу и направлюсь жить в Иерусалим. Ее молодая спутница взглянула на меня своими чистыми глазами, которые вдруг наполнились слезами, и стала мягко выговаривать мне голосом, звенящим, как колокольчики: "Но ведь Он был сладким, таким нежным, как же вы смогли сотворить с Ним такое?" Я, признаюсь, с трудом сдержался, чтобы не ответить ей, что в день и в час Распятия я, так уж случилось, был на приеме у дантиста. Ты должен обязательно закончить свое исследование. И может быть, в один прекрасный день выпустить книгу или даже две: одну — об Иуде Искариоте и еще одну — об Иисусе глазами евреев. И возможно, придет очередь исследования на тему "Иуда глазами евреев"?

Шмуэль улегся поудобнее, осторожно распрямил загипсованную ногу, вытащил из-под головы одну подушку и сунул ее между коленями. А потом произнес:

— В 1941 году писатель Натан Быстрицкий, более известный как Натан Агмон[1], выпустил драматическую

---

[1] Агмон (Быстрицкий) Натан (1896–1978) — израильский писатель, драматург, переводчик, философ. Автор романов из жизни новых репатриантов и семи исторических пьес, перевел на иврит книгу "Хитроумный идальго Дон-Кихот Ламанчский" Мигеля де Серван-

сказку, точнее пьесу, под названием "Иисус из Назарета". У Быстрицкого Иуда в ночь Тайной вечери вернулся из дома Каиафы, первосвященника, где узнал, что "первосвященники и фарисеи собрали совет… И с этого дня положили убить Его"[1]. Иуда упрашивает Иисуса, чтобы Он присоединился к нему и немедленно, в ту же ночь, бежал с ним из Иерусалима. Но Иисус у Быстрицкого отказывается бежать, Он говорит, что устала душа Его и Он просит смерти. На Иуду возлагает Он миссию: помочь Ему умереть, предав Его, свидетельствовать о Нем, что Он, воистину, возомнил о Себе, будто Он — Мессия или Царь Иудейский. Заслышав подобные речи, Иуда, как пишет Быстрицкий, "отдалился от Него в страхе", "ломал свои руки в ужасе" и обратился к Иисусу: "Змей… Ты змей в образе голубки". Иисус ответил ему: "Раздави же Меня". Иуда набрался дерзости и стал выговаривать Иисусу: "Не надо лицемерить"; он даже умолял Учителя, чтобы Тот не возлагал на него эту ужаснейшую миссию. Иисус настаивал на своем: "Я повелеваю тебе предать Меня, потому что хочу принять смерть на Кресте". Иуда отказывается. Он отдаляется от Иисуса, намереваясь скрыться в своем городе. Но какая-то внутренняя сила, более могущественная, чем он сам, заставляет его вернуться в последнюю минуту, пасть к ногам Учителя, целовать Его руки и ноги. И в смирении принять на себя эту ужасную миссию. Предатель —

теса. Автор философского труда "Видение человека", постулирующего новую фазу гармонического включения человеческого общества в закономерные процессы существования Вселенной.

1 Иоанн, 11:46–53.

согласно этому произведению — не более чем верный посланец: предав Иисуса в руки Его преследователей, он всего лишь покорно исполнил возложенное на него Учителем.

Гершом Валд усмехнулся:

— Если бы, вместо того чтобы распять справа от Иисуса Благоразумного разбойника[1], Понтий Пилат приказал распять Иуду, то Иуда возвысился бы в глазах христиан и был возведен в ранг святых; статуи Иуды Искариота на кресте украшали бы сотни тысяч церквей, миллионы христианских младенцев носили бы имя Иуда, римские папы брали бы себе его имя. И все же я говорю тебе: с Иудой Искариотом или без Иуды Искариота, но так или иначе — ненависть к евреям не исчезла бы из мира. Не исчезла и даже не уменьшилась бы. С Иудой или без него еврей продолжал бы воплощать образ предателя в глазах верующих христиан. Из поколения в поколение христиане всегда напоминали нам, как вопила толпа перед Распятием: "Распни Его! Распни Его… Кровь Его на нас и на детях наших"[2]. А я говорю тебе, Шмуэль, что драка между нами и арабами-мусульманами не более чем эпизод в истории, короткий и мимолетный. Через пятьдесят, сто или двести лет о нем не останется даже воспоминания, а вот то, что между нами и христианами, — это явление глубокое, темное, оно может тянуться еще сотни поколений. Пока у них каждый младенец с молоком матери впитывает учение

---

1   Лука, 23:32–43.
2   Матфей, 27:20–26; Марк, 15:13–15; Лука, 23:13–25; Иоанн, 19:6–16.

о том, что ходят в этом мире существа — убийцы Бога или потомки этих убийц, дотоле не будет нам покоя. Ты, по всему видно, уже прекрасно обращаешься с костылями. Еще немного — и мы с тобой сможем сплясать вместе о восьми ногах. Поэтому я жду тебя завтра, как обычно, после обеда в библиотеке. А сейчас я позвоню одному из своих дорогих ненавистников, усажу его ненадолго на раскаленные угли, а потом ты составишь мне компанию, прочтешь лекцию об исправлении мира, о Фиделе Кастро и Жан-Поле Сартре и о величии "красной" революции в Китае, а я, по своему обыкновению, слегка ухмыльнусь, ибо, по-моему, мир неисправим.

46

В один из последующих дней, субботним утром, когда небо было затянуто низкими серыми облаками и весь дом в конце переулка Раввина Эльбаза стоял, словно низвергнутый в подземелье и окутанный тенями за стеной густых кипарисов, Шмуэль Аш задумал подняться по винтовой лестнице в мансарду. Костыли он положил у подножия лестницы, ухватился двумя руками за перила и на одной ноге попытался запрыгивать со ступеньки на ступеньку, приподняв загипсованную ногу, чтобы не наткнуться на следующую ступеньку. Но, преодолев три ступени, он почувствовал, как у него перехватило дыхание — накатил приступ астмы. Он махнул рукой, передохнул пару минут, сидя на третьей ступеньке, и поскакал на одной ноге вниз, к подножию лестницы. Там он подобрал костыли, оперся на них, проковылял обратно во временную свою комнату на нижнем этаже, добрался до тахты, упал на нее и прижал к губам ингалятор. С четверть часа он лежал на спине и мысленно спорил с Шалтиэлем Абрабанелем: почему же, в сущности, по мнению Абрабанеля, евреи — единственный народ в мире, не достойный иметь собственное государство, собственную отчизну, право на самоопределение, хотя бы на маленькой части земли его предков? Хотя бы крошечное государство, меньше Бельгии, даже меньше Дании, при том, что три четверти территории — безжизненная пустыня? Неужели евреям определено некое беспросветное наказание до скончания времен? За грехи наши изгнаны мы с земли нашей? Потому что евреи — убийцы Бога? Неужели и Абрабанель полагал, что над евреями, и только над евреями, нависло вечное проклятие?

И даже если предположить, что Шалтиэль Абрабанель прав в своей убежденности, что национальные государства — это бедствие и эпидемия, даже если он прав, утверждая, что эпидемия национализма вскоре сгинет навеки и государства останутся в прошлом, исчезнут, то пока не воплотится эта мечта о мире, в котором нет больше государств, пока у каждого из этих народов есть решетки на окнах, замки и засовы на дверях, — разве не будет справедливым, чтобы и у еврейского народа имелся свой маленький домик, запирающийся на замок, с решетками на окнах, как и у всех прочих? Особенно после того, как совсем недавно треть нашего народа была уничтожена только потому, что не было у них ни собственного дома, ни дверей на замке, ни своего клочка земли? Ни армии, ни оружия, чтобы защитить себя? Когда придет день и поднимутся наконец все народы, чтобы разрушить стены, разделяющие их, — пожалуйста, тогда и мы с радостью обрушим стены между нами и вокруг нас, с ликованием и весельем присоединимся к всеобщему празднеству. Хотя из особой предосторожности, возможно, на этот раз мы не будем первыми в мире средь тех, кто откажется от замков и решеток. Может, мы будем третьими или четвертыми в нашем квартале. Для пущей безопасности. И уж если быть такими, как все (Шмуэль продолжал вести мысленный спор с отцом Аталии), то возникает вопрос: где именно во всем этом мире пребывает земля евреев, если не в Эрец-Исраэль? Ведь Эрец-Исраэль — тот единственный дом, который когда-либо был у евреев. На этой земле достаточно места для двух народов, которые смогут жить тут рядом друг с другом в дружбе и сотрудничестве. Может быть, в один прекрасный день оба народа даже окажутся здесь под одним флагом всеобщего социализма, совместной экономики, федеративного устройства, несущих справедливость всем людям?

Эту последнюю мысль ему захотелось немедленно развернуть перед Аталией, и он встал, энергично заковылял по направлению к кухне и даже дважды или трижды позвал ее по имени, но Аталии в кухне не было, и призывы его она не слышала, хотя и заверяла, что слух у нее тонкий. Добравшись до раковины, Шмуэль налил себе стакан воды, один из его костылей зацепился за угол стола, выскользнул из рук, и Шмуэль едва не рухнул на пол. В последнее мгновение он успел ухватиться за кухонный шкафчик и сумел сохранить равновесие, хотя и смахнул на пол банку с вареньем и еще одну банку, с солеными огурцами; содержимое банок вместе с осколками стекла рассеялось, растеклось по полу. Что было мочи вцепившись в угол разделочного стола левой рукой, под мышкой опираясь на костыль, он попытался наклониться, но так, чтобы нога в гипсе не коснулась пола, и свободной правой рукой собрать осколки и хоть как-то прибрать. Но потерял равновесие, костыль, на который он опирался, угодив в лужицу липкого варенья, поехал по полу, и Шмуэль завалился на бок, рядом с костылем, во весь рост растянулся на полу, пребольно ударившись при падении об угол мраморной разделочной столешницы.

Случилось это в утренние часы. Старик крепко спал. Аталия наконец-то выскочила из своей комнаты, в голубом фланелевом домашнем халате, ее темные волосы были влажными после купания. Она потянула Шмуэля, усадила его и принялась обеими руками ощупывать его спину, все тело, а Шмуэль торопливо заверял, что с ним все в полном порядке и в этом падении он, для разнообразия, совсем не пострадал, не поломал ни единой косточки. Но тут же передумал и пожаловался на боли в шее. Аталия с усилием водрузила его на здоровую ногу, закинула руку Шмуэля себе на плечи, и так, прыгая на одной ноге, навалившись на Аталию, он с ее помощью добрался до комнаты, где она уложила его в кровать, на которой когда-то спал ее отец. Без вопросительной интонации она сказала:

— Ну и что мне с тобой делать. — И добавила: — Может, нанять еще одного студента, чтобы он присматривал за вами обоими?

И поскольку Шмуэль, смущенный и пристыженный, помалкивал, сказала:

— Ты испачкался. Гляди. Весь вымазался вареньем.

Она вышла, но вскоре вернулась, принесла из мансарды чистое белье Шмуэля, трикотажную рубашку с длинными рукавами, просторные штаны, серый потертый свитер. Из ящика стола она достала большие ножницы и разрезала левую штанину по всей длине чистых брюк, чтобы можно было надеть на ногу в гипсе. Затем, склонившись над Шмуэлем, сняла с него всю одежду, как проделала это пару дней назад, чтобы вымыть его. И как только Шмуэль попытался прикрыть свой срам ладонью, она резким движением отбросила его руку, словно нетерпеливый врач, оказывающий помощь ребенку, и сухо сказала:

— Ну-ка, не мешай мне.

Шмуэль крепко зажмурился, как в раннем детстве, когда мама купала его в ванне и он боялся, что мыло попадет в глаза. Но сейчас Аталия не принесла полотенца, смоченного мыльной водой, не обтерла его тело, а три-четыре раза медленно погладила его по волосатой груди, скользнула пальцем по его губам, отстранилась и сказала:

— Ты только сейчас ничего не говори. Ни слова.

Она взяла одну из подушек, прикрыла ею фотографию отца, стоявшую прямо перед ними на письменном столе, распахнула и сбросила к ногам голубой фланелевый халат, и еще до того, как Шмуэль осмелился открыть глаза, он ощутил, как ее теплое нутро обволакивает его естество, без лишних предисловий взятое ее пальцами и введенное вовнутрь. И поскольку Шмуэль не прикасался к женщине вот уже несколько месяцев, все закончилось, едва успев начаться.

Какое-то время она оставалась с ним, ее руки прикасались, словно искали что-то потерянное в гуще курчавой гривы, в бороде, в шерсти на его груди. А потом она убрала руку, подобрала с пола фланелевый халат, завернулась в него, крепко затянула пояс на талии. И ушла. И вернулась, неся таз с водой, мочалку и полотенце. И вымыла Шмуэля, и одела его энергичными движениями, тщательно укрыла одеялом, подоткнув со всех сторон, от плеч до пяток. В завершение она убрала подушку, под которой была похоронена фотография ее отца. Шалтиэль Абрабанель смотрел задумчиво и спокойно. Не бросив даже беглого взгляда на фото, Аталия плотно сдвинула половинки занавеса на окне, выключила свет, вышла и закрыла за собой дверь.

Шмуэль так и лежал на спине с закрытыми глазами. И вдруг вскочил, нащупал в сумраке костыли и поспешил в кухню. Он чувствовал, что должен сказать что-то, прервать это молчание, навязанное Аталией им обоим, но никак не мог найти слов, которые он ей скажет. Аталия, поставив на плиту чайник, сходила за шваброй, тряпкой и совком для мусора. Она тщательно убрала и вымыла пол. Затем сполоснула руки холодной водой и налила кофе Шмуэлю и себе. Ставя чашки на кухонный стол, она с удивлением посмотрела на Шмуэля, словно он был чужим ребенком, которого определили против ее воли под ее полную ответственность, и она действительно его опекает, но не вполне знает, что с ним нужно делать. Шмуэль притянул к себе ее руку, обхватил пальцы, приблизил к губам. Он все еще не нашел что сказать. И все еще не верил в произошедшее каких-то несколько минут назад в комнате. Он стыдился лихорадочной спешки, охватившей его тело, стыдился того, что ему не удалось, что он даже попытаться не успел доставить и ей удовольствие. Все случилось в одно мгновение, а спустя миг она уже отдалилась, завернулась в свой фланелевый халат. Шмуэлю так хотелось заключить ее в объятия и вновь любить, и немедленно, прямо здесь, на полу кухни, или стоя, опираясь на покрытую мраморной плитой кухонную тумбу, чтобы доказать ей, как сильно он жаждет воздать ей хоть самую малость за те милости, которыми она осыпала его в комнате ее отца. Аталия сказала спокойно:

— Посмотрите на него. Есть такая фантазия, что женщина решает предоставить возможность напуганному, ошеломленному юноше получить свой первый опыт, а потом пожинает щедрые плоды его стыдливой и пламенной благодарности, которыми он одаряет ее в изобилии. Однажды я где-то прочитала, что женщина, дарящая юноше его "первый раз", отправляется прямо в райский сад. Не ты, не ты, я ведь знаю, что у тебя была подруга. Или подруги. И я не рвусь ни в какой райский сад. Мне там нечего искать.

— Аталия, — сказал Шмуэль. — Я могу быть для вас всем, если только вы захотите. Невинным юношей. Монахом-отшельником. Рыцарем. Изголодавшимся дикарем. Поэтом. — И, испугавшись собственных слов, поправился: — Почти с самого моего первого дня здесь я…

Но Аталия перебила его:

— Достаточно. Помолчи. Прекрати, наконец, болтать.

Она убрала со стола кофейные чашки, поставила их в раковину, молча вышла из кухни, оставив после себя легчайшее облачко аромата духов, в котором, кроме аромата фиалок, появился новый головокружительный оттенок. Шмуэль сидел в одиночестве с четверть часа, охваченный лихорадкой, взволнованный и потерянный. "То, что тебе кажется случившимся, — твердил он себе, — случилось только в твоем воображении. Тебе это все приснилось. В действительности ничего не было".

Он взял костыли и с особой осторожностью побрел обратно, в комнату Шалтиэля Абрабанеля. Там какое-то время он стоял на одной ноге, устремив взгляд на карту стран Леванта. Потом глаза его остановились на тонком задумчивом лице человека с усами, глядевшего на него с фотографии, чем-то напоминавшей ему портрет Альбера Камю. Затем подошел к окну, раздвинул половинки занавеса, открыл жалюзи, чтобы посмотреть, не прекратился ли дождь. Дождь действительно утих, но сильный западный ветер испытывал прочность оконных стекол. За окном на западе простирались заброшенные поля, иссеченные ветрами. "Вот теперь приходит твое время подняться и уйти отсюда. Ты ведь знаешь, что библейские слова "место его более не узнает его"[1] относятся ко всем, пребывающим в этом доме, и к мертвым, и к живым. Ты ведь знал, как закончилось время тво-

---

1 Псалтирь, 102:16 (в ТАНАХе — 103:16).

их предшественников, заселявших до тебя мансарду. А чем ты лучше их? И чем ты исправил этот мир за все дни этой зимы?"

И вдруг сердце у него защемило — он вспомнил Аталию, ее сиротство, ее одиночество, окутывающий ее постоянный холод, ее любимого, зарезанного, словно ягненок, на склоне холма во тьме ночи, ее ребенка, который у нее никогда не родится, и он подумал, что не в его силах оживить пусть на несколько недель хоть толику из того, что умерло и погребено в ней.

На краю пустырей мокли разоренные руины арабской деревни Шейх Бадр, оставленной ее обитателями, на месте развалин начали строить гигантское сооружение, дворец для проведения фестивалей, конгрессов и массовых празднеств. Но спустя время строительство заглохло, а потом возобновилось ненадолго, а затем его снова забросили. Серый, уродливый остов, наполовину возведенные стены, широкие лестничные пролеты, стоявшие открытыми всем дождям, и темные бетонные перекрытия со ржавой арматурой, торчавшей, словно пальцы мертвецов.

47

Один в пустой харчевне незадолго до закрытия, незадолго до наступления субботы и праздника. Стакан вина и тарелка баранины в соусе перед ним на столе, но он, хотя и не ел и не пил со вчерашней ночи, не притрагивается ни к мясу, ни к вину, ни к яблоку, которое положила перед ним молодая беременная женщина. Он взглянул на нее и уже знал, что у этой нищей женщины, приземистой и рябой, нет ни единой живой души на свете, ни друзей, ни близких, наверняка она забеременела здесь в одну из осенних ночей от какого-то прохожего, от одного из посетителей харчевни или даже от самого хозяина. Через несколько недель, когда набросятся родовые схватки, ее вышвырнут отсюда в ночную тьму, и нет ни в небесах, ни на земле никого, кто бы спас ее. Она разрешится от бремени в темноте и истечет кровью, одна, в какой-нибудь заброшенной пещере, среди летучих мышей и пауков, как один из зверей полевых. А потом она и младенец ее будут голодать, и если не удастся ей снова стать служанкой в одной из харчевен, то превратится она наверняка в дешевую придорожную шлюху. Мир лишен милосердия. Три часа назад в Иерусалиме убито благодеяние и убито милосердие, и отныне мир пуст. Эта мысль не заглушила вопли, длившиеся больше шести часов и даже сейчас, в обезлюдевшей под вечер харчевне, не оставлявших его в покое. Даже тут, отделенный долинами и холмами, слышал он рыдания и стоны, впитывал их кожей, волосами на голове, своими легкими, всеми своими внутренностями. Словно эти вопли все еще длились и длились там, на месте Распятия, и лишь он один бежал от них прочь, в эту богом забытую харчевню.

Он сидел на деревянной скамье, закрыв глаза, опустив голову, привалившись спиной к стене, сотрясаемый сильной дрожью, хотя вечер был теплым и влажным. Пес, увязавшийся за ним по дороге, разлегся у его ног под столом. Маленький, тощий, каштановой масти, в проплешинах, открытая рана на спине сочится гноем, этот бродячий пес привык к извечному чувству голода, одиночеству, пинкам. Шесть часов Распятый рыдал и вопил. Агония все длилась, и Он плакал, и кричал, и стонал от невыразимой боли, снова и снова взывая к Матери Своей, призывая Ее высоким пронзительным голосом, так походившим на плач младенца, истерзанного, оставленного в пустыне иссыхать от жажды и истекать остатками крови под безжалостным солнцем. Это был вопль отчаяния, взмывающий и ниспадающий, и вновь взмывающий, выворачивающий душу: "Мама, мама…" И душераздирающий мучительный стон, и снова: "Мама, мама…" И снова пронзительный крик, а следом вой, все выше и выше — пока не изошла душа.

Двое других вскрикивали лишь изредка. Один с перерывами исторгал утробное рычание, шедшее словно из самых глубин его чрева. Время от времени оба стенали, стиснув зубы, левый распятый раз в полчаса-час издавал глухое мычание, долгое, на одной ноте, рвущееся из самой бездны, мычание животного при заклании. Черное облако мух, слетевшихся на сочащуюся из ран кровь, накрывало всех троих.

На ветвях соседних деревьев в нетерпеливом ожидании сидели бессчетные черные птицы, маленькие и большие, с крючковатыми клювами, плешивыми шеями, вздыбленными перьями. Время от времени одна из птиц испускала пронзительно-гортанный крик. Порой среди них вспыхивали бурные потасовки, и птицы яростно клевали плоть друг друга, и вырванные перья взлетали в душный воздух.

После полудня солнце расплавленным свинцом проливалось на землю, на распятых, на толпу, наблюдающую за казнью. Небо было низким, пыльным, грязным, буроватого оттенка. Люди стояли стеной, плечо к плечу, бедро к бедру. Зеваки галдели, переговариваясь сосед с соседом, а порой, возвысив голос, перекрикивались со стоящими поодаль. Иные жалели распятых, иные жалели кого-нибудь одного или двоих из них, были и злорадствующие. Родственники и друзья агонизирующих на кресте сбились в маленькие группки, поддерживая друг друга, плача и, возможно, все еще надеясь на чудо. Там и сям сновали разносчики с железными лотками, во все горло предлагая пироги, напитки, сушеный инжир, финики, фруктовый отвар. Особо любопытствующие проталкивались вперед, чтобы получше разглядеть крестные муки, расслышать вопли, стоны и причитания, всмотреться в искаженные лица мучеников, в их глаза, вылезающие из орбит, в их сочащиеся раны, в их окровавленные лохмотья. Были и те, кто сравнивал громким голосом одного распятого с другим. Были и такие, кто уже вдоволь насмотрелся и теперь локтями прокладывал себе путь назад, торопясь домой, чтобы готовиться к близящемуся празднику. В толпе было немало и тех, кто захватил из дома съестное и теперь ублажал живот свой. Сумевшие протолкнуться в первые ряды сидели прямо на земле, подобрав одежды, согнув колени, некоторые опирались на плечи соседей, многие болтали, перешучивались, грызли что-то из припасов или громогласно заключали пари — кто из распятой троицы первым дух испустит. Нашлись в толпе и четверо-пятеро крикунов, не перестававших осыпать насмешками Распятого посередине[1] и злословить Его: мол, где же Его Отец? Почему не придет Отец и не поможет Ему, почему, собственно, не спасет Он Себя Сам, как спасал всех других страждущих? Почему не возьмет и не сойдет с креста, наконец?[2]

Некоторые из любопытствующих, разочаровавшись или устав, потихоньку расходились. От толпы откалыва-

---

1   Матфей, 27:38.
2   Матфей, 27:39–43.

лись кучки зрителей, уже вдоволь насмотревшихся, уже не ожидавших более ни помилования, ни чуда, ни какого-нибудь разнообразия в смертных муках. Мужчины и женщины, поворотясь спиной к крестам, медленно спускались с холма и направлялись к домам своим. Время шло, с наступлением вечера ожидался приход субботы и праздника. Нестерпимая жара погасила и любопытство, и возбуждение. Все — и агонизирующие на крестах, и зеваки, и римские солдаты, и посланцы храмовых священников, — все обливались липким потом, смешавшимся с густым облаком поднятой толпой пыли. Эта серая пыль висела в раскаленном воздухе, мешала дышать, серой пеленой обволакивала все. Особенно обильно обливались потом римские солдаты в сверкающих железных шлемах, в металлических панцирях. Два низеньких священника, тучные и коренастые, стояли в сторонке от толпы. То и дело один склонялся к уху второго и что-то шептал, а тот лениво кивал в ответ. Кто-нибудь из них время от времени пускал ветры.

И были там, у самых ног Распятого посередине, четыре или пять женщин, в глубоком отчаянии, женщин, закутавшихся в одежды, тесно прижавшихся друг к дружке, плечо притиснуто к плечу, почти обнявшихся, но не обнявшихся, ибо руки их в бессилии упали вдоль тела. Время от времени одна из женщин обнимала за плечи старшую из них, гладила ее по щеке, утирала платком лоб. Пожилая женщина стояла точно окаменевшая, точно скованная параличом, и глаз она не сводила с креста, но глаза ее были сухи. Только иногда ее ладонь принималась блуждать по телу, касаясь тех мест, где гвозди вошли в плоть Распятого. А самая молодая плакала не унимаясь, и плач ее был тихим и ровным. Плакала с глазами открытыми и с лицом праведным, словно лицо ее не ведало, что глаза ее в слезах. Губы чуть приоткрыты, пальцы рук переплетены. Она ни на миг не отводила широко распахнутых глаз от Распятого Человека. Точно жизнь Его зависела исключительно от того, сколь неотрывно смотрит она на Него. Словно исторгнется душа Его, если отведет она от Него глаза хоть на краткий миг.

Стоявший там, чуть поодаль от толпы, высокий человек вдруг почувствовал, что какой-то неведомой силой его притягивает к этим женщинам, ноги словно сами по себе понесли его к ним, но сумел он остановиться, удержаться на месте, не смешиваясь с толпой, опираясь на обломки деревянных перекладин старого креста, оставшиеся от предыдущего распятия. Чудо, в этом он уверился без всяких сомнений, должно произойти. Прямо сейчас. В любое мгновение. Именно сейчас, сейчас, да благословится Имя Твое, да придет Царство Твое, которое не от мира сего.

И все эти раскаленные часы, пока из ран Его струилась кровь, струилась и иссякала, взывал средний Распятый к Матери Своей. Быть может, и в самом деле Своим угасающим взором Он видел Ее, согбенную, стоявшую у ног Его в кучке женщин, закутанных в одежды, и искавшую своими глазами Его глаза. Или, возможно, сомкнулись уже глаза Его и обратил Он Свой взор лишь вовнутрь Себя и не мог видеть Ее более — ни Ее, ни других женщин, ни всей толпы. Ни разу в течение этих шести часов не призывал Распятый Отца Своего. Вновь и вновь взывал Он: "Мама, мама…" Часами взывал Он к Ней. И лишь в девятом часу[1], в последнее мгновение, когда душа покидала Его, передумал Он и возопил вдруг к Отцу Своему. Но и в последнем вопле не назвал Он Отца Своего отцом, а возроптал: "Боже Мой! Боже Мой! Для чего Ты меня оставил?"[2]. Иуда знал, что с этими словами иссякли жизни — обоих.

Другие распятые, справа и слева от Умершего, продолжали агонизировать на крестах под пылающим солнцем еще час или более. Раны от гвоздей шевелились облаком жирных зеленых мух. Распятый справа исторгал страшные проклятия, и белая пена, клокочущая и пузырящаяся, выступала на его умирающих устах. А распятый слева в страданиях своих время от времени издавал мычание, низкое, отчаянное, замолкал и вновь мычал. Только к среднему Распятому пришел Истинный Покой[3]. Глаза Его закрылись, исстрадавшаяся голова Его поникла, худое тело Его выглядело изнемогшим и слабым, словно тело хилого подростка.

Человек не стал дожидаться, пока троих умерших снимут с крестов и тела их унесут. Как только с про-

---

1 По римскому отсчёту времени, принятому в то время в Иерусалиме, отсчет велся от восхода солнца, который в апреле наступает около шести часов. Казнь началась в три часа по римскому времени, или в 9 утра по обычному отсчету: "Был час третий и распяли его" (Марк, 15:25) и закончилась в девять: "В девятом часу возопил Иисус громким голосом…" (Марк, 15:34).
2 Псалтирь, 21:2; Матфей, 27:46 и другие Евангелия.
3 Слова из поминальной молитвы "Эль мале рахамим" — "Бог, исполненный милосердия" (*иврит*).

клятиями отлетела душа последнего распятого, человек сразу же покинул место казни, обогнул стены города, безразличный к усталости и жаре, к голоду и жажде, без мыслей, без тоски, опустошенный, лишенный всего, что было в нем во все дни его жизни. Шагая, он чувствовал удивительную легкость, словно наконец-то с плеч его свалилась тяжкая ноша. Каштановой масти плешивый пес, криволапый, с гноящейся спиной приблудился к нему по дороге и теперь бегал вокруг него, заискивая и суетясь. Человек достал из сумки кусок сыра, наклонился и положил перед псом, тот с жадностью проглотил подношение, дважды хрипло пролаял и побежал дальше за человеком. Ноги сами привели путника к старой харчевне, стоявшей на дороге в его родной город Кариот[1]. На пороге харчевни человек снова наклонился к псу. Он дважды погладил его по голове и сказал шепотом: "Ступай себе, пес, ступай и не верь". Пес повернулся и потрусил прочь, опустив голову и поджав хвост, волочившийся меж лапами, но спустя несколько мгновений развернулся, чуть ли не на брюхе пересек порог харчевни и ползком забрался под стол, за которым сидел человек. Там, осторожно положив голову на запыленную сандалию своего благодетеля, лежал он, не издавая ни звука.

Я убил Его. Он не хотел идти в Иерусалим, а я тянул Его в Иерусалим чуть ли не против Его воли. Неделя за неделей я обращался к Его сердцу. Его снедали сом-

---

[1] Искариот — на иврите "иш Керийот": "иш" — "человек"; Керийот — город Кариот, Кариоф, возможно, тождествен городу Крийот в Иудее. Есть и другие объяснения прозвищу Искариот.

нения и тревоги, вновь и вновь спрашивал Он меня, спрашивал остальных Своих учеников — Он ли Тот Человек? Сомнения не оставляли Его. Снова и снова испрашивал Он знак свыше. Снова и снова охватывала Его жгучая потребность еще в одном знаке. Еще только один последний знак. А я и старше Его, и спокойнее, и более сведущ в жизни, я — когда в минуты сомнений впрял Он Свой взор в мои уста, — я говорил, повторяя снова и снова: "Ты Тот Человек. И Ты знаешь, что Ты Тот Человек. И все мы знаем, что Ты Тот Человек". Говорил утром, говорил вечером, и снова утром, и снова вечером, что в Иерусалим, и только в Иерусалим, идти нам следует. Я намеренно умалял важность творимых Им деревенских чудес, слухи о которых растворялись в тумане других слухов о всевозможных чудотворцах, во множестве бродивших по деревням Галилеи и лечивших больных наложением рук. Слухи эти реяли меж холмов, пока не рассеивались и не растворялись.

Но Он отказывался идти в Иерусалим. "В следующем году, — говорил Он, — быть может, в следующем году". Чуть ли не силой пришлось мне тащить Его в Город навстречу празднику Песах. Снова и снова говорил Он нам, что в Иерусалиме, убивающем своих пророков, Его сделают посмешищем. Единожды или дважды Он сказал, что в Иерусалиме ждет Его смерть. Он испытывал страх и трепет пред Своей смертью, как боится своей смерти всякий человек, хотя в сердце Своем хорошо знал. Знал все, что Его ожидает. И все же отказывался принять то, что всегда знал, и со дня на день ожидал, что будет Ему позволено навсегда остаться лишь целителем из Галилеи, бродящим по деревням и пробуждающим сердца Своей Благой вестью и знамениями.

Я убил Его. Я тянул Его в Иерусалим против Его воли. Истинно, Он был Учителем, а я был одним из Его учеников, и тем не менее Он слушал меня. Подобно тому, как сомневающиеся и колеблющиеся влекомы непреклонностью тех, кто не ведает сомнений. Нередко Он прислушивался ко мне, хотя я умел исподволь вызвать у Него ощущение, будто решение исходит от Него, а не от меня. И другие ученики Его, искатели тени Его, с жадностью пьющие каждое слово Его, и они также зависели от меня, хотя я и знал, как дать им почувствовать, будто мое мнение — это лишь скромное эхо их суждений. Кошель с деньгами они вручили мне, потому что я был старше, опытнее в делах мирских, умел торговаться, потому что был самым настойчивым из них, а еще и потому, что они убедились в том, что даже прожженным мошенникам не провести меня, не заманить в ловушку. В любом месте, где сталкивались мы в наших странствиях с представителями власти, говорил я. Они родом были из деревень у берегов Галилейского моря, а я спустился к ним из Иерусалима. Они были бедняками — детьми бедняков, мечтателями и фантазерами, а я оставил дома́ и поля, виноградники и почетную должность меж священников Кариота. Я был для них Иерусалимом, сошедшим к ним посрамить их, разоблачить их обман, заклеймить их позором как шайку мошенников и самозванцев, но тут, подобно Валааму, оказался благословляющим их[1]. И вот я присоединяюсь к ним, облачаюсь в их потрепанные одежды, вкушаю с ними их скудные лепешки, хожу босиком, с израненными ногами, как они, и верю, как они, и даже сильнее, ибо воистину открылся Спаситель, этот одинокий, погруженный в себя юноша, этот стыдливый и скромный человек, слышащий голоса, извлекающий из своего чистого сердца чудесные притчи, возвещающий простые истины, истекающие из него, словно воды чистейшего источника, — истины, покоряющие каждое сердце, вести любви и сострадания, прощения и непротивления, радости и веры; этот исхудавший юноша — Он воистину Единственный Сын Бога, и Он явился к нам наконец, чтобы спасти мир, и вот сейчас Он ходит здесь, среди нас, точно один из нас, но не один из нас и вовеки им не пребудет.

Все эти дни Он боялся Иерусалима и даже испытывал отвращение к Городу: к Храму и к священникам, к фарисеям и к саддукеям, к мудрецам и богачам и ко власть имущим. Это был страх провинциала, трепет застенчивого молодого человека, грызущее опасение, как бы не сорвали с лица Его маску, не обратили в посмешище, как бы трезвые взгляды мудрецов и сильных мира сего не оставили Его нагим и непокрытым[2]. Ведь Иерусалим уже видел дюжины дюжин Ему подобных и лишь скользнет по Нему скучающим

---

[1] Повествование о троекратном благословении Валаама народу еврейскому изложено в книге Числа, главы 22–24.
[2] Иезекииль, 16:39.

взглядом, а спустя миг пожмет плечами и повернется к Нему спиной.

Когда мы пришли в Иерусалим, я чуть ли не собственными руками сотворил для Него Распятие. Не отступился. Был упрям и непреклонен. И проникнут страстной верой в то, что конец света стоит на пороге. Никому в Иерусалиме и в голову не пришло распинать Его. Никто не видел ни малейшего повода распинать Его. Во имя чего? Провинциалы, опьяненные Богом, несущие вести и творящие чудеса на базарной площади, почти каждый день стекались в Иерусалим из самых заброшенных уголков этой земли. В глазах священников этот молодой человек из Галилеи был лишь еще одним юродивым проповедником в лохмотьях. А в глазах римлян — сумасшедшим попрошайкой, который болен Богом, как и все евреи. Четыре раза ходил я в Зал Тесаного камня[1] и представал перед первосвященником и перед главными священнослужителями, говорил снова и снова, пока не пришла мне мысль, что следует внушить им, будто этот прорицатель отличается от всех других прорицателей и вся Галилея околдована Его чарами, а я собственными глазами видел, как ходит Он по воде и изгоняет бесов, превращает воду в вино, а камни — в хлеб и рыбы. И к римлянам ходил я, к военачальникам, командовавшим армией и полицией, к советникам прокуратора Иудеи, высту-

---

[1] Зал заседаний Суда семидесяти одного (Верховный суд, состоявший из семидесяти одного Мудреца) и Великого Синедриона (верховный орган политической, религиозной и юридической власти у евреев Эрец-Исраэль в период римского господства).

пал перед ними, излагая свои мысли гладко, ловко, напористо, и постепенно мне удалось посеять опасения в сердцах достопочтенных римлян: мол, этот изнеженный человек, по сути — повод для бунта, источник вдохновения для тех, кто восстает против власти Рима. Убеждал до тех пор, пока не добился того, что они решили, хотя и без особого воодушевления, принять мой совет, не потому что и вправду были убеждены в том, что молодой человек, о котором я говорю, более опасен, чем все остальные, но только лишь из глубокого равнодушия: одним распятым больше, одним распятым меньше. Каждый гвоздь в Его плоть вонзил я. Каждую каплю крови из Его Чистого Тела пролил я. Он ведь с самого начала точно знал, каких пределов достигает сила Его, а я не знал. Я верил в Него намного больше, чем Он верил в Себя. Я побуждал Его обещать новые небеса и новую землю. Царство, которое не от мира сего. Пообещать Избавление. Пообещать бессмертие. А Он ведь намеревался только продолжать ходить по стране, лечить больных, насыщать голодных, сеять в сердцах семена любви и сострадания. Не более.

Я любил Его всей душой и верил в Него полной верой. Это не было только любовью старшего брата к брату младшему, который лучше его, и не только любовью мужчины взрослого и опытного к юноше нежному, и не только любовью ученика к своему Великому Учителю, который младше ученика, и даже не столько любовью верующего полной верой к творящему чудеса и знамения. Нет. Я любил Его как Бога. И, в сущности, любил Его намного больше, чем любил Бога. И, по сути, я с юности вообще не любил Бога. И даже испытывал к Нему отвращение: Бог ревнивый, злопамятный, взыскивающий с сыновей за грехи родителей, Бог жестокий, мрачный, неприятный, мстительный, мелочный, проливающий кровь. А Сын Его в глазах моих был любящим, и милосердным, и прощающим, и жалеющим, и еще, если пожелает, умным, острым, с теплым сердцем и даже забавным. В сердце моем Он унаследовал место Бога. Он был для меня Богом. Я верил, что смерть не может коснуться Его. Я верил, что еще сегодня свершится в Иерусалиме самое великое чудо. Чудо последнее и окончательное, и после него не будет больше смерти в мире. И после этого чуда не будет более никакой нужды в чудесах. Чудо, после которого придет Царство Небесное и только Любовь воцарится в мире.

Тарелку с мясом, которую поставила передо мной беременная служанка с рябым лицом, я отправил под стол, пусть пес поест. Вино оставил нетронутым. Я поднялся, вытащил кошель с нашими деньгами и почти грубо сунул его за пазуху девушке, не обменявшись с ней ни единым словом. С этим я и ушел, потому что видел, как солнце уже клонится. Беспощадный свет смягчился, словно охваченный сомнениями. Близлежащие холмы казались пустынными, пустая и пыльная дорога убегала к самому горизонту. Его голос, тонкий, исполненный боли, голос раненого ребенка, брошенного в одиночку умирать в поле, — "Мама, мама", — все звучал в моих ушах и когда я сидел в харчевне, и когда вышел и отправился дальше. Я тосковал по Его доброй улыбке, по Его обычаю сидеть умиротворенно в тени платана или виноградной лозы и говорить с нами, порой так, будто слова, слетающий с уст Его, удивляют и Его Самого.

По обе стороны дороги тянулись оливковые рощи, смоковницы и гранатовые деревья. Над линией горизонта, над вершинами далеких гор уже поднимался легкий туман. Фруктовые сады манили тенью и прохладой. В одном из садов я увидел каменный колодец с деревянным журавлем. Внезапно переполнился я великой любовью к этому колодцу. Надеялся, что до скончания веков не иссякнет он и будет утолять всех жаждущих. Ненадолго сошел я с дороги, приблизился к колодцу, испил чистейшей воды из корытца, снял с журавля веревку и намотал себе на руку. Затем продолжил свой путь.

За виноградниками и фруктовыми садами, на пологих склонах холмов, куда ни кинь взгляд, зеленели поля пшеницы и ячменя. Бескрайние поля эти выглядели заброшенными. Столь бескрайними и заброшенными были они, что безмерность и запустение их даровали мне вдруг малость облегчения. Душераздирающий вопль, целый день звучавший эхом в моих ушах, утих. В этот миг озарение снизошло на меня, и понял я в сердце своем, что все это — горы, вода, деревья, ветер, земля, вечерние сумерки, — все это пребудет вечным и неизменным. Все слова наши преходящи, но все вокруг не минует и не угаснет, а будет длиться бесконечно. А если и случатся когда-нибудь перемены, то будут они, несомненно, ничтожными, не более того. Я убил Его. Я возвел Его на крест. Я вонзил гвозди в плоть Его.

Я пролил кровь Его. Несколько дней назад, по дороге в Иерусалим, на склоне одного из этих холмов охватил Его внезапно голод. Он остановился перед смоковницей, уже зеленеющей, но время плодов ее еще не пришло. И мы остановились вместе с Ним. Обеими руками раздвигал Он листья, искал плоды, не найдя ни единого, встал Он и проклял вдруг смоковницу. В ту же секунду пожухли и опали все листья ее. Только ствол и ветви остались, голые и мертвые.

Зачем Он проклял ее? Какое зло причинила она Ему? Никакого порока не было в смоковнице. Ведь ни одна смоковница в мире не дает, не способна дать плоды в дни, предшествующие празднику Песах. Если душа Его жаждала съесть плоды дерева, кто мешал Ему совершить одно из Его чудес, взрастить на смоковнице в одночасье плод для Него прежде времени, подобно тому, как превратил Он камни в хлеб, а воду — в вино? Зачем Он проклял ее? Чем согрешила перед Ним смоковница? Отчего забыл Истину, изреченную Им же, преисполнившись вдруг отвращением и жестокостью? Тогда, возле той смоковницы, должен был я распахнуть глаза свои и увидеть, что Он — не более чем плоть и кровь, нам подобный. Великий — не сравниться с Ним, чудесный — не уподобиться Ему, глубокий безмерно — не достичь никогда глубин Его, но плоть и кровь. Тут же на месте я должен был всей силою ухватиться за край одежды Его, оборотить Его и наши лица вспять: сей же миг обращаем стопы наши и, не медля, возвращаемся в Галилею. Не идем в Иерусалим. Нельзя Тебе в Иерусалим. Они убьют Тебя в Иерусалиме. Мы принадлежим Галилее. Мы вернемся туда и будем странствовать из деревни в деревню, ночевать где придется, Ты будешь, по силам Твоим, облегчать участь страждущих и ширить весть любви и милосердия, а мы — идти за Тобой до последнего нашего дня.

Но я оставил без внимания проклятие смоковницы. И упорно вел Его в Иерусалим. А сейчас вот вечер спускается, и пришли уже суббота и праздник. Не для меня. Мир пуст. Последний тусклый свет гладит верхушки холмов, ничем не отличаясь от вчерашнего и позавчерашнего вечернего света. И ветер с моря во всем подобен ветру, приносившему прохладу вчера и позавчера. Весь мир пуст. Кто знает, вдруг еще возможно вернуться в харчевню, к беременной некрасивой служанке, чье лицо изъедено прыщами, взять ее под опеку, стать отцом для ребенка, которого носит она во чреве своем, и жить с ней и с ребенком до конца дней моих. Усыновить и бродячего пса. Но харчевня уж заперта и темна, и нет в ней ни единой живой души. Первая звезда сияет в темнеющих небесах, и я говорю ей шепотом: "Не верь". Вон за тем поворотом дороги ждет меня мертвая смоковница. Я осторожно проверяю одну ветку за другой, нахожу подходящую и перекидываю через нее веревку.

48

Иногда они случайно встречались на кухне, она жарила ему яичницу с сыром и петрушкой, нарезала хлеб, ставила перед ним на стол овощи, тарелку, подавала нож, чтобы он приготовил салат. Он кромсал овощи, нередко брызгая помидорным соком себе на штаны, а то и резал себе палец. Однажды она остановила его руку, собиравшуюся посыпать салат сахаром вместо соли. Шмуэль искал хоть какой-нибудь, пусть самый ничтожный повод, хоть обиняком напомнить ей о произошедшем. Но Аталия поводов не давала.

— Вам идет нынче утром это зеленое платье. Бусы тоже. И платочек.

— Ты лучше посмотри на свою рубаху. Застегнул наперекосяк.

— Я думаю, мы должны поговорить.

— Да мы уже разговариваем.

— И к чему этот разговор о бусах и пуговицах может нас привести?

— А к чему он должен приводить? Только не начинай своих лекций. Прибереги их для Валда. Вот вы вдвоем и осыпайте друг друга лекциями. Постой. Помолчи. Старик все утро кашлял во сне. И как ты со своими костылями сможешь приготовить ему чай?

— Знаю. Я лишь в тягость. Завтра-послезавтра я вас освобожу. Я позабочусь, чтобы кто-нибудь забрал мои вещи.

Аталия коснулась двумя порхающими пальцами его затылка и ответила, что спешить вовсе незачем: через два дня ему заменят гипс на эластичную повязку, а еще через несколько дней не нужны будут и костыли. Ну разве что какое-то время потребуется только один костыль.

— Я до сих пор почти дословно помню объявление, которое несколько месяцев назад вы повесили у входа в кафетерий здания "Каплан" в университете. Объявление, которое привело меня сюда. Почему бы вам снова не повесить новое объявление, а я освобожу мансарду для того, кто придет после меня.

— Твой преемник не станет сыпать сахар в салат. Мы уже к тебе привыкли.

— Но я к вам никогда не привыкну, Аталия. И никогда не забуду.

— Я попросила Сару де Толедо, чтобы она два-три раза заходила к нам после полудня и вечером. Она будет готовить чай для вас обоих, подавать вам манную кашу между семью и восемью вечера. Она также согласилась мыть посуду и кормить рыбок. Перед уходом она станет закрывать жалюзи. А ты забудешь нас через две-три недели. Все забывают. В этом городе столько девушек. У тебя будут другие. Молодые. Ты мальчик нежный и щедрый. Девушки любят эти качества, потому что в мужчинах их нелегко отыскать. Но пока твоя единственная обязанность — беседовать с Валдом в послеполуденные и вечерние часы. Не соглашаться с ним ни по одному вопросу. Провоцировать споры и разногласия, чтобы живость и острота в нем брали верх хоть на несколько часов. Я изо всех сил стараюсь, чтобы он не угас. А сейчас мне пора идти. Но ты спокойно заканчивай свой завтрак. Тебе некуда спешить. Вот ты сидишь напротив меня, таращишь глаза и что есть мочи жалеешь себя. Хватит жалеть себя. Жалости в мире не так много, не стоит растрачивать ее понапрасну.

Тут она замолчала, окинула его своим цепким взглядом, словно заново оценивая, рассмеялась внезапно и сказала:

— Самые разные женщины еще полюбят тебя, с этой дремучей твоей бородой, с курчавыми волосами, которые никак не расчесать. Даже граблями. Вечно бестолковый, но всегда немного трогательный и, вообще говоря, довольно милый. Не охотник. Никогда не важничаешь, не в тягость никому, даже в себя влюблен не слишком. И есть в тебе еще одна вещь, которая мне нравится: у тебя все всегда написано на лбу. Ребенок без секретов. Мечешься от любви к любви. Да и не мечешься вовсе, а ждешь, закрыв глаза, когда же любовь сама тебя найдет и явится холить да нежить тебя, не понуждая тебя пробудиться. Мне это кажется довольно симпатичным. Весь Иерусалим нынче полон парнями с грубым голосом и грубыми руками, и все они, без исключения, герои войны, служили в "Палмахе"[1] или на безымянных высотах, а теперь все они в университете, что-то изучают, что-то сочиняют, что-то исследуют, переходят с факультета на факультет, иные уже и преподают. А если они не учатся, то работают на государственной службе, участвуют в тайных операциях, осуществляют секретные миссии, и каждый жаждет рассказать всем девушкам, под большим, конечно, секретом, о важных государственных делах, в которых у него роль главного героя. Есть и такие, что набрасываются на тебя посередине улицы, словно только что спустились с командных пунктов в горах. Словно лет десять не видели и не касались женщины. Мне нравится, что ты настолько от них отличаешься: чуточку сонный и живешь будто в полуизгнании. Посуду оставь в раковине, Сара де Толедо все приберет.

В половине двенадцатого ночи, после того как он недолго почитал в постели и глаза его сами собой закрылись, он испытал истинное потрясение и поспешно прикрылся одеялом — босая, она скользнула в комнату, он даже не слышал, как открылась и закрылась дверь. В слабом свете уличного фонаря, проникавшего в комнату сквозь щели жалюзи, она сначала снова подошла к письменному столу и перевернула портрет отца лицом вниз. Затем, не произнеся ни слова, сбросила со Шмуэля одеяло, села рядом, наклонилась и погладила всеми пальцами его волосатую грудь,

---

[1] Ударные отряды "Хаганы", подпольной еврейской организации, действовавшей в Палестине во время британского мандата.

и живот, и бедра и нежно сжала в горсти его член. Когда он попытался что-то прошептать, она закрыла ему рот ладонью. Потом взяла его руки и положила их себе на груди и приблизила губы — но не к его губам, а ко лбу, и язык ее пробежался по его лицу, по сомкнутым векам. Медленно и мягко вела она его, шаг за шагом, как из полусна. Но этой ночью она не поднялась и не покинула его сразу же, как только он успокоился, а наставляла и направляла его, словно гостя в неизведанной стране, терпеливо вела его пальцы, сцепив их со своими, знакомила их со своим телом, пока не научила, как воздавать ей удовольствием за наслаждение. Потом она лежала рядом с ним не двигаясь, дыхание ее было ровным и спокойным, и ему почти показалось, что она уснула в его постели. Но тут она прошептала: "Не спи". И снова поднялась и, присев над его телом, сотворила с ним такое, что виделось ему только в мечтах, и на этот раз и ему удалось доставить радость ее телу. В час ночи она рассталась с ним, легонько взъерошив ему кудри, на секунду коснулась его губ нежным пальцем и прошептала: "Тебя одного из всех, похоже, буду помнить". Вернула на место портрет отца и выпорхнула из комнаты, бесшумно закрыв за собой дверь.

На следующее утро, в половине девятого, она снова зашла в комнату. На этот раз на ней были черная юбка и красный облегающий свитер с высоким воротником, поверх которого лежала тонкая серебряная цепочка. Она помогла ему одеться, поддерживала его под локоть, пока он, прихрамывая, добирался до ванной, и ждала его за дверью, пока он не закончил справлять нужду, чистить зубы, смачивать водой бороду и присыпать ее детским тальком. Когда он вышел, она поцеловала его в губы скользящим мимолетным поцелуем, не сказала ни слова о том, что было ночью, и ушла, оставив после себя лишь легкое эхо нежного аромата фиалок. Он еще какое-то время стоял, возможно надеясь, что она вернется и что-то объяснит. Возможно, сожалея о том, что не поцеловал наконец-то ту глубокую, головокружительную складку, спускающуюся от ее ноздрей к верхней губе. А потом улыбнулся, даже не почувствовав, что улыбается. Развернулся и, хромая, направился в библиотеку дожидаться старика. Там он достал из кармана ингалятор, сделал глубокий вдох и задержал лекарство в легких, пока не освободил их одним продолжительным выдохом. А после нашел на полке "Тысячу и одну ночь" в переводе на иврит Иосефа Йоэля Ривлина и примерно с час читал. Мысленно он сравнивал эту книгу с Песнью Песней и обе эти книги — с историей Абеляра и Элоизы и задавался вопросом, сумеет ли он однажды написать ей хотя бы красивое письмо о любви. Слезы душили горло.

Все послеполуденное время Гершом Валд провел на плетеной лежанке, кисти его изуродованных рук покоились по обе стороны туловища, как два изношенных инструмента, густые белоснежные усы подрагивали в свете лампы, словно старик беззвучно перешептывался с самим собой. Когда же он говорил, в его голосе, как и всегда, звучала язвительная насмешка, будто он с презрением опровергал только что произнесенные им же слова:

— В соответствии с воззрениями Иосефа Клаузнера, Иисус Христос вообще был не христианином, а подлинным евреем. Родился евреем и умер евреем, и никогда не приходила ему мысль об основании новой религии. Павел, Савл из Тарса, — вот кто отец христианской религии. Сам Иисус не желал ничего иного, как пробудить сердца, очистить их, вернуть к первозданным незамутненным источникам, наставить на путь истинный осквернившихся евреев, саддукеев и фарисеев — с одной стороны, мытарей и блудниц — с другой. Вот уже несколько недель ты каждый день сидишь тут и рассказываешь мне историю с продолжениями, как чуть ли не в каждом поколении появляется какой-то мудрый в собственных глазах еврей, чтобы бросить в Иисуса камень. В большинстве своем камень этот бывает жалким и трусливым. Всевозможные обрывки сплетен о Его происхождении и обстоятельствах появления на свет, да еще разные мелочные придирки к Его чудесам и исцелениям. Может быть, в один прекрасный день ты сядешь и напишешь нам об этих жалких евреях и заклеймишь позором их духовную скудость. Возможно, ты также введешь в свой рассказ Иуду Искариота, на которого тоже, как и на Иисуса, вылиты ушаты грязи. Несмотря на то что без него нет ни церкви, ни христианства. О том, что между тобой и ею, я не скажу ни слова. Сейчас она к тебе благосклонна. Но ты не верь. Или верь. Как хочешь. Бывшие здесь до тебя пялили на нее глаза, и она иногда откликалась и даже, возможно, дарила кому-нибудь из них две-три ночи, а после отправляла прочь. Теперь твое время. По правде, вот чему я до сих пор, и всякий раз заново, поражаюсь: пути мужчины к девице и пути девицы к мужчине[1], ведь они из тех вещей, которым нет меры. Но что такой, как я, понимает в непостоянстве женского сердца? Иногда мне кажется, что… но нет. Ни слова. Лучше промолчать.

Спустя два дня Аталия на такси доставила Шмуэля в поликлинику, там ему сделали рентгеновский снимок, сняли с ноги гипс, а вместо него наложили тугую эластичную повязку. Он все порывался шутить по поводу своего падения и даже сочинил какой-то довольно бледный каламбур. Аталия пресекла его разговоры:

— Прекрати. Это не смешно.

Шмуэль тут же принялся рассказывать ей о Ротшильде и нищем и о встрече Бен-Гуриона со Сталиным на том свете. Она слушала молча. Иногда кивала головой. Потом положила свои прохладные пальцы на его ладонь и очень тихо сказала:

— Шмуэль. Хватит.

И еще сказала:

— Мы уже к тебе почти привыкли.

И после паузы добавила:

— Если тебе удобно в той комнате, то пожалуйста, можешь оставаться там еще несколько дней. Пока нога не заживет. Когда будешь готов вернуться в мансарду, оставь мне записку на столе в кухне, и я помогу тебе собрать вещи внизу и разобрать наверху. Комната Абрабанеля чувствует себя хорошо, только когда стоит пустой,

---

1   Парафраз из Книги Притчей Соломоновых, 30:19.

темной и запертой. Наедине с его фотографией, которая днем и ночью говорит в темноте со стенами. С детства эта комната всегда казалась мне мрачной монашеской кельей. Или тюремной камерой. Карцером. Братьев и сестер у меня не было. Я расскажу тебе кое-что, чего ты слушать не обязан. Впрочем, ведь ты у нас именно для того, чтобы слушать. Тебе и платят здесь за это. Когда мне было десять лет, мама оставила нас и отправилась в Александрию вслед за одним торговцем-греком, который часто гостил у Абрабанеля и любил декламировать стихи на пяти или шести языках. Не раз он оставался ночевать наверху, в мансарде. Я всегда была уверена, что этот грек, человек уже немолодой, интересовался только Абрабанелем и был совершенно равнодушен к маме и ко мне. Правда, он был вежлив, всегда целовал ей руку, приносил иногда флакон духов, дарил мне бакелитовых кукол в кружевных платьицах, с кнопкой на животе — стоило только нажать на нее, и кукла принималась плакать. Или смеяться. Но он почти никогда не задерживался, чтобы поговорить с мамой или со мной. Только с Абрабанелем беседовал часами. Иногда они спорили негромкими голосами. Иногда сидели в этой комнате, курили до поздней ночи, читали стихи и разговаривали на греческом. Только заходя в кухню за новой чашкой кофе, грек задерживался на несколько мгновений и перешептывался с мамой на французском. Порой даже давал ей повод рассмеяться. Оказалось, она любит смеяться, я удивлялась этому, потому что у нас смех был редким гостем. Как-то вечером я стояла в дверях кухни и видела, как ее рука словно бы случайно опустилась на его плечо. Зимой он приносил бутылку вина. Пока однажды, когда Абрабанель был в Бейруте, а я вместе с классом уехала на экскурсию, мама не встала рано утром, не собрала чемодан и сумку и не отправилась в Александрию на поиски грека. Тот красотой вовсе не отличался, но был человеком остроумным, и часто в его глазах вспыхивали искры смеха. Она оставила в кухне записку, что у нее нет выбора, что ни у кого нет выбора, что все мы постоянно во власти сил, которые творят с нами все, что им заблагорассудится. Было там еще о всяких чувствах, чего я не помню и не хочу вспоминать. После ее отъезда Абрабанель превратил эту комнату в место своей ссылки. Он иногда звал меня к себе, но усаживал меня не рядом, а перед собой, по другую сторону письменного стола, чтобы читать мне лекции. Ни разу ни о чем меня не спросил. Не задал ни одного вопроса. Ни единого. Никогда. Ни о занятиях в школе, ни о друзьях и подругах, ни о том, куда я исчезла вчера, не нужно ли мне чего-нибудь и как мне спалось ночью, не скучаю ли я и не тяжело ли быть девочкой без мамы. Если я просила у него денег, он давал тотчас и без вопросов. Но никогда он не брал меня на свои встречи. Не водил в кино или в кафе. Не рассказывал мне сказки и истории. Не ходил со мной за покупками. Если я сама шла в город и покупала себе новую одежду, он никогда этого не замечал. Если ко мне приходила подруга, он запирался в своей комнате. Если я болела, он приглашал врача или звал Сару де Толедо помочь по дому. Однажды и я ушла из дома, не сказав ни слова.

Не оставив ему даже записки. Пять или шесть дней я ночевала у подруги. Когда вернулась, он тихо сказал, даже не взглянув на меня: "Что случилось? Вчера я тебя не видел. Где ты пропадала?" А однажды я напомнила ему, что в понедельник мне исполнится пятнадцать. Он стал что-то искать на книжных полках. Несколько минут стоял так, спиной ко мне, роясь в книгах. Потом выбрал и подарил мне "Избранные переводы восточной поэзии", написал посвящение: "Дорогой Аталии с надеждой, что эта книга разъяснит тебе наконец, где мы живем". И усадил меня перед собой на тахту, сам сел в кресло, чтобы письменный стол не разделял нас, и прочитал мне длинную лекцию о золотом веке мусульман и евреев в Испании. Я ничего не сказала, только "спасибо". Взяла книгу, ушла к себе в комнату и закрыла за собой дверь. Но зачем я вообще рассказываю тебе старые истории про Абрабанеля? Через несколько дней и ты нас покинешь. Эта комната снова будет стоять запертой, а жалюзи будут опущены. Этой комнате лучше быть запертой. Ей никто не нужен. Мне показалось, что и ты не любишь своих родителей. И ты тоже вроде частного детектива. И ты с недавних пор тоже ни разу ни о чем меня не спросил.

49

Спустя несколько дней Шмуэль уже обходился без костылей, только иногда прибегая к помощи трости с лисицей, что нашел под кроватью, поселившись в мансарде. Теперь он мог через каждые час-два подавать стакан чая Гершому Валду, кормить рыбок в аквариуме, включать свет с наступлением вечера, мыть посуду в кухне. На первый взгляд казалось, что все вернулось и все идет как прежде, но в сердце своем Шмуэль знал, что дни его в этом доме уже сочтены.

Низводила ли она и его предшественников с мансарды, не открывала ли и для них на две-три ночи запертую комнату отца, перед тем как изгнать их из дома? Неужели и ради них она тоже переворачивала портрет отца лицом вниз или прикрывала его подушкой? Он не осмеливался спрашивать, а Аталия молчала. Но иногда поглядывала на него с насмешливой симпатией и улыбалась ему, словно говоря: "Не унывай".

Если они встречались в кухне или в коридоре, она спрашивала его, как поживает нога. Он отвечал, что нога почти в порядке. Больная нога, как он понимал, предоставляла краткую отсрочку, еще несколько дней, еще неделю — самое большее. Ни слова не было сказано о его возвращении в мансарду. Хотя он вообще-то уже мог, прихрамывая, взобраться наверх, если бы только она сказала ему, что пришло время освободить комнату Шалтиэля Абрабанеля и вернуться в мансарду. Но она не сказала.

Бо́льшую часть утренних часов он сидел в одиночестве за кухонным столом, время от времени откусывал от ломтя хлеба с вареньем, кончиком пальца чертил абстрактные линии на клеенке, разрисованной нежными голубыми цветами. Названий этих цветов Шмуэль не знал. Внезапно он с сожалением подумал, что ни разу не пришла ему в голову мысль подарить ей букет цветов. Или духи. Или шейный платок. Или пару небольших сережек. И уж точно он мог один-два раза удивить ее. Купить ей книгу стихов. Высказать комплимент по поводу платья. Больше не придется ему делать для нее бумажные кораблики и отправлять их в плавание к ней через просторы клеенки, покрывающей накрытый к завтраку стол. Не блуждать ему по ночам вслед за нею в лабиринтах иерусалимских переулков, встречая по пути голодных котов.

Все утро он сидел за секретером Шалтиэля Абрабанеля и сочинял длинное письмо Ярдене и Нешеру Шершевским. Он решил рассказать им обо всем, что пережил здесь, а то и намеком похвастаться тем, что было между ним и Аталией. Но примерно на середине письма он вдруг понял, что это не имеет смысла. И вспомнил о своем письменном обязательстве никому не рассказывать о происходящем в этом доме. Он разорвал письмо на мелкие кусочки, выбросил в унитаз и спустил воду, решив, что вместо этого он напишет сестре и родителям. Пока он сидел в растерянности, соображая, что бы им сказать, на него навалилась усталость, и он, прихрамывая, отправился в кухню, надеясь встретить там Аталию. Аталии на кухне не было. Возможно, она ушла на работу. Возможно, сидела в одиночестве в своей комнате, читала или слушала тихую музыку. Он намазал творогом два толстых ломтя черного хлеба, съел их один за другим, откусывая крупные куски и запивая черным кофе.

После этого он еще долго сидел в кухне, собрал по одной рассыпанные по клеенке хлебные крошки, слепил их в комок, сплюснул в лепешку, выбросил в мусорное ведро и тут же решил, что не будет утруждать себя и не станет снимать развешенные по стенам мансарды плакаты лидеров кубинской революции. Оставит всех этих революционеров взирать со стен на того, кто придет вслед за ним. Оставит и репродукцию картины с Мадонной, обнимающей Своего Распятого Сына, потому что эта картина вдруг показалась ему слишком уж приторной и перенасыщенной пухлыми порхающими ангелочками. Словно боль уже прощена.

Он по-прежнему не имел ни малейшего представления, куда может отсюда податься, но чувствовал, что идеи, которых он придерживался с юности, мало-помалу утрачивают свою привлекательность, как утратил свое значение и кружок социалистического обновления и как, по его мнению, застопорилась, запуталась и осложнилась его работа об Иисусе глазами евреев, завершение которой теперь не представлялось возможным, потому что древняя история об Иисусе и евреях вовсе не закончилась, да и закончится не скоро. Нет конца этой истории. В глубине души он уже знал, что, в сущности, все напрасно, не имеет и не имело никакого смысла. В нем пробудилось желание выбраться из этого похожего на склеп дома и отправиться в места открытые, в горы или в пустыню, или, быть может, уплыть в море.

Как-то раз, под вечер, он влез в студенческое свое пальто, застегнул на все пуговицы, поднял воротник, нахлобучил шапку на буйные отросшие кудри, которые уже падали на воротник, взял в руки трость с лисой-набалдашником и, прихрамывая, вышел в переулок. Бледный фонарь, сохранившийся еще со времен британского мандата, уже зажегся, сея вокруг скудный свет и суету клочковатых теней. Вокруг не было ни души, но окна домов слабо светились, а в западном конце переулка медленно догорало воспоминание о закате — мерцающие отблески пролитого вина и кровавого пурпура на полотне багрового сияния. Шмуэль побродил немного по переулку, напрягая зрение и пытаясь в тусклом сиянии фонаря разобрать имена жильцов у дверей соседних домов. Пока не удалось обнаружить на небольшой кафельной плитке имена Сары и Аврама де Толедо, написанные черными буквами на голубом.

Немного поколебавшись, он постучал в дверь. Сару де Толедо он знал по ее кратким визитам в дом Аталии и Валда, но ни разу не обменялся с ней более чем несколькими вежливыми словами. Муж, невысокий, плотный и коренастый, с квадратной головой, похожей на кузнечную наковальню, приоткрыл дверь и подозрительно посмотрел на незнакомца. Шмуэль представился и робко попросил позволения перемолвиться несколькими словами с госпожой Сарой де Толедо.

Аврам де Толедо не ответил. Он закрыл дверь и, похоже, несколько секунд перешептывался с кем-то в глубине дома. Затем приоткрыл дверь снова и попросил немного подождать. И снова повернул голову и посоветовался с кем-то, чьего голоса расслышать Шмуэль не смог. Наконец Аврам хрипло произнес:

— Заходите. Осторожно — ступенька.

После чего сказал:

— Выпьете? Сара скоро придет.

Он усадил Шмуэля на стул с двумя ветхими подушками бордового цвета, извинился и вышел из комнаты, но Шмуэлю казалось, что хозяин дома притаился в коридоре и наблюдает за ним из глубокой тени.

Комнату слабо освещала спускавшаяся с потолка люстра, в которой горели только две желтые лампочки. Третья лампочка перегорела. Кроме стула, на котором он сидел, в комнате были еще два старых стула, не похожие ни друг на друга, ни на его стул, выцветшая низкая тахта, керосиновый обогреватель, громоздкий платяной шкаф на резных ножках, черный обеденный стол и одна подвесная полка, привязанная двумя веревками к вбитым в стену гвоздям. На полке стояли в ряд десятка два религиозных книг с позолоченными тиснеными корешками. Бирюзового цвета вазу в центре стола также украшал золотой орнамент, а с обеих сторон этого массивного изделия имелись два широких уха. Угол комнаты занимал большой деревянный сундук из темного неполированного дерева, в котором, по-видимому, хранились постельные принадлежности, а возможно, одежда и другие вещи, которым не нашлось места в шкафу. Поверх сундука была расстелена салфетка, расшитая нитками пяти или шести цветов.

Прошло около десяти минут, пока не вышла Сара де Толедо — в широком домашнем платье, закутанная в темную шаль, закрывавшую волосы и плечи, в комнатных туфлях. Она не присела ни на один из стульев, а так и осталась стоять в полутени, между коридором и комнатой, опираясь спиной о стену. Она спросила у Шмуэля, не случилось ли, не приведи Господь, что-нибудь нехорошее. Шмуэль ответил, что ничего не случилось, все в полном порядке и он просит прощения за беспокойство в столь неурочный час, но не позволит ли госпожа де Толедо задать ей один вопрос? Знала ли она предыдущего владельца дома, господина Абрабанеля, и каким человеком он был?

Сара де Толедо молчала. Несколько раз кивнула, медленно, словно соглашаясь сама с собой, либо оплакивая уже сделанное, к чему нет возврата.

— Он любил арабов, — произнесла она наконец с сожалением, — нас он не любил. Возможно, арабы ему платили.

Помолчав еще немного, она добавила:

— Он никого не любил. И арабов он тоже не любил. Когда все арабы убежали — или это мы помогли им убежать, — он остался дома. Не ушел с ними. Он не любил никого. Выпьешь кофе?

Шмуэль, поблагодарив, отказался, поднялся со стула и направился к двери. Сара де Толедо сказала:

— Завтра в полдень я принесу вам обед. Как же так, ни разу никто и не зашел к господину Валду? Как это может быть? Нет родственников? Друзей? Учеников? Он-то как раз человек очень хороший. Человек образованный. Ученый. У него сын погиб на войне, бедняга. Единственный сын, и никого у него не осталось, кроме девушки, которая не такая уже и девушка, дочки господина Абрабанеля. Она была женой его сына, но только один год. Может быть, полтора. И у нее тоже никого не осталось. Ты учишься, студент?

Шмуэль объяснил, что был студентом, но теперь, буквально в ближайшее время, собирается устроиться на какую-нибудь работу. И, уже уходя, добавил:

— Спасибо. Прошу прощения. Сожалею.

Хозяин дома, низкорослый, плотный и весь какой-то приплюснутый, проворно выскочил из темноты коридора и проводил Шмуэля до двери.

— Моя жена хочет прекратить у вас работать, — сказал он. — Она уже далеко не молода. И ваш дом, мне кажется, приносит несчастье.

Еще около четверти часа Шмуэль стоял под фонарем. Ждал. Кого ждал, этого он и сам не знал. Он подумал, что в этом его неясном ожидании нет ничего особенного, что большинство людей живут день за днем и все время ждут, не зная, чего или кого они ждут. Обдумав эту мысль, он, прихрамывая, вернулся домой, разделся и направился в библиотеку, где спросил господина Валда, не нужно ли ему чего-нибудь. Может быть, чаю или бисквитов. Или почистить ему апельсин.

Гершом Валд произнес:

— У нее в комнате есть небольшой радиоприемник. В те ночи, когда она не уходит из дома, она слушает передачи классической музыки. Или бродит по станциям и слушает арабские программы. Отец научил ее немного понимать арабский, но его мечты о братской дружбе между евреями и арабами она, по-видимому, не унаследовала. Только гнев. Гнев и обиду. Возможно, у нее есть другие мечты. Возможно, ты уже знаешь? В свои последние годы, когда Шалтиэль сидел, запершись здесь, в этом доме, он тоже почти прекратил говорить о братской дружбе между двумя народами. Однажды он рассказал мне, что в молодости искренне верил, как верили все мы, что евреи возводят в Эрец-Исраэль дом для себя, не изгоняя ни единого человека и не причиняя никакого зла. Вот. В двадцатые годы он уже начал сомневаться в этом, а в тридцатые понял, что два народа несутся по орбитам, которые неизбежно приведут их к столкновению, к кровавой войне, в которой уцелеет только один. Побежденные не смогут остаться здесь. Однако он не скоро расстался с воззрениями своей юности. Годами подавлял свои сомнения и продолжал следовать наезженной колеей и говорить, более или менее, только то, что все ожидали от него как от представителя иерусалимской сефардской аристократии в сионистском движении. Время от времени он призывал к диалогу с народом-соседом. Время от времени протестовал против насильственных действий. Но эти его слова практически оставались без внимания. Кое-кто принимал с равнодушием и даже с некоторой скукой тот факт, что у Шалтиэля Абрабанеля внезапно проявляется некая чувствительность — по-видимому, сефардская чувствительность — к сложностям, связанным с запутанной арабской проблемой. В своих мыслях он все больше отдалялся от товарищей. Он еще верил, что евреи правы в своем стремлении создать здесь дом, но вместе с тем он пришел к выводу, что дом этот должен быть общим домом для евреев и арабов. Только в сороковые годы его голос начинал выбиваться из общего хора на заседаниях руководства Сохнута и Исполкома Сионистской организации. В сорок седьмом году, когда он вдруг выступил со своим особым мнением, высказавшись против плана ООН по разделению Эрец-Исраэль и против независимости Израиля, некоторые люди стали называть его предателем. Полагали, что он повредился в рассудке. В итоге ему дали два часа, чтобы он выбрал между отставкой и смещением с должности. После своей отставки он окончательно замолк. Не поднялся и не сказал общественности ни слова. Закутался в свою обиду, как в погребальный саван. Понял, что у него нет слушателей. В дни накануне провозглашения государства и в дни Войны за независимость тем более не было ни малейшего шанса, что кто-нибудь даст себе труд выслушать подобную точку зрения. В те дни мы все уже поняли, что приближающаяся война будет на этот раз войной не на жизнь, а на смерть и, если мы проиграем, ни один из нас не останется в живых. Второго апреля погиб Миха, мой единственный сын. Мой единственный сын погиб. Миха. Уже более десяти лет я не сплю по ночам. Ночь за ночью приходят и убивают его, среди скал, на склоне, в той сосновой роще. И с тех пор мы втроем закрылись здесь в этом гробу, и с тех пор мы заперты. В течение всех месяцев иорданской блокады Иерусалима эти толстые каменные стены защищали нас от пуль и снарядов. Только Аталия выходила иногда из дома, чтобы постоять в очереди к тележке с керосином и к тележке со льдом, да отоваривала наши продовольственные карточки, выстаивая огромные очереди к пунктам распределения продуктов. После окончания войны он по-прежнему не выходил из дома, оборвал остатки своих связей с внешним миром, перестал отвечать на письма, отказывался подходить к телефону. Каждое утро читал газеты у себя в комнате и только со мной и своей дочерью в самые неожиданные моменты делился переполнявшим его отчаянием из-за нового государства, которое, по его мнению, одержимо милитаризмом, опьянено победой, изъедено бессмысленным националистическим ликованием. Бен-Гурион представлялся ему больным мессианской одержимостью, а бывшие друзья — сборищем эпигонов и пособников Бен-Гуриона. Часами сидел он взаперти в своей комнате и писал. Что он там писал — этого я не знаю. Ничего не осталось после него, кроме запаха разочарования и печали, заполняющего и по сей день пространство этого дома. Запах разочарования и печали — это, по-видимому, его призрак, не покидающий эти комнаты. Еще немного — и ты тоже уйдешь, а я останусь здесь с ней. Она, конечно, снова найдет себе какого-нибудь чудаковатого парня, который согласится занять твое место. Она всегда находит кого-нибудь, обязательно вскружит ему голову, порой ненадолго пойдет ему навстречу, а потом отправит отсюда. По ночам к ней иногда приходят гости, ночью же и уходят. Обычно я слышу, но не вижу их. Приходят и уходят. Почему? Кто я, чтобы знать ответ. Может быть, до сих пор она не нашла того, что ищет. А может быть, она вообще не ищет, а порхает как птичка нектарница с цветка на цветок. Или наоборот. Постоянно скорбит, скорбит даже тогда, когда находит себе партнера на одну-две ночи. Кто знает? Тысячелетиями мы учили самих себя верить, что женщина по природе своей отличается от нас, отличается коренным образом, что она совершенно другая. Возможно, мы несколько преувеличиваем? Нет? Скоро и ты пойдешь своим путем, и мне иногда будет тебя не хватать, главным образом в наши часы, когда свет угасает так быстро и вечер пробирает до костей. Я живу от разлуки до разлуки.

50

В начале марта зимние дожди прекратились. Воздух все еще был холодным и сухим, стеклянным, но по утрам небо прояснялось и пронзительная сияющая голубизна расстилалась над городом, над горами и над долинами. Кипарисы и каменные стены в переулке Раввина Эльбаза стояли отмытыми от пыли и сияющими, словно изнутри, резким, четким светом. Будто сотворенными лишь нынешним утром. Газетные заголовки сообщали о сильнейшем землетрясении в марокканском Агадире, о тысячах погибших. Гершом Валд заметил:

— Жизнь — это тень преходящая. И смерть — лишь тень преходящая. Только боль не преходит. Длится и длится. Всегда.

В неглубоком извилистом овраге, что начинался сразу за улицей, еще стояли лужицы дождевой воды. По ту сторону оврага простирались пустынные поля, а еще дальше виднелись безлюдные склоны, кое-где поросшие упорными оливами-одиночками. Издали деревья выглядели так, будто уже давно оставили царство растений и присоединились к миру неживой природы. С концом зимы поля и холмы укрыл темно-зеленый ковер с вкраплениями распустившихся после дождя цветов — цикламенов, анемонов, маков. Вдалеке виднелись развалины покинутой арабской деревни Шейх Бадр. Над руинами деревни реяла, точно первозданный дракон, неуклюжая тень гигантского здания фестивалей, заброшенного посреди строительства, из недостроенных стен торчали костлявые искривленные пальцы ржавых арматурин.

Временами под вечер опять налетали мрачные низкие облака и заволакивали небо над Иерусалимом, словно зима, раскаявшись, возвращалась и снова нависала над городом, но до утра облака рассеивались, и вновь ясная, чистая голубизна разливалась над всеми колокольнями и куполами, над минаретами и стенами, над петляющими переулками, над железными воротами, над каменными лестницами и колодцами. Дожди удалились от Иерусалима, оставив после себя только разбросанные кое-где лужи. Стекольщик, обойщик и старьевщик снова переходили с улицы на улицу, возвещая о своем появлении хриплыми голосами. Будто их прислали предупредить город о приближающейся эпидемии или о пожаре. На окнах и на перилах балконов полыхали цветы герани. В кронах деревьев яростно галдели птицы, словно получили они некое сенсационное известие и торопятся оповестить о нем весь город.

Однажды утром Аталия, не постучавшись, вошла в комнату своего отца, где всегда царил полумрак. Она принесла вместительный старый солдатский вещмешок цвета линялого хаки и положила его на кровать. Шмуэль поначалу предположил, что этот вещевой мешок когда-то принадлежал Михе. Потом вдруг вспомнил, что это ведь его собственный мешок, в котором он принес сюда в начале зимы свой скарб и немногочисленные книги.

— Твоя нога уже почти в порядке. — Аталия не спрашивала, а констатировала факт. И добавила: — Я пришла помочь тебе. Ты ведь сам не справишься.

Потом она дважды поднималась и спускалась по лестнице и приносила из мансарды одежду и книги Шмуэля, хотя нога вполне позволяла ему самому сходить за вещами. Когда он спросил ее, зачем она берется делать то, на что он и сам вполне способен, Аталия ответила:

— Я хотела, чтобы ты еще немного отдохнул.

Шмуэль сказал:

— Уже больше трех месяцев я здесь только и делаю, что отдыхаю.

— И если останешься у нас еще, то и вовсе превратишься в окаменелость. Как мы. Зарастешь мхом. Ты и без того здесь состарился. Три месяца — достаточный срок. Тебе нужно жить среди молодых людей, парней, девушек, студентов, вина, вечеринок, развлечений. Твоя жизнь здесь — лишь короткая передышка, в которой ты, по-видимому, действительно нуждался, но только на время зимы. И зима миновала. Медведю пора просыпаться.

— Медведь никогда не забудет мед.
— Мир полон меда. И весь он ждет тебя.

Он уже было потянулся, чтобы обхватить ее за плечи, обнять, прижать ее тело к своему и почувствовать еще один, последний раз, как ее груди сминаются его грудью. Но внутренний голос напомнил, что он гость, а она хозяйка. Поэтому он сдержался, сглотнул комок в горле и не позволил излиться слезам. И вместе с тем, как будто и не было в том никакого противоречия, ощущал он и смутную радость от того, что еще немного — и он уйдет отсюда.

Одежда, книги и умывальные принадлежности Шмуэля в беспорядке громоздились на тахте. Пальто и шапка тоже были здесь вместе с тетрадями и несколькими картонными папками. Аталия помогла ему засунуть все это в вещевой мешок. Внезапно она стремительно шагнула к этажерке с книгами ее отца и взяла маленький, изящный кувшинчик из голубоватого хевронского стекла — возможно, подарок одного из арабских друзей Абрабанеля, — быстрыми движениями обернула кувшинчик несколькими слоями газетной бумаги, положила его в вещмешок между слоями одежды и белья и сказала:

— Маленький подарок. От меня. На память. Наверняка ведь разобьешь. Или потеряешь. Или вовсе забудешь, от кого это.

И продолжила заталкивать в мешок оставшуюся одежду, бумаги, компактную пишущую машинку. Но вдруг распрямилась и объявила:

— Перерыв! Пошли на кухню. Посидим минут десять, выпьем кофе. Я сяду за стол, а ты нальешь и подашь мне. Сможешь даже сделать для меня еще один бумажный кораблик. В мире есть только одно дело, в котором нет тебе равных, — изготовление бумажных корабликов. Можешь также намазать себе кусок хлеба вареньем или творогом, чтобы не уходить от меня голодным.

Шмуэль пробормотал:

— Я ухожу от вас еще более голодным, чем пришел сюда.

Аталия предпочла этот намек проигнорировать.

— Мне кажется, ты все-таки успел написать здесь кое-что за эти месяцы. Здесь все целыми днями сидят и пишут. Кроме меня. Пишут не переставая. Есть что-то такое в этих стенах. Или в щелях пола.

— Я бы многое отдал, чтобы прочитать то, что писал ваш отец.

— Он ничего не оставил. Позаботился уничтожить каждый клочок бумаги. Как будто стер свою жизнь.

— Вот увидите, однажды о нем еще напишут. Появятся исследования. Кто-нибудь вспомнит о нем, возможно, через годы, но я верю, что однажды кто-нибудь расскажет его историю.

— Не было никакой истории. Он ведь ничего не сделал. Немного поговорил, и за эти разговоры его и спустили со всех лестниц, а он обиделся, заперся в своем доме и навсегда замолчал. Вот и вся история.

Шмуэль сказал вдруг с тревогой:

— Дышать трудно. Прошу прощения. Кажется, мне нужен ингалятор. Но я не знаю, где он. Может, мы его уже упаковали?

Аталия поднялась, вышла из кухни и вернулась спустя пару минут, протянула Шмуэлю ингалятор и тихо сказала:

— Здешний воздух тебе не подходит. Здесь всегда все закрыто. Душно.

С этими словами она стоя допила кофе, отнесла чашку в раковину, вымыла и вытерла ее, поставила в шкафчик с посудой, подошла к Шмуэлю сзади и прикрыла ладонями ему глаза, как в детской игре.

— Вот так, с завязанными глазами, ты и жил здесь у меня всю зиму. — И уже из дверей добавила: — Как бы и мне хотелось жить с завязанными глазами. Хотя бы иногда. Хотя бы в бессонные ночи. Хотя бы когда меня касается мужчина. Не пиши и не звони нам. Нет нужды. Перелистни страницу.

Оставшись в одиночестве, сидя за кухонным столом и все еще держа ингалятор, Шмуэль Аш с легким удивлением подумал, что она даже не поинтересовалась, куда же он пойдет, да и есть ли вообще куда ему идти. Возможно, забыла. Или не желает знать. Словно наклонилась погладить какого-то уличного кота и, когда кот заурчал под ее ласкающей рукой, отогрелась сердцем на миг, положила перед котом кусочек сыра или колбасы, еще пару раз провела ладонью по его голове и пошла своей дорогой, потому что она сама по себе.

Сжевав три толстых куска хлеба с вареньем, неизбежно выпачкав при этом свитер, Шмуэль в последний раз вымыл за собой тарелку и чашку. И, покинув кухню, пошел заканчивать со сборами.

Шмуэль предполагал дождаться в комнате Шалтиэля Абрабанеля пробуждения господина Валда, чтобы попрощаться, хотя и не представлял, с какими словами они расстанутся. После этого он забросит на плечо свой солдатский вещмешок и отправится в путь. Безусловно, отправится в путь. Не задержится здесь ни на минуту. Трость с лисьей головой он обязательно возьмет с собой и разрешения спрашивать не станет. Ни ей, ни старику трость не нужна. Пусть у него останется хотя бы этот сувенир. Три месяца жил он здесь, с начала и до конца зимы, и та небольшая сумма, которая у него собралась за эти месяцы, позволит протянуть три-четыре недели. И у него будет трость-лисица. Он не уйдет отсюда с пустыми руками. Шмуэль чувствовал, что трость принадлежит ему по справедливости.

Одежда, книги, тетради, умывальные принадлежности — все уже лежало в туго набитом мешке. Но Шмуэля не покидало ощущение, будто чего-то не хватает, он спрашивал себя, что же он забыл, не осталось ли чего наверху, в мансарде. Он подумывал, не подняться ли в свою прежнюю комнату, проверить, все ли его вещи Аталия принесла, а заодно проститься с плакатами и репродукцией, которые он решил оставить на стенах — наследство тому, кто явится вслед за ним.

Он запихивал в вещмешок какую-то мелочь, когда появился Гершом Валд. Старик открыл дверь, толкнув ее плечом, проковылял в центр комнаты и остановился, тяжело навалившись на костыли; казалось, что в комнате сразу стало очень тесно. Смотрел он не на Шмуэля, а на туго набитый вещевой мешок на тахте. Был он человеком грузным, широкоплечим, странная его голова выглядела так, будто ее не закончили обтесывать, тело его, искривленное, походило на древнее дерево, которое из года в год били и хлестали буйные зимние ветры, широкие ладони с силой сжимали перекладины костылей, кривой горбатый нос придавал ему вид зловещего еврея с какой-то антисемитской карикатуры, белые волосы почти доходили до плеч, седые усы топорщились над плотно сжатыми губами, а голубые глаза пронзали насквозь. Горло у Шмуэля сжалось, а сердце устремилось к этому безмерно одинокому человеку. Он пытался подобрать верные слова, но сказал лишь:

— Пожалуйста, не сердитесь на меня. — И в замешательстве от жалости и сострадания добавил: — Я пришел проститься с вами.

Хотя никуда он и не приходил вовсе. Наоборот. Старик сам прибрел на костылях в комнату Абрабанеля, чтобы проститься со Шмуэлем.

Гершом Валд любил слова и всегда пользовался ими вольготно, непринужденно. Но в этот раз только и проговорил:

— Одного сына я уже потерял. Подойди-ка сюда, парень. Поближе, прошу. Еще ближе. Еще немного.

Наклонил свою тяжелую голову и поцеловал Шмуэля в лоб холодными жесткими губами.

51

Покидая дом в переулке Раввина Эльбаза, Шмуэль помнил про коварную входную ступеньку. Он закрыл за собой железную дверь и помешкал, обернувшись на нее. Это была зеленая двустворчатая металлическая дверь с головой слепого льва — дверным молоточком. В центре правой створки рельефными буквами было написано: "Дом Иехояхина Абрабанеля ХИ''В дабы возвестить, что праведен Господь." Шмуэль припомнил день, когда пришел сюда, как стоял он перед этой дверью и колебался: постучать или повернуться и уйти. А сейчас он спрашивал себя, а нет ли какого-нибудь способа вернуться в этот дом. Не сейчас, не сейчас. Может, когда-нибудь, в будущем. Может, даже через годы. Может, лишь после того, как он напишет Евангелие от Иуды Искариота. Так простоял он у двери несколько минут, сознавая, что никто не позовет его обратно, и все же ждал это.

Но никто не звал его, и ничего не услышал он, кроме далекого лая со стороны развалин деревни Шейх

Бадр. Шмуэль повернулся спиной к двери, пересек двор, замощенный каменными плитами, и вышел в переулок, даже не попытавшись закрыть просевшие ржавые ворота, вечно стоявшие наполовину закрытыми, наполовину открытыми. В этом положении ворота застряли давным-давно. И некому их починить. А может, и нет уже в том никакого смысла. В этих приоткрыто-закрытых навеки воротах Шмуэль нашел некое смутное подтверждение своей правоте. Но в чем состояла эта его правота? На этот вопрос ответа у него не было. Он оглянулся на надпись, шедшую по железной арке над воротами, на восемь слов: "И придет в Сион Избавитель. Иерусалим ТОББ"А ТРА"Д".

До центральной автобусной станции он шагал, одной рукой закинув вещмешок за спину, а в другой держа трость. Мешок был тяжелый, нога глухо ныла, и потому шел Шмуэль медленно, слегка прихрамывая, время от времени перекладывая вещмешок с плеча на плечо, а трость — из одной руки в другую. На углу улицы Бецалель он неожиданно увидел профессора Густава Йом-Тов Айзеншлоса, тот шел навстречу, с канцелярской папкой в одной руке и с корзинкой, полной апельсинов, — в другой. Профессор увлеченно беседовал с немолодой женщиной, показавшейся Шмуэлю знакомой, но он никак не мог вспомнить, откуда он ее знает. Из-за этих попыток припомнить Шмуэль сообразил, что следовало бы поздороваться со своим учителем, лишь когда профессор и его собеседница уже прошли мимо. Наверняка старый профессор в своих очках с толстыми линзами и не разглядел его под огромным солдатским вещмешком, а если даже и разглядел, что они могли сказать друг другу? Каким виделся Иисус Назарянин многим поколениям евреев? Каким видел Его Иуда? И что за польза хотя бы одной живой душе от этого исследования?

На автобусной станции он минут десять стоял в очереди не в ту кассу. Когда подошел его черед, кассир объяснил, что это окошко обслуживает только солдат с проездными талонами и граждан, призванных в резерв. Шмуэль извинился, еще четверть часа провел в очереди к другому окошку, раздумывая, а не отправиться ли к родителям в Хайфу. Сестра его живет в Риме, и ему не придется ночевать в заплесневелом коридоре. Наверняка ему отведут комнату Мири с прекрасным видом на залив. Но родители представлялись ему чужими, далекими, словно были лишь тенью смутного воспоминания, словно этой зимой усыновили его старик-инвалид и женщина-вдова, и принадлежит он отныне только им.

Когда он приобрел билет, выяснилось, что следующий автобус в Беер-Шеву отправляется только через час. Он закинул за левое плечо вещевой мешок, сунул под мышку трость, чтобы освободить правую руку. В киоске он купил две соленые баранки, выпил стакан газированной воды и внезапно ощутил острую необходимость позвонить Гершому Валду и сказать ему: "Дорогой мой". Неужели ему не удастся произнести эти два слова даже издали, по телефону, без того чтобы старик не пронзил его одним из своих иронических взглядов? Или, может, Аталия снимет трубку?

И он бесстыдно примется умолять, чтобы она позволила ему сегодня же вернуться в его мансарду, и даст ей самое клятвенное обещание, что отныне и навсегда так и будет. Вот только чтó будет "отныне и навсегда", он не имел ни малейшего представления. Он собрался водворить на место уже снятую трубку телефона-автомата, но внезапно повернулся и протянул ее худому бледному солдату, терпеливо дожидавшемуся своей очереди.

Пока он сидел на пыльной скамейке, пристроив между коленями вещевой мешок, и разглядывал многочисленных вооруженных солдат, сновавших по платформам, ему пришло в голову, что следовало бы с пользой употребить время ожидания и записать кое-что для памяти. Но в карманах не оказалось ни блокнота, ни ручки. Тогда Шмуэль принялся мысленно сочинять письмо главе правительства и министру обороны Давиду Бен-Гуриону. Затем, мысленно же скомкав письмо, попросил миниатюрную девушку-сержанта покараулить его вещи, снова направился к киоску, выпил еще стакан газировки и купил две баранки: одну себе, в дорогу, а вторую — девушке, сторожившей его вещи.

В три часа пополудни Шмуэль Аш покинул Иерусалим в автобусе компании "Эгед", следующем в Беер-Шеву. Несколько месяцев назад он слышал о новом городе, что возводится в пустыне, у края кратера Рамон. Шмуэль там никого не знал, но рассчитывал оставить где-нибудь вещмешок и отправиться на поиски работы — может, удастся найти место ночного сторожа на стройке или в начальной школе, а то и библиотекаря или помощника библиотекаря. Наверняка ведь в городке уже есть хотя бы небольшая библиотека. Не бывает поселения без библиотеки. А если библиотеки все же нет, то уж Дом культуры наверняка.

А после того как он найдет себе угол, где сможет преклонить голову, то сядет и непременно напишет письма родителям и сестре, постарается объяснить им, куда катится его жизнь. Может, даже напишет несколько строк Ярдене и, возможно, жильцам дома, что стоит в конце переулка Раввина Эльбаза. Что он им напишет, Шмуэль не особо представлял, но надеялся, что на новом месте быстро прояснится, на поиски чего он, собственно, отправился.

Но пока он сидел в конце автобуса, один в середке широкого последнего сиденья. Раздувшийся вещевой мешок лежал между раздвинутыми коленями, поскольку Шмуэлю не удалось затолкать его на багажную полку. Туда он сумел пристроить лишь трость-лисицу да пальто с шапкой, хотя и боялся, что забудет их, когда приедет на место.

Автобус оставил позади невысокие унылые дома в конце улицы Яффо, миновал две заправочные станции на выезде из города и поворот на квартал Гиват Шауль, а уже через минуту с обеих сторон дороги появились горы. Шмуэля затопила теплая волна ликования. Вид пустынных гор, молодых рощиц и бескрайнего неба, распростертого надо всем, всколыхнул в нем чувство, будто он наконец-то пробудился от затянувшегося сна. Словно всю последнюю зиму он провел в одиночном заключении и вот вырвался на волю. Впрочем, даже и не одну последнюю зиму в доме по переулку Раввина Эльбаза. Все студенческие годы в Иерусалиме, университетский кампус, библиотека, кафетерий, семинарские аудитории, его прежняя комната в квартале Тель Арза, Иисус глазами евреев и Иисус глазами Иуды, Ярдена, которая всегда обращалась с ним как с забавной домашней зверушкой, несуразной и сеющей вокруг себя хаос, и Нешер Шершевский, прилежный гидролог, которого она себе нашла, весь этот город, Иерусалим, постоянно корчащийся в ожидании удара, с его темными каменными сводами, со слепыми нищими, сморщенными благочестивыми старухами, неподвижно иссыхающими под солнцем на низеньких скамеечках у порогов своих мрачных подвалов. Молящиеся, закутанные в талиты, чуть ли не бегом, словно согбенные тени, проносящиеся туда и обратно, из переулка в переулок, торопясь скрыться в потемках синагог. Густой папиросный дым в иерусалимских кафе с низкими потолками, забитых студентами в толстых свитерах с высокими воротниками, исправителями мира, постоянно перебивающими друг друга, кучи мусора, громоздящиеся на пустырях меж каменными домами. Высокие стены, окружающие монастыри и церкви. Линия заграждений из колючей проволоки и минных полей, охватывающая с трех сторон израильский Иерусалим и отделяющая его от Иерусалима иорданского. Выстрелы по ночам. Это извечное, нескончаемое, удушающее, беспросветное отчаяние.

Как же хорошо предоставить Иерусалим самому себе и чувствовать, что каждый миг все больше отдаляет его от этого города.

За окном автобуса зеленели склоны холмов. На этой земле уже хозяйничала весна и по обе стороны дороги распускались, пестрели полевые цветы. Распахнутой настежь, древней, первозданной, равнодушной, погруженной в безмерный покой — такой виделась Шмуэлю эта гористая земля, открывшаяся ему за пределами города. Бледная дневная луна, плывшая меж обрывков облаков, не покидала окна автобуса. "Но что ты делаешь здесь в такое явно не твое время?" — мысленно вопросил Шмуэль. У развязки Шаар ха-гай[1] дорога запетляла среди лесистых холмов, на одном из которых такой же весной двенадцать лет назад умирал в одиночестве Миха Валд, истекал кровью среди скал, пока не потерял сознание и не умер под утро, брошенный всеми. "Благодаря его смерти я получил в подарок эту зиму в его доме, в обществе его отца и жены. Он подарил мне эту зиму. Которую я растратил впустую. Хотя у меня были в избытке и свободное время, и одиночество".

---

[1] Шаар ха-Гай ("Ворота ущелья", *иврит*) — горный проход, ведущий из Шфелы в Иудейские горы и в Иерусалим. Шфела в Библии — название одной из частей Земли Обетованной, лежащей между горным хребтом на востоке и прибрежной полосой на западе; сейчас так называются западные склоны Иудейских гор. Во все исторические эпохи через Шаар ха-Гай проходила одна из важнейших дорог, связывающих Шфелу с Иерусалимом. Во время Войны за независимость Шаар ха-Гай был ареной тяжелых боев. Арабы перекрыли шоссе, ведущее в осажденный Иерусалим, и колонны грузовиков со снабжением для жителей Иерусалима несли тяжелые потери.

Неподалеку от поворота на Хар-Тов автобус остановился на десять минут у киоска. Шмуэль вышел, чтобы облегчиться и купить еще один бублик, выпил стакан газировки. Воздух был теплый и напоен влагой. Две белые бабочки гонялись друг за дружкой, словно в танце. Вновь и вновь Шмуэль вдыхал эти весенние запахи, вбирал полные легкие, задерживал дыхание, пока не начинала кружиться голова. Вернувшись в автобус, он обнаружил, что пассажиров прибавилось. Жители окрестных поселений. Некоторые в рабочей одежде, уже слегка загорелые, хотя весна только-только началась. Некоторые с садовым инвентарем, а то и с корзинами, в которых возились куры, выглядывали яйца, круги домашнего сыра. На сиденье впереди него две молодые женщины оживленно болтали на неведомом Шмуэлю языке. На передних сиденьях галдели не то старшеклассники, не то члены какой-то молодежной организации, возвращавшиеся домой после экскурсии. Парни и девушки во весь голос распевали военные и походные песни. Водитель, человек средних лет, округлый, в мятом хаки, присоединился к поющим. Одной рукой он держал руль, а второй рукой, сжимавшей компостер, отбивал такт, постукивая по приборной доске. За окном проплывали новые деревни, возникшие после войны. Белые домики под красными крышами, с молоденькими кипарисами в аккуратных дворах, с длинными жестяными навесами над коровниками и птичниками. Между деревнями тянулись фруктовые сады, поля со всходами озимых, с проклюнувшимися клевером да люцерной.

На небольшой автостанции у поворота на Кастину[1] автобус снова сделал остановку. Люди входили и выходили, Шмуэль тоже выбрался на воздух, прошелся между пыльными платформами, окутанными смрадом сожженного бензина. Ему вдруг почему-то показалось, что где-то в похожем месте его уже ждут, удивляются его опозданию и рассчитывают, что он объяснится или хотя бы извинится. В киоске он купил вечернюю газету, но даже не развернул ее. Вместо этого поднял голову и поискал глазами белесую луну — сопровождает ли она его. В его представлении луна эта была частью Иерусалима, там ей и следовало оставаться, перестать преследовать его. Но луна была тут — висела себе в облачных прорехах, только сделалась еще призрачнее. Водитель посигналил, призывая пассажиров. Шмуэль вернулся в автобус и всю оставшуюся дорогу смотрел на летящие мимо виноградники и фруктовые сады, убегавшие вдаль, к подножию гор. Все его радовало, все согревало сердце. Вдоль дороги росли молодые раскидистые эвкалипты, их посадили в качестве маскировки шоссе, чтобы движение было труднее заметить с воздуха. Чем дальше к югу, тем реже попадались новые поселения, относящиеся в этих местах к округу Лахиш, и только поля все так же простирались без конца и края, пока постепенно их не сменили низкие нагие холмы. Но и эти холмы тоже были уже выкрашены зеленой краской благодаря обильным зимним дождям, однако Шмуэль знал, что эта зелень

---

[1] Кастина — лагерь для репатриантов, основанный в 1950 году и впоследствии ставший городом Кирьят-Малахи.

ненадолго и через несколько недель холмы снова будут стоять иссушенными, прокаленными солнцем и только колючий, иссеченный шаравом[1] кустарник продолжит цепляться за них, словно отточенными когтями.

Когда под вечер автобус прибыл на автобусную станцию в Беер-Шеве, Шмуэль оставил на сиденье так и не прочитанную газету, взвалил на плечо вещевой мешок, сгреб с багажной полки пальто, трость и шапку, вышел, залпом выпил купленную в киоске газировку и отправился выяснять, когда и откуда отправляется автобус в новое поселение на краю кратера Рамон. В справочном окошке ему сказали, что последний автобус в Мицпе Рамон уже ушел, а следующий только завтра в шесть утра. Шмуэль знал, что нужно спросить еще что-то, но никак не мог сообразить, что именно. Поэтому он повернулся и, слегка прихрамывая, с вещевым мешком на левом плече, покинул автобусную станцию и отправился бродить по крошечному незнакомому городку. В конце каждой новой улицы глазам его открывались низкие и плоские песчаные холмы, на которых кое-где чернели точки — шатры пастухов-бедуинов, и просторное безлюдье пустыни.

Ноги несли его из улицы в улицу, не отличавшиеся одна от другой, по уродливым новым районам с рядами однообразных кварталов из трех- и четырехэтажных домов-коробок, с уже облупившейся штукатуркой, ветшающих прямо на глазах. Во дворах громоздились

---

[1] Шарав — сухой, изнуряюще жаркий ветер восточного и южного направления.

кучи металлолома и обломки старой мебели. В одном из дворов росла слегка иссохшая смоковница, и Шмуэль, любивший эти деревья, задержался около него и поискал глазами плоды, которых не было и быть не могло, потому что не зацветают смоковницы до наступления праздника Песах. Шмуэль сорвал с дерева листок и медленно побрел по очередной улице. Вдоль тротуаров перед домами выстроились мусорные баки, многие без крышек. Мелюзга с громкими криками гонялась за рыжим котом, которому удалось скрыться в сумраке между бетонными сваями, на которых стояли дома. Промежутки между домами поросли колючками и сорной травой. Кое-где ржавели искореженные обломки арматуры и прочий железный хлам. На большинстве окон жалюзи были закрыты, в подъездах стояли старые велосипеды и детские коляски, прикованные цепями.

В окне второго этажа возникла молодая красивая женщина в летнем пестром платье, она высунулась из окна, длинные волосы ее были растрепаны; упираясь крепкой грудью в подоконник, она развешивала на веревке выстиранное. Шмуэль глянул на нее снизу. Женщина показалась ему милой и сердечной, даже приветливой. Он решил обратиться к ней, извиниться и спросить совета, куда идти и как быть? Но, пока он искал подходящие слова, женщина закончила развешивать стирку, закрыла окно и исчезла. Шмуэль снова остался один посреди улицы. Он снял с плеча вещмешок. Опустил на пыльный асфальт. На вещевой мешок осторожно положил пальто, трость и шапку. И так стоял, задавая вопросы — самому себе.

ОТ АВТОРА

Работая над этим романом, я неоднократно обращался к книге "Тот Человек: евреи об Иисусе" под редакцией Авигдора Шинана, из серии книг "Иудаизм здесь и сейчас", редактор серии — Иохи Брандес, издательство "Едиот Ахронот — Сифрей Хемед", 1999.

Мне также помогла книга Ш. З. Цейтлина "Иисус Назарянин — Царь Иудейский", Иерусалим — Тель-Авив, 1959. А также книга М. Гольдштейна "Jesus in the Jewish Tradition", Нью-Йорк, 1950.

ОТ ПЕРЕВОДЧИКА
Кварталы Иерусалима

В романе часто упоминаются кварталы Иерусалима — городские районы, расположенные за стенами Старого города. Внутри стен город разделен на четыре квартала: мусульманский, христианский, армянский, еврейский. Скученность и антисанитария в еврейском квартале побудили еврейского филантропа из Англии сэра Моше Монтефиоре (1784–1885) приобрести в 1855 году участок земли за пределами Старого города, и в течение пяти лет там вырос первый еврейский квартал Мишкенот Шаананим — "Обитель умиротворенных". В последующие двадцать лет появилось еще несколько еврейских кварталов. А затем начали возникать и арабские кварталы. Еврейские кварталы строились на средства самих будущих жителей, которые, собрав деньги, совместно выкупали участок земли, на котором и строили себе новое жилье. В "Иуде" упоминается более двадцати еврейских и арабских кварталов Иерусалима. Ниже краткая история самых примечательных.

Квартал Абу Тор расположен на возвышенности, совсем рядом со Старым городом. Линия прекращения огня, определенная в конце Войны за независимость, разделила этот квартал на еврейскую и арабскую части. Согласно христианской традиции, на возвышенности располагалась летняя резиденция первосвященника Каиафы, по совету которого Иисус был выдан римлянам, поэтому это место христиане называют "Горой дурного совета". Свое название квартал ведет от названия арабского поселения Абу Тур, которое, в свою очередь, названо в честь Ахмада аль-Кудси, военачальника Салаха ад-Дина (в европейской традиции Саладин, 1137–1193), мусульманского правителя-курда, победившего крестоносцев и отобравшего у них Иерусалим в 1187 году. Военачальник Ахмад аль-Кудси по прозвищу Абу Тур ("Отец быка" — *арабский*), согласно легенде, сражался не на коне, а верхом на быке, наводя тем самым ужас на врага.

Квартал Арнона — один из самых новых кварталов, построен в 1931 году, перед Войной за независимость. В 1949-м, после прекращения войны, квартал оказался рядом с линией прекращения огня — тогдашней границей с Иорданией. Сам квартал построен в стиле баухауз, автор проекта — израильский архитектор Рихард (Ицхак) Кауфман (1887–1958). В 1948 году Арнону захватили арабы, изгнав евреев, но к 1949 году, после перемирия с Иорданией, арабы ушли, и евреи смогли вернуться в свои дома. Однако приграничный район стоял пустым до победы Израиля в Шестидневной войне (1967), после которой Иерусалим стал единым городом. Сейчас Арнона бурно развивается, это популярный район города. В ясные дни из квартала хорошо видно Мертвое море.

Квартал Баит ва-Ган ("Дом и Сад", *иврит*) спроектировал в 1921 году также Рихард Кауфман (1887–1958), и он также выстроен в стиле баухауз. Квартал расположен на одном из самых высоких иерусалимских холмов, откуда открывается панорама на реку Иудею, петляющую между гор. Население квартала в основном составляют ортодоксальные евреи. Это очень зеленый квартал. Неподалеку от него археологи нашли кладбище ханаанских времен (II тыс. до н.э.). "Баит ва-Ган — это горный замок, стоящий на отшибе... ночью с юга доносится вой шакалов" — так описывает квартал 1950-х годов Амос Оз в романе "Мой Михаэль".

Квартал Бака ("Равнина", *араб.*) расположен на юге Иерусалима. Первые дома построены в конце XIX века, рядом находится станция железной дороги, связывавшей порт Яффо с Иерусалимом. Дома предназначались для работников железной дороги. Со временем эти простые строения были снесены, и в 1920-е квартал принял новое обличье. Населяли его преимущественно арабы — как мусульмане, так и христиане, — но были и армяне, и греки-ортодоксы. Люди, перебиравшиеся в заново отстроенный квартал, были, как правило, состоятельные. Дома в Баке были просторные, о двух этажах, в их архитектуре сочетались восточные и западные элементы. До 1950-х годов на земельных участках, прилегающих к Баке, были разбиты огороды, росли оливы и фруктовые деревья. После Войны за независимость квартал остался в израильской части Иерусалима, арабские жители покинули его, а в оставленных жилищах поселились беженцы из еврейского квартала Старого города, новые репатрианты. Тогда же на месте огородов и садов выросли бетонные многоквартирные дома, общественные здания. В 1980-х годах начали появляться более комфортные дома, привлекавшие людей творческих профессий. Железнодорожная станция сейчас — памятник культурного наследия Иерусалима, функционировать она перестала после появления нового железнодорожного вокзала в районе Малха, на юго-западе города. Попытки переименовать квартал, дав ему имя Геулим ("Освобожденные"), не прижились — все по-прежнему называют его Бака.

Квартал Бейт ха-Керем заложен 5 февраля 1923 года, назывался он первоначально Боне Баит ("Строится дом"). День оказался памятным, потому что тогда в этом месте побывал Альберт Эйнштейн, о чем он написал в своем дневнике, назвав квартал "строительной колонией". Этот баухауз-квартал также спроектирован Рихардом Кауфманом. Название он получил в честь библейского города Бейт ха-Керем близ Иерусалима, упоминаемого в книгах пророков Иеремии (6:1) и Нехемии (3:14). Когда квартал только закладывали, от остальной части Иерусалима его отделяли гигантские пустыри.

Квартал Гиват Шауль ("Холм Шаула", в синодальной Библии Шаул звучит как Саул) основан в 1907 году, расположен он к западу от Старого города, на месте деревни Дир Ясин, земли которой были выкуплены у арабов. Первыми поселенцами были евреи, уроженцы Йемена. Квартал назван в честь верховного сефардского раввина Яакова Шауля Элисара (1817–1906), сын которого Нисим был одним из основателей квартала. Во время наступления британской армии на Иерусалим (1917) квартал был сожжен и покинут жителями. В 1919-м, после того как британцы выплатили жителям компенсацию за уничтоженное имущество, квартал возродился, отстроился заново, некоторые из обитателей держали приусадебные участки и поставляли продукты в Иерусалим. Со временем промышленность вытеснила из квартала сельское хозяйство, Гиват Шауль стал одним из самых промышленных районов города: здесь несколько фабрик, хлебозавод, мастерские по ремонту автомобилей, многочисленные офисные здания. Сегодня тут жилые комплексы соседствуют с промышленными предприятиями, которые постепенно переводятся на городские окраины.

Квартал Катамон — один из главнейших и старейших районов Западного Иерусалима. Название квартала, по мнению Зеева Вильнаи (1900–1998), выдающегося историка и географа, происходит от арабского слова "катма", что означает "ломать": намек на соседние каменоломни. По версии архитектора и историка Давида Кроянкера (р. 1939), название происходит от греческого слова "катамонас", то есть "человек, уединившийся для служения Богу". Существует версия, что название квартала — это сочетание двух греческих слов: "като монастыри" ("вблизи монастыря"). Подразумевается монастырь Сен-Симон, принадлежащий греческой ортодоксальной церкви, основанный в XIX столетии на развалинах древнего монастыря, в свою очередь возведенного на месте, где жил, а затем и был погребен "Симеон, муж праведный и благочестивый" (Лука, 2:25-35). В начале XX века Катамон начал развиваться как арабский квартал — на землях, выкупленных у греческой патриархии. Земля тут стоила недорого — из-за отдаленности от святынь Старого города. После Первой мировой войны квартал бурно застраивался арабами-христианами, здесь жили чиновники британской администрации, британские военные, появились даже здания дипломатических представительств. В квартале жили греки, армяне, православные, католики, и это придавало району особую атмосферу. С началом Войны за независимость Катамон оказался в окружении еврейских кварталов — Тальпиота, Арноны и Рехавии. Бойцам "Хаганы" поставили задачу захватить монастырь Сен-Симон — главенствующую высоту. С началом боев арабские жители квартала начали оставлять свои дома. 29–30 апреля 1948 года монастырь был взят бойцами "Хаганы". После бегства арабов и захвата Старого города Арабским легионом бежавшие жители еврейского квартала поселились в арабских домах Катамона. В 1970-е годы квартал открыли для себя состоятельные новые репатрианты из стран Запада, началась массовая реконструкция домов. Многие улицы квартала носят имена защитников Катамона и героев Войны за независимость.

Квартал Махане Иехуда ("Стан Иегуды", упомянуто в ТАНАХе, Числа, 2:3, 2:9, 10:14) расположен в центре Иерусалима. Возник он в 1887 году, назван по имени Иехуды Навона, одного из основателей квартала, старшего брата Иосефа Навона (1858–1934), банкира, коммерсанта, общественного деятеля, строителя первой в Эрец-Исраэль железной дороги (1892), связавшей порт Яффо с Иерусалимом. Квартал небольшой, знаменит своими древними синагогами, многие из которых действуют и поныне. Сегодня это один из самых необычных уголков Иерусалима, на стенах домов, которым более 120 лет, висят фотографии людей, которые когда-то жили здесь. Находящийся рядом знаменитый рынок Махане Иехуда — иерусалимская достопримечательность, не является частью квартала, а попросту позаимствовал его имя.

Квартал Мекор Барух ("Благословенный источник", Притчи, 5:18) основан в 1929 году на землях, принадлежавших христианскому сиротскому приюту, который создал в 1867 году протестантский миссионер Иоганн Людвиг Шнеллер (ум. 1869). Строительные подрядчики выкупили эти земли, проложили улицы по заранее подготовленному плану, строительство шло очень быстро, потому что возводимые дома предназначались беженцам из иерусалимского еврейского квартала и из Хеврона, уцелевшим после арабского погрома в 1929 году. На многих домах квартала и сегодня можно видеть памятные таблички с именами жертвователей, которые помогли возвести эти дома. После Войны за независимость, когда начались трудные времена, Мекор Барух превратился в квартал нищеты, а к 1960-м годам большинство населения составляли ортодоксальные евреи.

Квартал Мишкенот Шаананим ("Обитель умиротворенных", Исаия, 32:18) — это первый иерусалимский квартал, который в 1860 году построил сэр Моше Монтефиоре (1784–1885), еврейский филантроп из Англии. Скученность и антисанитария в еврейском квартале Старого города побудили Моше Монтефиоре, семь раз посещавшего Иерусалим (1827–1875), приобрести в 1855 году участок земли вне стен Старого города. На этом участке были возведены два ряда зданий. Первое здание (1860) состояло из 28 однокомнатных квартир. Второй жилой комплекс построили в 1866 году. Именно тогда в Старом городе разразилась эпидемия холеры, и многие еврейские семьи, не рисковавшие ночевать в своих жилищах, опасавшиеся холеры больше, чем бедуинов-грабителей, стали переезжать в кварталы Мишкенот Шаананим и соседний квартал Ямин Моше. Чтобы обеспечить жителей квартала работой и более дешевой мукой, первым делом Монтефиоре построил ветряную мельницу (1858), которая, проработав около двух десятилетий, с появлением первых паровых мельниц превратилась в музей, став одной из достопримечательностей Иерусалима.

Квартал Мошава Германит ("Немецкая колония") заложили в 1873 году темплеры (от немецкого *Tempel* — храм), немецкая пиетическая секта, создавшая в XIX и XX веках ряд своих колоний в Эрец-Исраэль. Темплеры надеялись осуществить предсказания пророков древнего Израиля, создать новый народ *Das Volk Gottes*, Народ Бога, следующий основным ценностям христианства, главные из которых — семья и община. Кристофер Гофман (1815–1885), основатель секты, призывал всех верующих "выйти из Вавилона", переселиться в Палестину, где надлежит построить Храм Божий, но не здание, а библейский образ человечества как духовного Храма Христа на земле. Так в Эрец-Исраэль появились поселения темплеров, в том числе и в Иерусалиме. Но к середине XX века движение темплеров переродилось в националистическое, близкое к нацизму. В 1932 году возникла Палестинская национал-социалистическая партия, в которой к 1939 году состояло около 350 членов (из 1500 темплеров и их потомков), а более половины темплеров состояли в других нацистских организациях. В начале Второй мировой войны немцы Эрец-Исраэль были интернированы британскими властями. Их дома заняли чиновники британской администрации. Весной 1949 года немцы вернулись в свои дома, но правительство Израиля, контролировавшее эту часть Иерусалима, не хотело, чтобы темплеры оставались в стране, и им было предложено покинуть Израиль. В 1950 году большинство темплеров Иерусалима перебрались в Австралию. Ныне Мошава Германит, бывший немецкий квартал, — заповедное место в центре Иерусалима.

Квартал Мусрара расположен подле стен Старого города. В конце XIX века, когда начался "выход за стены", состоятельные арабы из мусульманского квартала строили тут роскошные дома, и вплоть до провозглашения Государства Израиль в 1948 году Мусрара считалась престижным арабским районом, в котором проживали и несколько еврейских семей. С началом Войны за независимость арабские жители покинули Мусрару, а после подписания перемирия в 1949-м квартал рассекла надвое "линия перемирия" — граница между Израилем и Иорданией, проходившая через Иерусалим. Израильская часть квартала сохранила некую первоначальную аутентичность, между тем как восточная часть квартала, находившаяся до 1967 года под властью Иордании, слилась с арабскими кварталами Восточного Иерусалима. В первые годы существования Израиля правительство решило поселить в брошенных арабами домах репатриантов из стран Северной Африки. Поскольку квартал оказался на самой границе разделенного Иерусалима, то его жители подвергались обстрелу иорданских снайперов, что делало жизнь там невыносимой. Сейчас многие дома отреставрированы, в квартале Мусрара расположены Школа фотографии, Школа музыки стран Востока, Музей израильского подполья, отделение художественной академии "Бецалель", которую в 1906 году основал скульптор и живописец Борис Шац (1866–1932), уроженец Российской империи.

Квартал Нахалат Шива ("Надел семерых", *иврит*) назван по числу семи иерусалимских еврейских семейств, выкупивших землю неподалеку от стен Старого города и создавших в 1869 году третий по счету квартал за пределами городских стен. Поскольку Оттоманская империя запрещала продажу земель подданным чужих стран, а еврейские семьи, собиравшиеся строить новый квартал, обладали подданством европейских стран, то пришлось оформить покупку земли на имя супруги Лейба Горовица, одного из семи первопоселенцев, которая родилась в Иерусалиме и обладала правом на покупку земельного участка. Госпожа Горовиц указала, что покупает землю для того, чтобы засеять ее пшеницей, из которой впоследствии будет производиться маца. К 1875 году в квартале были построены дома, где разместились 50 семейств, а по переписи 1918 года в квартале жили 861 человек и 253 семьи. Небольшие двухэтажные дома (каждый этаж — одна семья), узенькие улочки, хаотичность застройки, отсутствие канализации и водопровода — все это побудило британские власти разработать в 1939 году план сноса квартала, который, к счастью, не был реализован. Но очень многие жители тем не менее покинули его. Израильские власти тоже планировали снести квартал, оказавшийся в самом центре города, а на его месте возвести новые многоэтажные здания, но под давлением общественности и этот план не был воплощен в жизнь, решено было сохранить район в его первозданном виде. Сегодня квартал Нахалат Шива, где практически никто не живет, с его узкими извилистыми улочками и необычными домами — излюбленный туристический район города, средоточие галерей, кафе, ресторанов и магазинов.

Квартал Нахлаот ("Наследия" или "Достояния", *иврит*) — район в центре Западного Нового Иерусалима, формировавшийся с последней четверти XIX по середину XX века. Название свое район получил в честь двух исторических кварталов — Нахалат Ахим ("Наследие Братьев", 1924) и Нахалат Цион ("Наследие Сиона", 1891). Всего же, по данным муниципалитета Иерусалима, в район Нахлаот входит двадцать девять кварталов, имеющих собственные имена. Общая площадь района Нахлаот — около тридцати гектаров, расположенных между улицами Агрипас и Бецалель, некоторые из кварталов граничат с улицей Яффо. Первые кварталы строились еврейскими семьями, страдавшими от скученности в еврейском квартале Старого города. Самый первый такой квартал, Эвен Исраэль ("Твердыня Израиля", в память о благословении, которое получил Иосеф от праотца Яакова, Бытие, 49:24), был построен в 1875 году. В 1920-е, с появлением новых, более комфортабельных иерусалимских кварталов — Баит ва-Ган, Бейт ха-Керем, Тальпиот и других, — многие состоятельные жители квартала Нахлаот перебрались туда. Пережив трудные времена Войны за независимость, послевоенные годы, приток населения, связанный с волнами массовой репатриации, отток населения, обусловленный строительством (с 1967 года) новых современных кварталов, район Нахлаот вошел в новый период — в период реконструкции и обновления, сохранив при этом самобытность зданий и улиц.

Квартал Рамат Рахель ведет происхождение от кибуца Рамат Рахель, основанного в 1926 году в южной части Иерусалима как анклав в пределах города. Основатели кибуца — бойцы Рабочего батальона (Гдуд ха-авода), созданного в 1920 году последователями И. Трумпельдора, поставившие своей целью жить трудом рук своих, освоить ряд профессий, которыми евреи не занимались долгое время, — каменщиков, строителей, дорожных рабочих, работников транспорта. Группа из десяти первопроходцев поселилась на холме, с вершины которого видны и Бейт-Лехем (Вифлеем), и гробница праматери Рахили, в честь которой кибуц и назван. Во время арабских беспорядков 1929 года кибуц был полностью разрушен, ферма сожжена, но через год поселенцы вернулись, построили начальную школу, детский сад, Дом младенца, животноводческую ферму и пекарню. Во время Войны за независимость кибуц был снова разрушен, в боях погибли 14 кибуцников. После подписания перемирия с Иорданией кибуц Рамат Рахель остался на территории Израиля, но был окружен иорданскими военными со всех сторон, с соседним кварталом Талпиотом он соединялся лишь узким проходом. Сегодня кибуц славится своей гостиницей с конференц-залом, спортивным комплексом с открытым и крытым бассейнами и археологическим раскопом, который заложили еще в 1930-е, а с 2004 года место продолжающихся археологических изысканий открыто для посетителей.

Русское подворье, или Русские постройки — один из старейших кварталов в центре Иерусалима, часть Русской Палестины. Квартал строился с 1860 по 1872 год для нужд русских православных паломников. В 1964 году все здания Русского подворья, за исключением Свято-Троицкого собора, здания Русской духовной миссии и Сергиевского подворья, были проданы советским правительством Израилю по так называемой Апельсиновой сделке. Сейчас идут переговоры о возвращении Русского подворья России, и часть построек уже передана.

Старый город — обнесенный стенами район площадью 0,9 кв. км. Вплоть до 1860 года, когда был основан Мишкенот Шаананим, первый еврейский квартал вне стен, именно Старый город и составлял весь Иерусалим. Существующие сейчас крепостные стены Иерусалима возвел турецкий султан Сулейман Великолепный в 1538 году. В пределах крепостных стен Старого города находятся святые места: Храмовая гора и ее подпорная Западная стена (Стена Плача) — иудейская святыня; храм Гроба Господня — христианская; мечеть Омара (мечеть Купола над Скалой, Куббат ас-Сахра — *арабский*) и мечеть Аль-Акса — мусульманские. Одна из важных христианских святынь Старого города — Виа Долороза, крестный путь Иисуса Христа от Львиных ворот Старого города до Голгофы — места распятия Христа, которое сейчас находится внутри храма Гроба Господня. Путь этот начинается в мусульманском квартале, ведет вдоль остатков декумануса — римской дороги II века — и завершается в храме Гроба Господня. За пределами стен остаются и гора Сион на юго-западе со святынями христиан, иудеев и мусульман, и Масличная гора (Елеонская гора) на востоке, и Город Давида на севере. Старый город традиционно разделен на четыре неравных квартала, границы которых сформировались в XIX веке: мусульманский квартал (более 30 000 жителей), христианский квартал (около 10 000 жителей), армянский квартал (примерно 1000 жителей) и еврейский квартал (более 3000 жителей). Последний был полностью разрушен во время Войны за независимость войсками Арабского легиона. Уцелевших жителей угнали в Иорданию. Еврейский квартал восстановлен после Шестидневной войны 1967 года, когда иорданские войска были выбиты из Старого города, перешедшего под юрисдикцию Израиля. С 1981 года Старый город Иерусалима включен в список Всемирного наследия ЮНЕСКО.

Квартал Талбие появился в 1920-е, когда начали застраивать окраину, где земля принадлежала греческой патриархии Иерусалима. Прежде это была малозаселенная местность на пути от стен Старого города Иерусалима к греческому монастырю Святого Креста. В 1887 году там построили "Дом прокаженных". Богатые арабские семьи — основные застройщики нового квартала — выбрали и имя для него. По некоторым предположениям, название Талбие происходит от арабского имени Талеб, но есть и иная версия: "талбия" — молитва, повторяемая многократно паломниками в Мекке во время всего хаджа. Талбие был задуман как престижный квартал красивых домов, зеленых парков, хорошо спланированных улиц, таким он остается и поныне. Здесь живут известные люди из мира культуры, промышленники, адвокаты, журналисты. В Талбие расположены и резиденция президента Государства Израиль, и Иерусалимский театр (Театрон Иерушалаим), и резиденция главы правительства Израиля, и известный институт гуманитарных наук "Ван Лир", носящий имя голландской еврейской семьи, которая основала фонд, поддерживающий деятельность этого учреждения.

Квартал Талпиот расположен на юго-востоке Иерусалима, спроектировал его в 1922 году выдающийся архитектор Рихард Кауфман. Квартал развивался во времена британского мандата, в него входят и жилая зона с обильными зелеными насаждениями, и промышленная зона — самая большая в Иерусалиме. Будучи новым, пограничным районом, Талпиот не раз отражал атаки арабских погромщиков. В Талпиоте жил ряд выдающихся деятелей израильской культуры, в частности писатель Шмуэль Иосеф Агнон (1888–1970), лауреат Нобелевской премии по литературе (1966), и Иосеф Гдалия Клаузнер, один из инициаторов возрождения национальной культуры на иврите, литературовед, историк, лингвист, сионистский деятель. Амос Оз приходится внучатым племянником И. Г. Клаузнеру.

Квартал Тель Арза примыкает к Бухарскому кварталу, основан он в 1931 году как ответ на арабские погромы 1929 года. Население квартала составляли тогда рабочие, ремесленники, а также врачи, инженеры и чиновники. Здесь обосновались несколько небольших предприятий, в частности "Столярная мастерская Висман", превратившаяся в компанию "Мебель Висмана" (существует и поныне), типография "Монзон", шоколадная фабрика "Опенхеймер", мастерская по обработке металла, которая во время Войны за независимость обшивала листами стали автомобили, превращая их в "бронированные". Квартал окружали рощи, и поскольку Тель Арза — окраина Иерусалима, то в этих рощах проходили боевую подготовку бойцы-подпольщики, боровшиеся с британскими мандатными властями и арабскими погромщиками. После провозглашения государства в квартале появился "Промышленный район Тель Арза", а в 1950 году на северных окраинах квартала открылся Библейский зоологический сад, который в 1990 году перевели на юго-восточную окраину Иерусалима. В Тель Арзе размещались фабрика лекарств "Лаборатории РАФА", которая приобрела мировую известность, и молокозавод ТНУВА ведущей израильской компании в области производства продуктов питания. В наши дни все эти предприятия переехали, а на освободившихся территориях развернулось широкое жилищное строительство.

Квартал Шаарей Хесед ("Врата Милосердия", одно из изречений Талмуда) расположен на западе Иерусалима, построен он в 1909 году ашкеназской общиной города. Площадь квартала не превышает четырех гектаров. Основное население — религиозные евреи, имеется ряд синагог, ешив. Во времена, описываемые в книге, квартал был окраиной Иерусалима. Улица Раввина Эльбаза — фантазия автора. Такой улицы в квартале никогда не существовало.

Квартал Ямин Моше ("Память Моше") — старинный квартал вблизи стен Старого города. Основанный в 1891 году, он расположен рядом с кварталом Мишкенот Шаананим. После строительства квартала Мишкенот Шаананим рядом с ним остался незастроенный участок земли. Иосеф Сабаг, племянник Моше Монтефиоре и его душеприказчик, при содействии американского филантропа Джуда (Иехуда) Туро (1775–1854) начал, совместно с фондом "Керен Мазкерет Моше" ("Фонд памяти Моше"), строить квартал Ямин Моше (1891–1893). Во время Войны за независимость квартал оказался на самой границе, иорданские снайперы со стен Старого города обстреливали дома, и многим жителям пришлось покинуть свои жилища. В 1967 году, после изгнания иорданцев из Иерусалима, квартал построили заново, и вскоре его облюбовали художники, артисты, писатели — в частности, Иехуда Амихай (1924–2000), выдающийся ивритский поэт. Сегодня квартал Ямин Моше — жемчужина Иерусалима, хранящая память и о Моше Монтефиоре, и об Иехуде Туро, именем которого названа главная улица.

ОБ АВТОРЕ

Амос Оз — выдающийся израильский писатель, живой классик мировой литературы. Он родился в Иерусалиме в 1939 году, написал более трех десятков книг, многие из которых удостоены важных премий самых разных стран. В частности, Амос Оз — лауреат премии Франца Кафки, премии Принца Астурийского, премии Израиля, премии Гете, премии Фемина и еще нескольких десятков других премий. Кавалер французского ордена Почетного легиона. Сейчас Амос Оз живет в Тель-Авиве.

БИБЛИОГРАФИЯ

Земли шакала (1965)
Другое место (1966)
Мой Михаэль (1967).
До самой смерти (1971)
Другие люди (1974)
Коснуться воды, коснуться ветра(1973)
Гора дурного совета (1976)
Сумхи (1978)
В яростном свете лазури (сборник эссе, 1979)
Уготован покой (1982)
Здесь и там, в Израиле (1983).
Черный ящик (1987)
Со склонов Ливана (сборник эссе, 1987)
Познать женщину (1989)
Фима: Третье состояние (1991)
Молчание Небес: Агнон размышляет о Боге (1993)
Не говори ночь (1994)
Пантера в подвале (роман, 1995)
Начинаем рассказ (1996)
Все наши надежды: размышления по поводу
    израильской идентичности (сборник эссе, 1998)
И то же море (1999)
Монастырь молчальников (2000)
Повесть о любви и тьме (2002)
По сути, здесь ведутся две войны (сборник эссе, 2002)
Вдруг в глуби лесной (2005)
На склонах вулкана (Три эссе, 2006)
Рифмы жизни и смерти (роман, 2007)
Картины сельской жизни (2009)
Иуда (2014)
Привет, фанатики (Три эссе, 2016)

О ПЕРЕВОДЧИКЕ

Виктор Радуцкий родился в Киеве, с 1976 года живет в Израиле. Получил докторскую степень за исследования в области славистики. В рамках докторской диссертации перевел с иврита на украинский язык ряд библейских текстов. Много лет работает в Еврейском Университете в Иерусалиме. С 1980-го года занимается переводом художественной литературы с иврита на русский и украинский языки. С 1989 года в качестве переводчика работал с выдающимися деятелями Израиля: Эхудом Бараком, Биньямином Нетаньяху, Эзером Вейцманом, Ариэлем Шароном и многими другими. Постоянный переводчик Амоса Оза.

ИЗБРАННЫЕ ПЕРЕВОДЫ С ИВРИТА

Амос Оз "До самой смерти"
Амос Оз "Мой Михаэль"
Амос Оз "Сумхи"
Амос Оз "Познать женщину"
Амос Оз "Черный ящик"
Амос Оз "Повесть о любви и тьме"
Амос Оз "Уготован покой"
Амос Оз "Рифмы жизни и смерти"
Амос Оз "Картины сельской жизни"
Амос Оз "Фима" (книга готовится к печати в издательстве "Фантом Пресс" в 2017 г.)
Амос Оз "Иуда"
Амос Оз "Привет, фанатики. Три эссе"
Аарон Аппельфельд "Катерина"
Аарон Аппельфельд "Цили"
Эли Амир "Петух искупления"
Ури Дан "Кипур"
Бен-Цион Томер "Дети тени"
Моти Лернер "Три пьесы"
Иехошуа Соболь "Последний час Мики Коля"
Иехошуа Соболь "Я не Дрейфус"
Иехошуа Соболь "Гетто".
Савийон Либрехт "Я по-китайски с тобой говорю"
Савийон Либрехт "Банальность любви"
Моти Лернер "Осень дней его…"
Эдны Мазия "Игры на заднем дворе"

АМОС ОЗ
ИУДА

Перевод Виктор Радуцкий
Редактор Игорь Алюков
Художник Андрей Бондаренко
Корректоры Ольга Андрюхина, Ирина Белякова
Верстка Марат Зинуллин
Компьютерный набор Оксана Зубарева
Директор издательства Алла Штейнман

Подписано в печать 24.01.2019. Формат 84×108/32
Печать офсетная. Усл. изд. л. 23,52. Заказ № 0467/19
Доп. тираж 2000 экз. Бумага пухлая *Classic*

Издательство "Фантом Пресс":
Лицензия на издательскую деятельность код 221
серия ИД № 00378 от 01.11.99 г.

127015, Москва, ул. Новодмитровская, д. 5А, 1700
тел. (495) 787-34-63
Электронная почта: phantom@phantom-press.ru
Сайт: www.phantom-press.ru

Отпечатано в полном соответствии с качеством
предоставленного электронного оригинал-макета
в типографии в ООО "ИПК Парето-Принт",
170546, Тверь, Промышленная зона Боровлёво-1,
комплекс № 3 "А"
www.pareto-print.ru

По вопросам реализации книг издательства
обращаться по тел./факсу (495) 787-36-41.

ISBN 978-5-86471-767-7